Melancolía

JON FOSSE
Melancolía

Traducción de Ana Sofía Pascual Pape

RANDOM HOUSE

Papel certificado por el Forest Stewardship Council®

MIXTO
Papel | Apoyando la
silvicultura responsable
FSC® C117695

Penguin
Random House
Grupo Editorial

Título original: *Melancholia I - II*

Primera edición: diciembre de 2023

© (I) 1995, (II) 1996, Jon Fosse
Publicado por acuerdo con Winje Agency y Casanovas & Lynch Literary Agency
© 2023, Penguin Random House Grupo Editorial, S. A. U.
Travessera de Gràcia, 47-49. 08021 Barcelona
© 2006, Ana Sofía Pascual Pape, por la traducción

Printed in Spain – Impreso en España

ISBN: 978-84-397-4397-2
Depósito legal: B-20.207-2023

Compuesto en la Nueva Edimac, S. L.
Impreso en Unigraf (Móstoles, Madrid)

RH43972

ÍNDICE

MELANCOLÍA I

En memoria de Tor Ulven

Düsseldorf, por la tarde, otoño de 1853: estoy echado en la cama, vestido con mi traje de terciopelo lila, mi fino y elegante traje, y no quiero ver a Hans Gude. No quiero escuchar a Hans Gude decir que no le gusta el cuadro que estoy pintando. Solo quiero quedarme en la cama. Hoy no tengo fuerzas para ver a Hans Gude. Porque ¿y si a Hans Gude no le gusta el cuadro que estoy pintando y le parece que es penosamente malo, y si le parece que no sirvo para pintar? ¿Y si Hans Gude se pasa su delgada mano por la barba y me mira duramente, con sus rasgados ojos, y me dice que no sé pintar, que no tengo nada que hacer en la Academia de Bellas Artes de Düsseldorf, nada que hacer, ya puestos, en ninguna academia de bellas artes? ¿Y si Hans Gude me dice que nunca llegaré a ser pintor? No puedo permitir que Hans Gude me diga eso. Tengo que quedarme en la cama, porque hoy Hans Gude visitará nuestro estudio, visitará el secadero de la buhardilla, donde dibujamos y pintamos dispuestos en hileras, se desplazará de cuadro en cuadro y dirá lo que le parece cada uno de los cuadros, también examinará el mío y lo valorará. No quiero ver a Hans Gude. Porque yo sé pintar. Y Gude sabe pintar. Y Tidemann sabe pintar. Yo sé pintar. Nadie sabe pintar como pinto yo, excepto Gude. Y luego Tidemann. Y hoy vendrá Gude para ver mi cuadro, pero yo no estaré, yo me quedaré en la cama mirando las musarañas, mirando por la ventana, lo único que quiero es quedarme en la cama con mi elegante traje lila, mi fino y elegante traje, lo único que quiero es seguir aquí, echado en la cama, escuchando los ruidos de la calle. No quiero ir al estudio. Solo quiero quedarme en la cama. No quiero ver a Hans Gude. Estoy echado en la cama, con las piernas cruzadas, estoy echado en la cama con la ropa puesta, envuelto en mi traje de terciopelo de color lila. Mirando las musarañas. Hoy no iré al estudio. Y en una de las otras estancias de la casa está mi amada Helene, tal vez esté en su dormitorio, tal vez en el salón. Mi amada Helene también está en la casa. Dejé mis maletas en el pasillo y la señora Winckelmann me enseñó la habitación que dijo que yo ocuparía. Y me preguntó si me gustaba la habitación y yo asentí con la cabeza, porque la habitación es muy bonita, jamás había vivido en una habitación tan bonita, jamás. Y de pronto allí estaba Helene. Allí estaba, con su vestido blanco. Allí estaba, con su cabellera rubia ondeante, a pesar de llevarla recogida en un moño muy apretado, con su pequeña boca sobre una barbilla chiquitita. Y allí estaba Helene, con sus enormes ojos. Allí estaba, con sus ojos destellantes. Mi querida Helene. Estoy echado en mi cama, y en algún lugar de la casa, se pasea Helene con sus bellos y destellantes ojos. Estoy echado en la cama, escuchando, a lo mejor puedo oír sus pasos. O a lo mejor ni siquiera está en casa. Y luego está ese maldito tío tuyo, Helene. ¿Me oyes, Helene? Ese maldito señor Winckelmann. Porque yo simplemente estaba echado en la cama, con mi traje de terciopelo de color lila, y entonces han llamado a la puerta; yo estaba echado en la cama, con mi traje de color lila, y no me ha dado tiempo a incorporarme antes de que se abriera la puerta, y en la puerta ha aparecido el señor Winckelmann; su barba negra, sus ojos negros, su enorme barriga oprimida por el chaleco. Y el señor Winckelmann me ha mirado, sin decir nada. He salido de la cama, me he puesto en pie, me he colocado en medio de la habitación. Me he dirigido hacia el señor Winckelmann, le he ofrecido la mano, pero él no la ha tomado. Allí estaba yo, ofreciéndole la mano al señor Winckelmann, pero él no la ha cogido. He mirado al suelo. Y entonces el señor Winckelmann ha dicho que era el hermano de la señora Winckelmann, el señor Winckelmann. Y me ha mirado con sus ojos negros. Y entonces simplemente se ha dado la vuelta y ha salido de la habitación, cerrando la puerta detrás de él. Tu tío, Helene. Estoy echado en la cama, con mi traje de terciopelo lila, escuchando, ¿te oigo? ¿Tus pasos? ¿Tu respiración? ¿Puedo oír tu respiración? Estoy echado en la cama de mi habitación, totalmente vestido, con las piernas cruzadas, escuchando. ¿Puedo oír tus pasos? ¿Estás en la casa? Y sobre la mesilla está mi pipa. ¿Dónde estás, Helene? Cojo mi pipa de la mesita de noche. Enciendo la pipa. Estoy echado en la cama, con el traje puesto, el traje de terciopelo lila, y fumo mi pipa. Y hoy Hans Gude verá el cuadro que estoy pintando, pero no me atrevo a oír lo que tiene que decirme, supongo que prefiero soportar quedarme aquí tendido, prestando oídos a tus pasos, Helene. No quiero salir. Porque ahora soy pintor. Ahora soy el pintor Lars Hertervig, estudiante en Düsseldorf, que tiene al célebre Hans Gude como profesor. He alquilado una habitación en la Jägerhofstrasse, en la casa de los Winckelmann. No soy tan malo. Soy el muchacho de Stavanger, ¡soy el muchacho de Stavanger! Que ahora se encuentra en Düsseldorf, donde se está formando para ser pintor. Y ahora tengo unas ropas muy elegantes, me he comprado un traje de color lila de terciopelo, ahora soy pintor, yo, sí, yo, el muchacho, el pillo, el hijo del cuáquero, el muchacho pobre, el pintor de brocha gorda, yo, ahora me han enviado a Alemania, a la Academia de Bellas Artes de Düsseldorf, el mismísimo Hans Gabriel Buchholdt Sundt me ha enviado a Alemania, a la Academia de Bellas Artes de Düsseldorf, para que yo, Lars Hattarvåg, me forme como pintor, pintor paisajista. Ahora soy estudiante de arte y el mismísimo Hans Gude es mi profesor. Y realmente sé pintar. Si bien es cierto que no sé hacer mucho más, sí sé pintar. Sé pintar, mientras que la mayor parte de los demás estudiantes no sabe pintar. Y luego está Gude, que sí sabe pintar. Y hoy Hans Gude verá el cuadro que estoy pintando, verá si le gusta o no, dirá lo que está bien y lo que está mal del cuadro. Y a mi alrededor, en el estudio, estarán los demás pintores, los que no saben pintar, y estarán allí juntos, susurrando y asintiendo con la cabeza. También ellos oirán lo que diga Gude. Y al principio, Gude se limitará a murmurar algo entre dientes, y dirá sí, y así, bien, y entonces dirá, mientras fija sus ojos rasgados en mí, que no sé pintar, que debo volver allí de donde he venido, que no hay razón para que siga formándome como pintor, pues al fin y al cabo no sé pintar. Es posible que sea eso lo que me diga Hans Gude. Sea como sea, no llegaré nunca a ser pintor paisajista. Hans Gude. Hoy Hans Gude verá el cuadro que estoy pintando. Pero no me atrevo a escuchar lo que Hans Gude tiene que decirme, porque si Hans Gude, que realmente sabe pintar, dice que yo no sé pintar, supongo que será porque realmente no sé. Y entonces tendré que volver a casa, tendré que volver a ser pintor de brocha gorda. Y a mí me gustaría tanto pintar los cuadros más bellos del mundo, y nadie sabe pintar como yo. Porque yo sé pintar. Pero los demás estudiantes, ellos no saben pintar. Lo único que saben hacer es estar allí, asentir con la cabeza, mofarse, reírse a carcajadas. No saben pintar. Estoy echado en la cama, fumando en pipa. Y luego música de piano. Oigo música de piano. Oigo música de piano que proviene del salón de la gran casa en la que he alquilado una habitación, estoy echado en la cama, con mi traje de terciopelo lila, mi fino y elegante traje, estoy echado en la cama con la pipa en la boca, es el pintor Lars Hertervig, un hombre de bien, quien está echado en la cama, y mientras estoy echado en la cama escucho música de piano. Oigo ejecutar una música preciosa, movimientos regulares ligeramente cambiantes. Estoy echado en la cama escuchando a mi amada Helene tocar el piano. Porque tiene que ser mi querida Helene quien toca el piano. La más bella música para piano. Soy un hombre de bien, y ahora Helene toca el piano. Y es para mí para quien mi querida Helene toca el piano. Porque Helene Winckelmann y Lars de Hattarvågen ciertamente son novios. Eso es lo que se han dicho, sí, se han dicho mutuamente que son novios, somos novios, han dicho. Y ella, Helene Winckelmann, le ha mostrado su cabellera. Helene Winckelmann, con sus claros ojos azules, con su largo pelo rubio que se ondula sobre sus hombros cuando lo lleva suelto y no está recogido en un moño, como suele llevarlo. Pero ¡él!, pero ¡Lars de Hattarvågen!, ¡él ha visto su pelo suelto! Ha visto sus ojos brillar. Ha visto su pelo ondulado cayendo sobre sus hombros. Porque Helene Winckelmann se ha soltado el pelo para él, le ha enseñado su pelo suelto. Helene Winckelmann ha estado en su habitación y se ha soltado el pelo. Helene Winckelmann se puso de espaldas a él, delante de la ventana, y entonces se llevó las manos al pelo y se lo soltó. Y entonces el pelo cayó ondulante por su espalda. Y él, Lars de la Ensenada de los Sombreros, Hattarvågen, él, Lars de la ensenada, donde los islotes se agolpan, los islotes que parecen sombreros, por eso la llaman la Ensenada de los Sombreros, por eso él se llama Hattarvågen o Hertervig, él, Lars de la ensenada donde hay islotes que parecen sombreros, una ensenada en una pequeña isla, en el norte del mundo, en el país que se llama Noruega, él, que es de una pequeña isla que se llama Borgøya, él, Lars Hertervig, tuvo el honor de estar sentado en una silla, en la habitación que ha alquilado mientras estudia en la Academia de Bellas Artes de Düsseldorf, mirando a Helene Winckelmann delante de la ventana y con el pelo rubio suelto cayéndole por la espalda. Y entonces Helene se volvió hacia él. Y allí estaba Helene, mirándolo, con el pelo que le caía desde una raya en medio rodeando su pequeño rostro, con sus brillantes ojos azules, con su fina y diminuta boca, su pequeño mentón. Con ojos que brillaban. El pelo que caía sobre sus hombros. El pelo largo y ondulado. Y luego la sonrisa que frunció su boca. Y luego sus ojos, que se abrieron a él. Y de sus ojos surgió la luz más intensa que jamás había visto. La luz de sus ojos. Jamás había visto una luz como aquella. Y entonces él se puso de pie, Lars de la Ensenada de los Sombreros se puso de pie. Y Lars de Hattarvågen estaba allí, con su traje lila, de terciopelo, él, Lars de Hattarvågen, con los brazos colgando, y él contempló aquel pelo, aquellos ojos y aquella boca que tenía delante, simplemente se quedó allí, mirándola, y entonces fue como si la luz de sus ojos lo envolviera, como un ardor, no, ¡no como un ardor! ¡No como un ardor, sino como una luz!

Sí, la luz de sus ojos lo envolvió como una luz. Y en aquella luz él se transformó en otro, dejó de ser Lars de Hattarvågen para convertirse en otro, todo su desasosiego, todos sus temores, todas sus penurias, que siempre lo habían llenado de desasosiego, todo lo que añora, todo se colma con la luz de los ojos de Helene Winckelmann, y él se tranquilizó, se sintió colmado, y allí estaba él, con los brazos colgando a ambos costados, y entonces, involuntariamente, sin pensarlo, así, sin más, caminó hacia Helene Winckelmann y pareció desaparecer en su luz, en la luz que la envolvía, y se sintió más tranquilo de lo que jamás se había sentido, tan increíblemente tranquilo se sintió que la rodeó con sus brazos y se apretó contra ella. Él, Lars de Hattarvågen, rodea a Helene Winckelmann con sus brazos y está muy tranquilo, colmado de algo que no sabe qué es. Lars Hertervig está con Helene Winckelmann. Y ha dejado de ser él, está en ella. Se halla en algo que no sabe qué es. Está en ella. Él la rodea con sus brazos y entonces ella lo rodea a él con los suyos. Y aprieta su rostro contra el pelo de ella, contra su hombro. Se halla envuelto por algo que nunca antes lo había envuelto, algo que no sabe qué es y él, el pintor paisajista Lars Hertervig, no sabe qué es lo que lo envuelve, pero entonces cae en la cuenta y de pronto lo sabe, entonces sabe que lo envuelve algo que sus cuadros anhelan, algo que se halla en sus cuadros cuando mejor pinta, entonces algo lo envuelve, lo sabe, porque ya ha estado antes cerca de lo que ahora le envuelve, pero hasta ahora no había estado dentro, como ahora está él, el pintor Lars Hertervig, respirando a través del pelo de Helene Winckelmann. Y se queda allí, en su luz, envuelto por algo que lo llena. Y no logra recordar, echado en la cama, el tiempo que permaneció rodeándola con sus brazos, rodeando a su amada Helene, pero supone que fue un rato largo, tal vez casi una hora estuvo así, y ahora está echado en la cama, con su traje de color lila, escuchando la música de piano más bella. Y es mi amada Helene quien toca. Y yo, Lars de Hattarvågen, he visto a Helene soltarse su bella cabellera y la he visto delante de la ventana de mi habitación y he visto su pelo rubio caer en ondas sobre sus hombros. Y he visto la luz de sus ojos. Y he estado en medio de esa luz. Me introduje en su luz. Me levanté de la silla y me puse delante de ella, me envolvió su luz y me calmé, estuve largo rato envuelto por su luz, rodeándola con mis brazos, con mi rostro apretado contra su hombro, respirando a través de su pelo, hasta que Helene susurró que lo mejor sería que se fuera, porque pronto volvería su madre, tanto tiempo estuve respirando a través de su pelo y ahora estoy echado en la cama, con mi traje de terciopelo lila, escuchando el piano que suena desde el salón y es mi amada Helene quien toca. Y he visto tu cabellera, mi amada Helene. Te he visto de pie delante de la ventana, soltándote el pelo. Y me levanté de la silla, me acerqué a ti, te rodeé con mis brazos. Respiré a través de tu pelo. Y te susurré al oído que ahora éramos novios, ¿no? Y tú me susurraste al oído que sí, sí, ahora somos novios. Y allí estábamos. Y entonces oímos una puerta que se abría y que se cerraba después. Y nos soltamos. Y allí estábamos, en la luz que se contrajo, que se extinguió. Tu pelo se transformó. Y entonces oímos pasos en el pasillo. Y tú dijiste que seguramente sería tu madre que volvía a casa, que tenías que salir de allí inmediatamente, que debías apresurarte, pero antes tenías que recogerte el pelo, dijiste, y me sonreíste. Porque si tu madre no te encontraba en el salón vendría hacia aquí, se acercaría a la habitación y llamaría a la puerta. Dijiste que tenías que irte inmediatamente. Y te vi dirigirte a la puerta, salir al pasillo y cerrar la puerta, y te oí atravesar el pasillo y te oí gritar, hola, mamá, aquí, estoy aquí, mamá, ya estás en casa, gritaste. Y yo me eché en la cama. Estaba echado en la cama, mirando hacia la ventana que acababas de abandonar. Te imaginé de pie delante de la ventana. Te quedaste ahí con tu cabello. Y entonces llamaron a la puerta. Y ni siquiera me dio tiempo a salir de la cama cuando de pronto vi a tu tío en la puerta. El señor Winckelmann. Su barba negra, los ojos negros. Salté al suelo. Él dijo su nombre, señor Winckelmann. Le ofrecí la mano, pero él no la tomó, simplemente se volvió, cerró la puerta y se fue. Estoy echado en la cama, vestido con mi traje de terciopelo de color lila y escuchando la música de piano más hermosa del mundo. Te escucho tocar el piano en el salón. Soy el joven pintor noruego Lars Hertervig, uno de los mayores talentos de la joven pintura noruega, ¡lo soy! Porque poseo un gran talento. Realmente sé pintar. Y no me atrevo a escuchar lo que Gude tiene que decir del cuadro que estoy pintando. Porque sabré pintar, ¿no? Se supone que sé pintar, ¿no? ¿Acaso hay alguien capaz de pintar mejor que yo? ¿A lo mejor incluso pinto mejor que Gude y por eso Gude me dirá que no sé pintar? Gude me dirá que no sé pintar y que por eso debo volver a Stavanger, que no tengo nada que hacer en la academia de bellas artes, en esta academia ni en ninguna otra, me dirá, por eso, me dirá, será mejor que pintes puertas en lugar de cuadros. Hoy Gude verá mi cuadro, dirá lo que piensa de él, pero yo no quiero saber su opinión. Porque seguramente a Gude no le guste mi cuadro. Lo sé. No quiero saber lo que Gude opina de mi cuadro. Estoy echado en la cama y no quiero oír lo que Gude piensa de mi cuadro, porque ahora estoy tan a gusto, ahora te estoy escuchando a ti, mi querida, mi amada Helene, tocar el piano y tocas muy bien. La música de piano más bella. Del salón llega la música más hermosa a mi habitación. Le doy una chupada a mi pipa. Y oigo que dejas de tocar el piano, las últimas notas se desvanecen en el aire y en la luz como si fueran humo. Y oigo una puerta que se abre, oigo pasos en el pasillo. ¿Tal vez seas tú que vienes a hacerme una visita? ¿Tal vez vengas a mí para enseñarme tu pelo? ¿Tal vez te sueltes el pelo y te pongas delante de la ventana, con el pelo suelto y tan increíblemente hermosa, solo para mí? ¿O será una vez más tu tío? ¿Vendrá tu tío para echarme? ¿Volverá tu tío a aparecer en la puerta, con su barba negra, sus ojos negros, realmente volverá a mirarme desde el vano de la puerta? ¿Volverá a llamar a la puerta, se limitará a mirarme, sin decir ni una sola palabra, y luego me dirá que él es el señor Winckelmann, solo eso, nada más que eso? ¿Y luego me dirá que tengo que salir de aquí, que no puedo quedarme a vivir en la casa, que tengo que irme? Oigo pasos en el pasillo y los pasos son silenciosos, ligeros. Y yo sé que son tus pasos los que oigo atravesar el pasillo. Ahora se acercan tus pasos por el pasillo. Me siento en el borde de la cama. Miro hacia la puerta. Oigo los pasos detenerse delante de mi puerta. Y entonces oigo que llaman a la puerta. Oigo que tú llamas a la puerta, porque tienes que ser tú. Supongo que no puede ser nadie más que tú quien ahora llama a la puerta. Y tengo que decir adelante, tengo que decir que ya puedes entrar.

¡Adelante!, digo.

Y miro hacia la puerta, veo que se abre la puerta, la puerta se abre lentamente. Y sé que tienes que ser tú quien viene a mí. Ahora vienes. Y veo tu rostro, tu pequeño rostro, ¡sí, estás allí, mirándome, y me sonríes! Y entonces abres la puerta un poquito más y allí está tu pelo, resplandeciente, envolviendo tu rostro. Tus grandes y brillantes ojos. Y hay algo en tu rostro, algo en tus ojos. Te veo abrir la puerta de par en par, y allí estás, con tu vestido blanco. Y entonces bajas la mirada. Miras al suelo, luego alzas la mirada, hacia mí que estoy sentado en el borde de la cama. Te miro y sonrío. Y tú no me miras, simplemente clavas los ojos en el suelo, y hay algo en tu rostro, en tus ojos.

Entra, digo.

Y te veo asentir con la cabeza. Y entonces cierras la puerta detrás de ti. Y yo te veo allí de pie, tan hermosa, delante de la puerta cerrada. Y bajas la mirada. Y te veo atravesar la estancia, te diriges a la silla. Y hay algo en tu rostro, en tus ojos. Hay algo en ti. Te sientas en la silla. ¿Y qué es lo que hay en tu rostro? ¿En tus ojos?

¿Me has oído tocar?, me preguntas.

Sí, contesto yo.

Y vuelves a callarte, sentada allí en la silla, mirando al suelo.

Y has tocado muy bien, digo.

Beethoven, dices.

Sí, Beethoven, digo.

Y yo te miro, estás tan guapa sentada en la silla, mirando al suelo. Y supongo que no puedo decirte que nunca antes había escuchado música interpretada al piano hasta que llegué a esta casa, pues en Borgøya no había ningún piano, ni en toda la ciudad de Stavanger, que yo sepa, bueno, sí, en casa de Hans Gabriel Buchholdt Sundt seguramente había un piano, y en casa de Kielland sin duda también había un piano, tal vez también hubiera pianos en muchas otras casas, pero yo, personalmente, no había escuchado nunca la música de un piano hasta que te escuché a ti tocarlo, pero supongo que no puedo decírtelo, mientras estoy aquí sentado, en el borde de la cama, mirando al suelo, y ahora supongo que lo que más desearía sería verte ponerte en pie, y luego te quedarás allí, con la espalda arqueada, con tu vestido blanco, con la suave curva de tu pecho, estarás allí y luego te soltarás el pelo. Y tu pelo caerá por tus hombros. Estarás allí y mirarás al suelo sesgadamente, y entonces yo me pondré en pie y me acercaré a ti y luego te rodearé con mis brazos, te apretaré contra mí, entonces yo me quedaré allí contigo entre mis brazos, te apretaré contra mi pecho, sencillamente me quedaré allí, apretándote contra mí y respirando a través de tu pelo. Sencillamente me quedaré allí. Apretándote contra mí. Y entonces tú me rodearás con tus brazos y nos quedaremos así un buen rato. Sencillamente nos quedaremos así, abrazados. Tranquilos, estrechándonos, muy juntos.

Hay algo que tengo que contarte, dices tú.

Y nos miramos y entonces los dos miramos al suelo y ahora vas a tener que decirme lo que pasa.

Mi tío, dices. Mi tío me ha dicho que tienes que irte.

¿Y tú me dices que debo irme? ¿Y por qué tengo que irme? ¿Ya no quieres que viva aquí? ¿Por qué no quieres que me quede aquí?

¿Tu tío?, digo y te miro.

Ha dicho que tienes que mudarte, dices.

Pero si no llevo mucho tiempo viviendo aquí. Si prácticamente acabo de llegar. Y ahora tengo que mudarme. Y es que ya he pagado por la habitación, tengo dinero, el alquiler está pagado.

Pero ya he pagado el alquiler, digo.

No se trata de eso, dices tú. Pero mi tío le ha dicho a mamá que tienes que irte y mamá dijo que tal vez fuera lo mejor. No sé por qué, pero así es. He pensado que sería mejor que te lo dijera yo. Y tendré que mudarme. Y Helene seguirá viviendo aquí. Y ya no volveré a ver a Helene. Porque debo mudarme. Tu tío ha dicho que tengo que irme, tu madre ha dicho que está de acuerdo en que me vaya, y supongo que entonces tendré que irme. ¿Y dónde viviré? ¿Tendré que dormir en el estudio? Supongo que podría dormir a la intemperie si fuera necesario, pero entonces no vería a Helene. No volveré a ver a Helene.

¿Te veré?, digo.

Y no debería haberlo dicho. Porque Helene no podrá encontrarse conmigo, supongo que es demasiado joven para citarse conmigo. Al fin y al cabo solo tiene quince años, tal vez dieciséis, y es que yo ni siquiera sé los años que tiene. No sé nada. Pero me gustaría tanto verme con Helene. Y me pongo en pie, camino hacia Helene que está sentada en la silla. Me detengo delante de ella. Porque Helene ya no quiere volverme a ver, tal vez sea ella la que quiere que me vaya, tal vez solo me diga que es su tío quien lo quiere, el señor Winckelmann, pero a lo mejor es Helene quien quiere que me vaya. Me quedo mirando a Helene, ella está sentada, mirando al suelo. A lo mejor quiere que me vaya. Tengo que preguntarle a Helene si quiere que me vaya.

¿Quieres que me vaya?, le digo.

Y Helene sacude la cabeza. A lo mejor solo dice que no quiere que me vaya cuando en realidad sí lo quiere. Y es que difícilmente puede decirme otra cosa, pero también me ha dicho que somos novios, y ahora, de pronto, quiere que me vaya. La miro.

¿No quieres que me vaya?

Y Helene sacude la cabeza. ¿Y podría ser que Helene no quiera que me vaya? A lo mejor es su tío quien quiere que me vaya. Pero él no me ha dicho que tengo que irme de allí, su madre tampoco me ha dicho que tengo que irme, tan solo Helene lo ha dicho. Helene ha dicho que su tío quiere que me vaya. Y Helene quiere que me vaya, quiere que no la vuelva a ver jamás.

¿Por qué quiere tu tío que me vaya?

Yo te miro, mi amada Helene. Estoy de pie delante de ti, te miro, sentada en la silla, y tú no me contestas, te quedas allí sentada sin decir nada, mirando al suelo.

¿Fue anoche cuando te lo dijo tu tío?, digo.

Y tú te quedas allí sin decir nada, mirando al suelo.

¿He hecho algo mal?, digo.

Y tú te quedas allí sin decir nada.

Pero somos novios, ¿no es así?, digo. ¿No es así? ¿Somos novios? ¿Y tú me querrás ver, aunque no viva aquí? Puedo ir a buscarte, podemos encontrarnos en la calle, donde sea.

Poso mi mano sobre tu hombro. Y tú te quedas allí, sin decir nada, mirando al suelo. Y yo allí, de pie, delante de mi amada Helene, y mi mano reposa sobre su hombro. Y veo que tu pecho se levanta y se hunde con tu respiración. Veo tus pechos bajo el vestido blanco. Y ahora quieres que yo desaparezca, quieres que no vuelva a verte nunca más. Pero eres mi novia. Quiero ver tus pechos. No puedes decirme sin más que se supone que vaya a desaparecer. Dejo que mi mano se deslice desde tu hombro hasta tu pecho. Me quedo ahí y dejo que mi mano repose en tu pecho redondo. Siento cómo tu pecho sube y baja al respirar. Y no puedo tocar tu pecho. Sostengo la mano sobre uno de tus pechos. Tú alzas la mano, coges mi mano, la retiras de tu pecho.

Seguramente sea por esto, dices.

Estoy delante de ti, con la mano pendiendo al costado, tú sostienes mi mano por el dorso.

Quieres que me vaya, digo.

Y veo que sacudes la cabeza y me sueltas la mano.

¡Helene!, digo.

Y sé que es la primera vez que me dirijo a ti por tu nombre, lo he pronunciado muchas veces para mis adentros, una y otra vez he dicho tu nombre, Helene, Helene, Helene, he dicho, pero nunca te lo he dicho a ti, tampoco se lo he dicho nunca a nadie. Y ahora digo tu nombre, y eso quiere decir que tendré que pronunciarlo muchas veces.

Helene, Helene, digo.

Sí, Lars, dices tú.

Y me miras directamente a los ojos. Y luego me sonríes. Yo te sonrío a ti.

Yo y tú, digo.

Y levanto la mano y acaricio tu mejilla suavemente con los dedos.

Yo y tú, dices.

Y alzas la mirada hacia mí. Ríes mientras me miras.

Yo y tú, digo.

Yo y tú, dices.

Y entonces nos sonreímos y tomo tu mano, la sostengo con delicadeza.

Somos novios, digo. Tú y yo somos novios.

Yo y tú, dices.

Y nos miramos a los ojos, nos sonreímos. Y poso el brazo sobre tus hombros, te arrastro conmigo. Nos sentamos en el borde de la cama.

Tendremos que quedar para vernos, digo.

Sí, dices tú.

¿Y por qué quiere tu tío que me vaya?, digo.

Y tú no contestas. ¿Será finalmente porque eres tú quien quiere que me vaya, y no tu tío? Pero tú no quieres que me vaya.

¿Por qué tengo que irme?, digo.

No lo sé, dices tú.

Sí lo sabes, digo yo.

¡No digas eso!, dices tú.

Bajo la mirada. He dicho que tú sabes por qué tu tío quiere que me vaya y tú dices que no puedo decirte que tú lo sabes, con voz irritada me dices que no puedo decir una cosa así. Y supongo, pues, que no puedo decirlo, si tú lo dices. Tendré que limitarme a estar aquí, sentado, tendré que quedarme sentado aquí y escuchar cómo te enojas porque te pregunto por qué tengo que irme, tengo que irme porque tu tío quiere que me vaya, pero si eres tú, si eres tú, Helene, quien quiere que me vaya y luego me dices que es tu tío quien lo quiere, cuando en realidad eres tú la que así lo quiere. ¿Por qué quieres que me vaya? ¿Por qué? ¿Debería preguntarte por qué quieres que me vaya? Supongo que entiendo que quieras que me vaya, pero ¿por qué quieres que me vaya? ¿Por qué?

¿Por qué quieres que me vaya?, digo yo.

Es mi tío quien lo ha dicho, dices tú.

Pero ¿tú también lo deseas?

Yo no soy quién para decidirlo.

Aun así, digo yo y aprieto tu hombro con más fuerza.

No, dices tú.

¿Por qué quieres que me vaya?

Es mi tío, dices tú.

Dejo que mi mano se deslice por tu hombro hasta llegar a tu pecho.

No, dices.

Introduzco dos dedos entre los botones de tu vestido. Estrujo tu pezón entre mis dedos.

¿Por qué tengo que irme?, digo.

No, no hagas esto, dices.

Dímelo, digo yo.

Mi tío, dices tú.

Y oigo que jadeas.

Tu tío, tu tío, digo. ¿Acaso también es tu novio? ¿También te toca el pecho?

No, no hagas tonterías, suéltame, dices.

Y yo retiro la mano. Me pongo de pie. Estoy de pie mirándote, tus ojos claros brillan, tus mejillas parecen arder.

Solo quería decírtelo yo, dices.

Y te pones de pie. Te veo colocarte delante de mí. Te abrazo, te aprieto contra mí. Bajo la mano hasta llegar a tu trasero, aprieto la mano contra tu trasero. Me aprieto contra ti.

Tu tío, digo yo.

No hagas tonterías, dices tú.

Te aprieto con fuerza contra mí.

¡Suéltame!

Acerco la boca a tu mejilla, aprieto mis húmedos labios contra tu mejilla.

No hagas tonterías, dices.

Y te suelto.

Tengo que irme, dices tú.

Y yo te miro, te oigo decir que tienes que irte. Y ahora te irás con tu tío. Porque eres tú quien le ha pedido a tu tío que me diga que tengo que irme. No haces más que jugar conmigo. Lo sé, sé que le has pedido a tu tío que me diga que tengo que irme. ¿Y por qué quieres que me vaya? ¿Por qué no quieres que me quede aquí? ¿Por qué? ¿Qué te he hecho? Te estoy mirando. ¿Por qué quieres que me vaya? ¿Prefieres estar con tu tío, es eso? ¿Prefieres acariciar la gruesa barriga de tu tío? ¿Mirar sus ojos negros? ¿Por qué quieres que me vaya? ¿Y por qué dices que tocas el piano para mí? ¿Quieres acariciar la barba negra de tu tío? ¿Es eso lo que quieres? ¿Quieres que tu tío te toque los pechos, es eso lo que quieres? ¿Es eso lo que quieres? Y no puedes permitir que yo me quede en la casa, no puede ser, no si quieres estar a solas en la casa con tu tío. Y tienes que irte. Y yo tengo que mudarme. Tengo que irme de aquí. No me quedaré aquí si tú no quieres que lo haga. Desapareceré de aquí. No te molestaré más, no. Me iré de aquí.

¿Por qué le has pedido a tu tío que me diga que tengo que irme?, digo yo.

Es mi tío quien lo ha dicho, dices tú.

Y me miras, con tus grandes ojos abiertos.

No, digo yo.

Y yo te miro, y veo tu vestido blanco que empieza a convertirse en algo blanco, tu vestido se convierte en algo blanco que empieza a moverse, tu vestido, y entonces lo blanco se mueve hacia mí, lo blanco se acerca y entonces veo una tela blanca y negra delante de mí, y la tela se mueve hacia mí, de pronto se aleja. Y entonces se divide. Y la tela se mueve hacia mí, luego se aleja. Las telas son de color blanco, de color negro. Las telas se mueven hacia mí, luego se alejan. Las telas se mueven, no paran de moverse, y se acercan a mí.

No, no, digo yo.

Las telas blanca y negra se mueven hacia mí, luego se alejan, se acercan, se alejan.

No, dejadme en paz, digo.

¿Qué te pasa?, dices tú.

Y entre las telas negra y blanca te oigo preguntar qué me pasa y tu voz se desplaza entre la tela negra y la blanca, acercándose a mí, alejándose, acercándose, alejándose. ¿Y qué me pasa?

¿Lo ves?, digo.

¿Qué?

Las telas.

No, no veo nada.

Y las telas se desplazan hacia mi rostro, hacia mi boca, las telas rozan mis labios.

Tengo que irme, dices tú.

Y la tela intenta meterse en mi boca. Me llevo la mano a la boca, quiero sacarme la tela, ¡porque tengo que sacar la tela de mi boca! ¡La tela no debe ahogarme! ¡Tengo que sacarme la tela de la boca, tengo que hacerlo! Y me llevo la mano a la boca, tiro de ella, pero la tela desaparece, y yo intento agarrarla, pero ha desaparecido, resbala de mi mano, la tela se desliza, se desliza cuando intento agarrarla, desaparece. La tela se apodera de mí.

¿Qué pasa, Lars?

Las telas desaparecen. Solo las telas. Desaparecen. La tela blanca desaparece, y quiero agarrarla, y allí está, casi, pero justo cuando me dispongo a agarrarla, desaparece y ya no hay tela.

¡No hagas tonterías, Lars!

Las agarro y las telas desaparecen. Tengo que agarrar las telas, se acercan a mi boca, las telas son negras y blancas y se acercan a mi boca, y ahora voy a tener que agarrar las telas, intento agarrarlas.

¿Qué estás haciendo? ¡No te comportes así! ¡Me das miedo! ¡Deja de hacer el tonto!, dices.

Y las telas. Pero las telas no hacen más que desaparecer. Miro la tela negra. Veo que la tela negra deja de agitarse tanto.

¿No las ves?, digo.

¿Si veo qué?, dices.

La tela blanca y la tela negra, digo.

No veo nada, dices.

Y veo que las telas se calman, las telas se disuelven y se hacen cada vez más borrosas y desaparecen.

No has visto nada, digo.

Y veo que sacudes la cabeza.

Y ahora tengo que irme, dices.

¿No puedes quedarte un rato más?, digo.

No, tengo que irme.

¿Tienes algo que hacer?

Tú sacudes la cabeza.

¿Has quedado con tu tío?

Solo quería contarte lo que dijeron él y mamá, dices.

Y ahora tú y tu tío os quedaréis solos en casa, podréis hacer lo que os dé la gana juntos, solos, tú y tu tío. Y yo no estaré en la casa. Porque debo mudarme.

Bueno, si quieres que me vaya, lo haré, digo.

Yo no lo quiero.

No.

Es mi tío quien quiere que te vayas, y mi madre está de acuerdo con él, dices.

Asiento con la cabeza. Y entonces veo la tela negra y la blanca, ahora las telas entran por la ventana, entran en la estancia y la verdad es que no deja de ser cómico, es para morirse de risa, porque resultan divertidas, estas telas blanca y negra.

¡Mira las telas!, digo.

Y veo que sacudes la cabeza.

Ahora tengo que irme, solo quería decirte que ellos quieren que te vayas, dices.

Asiento con la cabeza. Veo las telas blanca y negra ondeando desde la ventana, luego te miro a ti, estás allí, de pie en medio de la habitación, y las telas blanca y negra casi te alcanzan, las telas casi tocan tu vestido blanco y negro.

¿No ves las telas blanca y negra?, digo. Si casi te tocan.

Y tú sacudes la cabeza.

Mira hacia la ventana, si ondean en la ventana, ¡míralo!

Y tú miras hacia la ventana y yo veo las telas negra y blanca moverse hacia ti, casi te tocan, luego se alejan de ti.

Pero ¿no las ves?

Las telas se retiran lentamente hacia la ventana, trozo a trozo se van juntando las telas blanca y negra, se retiran hacia la ventana.

Pero ¡mira! ¡Ahora se retiran!

Las telas se retiran lentamente, y resulta cómico, es para morirse de risa, ¡y tú no ves las telas! Yo te miro. Tú no dejas de mirarme, con tus ojos claros, que ahora son casi negros.

Tengo que irme, dices.

Veo que las telas se retiran, ahora se escurren por la ventana y desaparecen. Y yo tenía que haber visto a Hans Gude, el que realmente sabe pintar, hoy él tenía que haber visto el cuadro que estoy pintando, pero a lo mejor mi cuadro no le gusta a Gude. A lo mejor piensa que no sé pintar. Que no tengo nada que hacer en la Academia de Bellas Artes de Düsseldorf. A lo mejor es de la opinión de que no hay razón alguna para que siga estudiando en Alemania, que no hay razón alguna para que intente ser pintor. Me siento en el borde de la cama. Veo mi pipa en el cenicero sobre la mesita de noche. Al menos tengo mi pipa, pase lo que pase, tengo mi pipa. Y tengo tabaco. Al menos puedo echarme en la cama y fumar en pipa. Estoy sentado en el borde de la cama mirándote, estás de pie en medio de la habitación, me miras y ya has dicho unas cuantas veces que tienes que irte, que no te puedes quedar en la habitación conmigo, y supongo que no puedes quedarte en la habitación porque tu tío está a punto de llegar. Tu tío. No quieres que yo siga viviendo en la misma casa que tú, no lo quieres, porque tú y tu tío queréis estar solos en la casa. Lo sé. Tengo que irme. Me dices que tengo que irme. No puedo seguir viviendo aquí. Me has dicho que tu tío dice que tengo que mudarme. Tengo que irme. Le has pedido a tu tío que me eche. Lo sé. Quieres que me mude, para poder estar a solas con tu tío en la casa. Y yo tendré que mudarme. Y oigo que alguien abre la puerta de entrada. Yo te miro, tú me miras y te oigo susurrar que ahora ha llegado tu tío y yo asiento con la cabeza. Y te veo cruzar la habitación, en dirección a la puerta. Te detienes delante de la puerta y yo susurro, ¿tu tío? Y tú asientes con la cabeza, y susurras, oh, que tenga que llegar justo ahora, y yo bajo la mirada hacia el suelo. Oigo que la puerta se cierra, oigo pasos pesados que se acercan por el pasillo, y los pasos son tan pesados que tiene que ser tu tío, oigo sus pasos que cruzan el suelo, los pasos del señor Winckelmann, pasos pesados, los pasos negros y pesados del señor Winckelmann que cruzan el pasillo. El señor Winckelmann. Ahora ha llegado el señor Winckelmann para echarme de la habitación que alquilo en la Jägerhofstrasse. Le has pedido a tu tío que venga a echarme, lo sé muy bien.

Mi amada Helene, digo. Mi amada, mi amada Helene.

Y oigo lo falso que suena y te veo delante de la puerta, me miras y entonces oigo a tu tío llamarte: ¡Helene! ¡Helene! Y tú me miras.

Ahora me está llamando, dices. Tengo que irme.

Y yo asiento con la cabeza. Y te veo abrir la puerta, salir al pasillo. Estoy sentado en el borde de la cama y miro hacia la mesita de noche, donde está el cenicero con mi pipa. Me echo en la cama y estiro las piernas y oigo a tu tío decir aquí estás. ¿Has vuelto a entrar en su habitación? Eso dice y oigo que tú le contestas, pero no oigo lo que le dices.

No, ya está bien, ahora tendrá que irse, porque esto no puede ser, dice tu tío.

Sí, sí, dices tú.

Tiene que irse, dice tu tío.

Sí, dices tú.

Hoy mismo, dice tu tío.

Y no oigo que digas nada, solo oigo tus pasos que recorren el pasillo, y entonces oigo que tu tío dice que al parecer yo siempre estoy en la habitación de día y que no debo de hacer nada, que lo único que hago es estar echado en la cama, dice él, y entonces te oigo decir que pinto.

No, está echado en la cama, dice tu tío.

Y oigo pasos en el pasillo, tus pasos ligeros, los pasos pesados de tu tío y oigo a tu tío decir que hoy tendré que irme, que siempre estoy en casa, que tengo que salir de allí, dice él, y te oigo decir algo, pero no logro oír qué es lo que dices.

Y siempre te metes en su habitación, en cuanto estás sola en casa entras en su habitación, ayer estuviste allí, hoy has vuelto a entrar, dice tu tío.

Solo he estado allí esas dos veces, dices tú.

Nos haces la vida muy fácil, dice tu tío.

Y oigo pasos, oigo tus pasos, oigo los pasos de tu tío, oigo pasos en el pasillo y oigo que se abre una puerta y oigo a tu tío decir ¡tiene que irse! Y yo estoy echado en la cama y tu tío ha dicho que tengo que irme. No permitirá que siga alquilando esta habitación. Y tú quieres que me mude. Acabas de estar en mi habitación y me has dicho que tengo que mudarme. Porque lo único que deseas es quedarte sola en la casa, quieres estar sola en la casa, con tu tío, eso es lo que quieres, quieres tocar su gruesa barriga, mirar sus ojos negros. Es por eso que ha venido tu tío. Para tocarte los pechos. Quiere estar a solas contigo, pero, claro, estoy yo. Y tú quieres estar a solas en casa con tu tío. Quieres que me vaya. Quieres que tu tío te toque los pechos sin que nadie se entere. Quieres hacer cosas con tu tío. Lo sé. Y te oigo gritar ¡no! ¡No! Y gritas. Te oigo gritar en el salón. Te oigo gritar ¡no! ¡No! Oigo que tu tío dice algo, pero ¿qué es lo que dice? ¿Qué es lo que dice tu tío? Y tú gritas que te suelte. ¡Suéltame! ¡Suéltame! ¿Es eso lo que gritas? Y supongo que no puedo quedarme echado en la cama, mientras tú gritas y está pasando algo en el salón. Tengo que hacer algo. Y no quedarme echado en la cama. ¿Te he oído gritar? ¿O solo creo que estás gritando? A lo mejor no he oído nada. ¿Has gritado? Y tu tío ha dicho que tengo que irme. Pero yo no quiero irme. ¿Y no has gritado? ¿No ha pasado nada? Y no puedo limitarme a quedarme en la cama. Supongo que tendré que hacer algo. Tengo que incorporarme, tendré que ir al estudio, porque hoy Hans Gude, nada menos que Hans Gude, nada menos que el mismísimo Hans Gude se pasará hoy por el estudio para ver los cuadros de los estudiantes noruegos que estudian en la Academia de Bellas Artes de Düsseldorf, y verá mi cuadro y dirá lo que opina del cuadro que estoy pintando. Y yo estoy aquí echado en la cama, vestido con mi traje de terciopelo de color lila. Bajo la mirada y me miro el traje de color lila de terciopelo. Cruzo las piernas. Y supongo que no debería quedarme aquí, escuchando cómo gritas. ¿O acaso no has gritado? Veo que mi pipa sigue en el cenicero, sobre la mesita de noche, y tomo la pipa, poso la mano que agarra la pipa sobre mi barriga. Miro hacia la ventana y allí, delante de la ventana, estaba mi amada Helene, soltándose la cabellera, y entonces tu pelo cayó, cayó por tus hombros, allí estabas, con tu vestido blanco, allí, delante de la ventana estabas con tu vestido blanco, mientras tu pelo caía suavemente sobre tus hombros. Y yo me levanté de la cama. Me acerqué a ti. Te rodeé con mis brazos. Apreté el rostro contra tu hombro, contra tu pelo. Me quedé con el rostro apretado contra tu pelo, respirando a través de tu pelo. No sé cuánto tiempo permanecí así, pero tiempo, un buen rato, estuve un buen rato respirando a través de tu pelo. Te apreté contra mi cuerpo. Y tú me apretaste contra tu cuerpo. Allí nos quedamos, delante de la ventana. Miro hacia la ventana, y detrás de la ventana, sobre la loma, veo los álamos, una hilera de álamos, allí están, los álamos, en la cima de la loma, cuando miro los álamos desde la cama parece que estén suspendidos en el aire. Y tú estabas allí, delante de la ventana. Y detrás de ti, los álamos. Y veo unos jinetes cabalgando por la loma, delante de los álamos. Lo único que veo son las cabezas de los caballos y los torsos de los jinetes. Y supongo que no me doy cuenta. De los álamos, de los jinetes. Y tu pelo. Y tu pelo son los álamos. Y nosotros los jinetes. Y en nosotros están las nubes azules. Y yo no hago más que quedarme echado en la cama, con mi traje de terciopelo lila, contemplando los álamos, contemplando los jinetes. Y oigo tu voz, pero no puedo oír lo que dices. Pero no habrás gritado, ¿verdad? ¿Tu voz es calmada? ¿Quieres que acuda en tu ayuda? ¿O tal vez no quieres ni verme? ¿Lo único que quieres es que me vaya? Y entonces oigo que tu tío dice que tengo que irme, hoy mismo, este mismo día. Y entonces tú dices algo, pero no puedo oír lo que dices. Y no gritas, solo hablas en voz baja. Y has dicho que tengo que irme. No puedo quedarme a vivir aquí por más tiempo. Es tu tío quien ha dicho que no puedo quedarme aquí. Tengo que irme. Y tú quieres que me vaya. Y ahora tu tío ha venido a casa, a mitad del día. Y supongo que no debería haber estado en la habitación a estas horas del día, debería haber estado en el estudio, uno más entre los demás pintores, entre los demás pintores que no saben pintar, debería haber estado allí y entonces Gude tendría que haber venido, tendría que haber dicho que el cuadro en el que estoy trabajando es bueno, de momento tiene muy buena pinta, eso es lo que tendría que haber dicho, muy prometedor, realmente tienes talento, tendría que haber dicho, nada menos que Hans Gude tendría que haber dicho esto de mi cuadro, del cuadro de Lars de Hattarvågen, hijo de alguien que ni siquiera llegó a ser cuáquero, un jornalero, tendría que haber dicho del cuadro de Lars Hertervig, de mi cuadro, que es realmente prometedor. Yo soy Lars Hertervig. He viajado a Alemania, a la Academia de Bellas Artes de Düsseldorf, para formarme como pintor paisajista. Soy el pintor paisajista Lars Hertervig. Estoy echado en la cama, con mi traje de terciopelo lila. Sostengo mi pipa contra la barriga. Tendría que haber estado en el estudio, porque hoy Hans Gude tenía que haber visto el cuadro que estoy pintando. Pero seguramente a Hans Gude no le habrá gustado mi cuadro. Sin duda, le parecerá que no sé pintar, que no tengo nada que hacer en la academia de bellas artes, que hubiera hecho mejor quedándome en Stavanger, pintando casas y paredes. Porque supongo que no sé pintar. Y no puedo quedarme a vivir en esta habitación. Helene no quiere que siga viviendo aquí. Tengo que irme. Hoy ha estado aquí Helene y me ha dicho que tenía que irme. ¿Y te he oído gritar? Has gritado ¿no, no? Y tu tío está en el salón contigo. Y yo estoy echado aquí, en la cama, totalmente vestido, llevo puesto mi traje de terciopelo lila. Y no puedo quedarme así, porque tú no puedes quedarte en el salón a solas con tu tío. Al fin y al cabo has gritado. Te he oído gritar. Seguramente, tu tío te ha tocado los pechos, a lo mejor también ha introducido sus manos debajo de tu vestido. Lo sé. Sé que tu tío te ha tocado y que tú has gritado. Tengo que hacer algo. Y oigo pasos pesados en el pasillo. Tu tío se acerca por el pasillo. Y ahora tu tío llamará a la puerta de mi habitación, me dirá que no puedo quedarme en la casa, que tengo que mudarme, que debo mudarme hoy mismo, eso me dirá, que debo hacer las maletas ahora mismo, me dirá tu tío, y entonces se quedará en el vano de la puerta, me mirará con sus ojos negros, los ojos negros sobre la enorme barriga, sobre la barba negra. Tu tío enseguida estará de pie en el pasillo diciéndome que tengo que marcharme. Tengo que hacer las maletas inmediatamente, y luego debo irme en seguida. No puedo quedarme aquí por más tiempo. Eso es lo que me dirá tu tío. Tengo que irme. Y oigo a tu tío acercarse por el pasillo, con pasos pesados, hace un momento, tu tío estaba en el salón, a solas contigo, y ha hecho cosas contigo, lo sé muy bien, te ha tocado, ha hecho cosas contigo y tú has gritado y ahora tu tío se acerca por el pasillo, viene a llamar a mi puerta, o a lo mejor la abre sin más. A lo mejor se va. A lo mejor, en realidad, tu tío se dirige a la puerta principal para abrirla e irse sin más. A lo mejor tu tío no viene a mi habitación para decirme que tengo que irme, que no puedo quedarme aquí por más tiempo. Oigo pasos pesados en el pasillo y oigo que los pasos se detienen delante de la puerta de mi habitación. Oigo que llaman a la puerta. Tu tío llama a la puerta de mi habitación con fuerza, varias veces, y yo estoy echado en la cama, con mi traje de terciopelo lila, con la pipa reposando sobre mi barriga, y tu tío ha llamado con fuerza a la puerta, porque ahora piensa decirme que tengo que irme, ¡fuera!, ¡hoy mismo tienes que estar fuera!, me dirá, ¡porque esto ya no puede seguir así!, me dirá y oigo que llaman a la puerta varias veces, y yo estoy echado en la cama, con mi traje de terciopelo lila, pero no contesto, porque sé que es tu tío quien llama a mi puerta y lo único que quiere es que me vaya, que me largue, no quiere que siga viviendo en la casa, eso es lo que pretende, lo sé muy bien, por eso no quiero contestar, no quiero decir ¡adelante!, no contestaré, y cuando tu tío abra la puerta de mi habitación, sin que yo le haya pedido que entre, yo estaré tendido en la cama, mirándole, mirándole a él que no deja a mi amada Helene en paz, él, que hace cosas con mi amada Helene, con la que me ha mostrado su pelo, ¡con la que me ha dicho que es mi novia! ¡Mi amada Helene! ¡Mi amada, mi amada Helene! ¡Helene! Vuelven a llamar a la puerta. Y yo permanezco echado en la cama, no contesto. Miro hacia la puerta. Veo que el picaporte de la puerta baja. Miro el marco de la puerta. Veo que la puerta se abre. Veo cómo la puerta viene hacia mí. Veo una tela negra en la puerta. Veo que la puerta se abre más, veo la gruesa barriga de tu tío. Veo su barriga ceñida dentro del chaleco. Bajo la vista hacia sus pantalones negros. Alzo la vista, mis ojos se pierden en su barba negra. Veo sus ojos negros. Veo a tu tío en el vano de la puerta. Tu tío me mira. Veo que sacude la cabeza.

Está echado en la cama, señor Hertervig, dice.

Y tu tío dice que estoy echado en la cama, ¿y qué puedo decir a eso? ¿Que no estoy echado en la cama, tal vez? Miro hacia tu tío, hacia el señor Winckelmann.

Sí, señor Winckelmann, digo y me incorporo, sentándome en el borde de la cama.

¿No está estudiando?, dice él.

Sí, sí, pero hoy no. No puedo estudiar todos los días, mis ojos no lo soportan.

¿O sea que esa es la explicación?, dice él.

Sí, así es.

¿Y cuando no estudia, se queda echado en la cama fumando en pipa?

Asiento con la cabeza.

Vaya, vaya, dice él.

¿Quiere algo en particular de mí, señor Winckelmann?

Desde luego, dice él. Y Helene, ¿supongo que no habrá hablado con ella hoy?

Y el señor Winckelmann me pregunta si he hablado con Helene hoy, eso es lo que hace, y ¿qué puedo contestar yo? ¿Puedo decir que, efectivamente, he hablado contigo? Si lo hago, a lo mejor te pega, ¿eso es lo que hará? Pero él sabe que he hablado contigo, al fin y al cabo te ha visto salir de mi habitación, o sea que sabe perfectamente que has hablado conmigo, ya no es un secreto que has hablado conmigo, que has estado en mi habitación, lo sabe perfectamente. Porque, al fin y al cabo, tu tío te ha visto salir de mi habitación. Tengo que decir algo, porque tu tío me mira sin decirme nada.

Bueno, ¿lo ha hecho o no, señor Hertervig?, me dice.

¿Por qué me lo pregunta, señor Winckelmann?

¿Le parece una pregunta extraña? ¿Una muchacha de quince, dieciséis años?¿ Una chica sola en una casa con un hombre como usted? ¿Le parece extraña la pregunta?

Sacudo la cabeza. Y el señor Winckelmann habla de una manera tan rara, tan rígida.

Haga el favor de contestarme, dice el señor Winckelmann.

He oído gritar a Helene, digo.

¿Eso ha hecho el señor Hertervig? ¿Y qué significa eso, si me permite preguntárselo? ¿Al señor Hertervig no le gusta que Helene grite? ¿Al señor Hertervig no le gustan sus gritos? Pero entonces ¿el señor Hertervig puede contestarme si ha hablado hoy con la señorita Helene?

Sí, bueno, digo yo.

O sea que sí, vaya. Y entonces el señor Hertervig cree que yo, quien tras la muerte repentina del padre de Helene he asumido la responsabilidad sobre ella, sobre su madre, sobre esta familia, no debo hacer nada cuando un hombre joven, bueno, supongo que sabrá a lo que me refiero.

Pero ¡Helene y yo somos novios!

Y el señor Winckelmann me mira con ojos iracundos, pues acabo de decir algo totalmente insensato y entonces el señor Winckelmann entra en la habitación, cerrando la puerta detrás de él. Y veo que el señor Winckelmann se acerca a la ventana y de pronto el señor Winckelmann está de espaldas a mí, en el mismo sitio que ha ocupado Helene antes este mismo día, y entonces el señor Winckelmann se vuelve y se dirige a la puerta, se da la vuelta de nuevo y camina hacia la ventana. El señor Winckelmann vuelve a mirar por la ventana. Yo estoy sentado en el borde de la cama, con mi traje de terciopelo de color lila, y entonces oigo que el señor Winckelmann dice que esto es peor de lo que había imaginado y veo al señor Winckelmann de pie delante de la ventana, mirándome y sacudiendo la cabeza.

No, no, dice el señor Winckelmann.

Estoy sentado en el borde de la cama, mirando al señor Winckelmann. Y ahora ya he dicho que Helene y yo somos novios y supongo que no debería haberlo dicho, pero es que Helene y yo realmente somos novios, y por tanto tenía que decirlo, porque somos novios, poco más puedo decir, pero realmente somos novios, supongo que también tengo que decírselo al señor Winckelmann, que somos novios.

¿Y qué ha hecho, pues, con su novia?, dice el señor Winckelmann.

Y el señor Winckelmann empieza a andar, cruza la estancia, se detiene delante de mí, el señor Winckelmann se ha detenido delante de mí y me mira. Yo miro al señor Winckelmann y luego bajo la mirada.

¿Qué ha hecho?, dice el señor Winckelmann.

Miro los zapatos negros del señor Winckelmann. ¡Contésteme! ¿Qué ha hecho? ¿No quiere contestarme? ¿Qué significa que usted y Helene son novios?

Y el señor Winckelmann posa su mano sobre mi hombro, me agarra del hombro y entonces el señor Winckelmann me sacude por el hombro y yo alzo la mirada y le miro a los ojos negros que me miran desde lo alto, sus ojos me miran oscuramente a la cara.

¡Conteste!

Yo bajo la mirada.

¡Conteste! ¡Conteste!

Y oigo que el señor Winckelmann me grita que conteste y tendré que decir algo, porque el señor Winckelmann está de pie delante de mí, con su pesada mano sobre mi hombro, y casi me ruge que le conteste, por lo que tendré que contestarle, decirle algo.

Nada, digo.

¿Y aun así, usted y la señorita Helene son novios? ¿Qué significa eso?

Nada, digo yo.

Nada, nada, dice el señor Winckelmann.

Y oigo que la voz del señor Winckelmann tiembla, y entonces me aprieta el hombro con fuerza y no me duele, pero el señor Winckelmann me ha apretado el hombro con fuerza.

Nada, nada, dice el señor Winckelmann.

Y el señor Winckelmann vuelve a apretarme el hombro.

Bajo la mirada al suelo.

Nada, dice el señor Winckelmann.

Y el señor Winckelmann sigue agarrándome por el hombro. Yo miro al suelo fijamente y la mano del señor Winckelmann tiembla. El señor Winckelmann me agarra el hombro con su mano temblorosa. Yo miro al suelo, veo los zapatos negros y lustrosos del señor Winckelmann. Y entonces el señor Winckelmann empieza a sacudirme hacia delante y hacia atrás, ¡y yo no tengo miedo! ¡No tengo miedo! El señor

Winckelmann puede sacudirme hacia delante y hacia atrás todo lo que quiera, pero ¡yo no tengo miedo! El señor Winckelmann me sacude hacia delante y hacia atrás y yo estoy más tranquilo que nunca. Miro al señor Winckelmann. Y el señor Winckelmann deja de sacudirme. El señor Winckelmann se queda mirándome.

¿Qué has hecho con ella? ¡Contesta!, dice el señor Winckelmann.

Y yo alzo la mirada, miro los ojos negros del señor Winckelmann. Y el señor Winckelmann levanta la otra mano, la posa sobre mi otro hombro y veo los brazos del señor Winckelmann acercarse a mí y yo estoy más tranquilo de lo que recuerdo haber estado nunca y entonces miro hacia una de sus manos, veo su mano negra y gruesa que agarra mi hombro, porque el señor Winckelmann me tiene agarrado por los dos hombros y yo estoy más tranquilo de lo que recuerdo haber estado nunca. Miro al señor Winckelmann. Supongo que debería tener miedo, pero la verdad es que estoy muy tranquilo. No siento ningún miedo. Miro al señor Winckelmann a sus ojos negros. Vuelvo a bajar la mirada. ¡Y luego tú, mi amada Helene, porque te amo, mi amada Helene! ¿Qué está pasando, mi amada Helene? Y el señor Winckelmann me estruja los hombros con fuerza. Alzo la mirada, y miro los ojos negros del señor Winckelmann. Veo su barba negra, su boca abierta. Estoy tranquilo, más tranquilo de lo que probablemente había estado jamás.

No tengo miedo, digo.

Y entonces el señor Winckelmann vuelve a sacudirme, hacia delante y hacia atrás.

Sí, Helene y yo somos novios, digo.

Y el señor Winckelmann suelta mis hombros.

Tienes que irte de aquí, dice.

¿Irme?

Sí, por supuesto.

¿Mudarme?

Sí, sí.

Pero si ya…

No hay nada más de que hablar. Tienes que irte. Ahora mismo. Inmediatamente.

Y oigo que el señor Winckelmann dice que tengo que irme de aquí enseguida. ¿Y cómo puede decirme que debo irme? ¡Si acabo de mudarme aquí! ¡Y Helene y yo somos novios! Y no es en la casa del señor Winckelmann donde he alquilado esta habitación. No puedo quedarme aquí sentado, sin más, escuchando cómo el señor Winckelmann me dice que tengo que irme. ¡No puede decirme que me vaya! Al fin y al cabo no he alquilado una habitación en casa del señor Winckelmann.

Tienes que irte.

Veo al señor Winckelmann acercarse a la ventana, lo veo volverse y mirarme. Y no puedo decir nada, lo único que puedo hacer es quedarme aquí sentado. ¿Tal vez debería encender la pipa? ¿O será mejor que me quede aquí sentado, escuchando cómo el señor Winckelmann me dice que tengo que irme, que no puedo quedarme a vivir aquí, que no puedo seguir alquilando esta habitación?

Tienes que irte, hoy mismo.

El señor Winckelmann me mira.

Ya me has oído, y lo digo muy en serio, tienes que irte. Hoy mismo tienes que estar fuera de aquí.

Estoy sentado en el borde de la cama y oigo que el señor Winckelmann dice que tengo que mudarme y entonces supongo que tendré que hacerlo, pero es que no tengo ningún sitio adónde ir, pero aun así voy a tener que irme.

De acuerdo, digo.

Bien, dice el señor Winckelmann.

Bueno, pues entonces tendré que irme, digo yo.

Y veo al señor Winckelmann atravesar la habitación, dirigirse hacia la puerta y mientras camina dice bien, muy bien, y veo que el señor Winckelmann se detiene al llegar a la puerta, se vuelve, me mira.

Antes de las ocho de la tarde, señor Hertervig, deberá usted estar fuera, dice.

Y veo al señor Winckelmann abrir la puerta, se vuelve de nuevo hacia mí, me mira.

Ah, por cierto, dice, le devolveremos lo que ha pagado de alquiler de más. A cada uno lo suyo.

Y el señor Winckelmann saca una cartera del bolsillo interior de su chaqueta, abre la cartera. Lo veo toquetear unos billetes, saca uno.

Aquí tiene, dice.

Y el señor Winckelmann deposita un billete sobre la mesita de noche, al lado de mi lata de tabaco.

Es un poco demasiado, pero dejémoslo así, dice. Eso quiere decir que tiene que estar fuera antes de las ocho.

Asiento con la cabeza. Y veo al señor Winckelmann salir por la puerta, veo que la puerta se vuelve a cerrar. Y yo le he dicho al señor Winckelmann que me iré, antes de las ocho de la tarde me habré ido, le he dicho, y el señor Winckelmann me ha devuelto el alquiler que pagué. Oigo pasos en el pasillo. Pero ¿realmente tendré que irme? ¿Dónde viviré? ¿Y dónde podré encontrarme entonces con mi amada Helene? Porque Helene casi nunca sale de casa. Y veo un billete sobre la mesita de noche y cojo el billete, me lo meto en el bolsillo de la chaqueta. Vuelvo a echarme en la cama. Y oigo que una puerta se abre, que vuelve a cerrarse. Estoy echado en la cama. Y ahora el señor Winckelmann ya ha estado en mi habitación, y me ha llamado señor Hertervig, se ha paseado arriba y abajo por mi habitación y me ha dicho que tengo que estar fuera antes de las ocho de la tarde. Tengo que mudarme. Y no tengo adónde ir. Y Helene, mi amada, mi amada Helene, no puede venir conmigo, porque tiene que quedarse en esta casa. Porque mi querida Helene vive en esta casa. Pero es que yo no puedo irme, porque no tengo adónde ir. Y no hay ninguna razón por la que debiera irme, no la hay, porque no he hecho nada malo, ¿verdad? Lo único que he hecho es quedarme aquí, en mi habitación, en la habitación que he alquilado. Pero el señor Winckelmann ha dicho que ahora tendré que irme. Y he oído cómo gritaba Helene, no, no. ¿Ha sido eso lo que ha gritado? ¿Y por qué ha gritado Helene?¿Porque el señor Winckelmann le ha hecho algo? Sé muy bien que ha sido por eso por lo que Helene ha gritado, porque el señor Winckelmann le ha hecho algo. Pero ¿realmente Helene no quiere que el señor Winckelmann le haga cosas? ¿Acaso no es esa precisamente la razón por la que tengo que irme de aquí? ¿Acaso no tengo que irme para que el señor Winckelmann pueda estar a solas con Helene en la casa? Y no puedo quedarme echado en la cama sin más. Tengo que ir al estudio, pues allí me espera Gude. Hoy Hans Gude, el mismísimo Hans Gude, verá el cuadro que estoy pintando. Y no puedo no ir. Pero es que me siento tan tranquilo. No acabo de entender por qué me siento tan tranquilo. Supongo que tendré que hacer algo. No puedo quedarme echado de esta manera. Tengo que hacer algo. Pues ya no tengo dónde vivir. Y Helene, ¿cómo se supone que la veré a partir de ahora? Tengo que llegar a un acuerdo con Helene, pero ¿puedo dirigirme a ella sin más? ¿Preguntarle si podemos encontrarnos? Supongo que no puedo hacerlo, no puedo hacer algo así, al menos no puedo hacerlo ahora, ahora que su tío está en el salón, con ella, ahora no, cuando su tío está sentado a su lado en el sofá, con las manos posadas sobre los pechos de Helene, ¡no! ¡Así no! ¡No pienses en eso! No debo pensar así. Y Gude, seguramente en este mismo instante se encuentre delante del cuadro que estoy pintando, está allí, esperando, y seguramente le pregunte a alguien si me ha visto, si sabía si yo iba a acudir, tal vez pregunte si creen que yo sabía que hoy él iba a ver mi cuadro. Y seguramente Gude ya haya visto mi cuadro y seguramente habrá llegado a la conclusión de que no soy lo suficientemente habilidoso, que no sé pintar suficientemente bien; seguramente esa habrá sido la conclusión de Hans Gude, y ahora seguramente Hans Gude y algunos de los demás estudiantes sigan allí, pintores que no saben pintar lo rodean, y Hans Gude les dice que mi cuadro no le parece nada del otro mundo, que estoy perdido, seguramente sea eso lo que les diga Hans Gude a los demás estudiantes. Y supongo que no puedo permitir que el mismísimo Hans

Gude esté allí sin mí. Tengo que ir al estudio, tengo que oír lo que Hans Gude tiene que decir de mi cuadro. Tengo que hacer algo. Tengo que buscar un sitio donde vivir. Tengo que hacer algo. Y oigo gritar a Helene, no, no, oigo que grita. No puedo quedarme aquí, echado en la cama. Tengo que hacer algo. Tengo que irme. Tengo que hacer las maletas. Pero todavía tengo la llave de la entrada. Todavía vivo aquí. Lo que tengo que hacer es irme y volver cuando se haya ido el tío de Helene. Me vuelvo a incorporar, me siento en el borde de la cama. Mi amada Helene. Tengo que dejarte. No puedo hacer otra cosa. Y, al fin y al cabo, tú quieres que me vaya, lo único que deseas es estar a solas con tu tío. No quieres que yo siga viviendo aquí. Quieres que me vaya de aquí. Pero has estado en mi habitación. Y cuando viniste, supe que eras tú quien llamaba a la puerta. Y supe que no venías para decirme algo bueno, ni para enseñarme tu cabellera. Acudiste a mi habitación porque algo iba mal. Tuve ese presentimiento. Miré hacia la puerta. Dije adelante. Y te vi aparecer en la puerta. Te vi entrar en mi habitación. Llegaste a mi habitación muy guapa, primero llamaste a la puerta, luego entraste. Y te vi sentarte en la silla. Te vi sentada en la silla, con la mirada baja. Yo estaba sentado en el borde de la cama, como estoy sentado ahora, pero supongo que no pude mirarte entonces. ¿Debería haberme acercado a ti? ¿Qué era lo que te pasaba? ¿Debería haberte preguntado lo que te pasaba? ¿Si querías hablar conmigo de algo en concreto? Pero no fui capaz de decirte nada. Y te miré, tú me miraste. Bajé la mirada. Y supongo que debí preguntarte si te pasaba algo, pero no fui capaz de hacerlo. Y supongo que pregunté si pasaba algo. Pero tú te quedaste allí sentada, sin decir nada, mirando al infinito, con la mirada perdida. Supongo que te pregunté si había algo que querías decirme. Y supongo que vi que asentías con la cabeza. Y supongo que estuviste allí sentada, mirando al infinito. Estabas allí sentada, sin decir nada. Y ahora tengo que irme, no soporto estar aquí sentado, porque tu tío, el señor Winckelmann, ha estado aquí y me ha dicho que no puedo quedarme a vivir aquí, tengo que mudarme, encontrar otro sitio donde vivir. Y tú no puedes venir conmigo. Y viniste a mi habitación, llamaste a la puerta, también tú viniste a mi habitación para decirme que tenía que irme de aquí. También tú quieres que me vaya. Y te vi sentada en aquella silla, sin decir nada. Y supongo que pude preguntarte qué era lo que tenías que decirme, pero supongo que tenías que decírmelo tú misma, si querías. Y te dije que me lo dijeras sin más. Y tú asentiste con la cabeza. Y entonces supongo que dijiste que tu tío. Y entonces te interrumpiste a mitad de la frase. Tu tío, supongo que llegaste a decir. Tu tío. Y supongo que ya no dijiste nada más. Dijiste que yo ya sabía que tu padre había muerto y tu tío, dijiste. Y no puedo quedarme aquí sentado por más tiempo, porque ahora debo irme, todavía tengo la llave de la puerta principal de la casa, no debo dársela a nadie, por eso debo irme antes de que el señor Winckelmann se acuerde de que tengo la llave de la entrada principal. Tengo que ponerme en pie. Tengo que irme. Y no quiero encontrarme con Hans Gude. No quiero saber lo que opina de mi cuadro. Tendré que ir a otro sitio. Tiene que haber algún sitio al que pueda ir. Todo el mundo tiene que tener un sitio adónde ir. Tengo que salir de aquí. Porque fuera sin duda hará buen tiempo a esta hora del día. Tengo que salir a la calle. Puedo ir a Malkasten. Tal vez pueda pasar por Malkasten, también yo, porque ahora tengo dinero, ¿no? Sí, eso puedo hacer. Puedo ir a Malkasten, allí es donde siempre están los demás pintores, pero yo nunca he estado en Malkasten. Siempre hablan de Malkasten los demás pintores, los que no saben pintar, de encontrarse en Malkasten, en Malkasten ayer por la noche, dicen. Y yo todavía no he estado en Malkasten. Pero, por lo que dicen, Malkasten siempre está lleno de gente, lleno de pintores que no saben pintar. Pero supongo que la gente acude a Malkasten por la noche. Y seguramente ahora haya poca gente en Malkasten y al fin y al cabo tengo dinero, en el bolsillo de la chaqueta tengo un billete. Puedo salir, puedo ir a Malkasten. Porque hasta ahora nunca había estado en Malkasten. Allí es donde tengo que ir, a Malkasten. Y supongo que podré quedarme unas horas en Malkasten, esperar allí unas horas, y entonces podría volver y encontrarme contigo porque, por entonces, tu tío se habrá ido, ¿no? Y entonces nos veremos. ¿Verdad que querrás verme? ¿Y que podré volver a ver tu cabellera suelta? Y me pongo en pie y salgo al pasillo. Cierro la puerta de mi habitación. Y ahora lo único que debo hacer es salir cuanto antes, atravesar el pasillo a toda prisa y sin hacer ruido, para que el señor Winckelmann no me oiga y se acuerde de que tengo que devolverle la llave de la entrada principal. Tengo que darme prisa. Atravieso el pasillo, en dirección a la puerta principal. Y si ahora oigo venir al señor Winckelmann, tendré que apresurarme, alejarme de él, porque supongo que corro más rápido que el señor Winckelmann, que el gordo señor Winckelmann. Porque al fin y al cabo el señor Winckelmann es grande y grueso, mientras que yo soy pequeño y delgado. El señor Winckelmann es grande y gordo. Supongo que podré escapar corriendo del señor Winckelmann. Con lo grande y gordo que es el señor Winckelmann. Pero ¿no debería abandonarte tal vez? Porque ahora que el señor Winckelmann está a solas contigo, puede hacer contigo lo que quiera, hacerte cualquier cosa y sé muy bien que el señor Winckelmann es capaz de hacerte cualquier cosa. Sé de lo que es capaz el señor Winckelmann. El señor Winckelmann te toca los pechos. El señor Winckelmann hace cosas contigo. Y yo no puedo hacer nada. Tengo que matar al señor Winckelmann. Abro la puerta principal. Salgo. Cierro la puerta principal. ¿Se oyen pasos en el pasillo? ¿Oigo que se acerca el señor Winckelmann? El grande y gordo señor Winckelmann. Bajo algunos peldaños. Porque lo que oigo son pasos, ¿no? Pasos que se acercan a la puerta principal. Supongo que estoy oyendo pasos. ¿Son tus pasos, tú que te acercas? ¿O es el señor Winckelmann que viene, que ahora exigirá la llave? Grande y gordo, así es el señor Winckelmann. Me he quedado parado en mitad de la escalera, me apoyo contra la pared y veo que la puerta principal se abre y veo al señor Winckelmann en la puerta y le oigo gritar Hertervig y empiezo a bajar la escalera.

¡Hertervig!, vuelve a gritar.

El señor Winckelmann me grita y yo bajo la escalera.

¿Cuándo vendrá a buscar sus cosas?, grita el señor Winckelmann.

Y oigo al señor Winckelmann gritarme, me pregunta a qué hora volveré a por mis cosas, pero no creo que deba contestarle y sigo bajando la escalera y el señor Winckelmann ni siquiera pregunta por las llaves, solo por la hora en que pienso volver para recoger mis cosas, eso es lo que me pregunta el señor Winckelmann. Pero yo no volveré a por mis cosas. No pienso mudarme. Simplemente seguiré viviendo en la habitación que he alquilado. No pienso volverme, no pienso mirar esos ojos negros, esa barba negra, esa enorme boca abierta. Bajo por la escalera. Oigo que el señor Winckelmann vuelve a cerrar la puerta. Bajo la escalera. Y tú, mi amada Helene, viniste a mi habitación, llamaste a la puerta. Y yo sabía que no traías buenas noticias. Lo sabía. Y te sentaste en la silla. Porque hoy no ibas a quedarte delante de la ventana, tan hermosa, mostrándome tu bella cabellera. Lo sabía. Yo estaba sentado en la cama, mirándote. Y yo sabía que habías venido para decirme algo respecto a tu tío, al señor Winckelmann, algo del hombre vestido de negro, el hombre de la barba negra, de los ojos negros. ¿Qué era lo que querías decirme de tu tío? Te pregunté si era algo acerca de tu tío. Y tú te quedaste sentada en la silla mirando a la nada. Bajo por la escalera. Abro la puerta que da a la calle, salgo. Y ahora espero que el señor Winckelmann no esté asomado a la ventana, espero que no se haya acercado a la ventana y se haya asomado, que no me grite. Ahora no puede haber nadie asomado a la ventana. Y ahora no puedo encontrarme con nadie conocido. Ahora no puedo encontrarme con Hans Gude, porque hoy tenía que haber visto el cuadro que estoy pintando, tenía que haberme dicho lo que le parece bien, lo que le parece mal de mi cuadro. No puedo encontrarme con Hans Gude. Tengo que ir a Malkasten. Nunca he estado en Malkasten, y hoy, supongo, iré por primera vez. Me quedaré unas horas en Malkasten, luego volveré a la Jägerhofstrasse, al lado de mi amada Helene. Y entonces no debe estar tu tío en casa. Es verdad, ¿no estará tu tío en casa entonces? Ni tampoco tu madre. Tan solo tú debes estar en casa. Salgo a la calle. Empiezo a andar calle abajo. ¿Y qué pasa con tu tío? Tengo que preguntarte qué pasa con tu tío. Porque sigue en la casa, viene por la tarde, por la noche, casi siempre cuando no está tu madre en casa viene el señor Winckelmann. ¿Por qué el señor Winckelmann visita tan a menudo vuestra casa? Y el señor Winckelmann ha llamado a la puerta de mi habitación, ha entrado en mi habitación, ha dicho que yo, que el señor Hertervig, eso ha sido lo que ha dicho, tenía que mudarse, porque yo no podía seguir ocupando mi habitación, tenía que salir de allí, hoy mismo, antes de las ocho de la tarde tendría que estar fuera, eso ha dicho el señor Winckelmann. Y entonces el señor Winckelmann se ha ido. Pero supongo que yo no quiero irme. Quiero vivir cerca de ti, de ti, mi amada Helene. ¿Es verdad que tú también quieres vivir cerca de mí? Sé que quieres. Porque tú y yo somos novios, ¿no es así? Camino por la calle. Y luego tú, Helene, mi amada Helene. Hoy has venido a mi habitación, te has sentado en la silla, sin decir nada. Y yo sabía que ibas a decirme algo acerca de tu tío. Pero ¿qué era lo que querías decirme de tu tío? Tengo que preguntártelo, preguntarte qué hay con tu tío, ¿por qué querías hablar conmigo de tu tío? Estabas sentada en la silla, mirando al suelo. Y yo te he dicho que me dijeras qué pasaba. Y entonces tú me has dicho que creías que tu tío quería que yo me fuera de la casa. Te miré. ¿Tengo que irme? ¿Qué va a ser de mí entonces? ¿Tengo que irme de aquí? ¿Y cómo se supone entonces que volveré a ver a mi amada Helene? ¿Y por qué tengo que irme? ¿Acaso el señor Winckelmann quiere que seas su novia? Te he mirado, tú estabas sentada en la silla, mirando al suelo. Y te he preguntado por qué tenía que irme. Y tú has dicho que tu madre y tu tío estuvieron hablando ayer, y que tu tío dijo que yo tenía que irme, eso has dicho, y has dicho que tu madre estuvo de acuerdo con él. Y yo sigo caminando por la calle, me dirijo a Malkasten. Hoy tengo dinero, y voy a ir a Malkasten. Por primera vez yo también visitaré Malkasten. Todos los demás pintores frecuentan el lugar, a pesar de que son pintores que no saben pintar, pero yo, yo nunca he estado en Malkasten. Ahora voy a ir a Malkasten. Tengo dinero, y ahora voy a ir a Malkasten. Y tu tío, el grueso señor Winckelmann, ha dicho que tengo que irme. Tengo que mudarme. Y yo voy a Malkasten. Tendré que encontrar otro sitio donde vivir. Y supongo que no volveré a verte nunca más, mi amada Helene. Pero es verdad que tú quieres volver a verme, ¿no es así, Helene? ¿Es verdad que tú y yo somos novios? Porque nos hemos dicho que somos novios. Y es que tú me has enseñado tu cabellera. Y al fin y al cabo has venido a mi habitación, te has sentado en la silla. Y has bajado la mirada. Y he visto en ti que tu tío quería tenerte para él, que no quería que yo estuviera en la casa. Y yo no podía preguntarte por qué tu tío te quiere solo para él. ¿Te has desnudado para tu tío? ¿Habéis hecho cosas juntos? ¿Cosas que tú y yo nunca hemos hecho, cosas que ni siquiera he pensado en hacer contigo? ¿Habéis hecho tú y tu tío estas cosas? ¿O ha sido tu tío, ese hombre corpulento y gordo, quien te ha hecho cosas a ti? Y he pensado en tu tío tocándote con sus gruesas y peludas manos. Y he pensado que a ti, mi amada, mi amada Helene, te gustaba que tu tío te hiciera estas cosas. ¿O te ha obligado tu tío y te ha hecho cosas que tú no querías que te hiciera? ¿Has dejado que ocurriera? ¿No has podido evitarlo, porque tu tío es un hombre tan grande y peligroso? He bajado la mirada hasta mis manos y he visto que temblaban, tiritaban? ¿Es verdad que también tus manos temblaban? A lo mejor tú también querías que me fuera. Para poder hacerlo todo con tu tío sin que yo estuviera cerca. Para poder estar a solas con tu tío. ¿Era eso lo que querías? ¿Que tu tío metiera su gorda mano entre tus piernas? Y yo bajo la mirada. Camino por la calle, en dirección a Malkasten. Hoy tenía que haber escuchado lo que Hans Gude tenía que decir de mi cuadro, pero en vez de eso ahora me dirijo a Malkasten. Por primera vez yo también iré, Lars Hertervig, uno de los mayores talentos del arte contemporáneo de Noruega, ¡porque lo soy!,

¡lo sé muy bien!, por primera vez también yo iré a Malkasten. Y mi amada Helene me espera. Y pronto volveré a tu lado, mi amada Helene. Y no quieres hacerme ningún daño, porque al fin y al cabo somos novios. Pero ¿por qué quiere tu tío que me vaya? ¿Por qué no puedo seguir alquilando mi habitación? Y tengo que preguntártelo, pero no debería tener que insistirte, porque tendrías que habérmelo contado tú. Porque somos novios, ¿no es así? Tendrás que contarme por qué tengo que irme. Tendrás que contarme si tú también piensas que debo irme. ¿Por qué crees que debo irme? ¿Por qué quieres estar a solas con tu tío? ¿No tiene casi la misma edad que tu difunto padre? Y viene a la casa casi todos los días, a veces estando tu madre, pero sobre todo cuando estás sola en casa. ¿Por qué prefieres estar con tu tío y no conmigo? Camino por la calle y te veo sentada en la silla, cabizbaja. ¿Por qué quieres que me vaya? Pero ¡respóndeme, Helene, haz el favor! ¿Por qué viniste a mi habitación para decirme que tu tío había dicho que tenía que dejar la habitación que le alquilo a tu madre, a la señora Winckelmann? ¿Por qué? Supongo que sabrás decirme por qué. No puedes simplemente decirme que debo irme. Yo te miro. Te veo allí sentada, en la silla, cabizbaja. Y te gusta más tu tío que yo. ¿No es así? ¿Realmente es mejor contigo, ese hombre, tu tío? Alzas la mirada, me miras. Me miras con los ojos muy abiertos. ¿Por qué estás con tu tío? Porque te gusta estar con tu tío. Y lo único que haces es mirarme. Y yo te pregunto por qué quieres que me vaya. Me miro las manos, tiemblan. Mis manos tiemblan. Y tú dices que tu tío ha dicho que tengo que irme, se lo ha dicho a tu madre y ella ha dicho que está de acuerdo. Te miro, tú te pones de pie. Te veo, estás de pie delante de la silla, de pronto empiezas a andar. Y yo te pregunto por qué quieres que me vaya. ¿Por qué prefieres estar con tu tío? ¿Qué te he hecho yo? Y te pregunto si él te ha hecho cosas a menudo. ¿Por qué diablos quieres que me vaya? ¿Por qué diablos haces lo que haces con tu tío? ¿Hace tiempo que lo haces? ¿Lo haces desde que eras una niña? ¿Qué diablos es lo que estás haciendo? Y veo que te detienes en medio de la habitación, delante de mí. Yo estoy sentado, mirándome las manos fijamente, tiemblan. Miro mis manos fijamente. ¿Te gusta cuando te toca? ¿Le pides que lo haga? ¿Aun a pesar de que podría ser tu padre? Miro mis manos fijamente, tiemblan. Alzo la mirada y te miro. Tus ojos son negros. Camino por la calle y veo tus ojos. Camino por la calle, y tengo que volverte a ver. Tengo que ir a donde tú estés. Tengo que acercarme a ti. Me dirijo a Malkasten. Estaré unas horas en Malkasten, me quedaré allí hasta que tu tío se haya ido y luego volveré a tu lado. Tengo que volver a tu lado. Te veo allí de pie, con tus ojos negros, entonces abres la puerta, sales al pasillo. Camino por la calle, y tengo que volver a tu lado. No puedes desaparecer. No puedo perderte. Camino por la calle. Pronto llegaré a Malkasten. Hoy, por primera vez, también yo iré a Malkasten. Y si consigo no encontrarme con nadie todo irá bien. Pero no debo encontrarme con ninguno de los pintores que no saben pintar. Quiero que Malkasten esté vacío, que no haya nadie allí, es la primera vez que acudo a Malkasten y no quiero que haya nadie cuando entre por la puerta. Nadie debe estar en Malkasten cuando yo entre por la puerta. Nadie debe verme en Malkasten. Hoy iré a Malkasten, por primera vez. Pero a lo mejor ni siquiera está abierto. No he estado nunca en Malkasten, y ahora me dirijo allí. Camino por la calle. Cuando doble la esquina veré la puerta de Malkasten. Entraré en Malkasten. Me quedaré unas horas en Malkasten, y luego volveré a tu lado, a tu lado, mi amada, mi amada Helene. Doblo la esquina. Y ahora no debo encontrarme con ninguno de los pintores que no saben pintar, ahora nadie debe verme. Doblo la esquina y veo el letrero sobre la puerta en el que pone Malkasten. Y puedo ver que hay luz en Malkasten. Entonces quiere decir que puedo entrar. Porque tengo dinero. Y nunca antes había estado en Malkasten, el lugar que frecuentan todos los pintores que no saben pintar, ayer por la noche en Malkasten, nos encontramos en Malkasten, dicen, pero yo nunca había estado antes en Malkasten. Y no debo ver a nadie. Pienso entrar en Malkasten. Y hay luz en el interior.

Ahora entraré en Malkasten, porque hoy tengo dinero. Me acerco a la puerta. Ahora por fin también yo, Lars Hertervig, Lars Hattarvåg, el de la ensenada donde los islotes parecen sombreros, ahora también él visitará Malkasten, el lugar que frecuentan todos los demás pintores que no saben pintar. Por primera vez, Lars Hertervig visitará Malkasten. Abro la puerta. Veo la luz venir a mi encuentro, mucha luz. Y el olor a humo. No debo dar media vuelta, tengo que entrar, y voy a tener que entrar en Malkasten, pues no tengo ningún otro lugar adonde ir, supongo, por eso supongo que tendré que entrar en Malkasten. He abierto la puerta y entro. Y ahora tendré que entrar en Malkasten sin más dilación, tendré que quedarme un rato en Malkasten, tendré que estar un par de horas en Malkasten, y luego supongo que volveré a tu lado, pues por entonces tu tío se habrá ido. Y entonces volveré a la Jägerhofstrasse. Y supongo que ahora debo alzar la mirada, echarle un vistazo al local. Y ahora no debo ver a ninguno de los pintores que no saben pintar en Malkasten. Estoy delante de la puerta. Ya he entrado en Malkasten. Y veo a Alfred, uno de los pintores que no saben pintar, uno de los que siempre hablan de Malkasten, sentado a una mesa redonda, está hojeando un periódico. No debía encontrarme con Alfred. Y Alfred no puede verme. Pero ahora ya estoy en Malkasten, y ahora Alfred está en Malkasten. Veo a Alfred con la mirada fija en el periódico, no la alza. Y ahora pronto volveré a tu lado, a tu lado, mi amada, mi amada Helene. ¿No es así? Pronto volveré a estar a tu lado, ¿no? Y tú me estarás esperando, ¿verdad? Echo un vistazo por el local, por encima de la cabeza de Alfred, y veo que el local está vacío, y de no haber sido por Alfred, hubiera podido estar solo en Malkasten. Hoy es la primera vez que visito Malkasten, tengo dinero y me gustaría estar solo. Porque todavía es temprano, y la gente todavía no ha llegado. Y ahora está Alfred, en Malkasten. Y no quiero sentarme con Alfred. Quiero estar solo. No quiero hablar con Alfred. Quiero estar solo. Porque Alfred no sabe pintar, él es uno de los pintores que no saben pintar. Y no quiero hablar con él.

Puedo sentarme solo a una mesa, porque tengo dinero, en el bolsillo de mi chaqueta tengo un billete, porque el señor Winckelmann me dio un billete y dijo que eso era lo que había pagado de más de alquiler. Ahora estoy en Malkasten y puedo pedir algo. Puedo pagar. Tengo que pasar por el lado de Alfred. Tengo que sentarme solo a una mesa. Quiero sentarme solo. ¿Verdad, Helene, que me sentaré a solas? Atravieso el local, paso por el lado de la mesa redonda a la que está sentado Alfred y Alfred no levanta la vista del periódico que está leyendo. Atravieso el local. Y ahora no debo permitir que me vea Alfred, o al menos no debe hablarme. Atravieso el local. Y pronto volveré a tu lado, mi amada Helene. Atravieso el local. Y Alfred no me ha visto. Ahora estoy en Malkasten, por primera vez. Soy el mayor talento del arte contemporáneo noruego, y ahora, por primera vez, me hallo en el lugar de encuentro de los artistas, Malkasten, en Düsseldorf. No soy cualquiera. Soy Lars Hertervig. Sé pintar. Realmente sé pintar. Atravieso el local, y encontraré una mesa apartada en Malkasten donde pueda estar sentado a solas. Tengo dinero, y puedo pagar.

Pero ¡si es el de Hattarvågen!

Y, por supuesto, Alfred tiene que gritar. Alfred siempre grita. Pero no pienso contestar. Lo que debo hacer es seguir adelante, atravesar Malkasten. Sigo adelante a través del local, porque ahora estoy en Malkasten y ahora tengo dinero. Y Alfred no tiene por qué obligarme a hacer algo que no quiero hacer.

¡El de Hattarvågen!

Alfred vuelve a gritar, pero no pienso contestarle. Simplemente sigo caminando.

Pero ¡ven y siéntate conmigo!

Y Alfred grita y me dice que Hattarvågen, es decir, yo, tiene que sentarse con él, alrededor de la mesa redonda. Pero yo no quiero sentarme con Alfred, porque Alfred no sabe pintar, es un pintor que no sabe pintar y no quiero sentarme con él. Ahora tengo dinero, y tengo una novia, a mi amada, a mi amada Helene, y no quiero sentarme con Alfred. Atravieso el local. Ahora tengo dinero, sé pintar y hago lo que me da la gana.

¡Hertervig!

Alfred vuelve a gritar. Y es que no deja de gritar. ¿Y por qué me dices, Helene, que debo volverme, que tengo que decirle algo a Alfred? ¿Por qué me dices que debo sentarme con Alfred? Es que no tengo ganas de sentarme a la mesa redonda junto a Alfred. Lo único que quiero es estar tranquilo. Y tú me dices que debo sentarme con Alfred. No quiero sentarme con Alfred. Y me detengo, me vuelvo y miro a Alfred.

Tienes que sentarte aquí, dice Alfred.

Y tú, Helene, dices que debo sentarme con Alfred. Me acerco a la mesa redonda, me siento al lado de Alfred.

Qué temprano ha salido nuestro amigo de Hattarvågen, dice Alfred. No está mal. ¿Qué te ha dicho Gude hoy? ¿Le ha gustado tu cuadro?

¿Gude?, digo yo.

Sí. ¿No tenía que ver tu cuadro hoy?

Miro a Alfred, luego bajo la mirada.

¿No has estado en el estudio?, dice Alfred.

No, digo yo.

¿No te has atrevido?

Sí, pero...

No, yo tampoco he ido, dice Alfred.

Y Alfred deja el periódico sobre la mesa. Alfred me mira.

No, digo yo.

Yo he estado durmiendo, y luego he venido aquí, dice Alfred.

Y Alfred agarra su vaso de cerveza y lo levanta.

Sí, sí, digo.

Ya lo ves, dice. Ya es la segunda.

Y veo que Alfred da un trago de cerveza, luego deja el vaso de cerveza sobre la mesa.

Hay que beber, dice.

Eso es, bebamos, digo yo.

O sea que no te has atrevido a hablar con Gude, ¿es eso?, dice.

Bueno..., digo yo.

No, te entiendo perfectamente, porque yo tampoco me he atrevido. O sí, sí me atrevía. Pero no tenía nada que enseñarle. Es así.

Y yo me limito a asentir con la cabeza.

La verdad es que últimamente no me he dedicado demasiado a la pintura. Apenas he pintado, dice Alfred.

No.

Yo, no, dice Alfred.

Y Alfred vuelve a alzar el vaso de cerveza, se toma otro trago, luego vuelve a dejar el vaso sobre la mesa.

No puede ser, no, dice. ¿Y tú qué, Hattarvåg? ¿Te va todo bien a ti?

No puedo quejarme.

Y Alfred me mira, y yo bajo la mirada. Y supongo que debería pedir algo para beber, pero no tengo dinero, tengo tan poco dinero y lo poco que tengo me lo han dado, no, no puedo beber nada, el poco dinero que tengo no puedo gastármelo bebiendo, tengo que ahorrar. Porque todo el dinero que tengo me lo han dado. Me envían dinero. Yo no tengo dinero, pero Hans Gabriel Buchholdt Sundt, él sí tiene dinero. El dinero que yo tengo es suyo, por eso no puedo gastármelo bebiendo. ¿Y por qué me pediste, mi amada Helene, que fuera con Alfred? Si lo único que yo quería era estar solo. O solo quería estar contigo, pero tú estás con tu tío. ¿Por qué siempre estás con tu tío? Tienes que estar conmigo, porque somos novios, ¿no? No puedo quedarme sentado aquí. Tengo que volver pronto a casa. Supongo que pronto tendré que volver a casa, a la Jägerhofstrasse, allí me espera mi amada Helene. Está sentada al piano, y sus dedos producen la más bella música. Solo pretendía pasarme un rato por Malkasten. No pienso quedarme aquí. No debo quedarme aquí sentado. Tengo que irme inmediatamente. Porque el tío de Helene, el señor Winckelmann, está en la casa y no la deja en paz. A mi amada Helene. Y es que su tío hace cosas con ella. ¿Tu tío te hace cosas, Helene? Y tu tío ha dicho que tengo que irme. No puedo quedarme aquí sentado. No sé por qué he venido a

Malkasten, porque nunca había estado antes aquí, pero he oído hablar mucho de Malkasten, será por eso que he querido venir. Pero no puedo quedarme aquí sentado. Tengo que irme. No puedo dejar a mi amada Helene a solas con su tío. No sé por qué he venido a Malkasten. Y Alfred está aquí, mirándome. No debo mirar a Alfred. Y me vuelvo y echo un vistazo por el local. Y veo las telas negra y blanca. Veo las telas negra y blanca que empiezan a moverse hacia mí. Han vuelto las telas blanca y negra. Miro hacia las telas blanca y negra. Veo las telas blanca y negra y oigo que el que está sentado a mi lado dice ¿qué te pasa? ¿Por qué miras así?, me pregunta y yo veo las telas blanca y negra que se mueven hacia mí. Tengo que levantarme. Tengo que irme. ¡Y Helene! ¿Me oyes? ¿No puedes decirme algo? ¿Por qué me pediste que me sentara a la mesa donde estaba sentado Alfred? Porque yo no quería sentarme allí. Pero ahora me iré contigo. Y ahora vienen hacia mí, envueltos en sus telas blancas y negras, vienen hacia mí. Las telas se mueven cerca de mí. Dan vueltas sin parar a mi alrededor, envueltos en las telas, en telas blancas y negras, no paran de dar vueltas a mi alrededor, envueltos en telas que todos pueden ver que no deberían llevar, y aun así siguen dando vueltas en esos ropajes blancos y negros, me rodean, como si fueran seres humanos, mientras todos los que miran pueden ver que no son seres humanos, tampoco son animales, porque no saben hablar ni rugir, tan solo mirar, me miran todo el rato y se desplazan a mi alrededor, casi me tocan, luego se alejan un poco, pero solo un poco, se mantienen a una distancia de un brazo, se mueven a mi alrededor, ahora vuelven a estar muy cerca. De nada sirve hablarles. Pero cuando aparecen no puedo hacer otra cosa que hablarles.

Tenéis que iros, digo. Dejad de atormentarme.

Y allí está el otro sentado a mi lado, en Malkasten, el que es pintor pero que no sabe pintar está sentado a mi lado en Malkasten y empieza a reírse de mí. Oigo claramente que el que está sentado a mi lado se ríe. No debe reírse.

¿Con quién estás hablando?, dice el que está sentado a mi lado.

Pero él no sabe pintar y supongo que no sabe hacer otra cosa que reír.

No sabes pintar, digo.

Pero yo sí sé pintar. Yo soy Lars Hertervig y sé pintar. En cambio, el que está sentado a mi lado no sabe pintar. Y es porque él no sabe pintar por lo que dice que yo no sé pintar. Y entonces las telas vuelven a moverse a mi alrededor, muy cerca de mí, luego un poco más lejos. Las telas se pegan a mí. Y veo que la camarera se acerca con unos vasos de cerveza, con botellas llenas de aguardiente, se desplaza de mesa en mesa, con su vestido de color negro, con su delantal blanco, se desplaza de mesa en mesa y sirve aguardiente en los vasos pequeños, deja unos vasos sobre la mesa, unos vasos más grandes con cerveza, unos vasos pequeños para el aguardiente y es la camarera quien hace que las telas negras y blancas se muevan a mi alrededor, porque me ha sonreído, me ha guiñado el ojo y es ella la que manda, es ella quien hace que las telas blancas y negras se peguen a mí, la que hace que no me dejen en paz, que se peguen a mí, porque las telas blancas y negras se pegan a mi alrededor, se mueven muy cerca de mí, luego vuelven a alejarse.

Alejaos de mí, digo.

Porque las telas no deben pegarse a mí. Las telas tienen que dejarme en paz.

Ahora debéis alejaros de mí, digo.

¿Con quién hablas?, dice el que está sentado a mi lado.

Pero las telas negras y blancas siguen pegándose a mí sin hacerme caso. Ahora la camarera del vestido negro con el delantal blanco se ha acercado y deja un vaso de cerveza delante del que está sentado a la misma mesa que yo, delante del que se llama Alfred y al que le gustaría pintar pero no sabe. Lleva un rato sentado a la misma mesa que yo. Y no sabe pintar. Se llama Alfred, y no sabe pintar. Él también lleva ropas blancas y negras y no para de hablar, solo que con la camarera, no conmigo, y si yo digo algo el que está sentado a mi lado me mira. El que está sentado a mi lado no para de mirarme. Por tanto, voy a tener que irme ahora mismo. No puedo quedarme sentado aquí por más tiempo. Porque el que está sentado a mi lado me está mirando.

Ahora tengo que irme, digo.

Sí, supongo que tienes que irte, dice el que está sentado a mi lado.

Qué malvado eres, digo. Todos sois malvados conmigo.

No somos malvados contigo, dice.

Sí lo sois, digo yo.

Y entonces se acerca la camarera a nuestra mesa, se detiene delante de nosotros, al otro lado de la mesa redonda, lleva ropa negra y blanca, y sus ropas negras y blancas se acercan a mí, luego se alejan, sus ropas blancas y negras no dejan de moverse, cerca de mí, luego lejos de mí, sus ropas se mueven todo el tiempo, cerca de mí, lejos de mí.

Claro que no hay nadie que sea malvado contigo. ¿Cómo puedes decir una cosa así?, dice la camarera.

Y allí está, delante de mí, mirándome con sus pechos. Me sonríe y yo he dicho que todos son malvados conmigo, supongo que se lo he dicho a la camarera.

Claro que no, dice la camarera.

Sí que son malvados conmigo, digo.

¿Qué es lo que te hacen?, dice ella.

Y la camarera está allí delante, sonriéndome con sus pechos.

Bailan a mi alrededor, casi rozándome, luego se alejan, eso es lo que hacen, digo.

¿Bailamos tan cerca de ti?, dice ella.

Y veo que la camarera está allí, sonriéndome con sus pechos y luego le guiña el ojo al que está sentado a mi lado, el que se llama Alfred y no sabe pintar. La camarera no para de guiñar el ojo y su párpado ora baja, ora sube, y las palabras que salen de su boca se alargan lentamente, sus palabras se alargan y las ropas negras y blancas se ciñen a mi cuerpo, se pegan a mí, y las telas están muy cerca de mí, luego se alejan, se

pegan a mí, se alejan, se acercan, se alejan, aunque las telas
nunca están a una distancia de mí superior a la longitud de
un brazo y entonces las telas vuelven a estar cerca, luego
vuelven a alejarse, y me imagino que no puedo seguir aquí
sentado, entre todas estas telas blancas y negras, porque tendré
que hacer algo, levantarme, decir algo, tendré que ahuyentar
las telas negras y blancas, porque no pueden pegarse a mí sin
más, no de esta manera, y ahora dicen algo, susurran, la camarera se ha colocado detrás del hombre que está sentado a mi
lado y se inclina sobre él y le susurra algo al oído y él sonríe
y alza la mirada bajo los párpados, como si buscara algo en
el techo, el que está sentado a mi lado busca algo debajo del
techo, está mirando hacia arriba, y entonces se ríe, asiente
con la cabeza y la camarera se retira, vuelve a inclinarse, entonces él le susurra algo al oído, ella asiente con la cabeza, no
para de asentir, él se retira, la mira, intercambian gestos de
afirmación, allí están, inclinando la cabeza una y otra vez, y
se supone que él quiere ser pintor, pero es un mal pintor, no
sabe pintar, lo único que hace es fingir que sabe pintar, se
imagina que sabe pintar, pero todos saben que lo único que
quiere es pintar, porque le gustaría saber pintar, porque se
imagina que a la camarera le tiene que gustar alguien que
sabe pintar, por eso le gustaría saber pintar, pero a la camarera solo le gustan los que realmente saben pintar, no alguien
como él, porque él no sabe pintar, pero yo sí sé pintar, todos
lo saben, incluso Gude lo sabe, todos, salvo el hombre que se
llama Alfred y no sabe pintar y que no hace más que ir a
Malkasten para beber cervezas y aguardiente, yo sé pintar y
ahora puedo beber cerveza y aguardiente también, puesto que
tengo dinero puedo beber cerveza y aguardiente, o puedo
tomar café, pero el hombre que se llama Alfred no sabe pintar,
solo sabe reírse y carcajearse y susurrar al oído a la camarera,
eso es todo lo que sabe hacer, y él no es más que telas blancas
y negras que no paran de moverse, pero pintar, lo que se dice
pintar, no sabe. Se llama Alfred y es un mal pintor. Pero susu-
rrarle cosas a la camarera, eso sí sabe hacerlo. Aquí está Alfred,

susurrándole algo a la camarera. Alfred y la camarera se abrazan. Y ahora la camarera se sienta sobre su regazo. Ahora la camarera está sentada en el regazo de Alfred, ha rodeado su cuello con el brazo. Y él le ha rodeado la cintura. Y pronto la camarera tendrá que levantarse y se pondrá detrás del mostrador y luego volverá con un vaso de cerveza más, y entonces, cuando finalmente se levante del regazo de Alfred, se acercará, por detrás de nosotros a una mesa que está detrás de nosotros, en el mismo local, pero a nuestras espaldas, se sentará en el regazo de otro hombre, rodeará su cuello con el brazo y le acariciará la sucia mejilla. Le acaricia la sucia mejilla. La camarera apoya su rostro contra el cuello de él y entonces alza la vista hacia él, le besa el cuello y luego se retira de la mesa y me sonríe, me sonríe y me hace un gesto con la cabeza, y entonces se acerca a mí, mientras tanto, no deja de sonreírme, se está acercando a mí, se dirige directamente hacia mí, y ahora su vestido negro se ciñe alrededor de su cuerpo, también su delantal blanco se ciñe a su cuerpo, ahora su delantal blanco apenas se mueve, sus bordes se mueven ligeramente, cuando camina su delantal se mueve ligeramente, tan solo los bordes parecen ondear al viento, parece que sea el viento el que los mueve, el delantal blanco se mueve con su movimiento, cuando se desplaza con ligereza, cuando se acerca a mí, con tanta liviandad, tan sonriente, porque se está acercando a mí, sonriente. Camina con una sonrisa en los labios. Viene hacia mí. Camina aprisa, pero sus movimientos son lentos. Y el hombre que está sentado a mi lado y que se llama Alfred ha bajado la mirada. Ella viene hacia mí. Se acerca sonriente. Y miro al que está sentado a mi lado. Ha bajado la mirada, vuelve a sonreír con la boca, se ríe con sorna. Se ríe con sorna y la camarera se ha sentado en su regazo. La camarera se dirige hacia mí, sonríe, se dirige hacia mí, viene hacia mí, sonriente y está sentada en el regazo del hombre que está sentado a mi lado, y así yo no puedo pintar, así no puedo ver nada, porque la camarera viene hacia mí, sonriente, caminando, la camarera viene hacia mí y la camarera está sentada en el regazo del hombre que está sentado a mi lado y lo besa en la mejilla. Porque la camarera lo besa en la mejilla. La camarera está delante de mí y tiene que irse, la mujer que viste ropas negras y blancas.

¿Quieres beber algo más, Lars?, dice la camarera.

Y se ha detenido delante de mí y me pregunta si quiero beber algo más, como si ya hubiera bebido algo, pero lo único que he hecho ha sido estar sentado aquí, en una silla, tal vez durante varias horas, y no creo haber bebido nada.

¿No quieres beber nada más, Lars?, dice la camarera.

Y la camarera me mira sonriente. ¿Y por qué dice mi nombre? ¿Por qué dice Lars? ¿Cómo puede saber que me llamo Lars? ¿Cómo puede saber que Lars Hattarvåg es mi nombre?

¿Qué te parece un vaso de cerveza, Lars?, dice. ¿O tal vez una copita de aguardiente, Lars?

La camarera lleva un delantal blanco y un vestido negro, está de pie al otro lado de la mesa redonda y me pregunta si quiero beber algo. Pero tengo muy poco dinero. Y eso no se lo puedo decir, a ella que me sonríe hermosamente con sus pechos. Porque la camarera me mira tan hermosa.

Tal vez una cerveza, digo.

Pues que sea una cerveza para ti, Lars Hertervig, dice ella.

Y miro al que está sentado a mi lado, el que tiene a la que ahora se aleja sentada en su regazo, el que rodea la cintura de la camarera con el brazo y ella ha rodeado el cuello de él con su brazo. La camarera está sentada en su regazo. Y ahora la camarera atraviesa el local. Me llevo las manos a los ojos, me los froto. Cierro los ojos, los entorno. Abro los ojos. Y veo las telas negras y blancas moverse a mi alrededor, y sé que es la camarera quien hace que las telas se muevan, es ella quien manda sobre las telas negras y blancas y ella es quien hace que las telas se muevan con movimientos bruscos, luego con movimientos pausados, las telas negras y blancas se mueven hacia mí, se pegan a mí, luego las telas desaparecen lejos de mí, se pegan, se alejan de mí, se pegan, ondean a mi alrededor, se pegan, ondean, quieren llevarme al interior de lo blanco y lo negro y es porque yo sé pintar por lo que quieren llevarme con ellas, mientras que los demás no saben pintar, por eso no quieren dejarme en paz. No saben pintar.

Tú no sabes pintar, digo.

¿Que no sé pintar?, dice el que está sentado a mi lado.

No, digo yo.

Pero tú sí sabes, ¿no?, dice.

Yo sé pintar, digo, y Tidemann sabe pintar.

Tú no sabes pintar, pero es porque tienes amigos que saben pintar por lo que has conseguido que te compren un cuadro, si es a eso a lo que te refieres, dice él.

Dos cuadros, digo.

De acuerdo, dos cuadros, dice él.

Yo sé pintar, digo.

Sí, eso crees, dice él. No sabes pintar, pero Gude, por alguna razón, ha conseguido vender un cuadro que tú has pintado.

Yo sé pintar, digo yo.

Si tú eres mejor que Tidemann y si eres mejor que Gude, ¿por qué te molestas en estudiar con Gude?, dice él. Podrías haberte quedado en Stavanger, o de donde sea que vengas.

Yo sé pintar, digo.

Mejor harías volviendo a tu casa, dice él.

Pero yo sé pintar y las telas negras y blancas pueden moverse todo lo que quieran, porque claro que las veo. Claro que las veo. Por eso no deberían moverse más, porque las he visto y sé pintar, pero así nunca llegaré a pintar, nunca pintaré la manera en que se mueven las telas negras y blancas, por tanto, las telas pueden moverse como quieran, todo cuanto quieran, pero no quiero que se muevan por mi rostro, no deben hacerlo, porque quiero tener mi rostro para mí solo, nadie debe perturbar mi rostro, por eso voy a tener que volver a encender mi pipa, porque no quiero que se muevan así, en negro y blanco, delante de mí, cerca de mí, muy cerca de mí y luego lejos, a cierta distancia, aunque nunca a más de un brazo de mí, y ahora las telas tienen que dejarme en paz, porque al fin y al cabo mi pipa está aquí, sobre la mesa, y la lata de tabaco está al lado de mi pipa y sobre la lata de tabaco está la caja de cerillas, y ahora tengo la intención de espantarlas con el humo, a ellas, las telas negras y blancas que se pegan a mí, simplemente las espantaré con el humo, cogeré la pipa, la llenaré y luego las ahuyentaré con el humo. Me dispongo a coger la pipa, pero el hombre que está a mi lado me la quita.

Devuélveme mi pipa, digo.

¿Qué pipa?, dice él.

Me has quitado la pipa, digo.

Es mi pipa, dice él.

No, no es así, acabas de coger mi pipa, digo.

Y veo cómo el hombre que está sentado a mi lado se mete mi pipa en el bolsillo interior de la chaqueta. Me pongo en pie y estoy a su lado, y poso mi mano sobre su hombro.

Has cogido mi pipa, digo.

Es mi pipa, comprada con mi dinero, y acabo de metérmela en el bolsillo de mi chaqueta, dice él.

No, era mi pipa. Devuélveme mi pipa, digo yo.

Y miro al que hace un momento estaba sentado a mí lado y que acaba de robarme la pipa y él sacude la cabeza. Dejo la mano sobre su hombro y le miro.

Es mi pipa. Yo la he cogido, la he salvado, justo cuando tú te disponías a cogerla, dice él.

¿Por qué soy cómo?

¿Por qué mientes?, digo yo.

Tú dices que he cogido tu pipa, descarado. ¿Por qué eres así?, dice él.

¿Y tú por qué mientes?

Yo no miento.

Sí mientes, dices que he cogido tu pipa, pero la pipa que he cogido es mía.

Es mi pipa, digo yo.

Tu pipa, tu pipa, dice él.

Devuélveme mi pipa.

Tendrás que fumar en tu propia pipa, dice él.

Retiro la mano de su hombro y él ha cogido mi pipa, por lo que tendré que recuperarla, él ha cogido mi pipa y yo recuperaré mi pipa, meto la mano en su bolsillo interior y él me coge la muñeca. Me agarra la muñeca.

Quiero que me devuelvas mi pipa, digo.

Déjame en paz, dice él.

Intento destrabar su mano con la mano que tengo libre, pero él utiliza su mano libre para sujetar la mía.

Tienes que rendirte, dice él.

Ríndete tú, digo yo.

Pero si es mi pipa, dice él.

Quiero fumar, o sea que devuélveme mi pipa, digo yo.

¿Quieres que nos quedemos así?, dice él.

Yo me quedaré aquí hasta que me devuelvas mi pipa.

Jamás te daré mi pipa, dice él.

Intento soltarme de sus garras, pero él me sujeta con más fuerza, cierra sus manos alrededor de mis muñecas, me sujeta y yo estoy delante de él y él me sujeta por las muñecas y yo estoy junto a él y estamos en Malkasten, probablemente haya mucha gente en Malkasten y yo me encuentro al lado de una mesa redonda, cerca de la puerta, y hay gente a nuestro alrededor, a casi todas las mesas hay gente sentada que me mira, por doquier hay ojos que me miran y unas telas negras y blancas vienen hacia mí, las telas negras y blancas se dirigen hacia mí a una velocidad terrible, ya vienen las telas, y las telas negras y blancas se desplazan a mi alrededor, casi rozándome, de pronto se mueven bruscamente, a gran velocidad, alejándose de mí, desde todos los ojos que me miran insistentemente vienen las telas negras y blancas, porque todos me miran, clavan sus ojos en mí, porque hay gente sentada a todas las mesas, a las mesas de delante y detrás de nosotros hay gente sentada y nos miran fijamente y ahora vienen todos, vestidos de negro y blanco, hacia mí y las telas se ciñen a mi alrededor, las telas se mueven hacia mí, ahora las telas vienen hacia mí. Hay gente sentada por todos lados mirándome y de sus ojos vienen telas negras y blancas hacia mí y las telas se posan sobre mi cabeza, ahora las telas se ciernen sobre mi cabeza y no veo nada y no puedo respirar y tengo las manos metidas en los bolsillos de la chaqueta del hombre que antes estaba sentado a mi lado, el hombre que se llama Alfred y que no sabe pintar, y sé que mi pipa está en su bolsillo, pero no puedo quedarme aquí con las manos metidas en sus bolsillos, no conviene que mantenga las manos en sus bolsillos, pero él sujeta mis manos y las telas negras y blancas penden sobre mi cabeza, las telas me cubren hasta la boca, las telas cubren mi cabeza, las telas vienen hacia mí y no puedo respirar, solo un poquito, cuando las telas negras y blancas se levantan ligeramente, las telas provienen de la gente que está sentada a las mesas mirándome, de sus ojos, desde todas las mesas a mi alrededor, de toda la gente, de sus ojos, vienen estos movimientos que se agitan en el aire, que quieren cogerme y me cogen y se posan a mi alrededor, eso es lo que pasa, porque estoy en Malkasten y en todas las mesas hay gente sentada y sus ojos me miran y sus ojos quieren apoderarse de mí y yo tengo las manos metidas en los bolsillos del que estaba sentado a mi lado y cierro la mano alrededor de mi pipa, porque mi pipa está en su bolsillo y yo soy fuerte e intento liberar mis manos, pero él me agarra por las muñecas con más fuerza, pero yo soy fuerte y si quiero puedo utilizar la fuerza, pero si lo hago se puede romper la pipa. Tengo que mirarle. Lo miro.

No sabes pintar, digo.

¿Te vas a quedar así?, dice él.

Eres un pintor malísimo, tú y todos los demás, digo.

¿También Gude?

Sacudo la cabeza.

¿Qué me dices de Tidemann?, dice él.

Tú no sabes pintar, digo yo.

O sea que yo no sé pintar, dice él.

Y me retuerce las muñecas y me duele, pero no pienso decir que me hace daño y ahora tengo que recuperar mi pipa. Soy fuerte, y quiero recuperar mi pipa.

Quiero mi pipa, digo yo.

No, ahora tienes que rendirte, dice él.

En cuanto hayas aprendido a pintar, digo yo.

Y ahora veo que las telas negras y blancas han desaparecido, ya no se pegan a mi cuerpo, están sentadas a las mesas, todas las telas están sentadas a sus respectivas mesas, pero todos los ojos me miran. Y en una de las mesas que tengo delante, en el fondo del local, está la camarera sirviendo una copita de aguardiente y dice algo y sonríe. Ahora la camarera ya no está sentada en el regazo del hombre que estaba sentado a mi lado, el que se llama Alfred y que me ha robado la pipa, porque ahora la camarera le está sirviendo una copa de aguardiente a otro hombre, también pintor, un pintor noruego, porque me parece que es Bodom y alguna vez he hablado con él, y él, él sí sabe pintar, pero no sabe pintar tan bien como yo, o sea que la camarera le está sirviendo una copa de aguardiente a un pintor que sabe pintar, no a uno que es pintor sin saber pintar. Pero entonces la camarera se vuelve. Y nos mira. Y la camarera viene hacia nosotros. Y me sonríe. Y entonces la camarera se acerca a mí y posa su brazo en mi hombro y es más alta que yo, me mira sesgadamente desde lo alto. La camarera me sonríe.

¿Qué pasa ahora, Lars?, dice la camarera.

No puedo decir nada, no puedo hacer otra cosa que quedarme así, sin decir nada.

¿Por qué estás así, Lars?, dice la camarera.

Y es que no puedo decir nada, porque ella no me creerá si le digo que el hombre que estaba sentado a mi lado, que Alfred, porque se llama Alfred, me ha robado la pipa, ella estará de acuerdo en que él no ha robado mi pipa, ella dirá que me vuelva a sentar, que deje que Alfred tenga su pipa en paz, eso es lo que dirá la camarera y entonces tendré que sentarme, porque al fin y al cabo ella es camarera en Malkasten y puede recurrir al propietario, eso es lo que puede hacer, y él me puede echar, y entonces tendré que irme, y entonces Alfred se quedará con mi pipa, él, que ni siquiera sabe pintar, y por tanto no puedo decir nada. Miro a la camarera y ella está mirando al hombre que se llama Alfred y que no sabe pintar.

¿Qué estáis haciendo?, dice la camarera.

Él dice que yo le he robado la pipa, eso dice Alfred.

Veo a Alfred bajar el párpado y veo que la piel de su párpado crece, los largos pelos del párpado inferior se hinchan y vienen hacia mí, en un lento movimiento sesgado, de pronto se detienen, y entonces la piel vuelve a desplazarse hacia arriba, y detrás de la piel se esconde una risa llena de algo y luego sangre y porquería, luego algo negro, y entonces la piel vuelve a desaparecer y allí está la camarera y ella también parpadea, le guiña el ojo al hombre que antes estaba sentado a mi lado.

Vas a tener que sentarte, Lars, dice la camarera. No puedes quedarte así.

Y la camarera me ha mirado y me ha dicho que debo sentarme, porque no puedo quedarme allí de pie, y la camarera me mira y me ha dicho que tengo que sentarme, pero yo no puedo sentarme porque el hombre que se llama Alfred me tiene agarrado por las muñecas. Entonces Alfred suelta una de mis manos, la mano con la que tengo cogida la suya y retiro la mano y veo marcas rojas y blancas de sus dedos en mi piel, pero la mano que tengo metida en su bolsillo, la mano en la que tengo mi pipa, esa no la suelta.

Quiero mi pipa, digo.

Y miro a Alfred, él mira a la camarera y sacude la cabeza. Alfred mira a la camarera y se ríe con sorna.

Dice que yo le he robado su pipa, dice Alfred.

Y Alfred mira a la camarera, sacude la cabeza.

No digas eso, Lars, dice ella y me mira.

Pero es que me tiene agarrado por la mano, digo yo.

Y oigo que el hombre que antes estuvo sentado a mi lado y que se llama Alfred empieza a reírse y entonces la camarera también se ríe y entonces Alfred suelta mi mano y yo retiro la mano y veo que tengo marcas rojas y blancas en la piel de la muñeca, por donde antes sus dedos me agarraban. Me siento donde antes estaba sentado, al lado del que me ha robado la pipa. Y la camarera me mira, me sonríe, me ofrece una hermosa sonrisa. Ahora la camarera me sonríe. Está de pie al otro lado de la mesa y me sonríe abiertamente. Y yo me vuelvo y miro a Alfred.

No sabes pintar, le digo.

Ya lo has dicho, dice él.

¿Qué dices?, dice la camarera.

Ha cogido mi pipa, digo.

La camarera me mira, luego mira al hombre que está sentado a mi lado y yo también miro al que está sentado a mi lado.

¿Has cogido su pipa? Entonces tendrás que devolvérsela, dice ella.

Y el que está sentado a mi lado sonríe a la camarera y entonces sacude la cabeza. El hombre que se llama Alfred sonríe a la camarera. Yo lo miro.

No sabes pintar, digo.

Y parece que ni siquiera ha oído que le estoy hablando, porque no hace más que sonreír a la camarera.

Devuélveme mi pipa, digo.

Y vuelvo a mirar a la camarera. Está allí de pie, con su vestido negro y su delantal blanco, me mira.

¿Por qué dices que no sabe pintar?, dice la camarera.

Porque no sabe, y todavía no ha vendido ni un solo cuadro, digo.

Pero aun así puede muy bien saber pintar, dice ella.

Este ha vendido dos cuadros, a dos asociaciones artísticas de Noruega, por eso se pavonea por ahí, convencido de que es el único que sabe pintar, dice Alfred.

Y yo bajo la mirada, porque ¿tal vez, en realidad, no sé pintar? Pero sí, yo sí sé pintar, porque sé pintar, desde luego que sé pintar, porque sé ver, yo lo veo todo y yo veo lo que otros no saben ver y por eso sé pintar. Yo sé pintar.

Tú no sabes pintar, digo.

Ríndete ya, dice Alfred.

Eres un pésimo pintor. Te gustaría tanto ser pintor, pero no sabes pintar.

Por cierto, dice la camarera mirándome.

Sí, digo yo.

Por cierto, me pregunto si tienes dinero, dice ella. Antes de servirte la cerveza tengo que preguntártelo.

Y entonces el que ha robado mi pipa empieza a reír. El que no sabe pintar, se inclina hacia delante y se ríe, pero su risa es como debe ser una risa, no es más poderosa que una risa normal y corriente, y entonces deja de reírse y mete su mano en. el bolsillo de mi chaqueta.

¿No tienes dinero?, dice. Tienes que tener, porque me has prometido que esta noche me invitarías.

Y entonces vuelve a reírse. Yo miro a la camarera, sacudo la cabeza.

Tengo muy poco dinero, digo.

¿No tienes suficiente para una cerveza?, dice la camarera.

Saco la cartera del bolsillo interior de mi chaqueta, la abro y veo que está vacía.

Hoy no. Hoy no tengo dinero, digo. Pero pronto me darán dinero.

Sus benefactores, dice Alfred.

Y yo bajo la mirada, ha tenido que decir que me dan dinero mis benefactores, no mis padres ni mis parientes, sino unos benefactores. Porque mis padres no tienen dinero. Supongo que ahora Alfred dirá que soy de una familia que no son nadie y, por tanto, yo tampoco debo de ser nadie, supongo que eso es lo que Alfred le dirá a la camarera.

Porque me parece que tu familia no es demasiado pudiente, dice Alfred.

No son más que cuáqueros, toda la familia, digo yo.

Y vuelve a reírse, el hombre que se llama Alfred y no sabe pintar se inclina hacia delante y se ríe.

No son más que cuáqueros todos ellos, cuáqueros, dice Alfred.

Y Alfred sigue riéndose.

Sí, sí, digo yo.

No son más que cuáqueros, dice él. Cuac, cuac, dice.

Y Alfred se inclina hacia delante y se ríe.

Sí, sí, digo yo.

Pero ¡anda, si los cuáqueros están bebiendo cerveza! ¿No deberían los cuáqueros estar cuaqueando?, dice él.

Yo no soy cuáquero, digo yo.

Desde luego que lo eres, dice él, acabas de decirlo tú mismo. Veo que estás temblando.

Al menos los cuáqueros no les roban las pipas a los demás digo yo.

Pues ahora te devuelvo tu pipa, cuacador, dice él.

Y Alfred saca la pipa de su bolsillo, la deja sobre la mesa delante de mí. Veo mi pipa curva y grande sobre la mesa, al lado de la lata de tabaco, y encima de la lata está la caja de cerillas y oigo que la camarera dice ha sido muy amable por tu parte devolverle la pipa y yo alzo la mirada y veo a la camarera que está de pie al otro lado de la mesa y ella me mira y sus ojos no parecen tan enfadados y allí está ella, con sus finos y largos dedos me acaricia la mejilla, me acaricia los párpados. Y oigo a alguien que dice, tú, Lars, alguien dice tú, Lars, oigo que alguien dice. Y allí estás tú otra vez. ¿Y Helene? Y estás más hermosa que nunca, de veras lo estás.

Estás estupenda hoy, digo.

¿Me estás piropeando?, dice la camarera.

Y veo que ahora la camarera está en otro sitio. Y oigo que la camarera dice que hoy estoy estupenda, sí, hoy me he puesto guapa por ti, Lars, oigo que dice la camarera, desde otro lugar y alzo la mirada y no veo a nadie más que al maestro pintor Tastad que viene andando por la calle estrecha con su enorme barba, yo me detengo, él se detiene. Y el maestro Tastad me llama, me grita, tú, Lars, ven aquí, hay una puerta que tienes que pintar. Me acerco a Tastad y él posa su delgado y ancho puño sobre mi hombro. Hay una puerta en el cielo. Tú, Lars, pintarás una puerta en el cielo, pero antes tenemos que pasar por el taller de pintura, a por pintura y brochas. Y es la luz la que tienes que pintar, muchacho, la luz interior, la luz que tú y yo sabemos ver. Y allí está ella, con su vestido blanco, tan pálida, con sus finos dedos. Y le digo estás muy guapa hoy. Y ella dice que tú también estás guapo, Lars. Y entonces Tastad, con su ancho, fino y fuerte puño sobre mi hombro, empieza a andar y nosotros, Tastad y yo, subimos por la estrecha calle y a mi lado, al otro lado, camina ella en su fino vestido blanco, camina a mi lado con pasos ligeros y con sus finos dedos acaricia mi mano. Y Tastad dice que realmente sé pintar, por eso pintaré una puerta en el cielo. Y Tastad abre la puerta del taller de pintura y ella se detiene en el vano de la puerta, tan bella, con su vestido blanco, me vuelvo hacia ella, le pregunto si no quiere entrar y ella dice que hay muchos colores en un taller de pintura, tanta pintura, tantas brochas y tantas otras cosas que hacen que ella no pueda entrar, podría mancharse el vestido blanco si entrara con nosotros y yo asiento con la cabeza y veo que Tastad está subiendo la escalera, a la segunda planta, donde están los demás aprendices, pero yo no quiero encontrarme con ellos. No quiero ver a nadie.

No quiero ver a los aprendices del taller, digo.

¿Con quién estás hablando?, dice el hombre que está sentado a mi lado.

Y Tastad se detiene en la escalera. Y me pregunta si no quiero ver a los aprendices de pintura. Sacudo la cabeza. Y me dice que entonces espere en la planta baja.

No, verás, vas a tener que dejar de hablar a gente que no está aquí, dice el que está sentado a mi lado.

Y Tastad está en la escalera sonriéndome. Y Tastad dice que soy extravagante y raro, pero que soy buen pintor, él ha pintado mucho y ha visto lo que muchos otros han pintado, pero nunca ha conocido a nadie que pintara tan bien como pinto yo. Y ella está detrás de mí y yo me vuelvo y veo que está muy guapa con su precioso y fino vestido blanco, no puedo ver sus pechos a través de su vestido, pero sí veo la suave caída de la tela sobre sus pechos. Ella, con su vestido blanco, está detrás de mí y Tastad está delante de mí en la escalera. Y Tastad dice tú pintarás una puerta en el cielo, tú, Lars. Me vuelvo hacia Tastad.

Pintaré una puerta en el cielo, eso haré, digo.

¿Ahora qué dices que vas a hacer?, dice el hombre que está sentado a mi lado.

No, digo.

Tranquilo, tranquilo, dice el que está sentado a mi lado.

Tú no sabes pintar, digo.

Y ahora las telas blancas y negras se acercan a mí, luego vuelven a desaparecer, vuelven a acercarse, se pegan, se pegan a mí. Y entonces los dulces ojos de Tastad se abren paso a través de las telas negras y blancas, las telas blancas se convierten en el blanco de sus ojos, las negras se convierten en sus pupilas negras y lo azul no viene de ningún lado y surge el rostro de Tastad detrás de los ojos o en los surcos que se extienden desde las comisuras de los ojos, allí está Tastad.

Insiste en que no sé pintar, dice el que está sentado a mi lado.

Miro al hombre que se llama Alfred y veo que le está hablando a la camarera.

Y Tastad dice que sí, Lars, tú realmente sabes pintar, no solo lo sé yo, sino muchos otros. Y Tastad asiente con la cabeza sobre su chaqueta negra de paño, bajo su gorra negra de visera. Y Tastad me mira fijamente con sus ojos azules. Y yo me tranquilizo. Y Tastad dice que debo ir con él, que tengo que acompañarlo al taller de pintura. Y ella, que está detrás de mí, con su vestido blanco, ella es Helene, sí, es Helene que está en Stavanger, ¿cómo ha podido venir hasta aquí? ¡Ha venido hasta aquí desde Alemania! Mi amada Helene ha venido a Stavanger para visitarme y ahora está detrás de mí, en Stavanger, en Nygata, mi amada Helene está delante del taller de pintura, mi amada Helene de Düsseldorf, de la Jägerhofstrasse, mi amada Helene está detrás de mí con el vestido blanco que cubre su cuerpo hermosamente, para que yo pueda ver la caída de la tela sobre sus pechos, un movimiento de su cuello, y delante tengo a Tastad, en la escalera, y me sonríe con sus ojos azules. Porque supongo que soy Lars, el cuáquero. Y Tastad debe de ser Tastad el cuáquero. Y Helene, ella sin duda es la muchacha más hermosa de Alemania. Y ahora debo dirigirme a la habitación en la que vivo, la cama, la mesita de noche, el lavabo. Mi cama. La ropa de cama blanca.

¿No vas a pedir una cerveza, Lars?, dice el que está sentado a mi lado.

No, digo yo.

Las telas negras y blancas, y el ceñido vestido negro de la señora Winckelmann, el cuello de encaje blanco, su pelo, castaño oscuro, a veces casi negro, como el mío, luego su boca que se abre en una sonrisa y su sonrisa es un enorme orificio, negro, húmedo, su sonrisa es una ciénaga, una ciénaga profunda que ha atrapado mi pie, que no lo suelta, allí estoy yo, con el pie hundido en un pantano, sobre mi cabeza vuelan las gaviotas, y allá abajo, al final del pantano, está la ensenada, donde el mar siempre está vivo, las olas baten sobre la playa, las piedras, la arena, y el negro monte pelado, y el pie que se ha quedado enganchado en la fría agua del pantano, la humedad me sube por la pernera, retiro el pie, me inclino hacia delante y tiro de mi pie para que salga del agujero, y el pie queda libre y entonces doy un paso adelante, un paso lo más largo posible, pero el otro pie también se ha quedado atrapado en la ciénaga por lo que tendré que echarme hacia delante todo cuanto pueda, entonces el pie se hunde aún más en el pantano y entonces saco el otro pie del pantano, lo retiro, luego me echo hacia delante, hacia un montículo, allá delante hay un montículo, hay que salir del pantano, hacia el límite del bosque, hacia los arbustos, tengo que llegar a la luz, sacar el pie de la ciénaga que es como una boca, una boca abierta sobre la pechera del vestido negro, entonces veo una boca abierta, hay que seguir adelante, con cuidado y silenciosamente debo dirigirme hacia el lugar donde la luz se extiende sobre el agua, amarilla, blanca por debajo, y luego, hacia delante, donde la luz es blanca, amarilla, tan blanca y luego, allá arriba, donde están las nubes, allá arriba, las azules, las blancas, las evanescentes nubes blancas y azules, allá arriba, entre las nubes blancas y azules, allá arriba, allá, avanzar, tomar impulso, avanzar, tomar impulso, avanzar, sacar el pie del fango, la tierra húmeda de la ciénaga, y luego avanzar, salir de allí, silenciosamente, tan silenciosamente como por una ventana abierta, ¡pintada de blanco! ¡Y avanzar hacia la ventana pintada de blanco! ¡Avanzar! Sacar el pie del fango, de la humedad y el agua, seguir hacia delante, hacia el mar, hacia las olas que baten el fango, avanzar, avanzar, ¡salir de este mundo! Hacia los colores cambiantes de las nubes, hacia los viejos recuerdos, dirigirse hacia la boca de la señora Winckelmann y salir de ella, salir de sus labios, que no son ni gruesos ni finos, los labios de la señora Winckelmann, los labios se redondean formando una abertura allí, en el pasillo, detrás de aquella puerta, allí vivirás tú, allí está tu habitación, allí es donde me quedaré yo, allá dentro, detrás de esta puerta, allí está, allí está la cama y la mesita de noche y el lavabo. Y yo fumo, pero no puedo fumar en la cama. Eso no, aunque ahora fumo y, pase lo que pase, voy a vivir en la casa. Nada de fumar en la cama. Y la habitación está en casa de la señora Winckelmann. Segunda planta. Está en la Jägerhofstrasse, en la segunda planta. Debo recordarlo siempre. Jägerhofstrasse. La señora Winckelmann. Allí. Tengo que volver a casa, a la Jägerhofstrasse. Y a Hattarvågen. Ya no puedo seguir viviendo en esta ciudad, en esta casa, por mi padre, por él, mi padre y los demás aprendices del taller de pintura. Mi padre. Y la casa en la Jägerhofstrasse. Y ahora está en silencio. Y las telas negras y blancas, ahora han desaparecido, pero mi padre y Tastad, inseparables. Y su fino vestido blanco. Detrás de mí, en la calle, en la puerta detrás de mí. Está en la puerta. Y Tastad. Y ahora está lleno, y no hay nadie más. Todas las voces. Viene gente. Mientras yo estoy sentado tan tranquilamente en Malkasten, en silencio. Porque es la primera vez que visito Malkasten. Y tú, amada mía, me pediste que me sentara al lado de Alfred. Estoy en Malkasten. Y no para de venir gente a Malkasten. Y luego mi padre. Y luego Helene, con sus largos y finos dedos, y con el vestido blanco. Yo he venido. Iré. Ahora acudiré a tu lado. Y una mano se posa en mi hombro y oigo que alguien me pregunta si ahora tengo mujer. Y yo alzo la vista y me encuentro con el rostro de Bodom. Y es grato ver su rostro. Y el rostro de Bodom es sonriente. Y su risa se mueve hacia mí, se aleja, se queda suspendida en el aire. Y cómo se ríe Bodom.

Lars, me dicen que tienes una mujer, dice Bodom.

Y es Bodom quien me habla. Y ella está detrás de mí, con su vestido blanco.

¿Has conseguido una mujer?, pregunta Bodom.

Y veo que Bodom está allí, sacudiendo su espesa cabellera rubia y mirándome a los ojos.

¡Bodom!, digo.

Porque es Bodom quien está allí de pie. Es decir que Bodom también ha venido a Malkasten, el estimado y bueno de Bodom ha acudido a Malkasten.

¡Sí, Lars!, dice él.

Consíguete una mujer, Bodom, digo yo.

Supongo que es la primera vez que visitas Malkasten, dice él.

Y miro a Bodom a los ojos, y sus ojos ríen, veo que los ojos de Bodom ríen y sus ojos se convierten de repente en una ciénaga, negra, húmeda y absorbente, una cavidad, un desplome en el pantano, duro, las manos se agitan, me expulsa, me absorbe, tensa, me aprieta y no consigo liberar mi pie y se queda enganchado y entonces, allá delante, está la luz que me succiona y que viene hacia mí y que me absorbe y todo lo que veo es Bodom, que está de pie mirándome y posa una mano sobre mi hombro, terciopelo, ¡terciopelo lila! Una chaqueta del terciopelo más puro, una chaqueta de terciopelo de color lila, tan bonita como puede ser una chaqueta, y entonces salgo de la ciénaga, ¡y Tastad! ¡Allí está Tastad! ¿Y las telas negras? ¡Han desaparecido! ¿Qué ha sido de las telas negras y blancas? ¿Han desaparecido? ¿Han desaparecido las telas? ¿Han desaparecido ahora? ¿Tal vez en el bolsillo de mi pantalón? ¡Y terciopelo, lila! ¡Unos pantalones de terciopelo lila! ¡Están dentro de un pantalón, un pantalón de terciopelo lila!

¡Unos pantalones de terciopelo lila!, digo.

¿Qué te pasa, Lars?, dice Bodom.

Y Bodom está de pie, me mira y ha posado su mano sobre mi hombro, su mano descansa sobre terciopelo de color lila, sobre mi chaqueta del terciopelo más lila. Y toda la gente, una enorme mesa redonda y tan solo Alfred, el que no sabe pintar, y yo, que estoy sentado a la mesa, aunque hay sitio para muchos otros, pero ya vendrán, ha dicho Alfred, por eso, cada vez que alguien ha preguntado si se podía sentar a la mesa, Alfred le ha dicho que la mesa estaba ocupada, porque va a venir más gente, toda una pandilla, ha dicho Alfred, todos vendrán dentro de un cuarto de hora, pintores noruegos, suecos, y vendrá Larsson, ha dicho Alfred, y luego vendrán unas chicas, chicas alemanas, varias, también habrá una chica para mí, sin duda vendrá, ha dicho, y las chicas llevarán vestidos blancos o negros que se ceñirán a sus preciosos cuerpos, ha dicho Alfred, porque a mi lado está sentado Alfred mientras que Bodom, aunque es noruego, es un pintor de Noruega, está sentado a otra mesa, y Malkasten está lleno de gente, de humo y de cantos hay gente sentada a las demás mesas. Y Bodom ha posado su mano sobre mi hombro, sobre el terciopelo más hermoso. Y mi chaqueta, de terciopelo lila. Y estoy en casa del hombre del que siempre he oído hablar, en casa de Sundt, estaban Sundt y Kielland, y luego todos nosotros, y luego todo este terciopelo lila. En casa de Sundt. Yo tenía que pintar una estancia, una estancia de la larga casa blanca, de tres plantas, con un gran porche en la fachada y una puerta de entrada en la parte de atrás, un espacioso zaguán, luego un pasillo, luego una escalera ¡y en la pared de la escalera cuelga el cuadro! ¡Nunca antes había visto un cuadro tan bello! ¡Los colores como los más bellos del cielo! ¡La luz más bella entre todas las luces! Y el cuadro, con la luz, tan grande, y con un marco anchísimo y el lienzo que se mueve cuando lo toco, se cimbrea, pongo con cuidado el dedo contra uno de los bordes del cuadro y entonces el lienzo empieza a vibrar con sus colores y su luz, y yo me quedo allí contemplándolo, a pesar de que debería subir a pintar una estancia, una habitación que antes era blanca, ahora hay que pintarla de amarillo, me ha enviado Tastad, me ha encargado un trabajo honorable, eso es lo que me ha dicho Tastad, porque soy un buen pintor y porque los demás están trabajando en otros sitios, por eso he tenido que recorrer el largo camino hasta la casa de Sundt, tengo que pintar una habitación de amarillo y me he quedado en la escalera contemplando una imagen, un cuadro, es Sundt quien dice que es un cuadro lo que estoy contemplando y nunca había visto antes algo tan bello y detrás de mí está Sundt, ese hombre tranquilo, y él me pregunta si me gusta el cuadro y yo asiento con la cabeza y digo que sí, me gusta el cuadro. Jamás había visto algo tan hermoso. Y el hombre que se llama Hans Gabriel Buchholdt Sundt rodea mis hombros con su brazo y me conduce escaleras arriba. Y luego el terciopelo lila. El terciopelo es de Sundt. Es un traje de sastre, hecho de terciopelo de Sundt. Y Sundt me ha acompañado al barco, el barco me llevará a Christiania y Sundt me hace entrega, en el muelle, mientras mi madre y Cecilia y Elizabeth se mantienen a cierta distancia mirando, junto con todos los demás, cómo Sundt me hace entrega de un paquete, y por allí llega mi padre corriendo, en su ropa negra de paño basto, estaba salando arenques en el otro extremo del muelle y ahora llega corriendo con su pesada chaqueta negra de paño basto, viene corriendo hacia nosotros y mi padre ve que Sundt, que Hans Gabriel Buchholdt Sundt, se encuentra en el muelle haciéndome entrega de un paquete grande y Hans Gabriel Buchholdt Sundt dice que el paquete contiene ropa elegante, y ahora que voy a Christiania, donde el rey y el Storting tienen sus sedes, para asistir a la escuela de dibujo y pintura, tengo que llevar un buen traje, de buen paño, del terciopelo más bonito, y el sastre es el mejor de la ciudad de Stavanger, sin duda causaré una buena impresión, en Christiania, en la capital de Noruega, no voy a vestir peor que los que allí viven, dice Hans Gabriel Buchholdt Sundt, y me entrega un paquete y yo hago una reverencia vestido con mis ropas negras de paño basto, con la gorra negra de visera calada hasta los ojos y logro decir ¡gracias! ¡Muchísimas gracias!, ¡le debo las gracias!, ¡le doy las gracias!, y veo que mi padre se acerca corriendo, con pasos pesados con los pies embutidos en sus toscos zuecos, mi padre se detiene, está totalmente tranquilo y contempla cómo Hans Gabriel Buchholdt Sundt me entrega un paquete y Hans Gabriel Buchholdt Sundt dice que también contiene un par de zapatos, unos finos zapatos negros. Puedes cambiarte en el barco, dice. Y Hans Gabriel Buchholdt Sundt dice que ahora se retirará y veo que se ha congregado mucha gente en el muelle y todos miran a Hans Gabriel Buchholdt Sundt cuando este me entrega un paquete. Mi madre y mis hermanas Cecilia y Elizabeth me acampañaron hasta el muelle. Al ver a Sundt acercarse se retiraron, ahora se encuentran en la periferia del grupo que se ha congregado en el muelle y veo que miran al suelo. Entonces mi madre alza la mirada y ve que Hans Gabriel Buchholdt Sundt se dirige al coche que le aguarda y yo me vuelvo y subo por la pasarela y sé que no debo volverme, con un paquete bajo el brazo que me ha entregado Hans Gabriel Buchholdt Sundt, subo por la pasarela, y las dos maletas con ropa y comida ya están a bordo, junto con el resto del equipaje, oigo el golpeteo de zuecos, no me vuelvo, pero sé que es mi padre que ahora llega corriendo a la escala y oigo a mi madre gritar «¡Lars! ¡Lars!» Y luego mi padre me llama «¡Lars! ¡Lars!». Pero yo sigo caminando por la pasarela, me dirijo hacia el otro lado del barco, me asomo por la borda, clavo la mirada en el mar, en las olas que rompen contra el casco del barco. Y el traje de color lila. Del terciopelo más bello. Yo no puedo vestir un traje de terciopelo, yo con terciopelo, no, no puede ser. Yo no. Yo soy de paño buriel basto. Yo envuelto en terciopelo. Cuando vuelva a casa me cambiaré a paño buriel. Al dejar mi hogar, me cambio a terciopelo. Al terciopelo más bonito.

No, no puede ser, hay que hacer algo con este Hertervig, dice Alfred.

Y Alfred habla mirando hacia mí y habla en voz alta para que yo oiga lo que dice, a pesar de que está hablando de mí.

Una cosa es que siga allí sentado, hablando con gente que no está aquí, eso, hasta cierto punto, no tiene nada de malo, pero decir que yo molesto a las chicas, que no las dejo en paz, eso es mucho peor, dice Bodom.

Y también Bodom habla sin dejar de mirarme y yo miro a Bodom y veo su boca abierta bajo el ancho bigote pelirrojo y su boca dice que yo molesto a las muchachas, pero yo no molesto a las muchachas, nunca he molestado a las muchachas, jamás, por eso no quiero que Bodom diga lo que dice.

¿Puedo sentarme con vosotros?, dice Bodom.

Supongo que sí, dice Alfred. Siéntate, haz el favor. Creo que me sentará bien hablar un poco con alguien que no se pasa el rato hablando con gente que no existe, dice Alfred.

Y Alfred me mira.

¿Qué has hecho de tu bufanda de cuáquero?, dice Alfred.

Y Alfred se inclina sobre mí, examina mi cuello. Yo bajo la mirada a la mesa redonda.

¿Acaso la bufanda de cuáquero no hace juego con tu elegante traje de terciopelo lila?, dice Bodom.

Tienes que llevar bufanda de cuáquero, croador cuáquero, dice Alfred.

Y un traje de paño buriel, paleto, dice Bodom.

¿Por qué vistes terciopelo de color lila, cuáquero?, dice Alfred.

No creas que eres mejor que nosotros por llevar terciopelo lila, dice Bodom.

No luce, dice Alfred. Al fin y al cabo, no dejas de ser cuáquero, ya lo sabes.

Y miro a Alfred. Y miro a Bodom, se ha sentado al otro lado de Alfred, ahora está inclinado sobre la mesa, mirándome fijamente. Y entonces Bodom alarga la mano, posa la mano sobre mi pipa. Y Bodom no debe coger mi pipa, Bodom no, no puede hacerlo.

No juegues con mi pipa, digo.

¿O sea que tu pipa, eh?, dice Bodom.

Y Bodom no debe coger mi pipa. Poso la mano sobre la mano de Bodom y lo miro, pero Bodom baja la mirada, baja la mirada a la mesa, solo veo su bigote pelirrojo. Y Bodom estaba a punto de coger mi pipa. Y en el muelle, el muelle de Stavanger, está Hans Gabriel Buchholdt Sundt y me hace entrega de un paquete, mientras, mi madre y Cecilia y Elizabeth se han escondido en la periferia del grupo de gente que se ha congregado en el muelle, y entonces oigo el golpeteo de zuecos contra el adoquinado y veo a mi padre que llega corriendo en dirección a la pasarela y yo sigo subiendo por la pasarela y miro a Bodom y él me mira a mí y entonces Bodom baja la vista y retira la mano y yo poso la mía sobre mi pipa. Bodom. El que está sentado al lado de Alfred se llama Bodom y él sí sabe pintar. Sin embargo, Bodom no es tan buen pintor como yo. Y no debo mirar a Bodom. Y tengo que irme, no puedo quedarme aquí sentado, porque creo que no tengo dinero para cervezas y pronto llegarán los demás pintores noruegos, y se sentarán alrededor de esta mesa, una mesa redonda, y contarán chistes, se reirán y soltarán carcajadas y luego también querrán que yo cuente chistes o historias de pescadores del fiordo, entonces se reirán todos, incluso antes de que haya empezado a contar nada se reirán, se reirán de mí, y luego me preguntarán cómo me va el amor, si sigo con la misma Helene, y entonces la risa se extinguirá lentamente y se convertirá en telas blancas y negras que ondean a mi alrededor, a un brazo de distancia, antes de acercarse a mí, pegarse a mí, y luego las telas volverán a alejarse de mi cuerpo, antes de volver a arrimarse a mí, como olas, como olas en la ensenada, alrededor de los islotes, los islotes negros, allí están los islotes. Es temprano por la mañana, una mañana de sol, y abandono mi casa, bajo por las colinas. Veo el fiordo tranquilo y azul y luego apenas veo nada bajo la luz intensa pero sigo caminando colina abajo. Veo a mi padre en el muelle, en medio de la intensa y suave luz solar. Y en todos nosotros está la luz. Porque la luz está a nuestro alrededor y en nuestro interior. Y no puedo mirar hacia la intensa y, a su vez, suave luz. Deja ya de soñar despierto de una vez por todas, dice Bodom.

Y sigo andando en dirección a la ensenada, contemplo el fiordo, veo el fiordo con sus aguas tranquilas y su azul infinito a la luz de la mañana. Y en el muelle está mi padre y alza la mirada hacia mí.

Él es así, dice Alfred.

Y alrededor de mi padre, el fiordo blanquea, también unas nubes se tornan blancas contra el sereno cielo azul. Y entonces mi padre grita qué bien que hayas vuelto a casa, Lars, porque pronto tendremos que salir a la mar. Y yo contesto que sí y sigo andando colina abajo. Veo a mi padre tirando del barco y subiendo a bordo. Sigo andando por un sendero que bordea la colina, camino por donde empieza el acantilado escarpado. Camino. Y camino en la sombra. Allí fuera está la intensa luz. También dentro de nosotros se encuentra la luz, eso dicen, y también yo la percibo dentro de mí. Mi padre me espera en el muelle. Y mi padre me grita que debo darme prisa. Y empiezo a correr por el sendero, bordeando el acantilado, mientras veo la figura negra de mi padre contra el mar blanco.

Supongo que pronto llegarán los demás, dice Bodom.

Sin duda, pronto estarán aquí, dice Alfred.

Porque tú, Hertervig, no tienes demasiada conversación, dice Bodom.

Se llama Bodom y sabe pintar y me habla. Supongo que debería decirle algo. Y sacudo la cabeza.

Estás aquí sentado sin decir nada, dice Bodom.

Asiento con la cabeza.

Podría estar perfectamente en cualquier otro lugar, dice Alfred.

Y Alfred no tiene derecho a decir que yo no debería estar aquí, en Malkasten, porque yo también tengo derecho a venir a Malkasten, no solo lo tienen los demás pintores.

Tendrías que haberte sentado en otro lugar, dice Alfred.

Tengo que preguntarle dónde debería sentarme.

¿Dónde?, digo.

Y entonces Bodom y Alfred empiezan a reír. Y veo a mi padre en el muelle, como una figura negra contra el mar blanco.

Supongo que en la Jägerhofstrasse, junto con la que llamas tu amada Helene, dice Alfred.

¿O ya no te va tan bien con ella?, dice Bodom.

¿Es cierto que te ha echado su madre?, dice Alfred.

Y su risa se aprieta contra mi boca, quiere meterse en mi boca, su risa se impone y supongo que debería levantarme, pero no puedo levantarme y miro fijamente a mi padre y él sigue allí, sujetando el barco contra el muelle.

¿O fue el tío quien te echó?, dice Alfred.

Y el señor Winckelmann está en la puerta de mi habitación, llena casi todo el vano de la puerta y dice que tengo que hacer las maletas, se queda allí, él, el señor Winckelmann, vigilando mientras hago las maletas.

¿No fue así?, dice Alfred.

Él lo sabe, dice Bodom haciendo un gesto con la cabeza en dirección a Alfred.

Yo lo sé, dice Alfred.

Y mi padre está allí, sujetando el barco contra el muelle.

Lo quieras o no, vas a tener que contárnoslo con tus propias palabras, dice Bodom.

Y yo sigo adelante, hacia el muelle.

No puedes soñar despierto continuamente, dice Bodom.

Y el señor Winckelmann sigue en la puerta, no se va, y mi padre está en el muelle.

¿Te echó el tío?, dice Alfred. ¿Porque estabas tan enamorado de Helene? ¿Fue por eso? ¿No dejabas en paz a Helene? ¿Te metías en su habitación por la noche? ¿Y entonces su tío te echó? ¿Fue así? Contesta. ¿Fue así?

Y yo me dirijo al muelle, camino por el muelle, veo a mi padre sosteniendo el barco contra el muelle. Camino hacia mi padre, subo a bordo del barco. Me dirijo a la popa y tomo asiento.

¿Te han echado?, dice Bodom.

Por supuesto que lo han echado, dice Alfred.

Tienes que contárnoslo, al fin y al cabo somos tus amigos, dice Bodom.

Sin duda lo han echado, dice Alfred.

¿Dónde vives ahora, pues?, dice Bodom.

¿En una pensión?, pregunta Alfred.

Y estoy sentado en la popa y mi padre aparta el bote del muelle con el remo y el bote se adentra en el fiordo y se dirige hacia Helene, porque allá en el fiordo está Helene, ¡Helene está en el fiordo! Y ahora no debes desvanecerte, tú, mi Helene, ahora tienes que quedarte donde estás y no desaparecer de mi lado, ¡y veo que estás aquí! Con tu vestido blanco, el vestido que cae tan bien sobre tus pechos, mi Helene, mi hermosa Helene. Pero si te estoy viendo, estás allí, en el fiordo, mi amada, mi amada Helene.

Cuéntanoslo, venga, dice Alfred.

¿Estás viviendo en una pensión?, dice Bodom.

Y mi padre se ha sentado a los remos y rema bordeando la costa, ahora nos encontraremos con los demás amigos, ha dicho mi padre y mi padre me mira, sonríe, la luz del sol nos inunda, mi padre, está allí sentado, con su ropa negra, remando con brazadas regulares y firmes. Los amigos, sí. Vamos a encontrarnos con los amigos, sí, eso es lo que ha dicho mi padre. Y el torso de mi padre se inclina hacia delante, luego hacia atrás, mi padre está sentado en la bancada, remando. Mi padre rema con firmes brazadas.

Sí, ahora nos encontraremos con los amigos, digo yo.

No puedes quedarte sumergido en tu propio mundo, dice Bodom.

No, no le digas nada, déjalo en paz, dice Alfred.

Y mi padre dice que es la primera vez que voy a encontrarme con los amigos, cuando lleguemos entraremos en la casa de los cuáqueros, entonces tomaremos asiento en una de las sillas, estarán dispuestas en un círculo, lo único que tenemos que hacer es sentarnos y luego quedarnos en silencio.

Asistiremos a una reunión silenciosa, a una reunión de cuáqueros. Cuando entremos, lo único que tendremos que hacer será sentarnos, nos quedaremos allí sentados, sin más, un rato más tarde llegará más gente, vendrán muchos y se sentarán sin más, en silencio, están allí sentados, sin decir nada, han venido muchos, y ellos también se han sentado sin más, todos están allí sentados, sin decir nada, serenos, en silencio. Y mi padre dice que debemos sentarnos juntos en silencio. Y no debo decir nada. Tal vez, pasado un tiempo, alguno de los otros diga algo, tal vez no, tal vez nos quedemos aquí sentados en silencio, hasta que el bueno de Syvert se ponga en pie, una hora más tarde, entonces nosotros también deberemos ponernos en pie y yo tendré que levantar las manos hasta los hombros y coger de la mano a los que tengo a mi lado y entonces nos quedaremos así, formando un círculo en la estancia y cuando llevemos un rato así, habrá terminado la reunión silenciosa y podremos volver a casa en el bote. A menudo mi padre me ha contado cómo tendría lugar todo. Y mi padre está sentado en la bancada, remando a la intensa luz del sol. Yo estoy sentado en la banqueta de popa, viendo a mi padre remar en medio de la torrencial luz solar, entonces me vuelvo y miro hacia los islotes, y allí están los islotes, negros y verdes en medio de la suave luz, y entonces, allá, en la ensenada, en la playa, aparece mi amada Helene, tan hermosa con su vestido blanco, en el fiordo, está buscando el bote con la mirada, el bote en el que estamos sentados mi padre, remando, y yo, en la banqueta de popa, ella está en el fiordo y ve cómo el bote avanza con movimientos regulares, bordeando la costa. Levanto la mano y saludo a Helene. Y mi Helene alza la mano y me saluda.

¿Quieres beber algo, Hertervig?

Alzo la mirada y la camarera aparece delante de mí, con su vestido negro.

Sacudo la cabeza.

Déjalo en paz, dice Bodom.

¿No quieres beber nada?, dice la camarera.

No tiene dinero, dice Alfred.

No, digo yo.

Sí tienes dinero, dice Alfred. Siempre tienes dinero, haz el favor de buscar en los bolsillos de tu chaqueta.

Y debo rebuscar en mis bolsillos, así es. A lo mejor llevo dinero en el bolsillo de mi chaqueta. Y estaría bien beber algo, aunque no acostumbro a beber, al menos antes no solía hacerlo. Miro a la camarera, asiento con la cabeza. Y me pongo en pie, meto las manos en los bolsillos de mi chaqueta y saco un billete, le ofrezco el billete a la camarera, ella me sonríe.

O sea que tenías dinero, Lars, dice la camarera.

Yo le sonrío a ella.

Has mentido, Lars, dice Alfred.

Sonrío a la camarera.

Sí, hoy es un buen día, digo.

Hoy es un buen día, sí, dice Bodom.

Justo donde despuntan las piedras en la bajamar, digo yo.

¡Sí, sí!, dice Bodom.

Allí hay un bote, en el fiordo, digo yo.

¿Quieres volver a salir a pescar?, dice Alfred.

No.

Ah, ¿no?, dice Bodom.

No, digo yo.

Entonces, ¿adónde quieres ir, Lars?, dice Alfred.

A una reunión, digo.

O sea que te vas a una reunión, vaya, dice la camarera. ¿A qué reunión?

A una reunión de cuáqueros, digo yo.

¿A una reunión de cuáqueros?, dice ella.

Una reunión con los que se sobresaltan y tiemblan, dice Bodom. Con los trémulos.

Vaya, dice la camarera. ¿Acaso tiemblan?

No, digo yo.

Pero así es como los llaman, los trémulos, dice Bodom.

¿Tus padres pertenecen a los trémulos?, dice Alfred.

Asiento con la cabeza.

Y a los que casi no abren la boca, dice Alfred.

Como Lars, que tampoco nunca dice nada, dice Bodom.

De todos modos eres muy raro, Lars, dice la camarera.

Y veo a la camarera cruzar el establecimiento, veo su espalda recta, el vestido negro, el lazo blanco del delantal atado a la espalda, cuando se dirige al mostrador para pedir una cerveza para mí, Lars Hattarvåg, hijo de un cuáquero, pintor, alguien que algún día llegará a ser un pintor célebre o no será nadie, nada, como ahora, un pordiosero, hijo de cuáquero, hijo de librepensador, escoria, igual que su padre, alguien que ha viajado a Alemania, que está con Hans Gude en Alemania, para formarse como pintor. Yo soy Lars Hertervig. Nada más y nada menos. Ese soy yo. Yo soy Lars Hertervig. Y es a mí, al pintor, al pintor paisajista Lars Hertervig, a quien la camarera traerá una cerveza. Tengo dinero. Sé pintar. He vendido mis dos cuadros, uno a la Sociedad Artística de Christiania, allí, en esa ciudad, al fin y al cabo he estado allí, también me he formado allí, en Christiania, allí me formé en dibujo y pintura, primero me eduqué en Christiania y luego la Sociedad Artística me compró un cuadro, por recomendación de mi profesor, de nada más y nada menos que Hans Gude, porque el mismísimo Hans Gude escribió una carta a la Sociedad Artística de Christiania en la que les decía que harían bien en comprar el cuadro que yo había pintado, y eso hicieron, y luego Hans Gude escribió a la Sociedad Artística de Bergen, preguntando si estaban interesados en adquirir un cuadro mío y sí lo estaban, porque yo sé pintar. Y Tidemann sabe pintar. Y Gude. Y es que son los mejores hombres de Noruega. Saben pintar.

Ellos sí saben pintar, digo yo. Creo que no hay nadie que sepa pintar como ellos.

Como nosotros, dice Alfred.

Miro a Alfred, sacudo la cabeza.

Al menos pintamos, dice Bodom.

Todo el día, es cierto, digo yo.

Y por la noche bebemos en Malkasten, tú y Lars, dice Alfred.

Y veo a Alfred inclinarse sobre la mesa, me mira fijamente y yo aparto la mirada, miro al suelo, y ¡por allí!, por allí viene la camarera, con la espalda recta, y delante de ella, bajo sus pechos cimbreantes, sostiene una bandeja repleta de cervezas y una de ellas será para mí, ¡porque yo le he dado dinero a la camarera! Mi cartera estaba vacía, pero encontré dinero en el bolsillo de mi chaqueta, por eso ahora la camarera se acercará a mí y dejará una cerveza delante de mí, sobre la mesa, y entonces no solo serán Alfred y Bodom quienes tendrán cerveza en sus vasos, sino también yo. Ahora se acerca la camarera con una cerveza para mí. Y la camarera avanza a través del local, como el bote avanza por el fiordo, mi padre rema con brazadas regulares y largas, mi padre se inclina hacia delante con sus ropas negras, a la vez levanta los remos del mar y echa los brazos hacia delante, luego mi padre hunde los remos en el fiordo y se inclina hacia atrás, a la vez que recoge los brazos y echa los codos hacia atrás, entonces vuelve a echarse hacia delante, luego de nuevo hacia atrás y el bote avanza regularmente a espaldas de mi padre, que me mira con los ojos entornados desde debajo de la visera de su gorra negra, por encima de su barba castaña, mi padre se inclina hacia delante, luego hacia atrás, hacia delante, hacia atrás. Mi padre rema bordeando la costa.

Tu cerveza, Lars, dice la camarera.

Y el sol brilla con una luz desmesurada. La luz oprime mis ojos. Y mi padre dice la luz exterior y la luz interior, y me hace un gesto con la cabeza. Y mi padre dice que para nosotros prevalece la luz interior. Miro a la camarera.

Gracias, digo.

Tengo que devolverte el cambio, dice ella.

No, no le devuelvas nada, dice uno de los que están sentados a mi lado.

Y mi padre dice que todos los seres humanos, también yo, tengo que ser consciente de ello, guardan algo de Dios en su interior.

Pero si te ha dado el dinero justo, dice el otro que está sentado a mi lado.

Y mi padre se seca la frente con la manga de su chaqueta negra y veo que el sudor brilla en medio del terrible calor que desprende la luz. Mi padre dice que hay algo de Dios en ti. Mi padre me mira.

Aquí tienes tu dinero, dice la camarera.

Y mi padre vuelve a decir que algo de Dios está en mí, sí. Hoy asistirás a la reunión silenciosa. Por primera vez en mi vida asistiré a una reunión silenciosa.

Hoy está muy concurrido esto, todo el mundo ha venido a Malkasten, pronto estará lleno, dice Alfred.

Espero que vengan pronto los compañeros que estáis esperando, no podéis seguir guardándoles la mesa cuando hay gente que está de pie mientras hay sillas libres, dice la camarera.

No te preocupes, deben de estar a punto de llegar, he prometido guardarles el sitio, dice Alfred.

Entonces tendrán que darse prisa, dice la camarera.

Y yo y mi padre avanzamos por el fiordo, topamos con las piedras de la bajamar, hay un sendero que sube por un acantilado y mi padre y yo tomamos el sendero, primero mi padre, luego yo, ando unos metros detrás de él y mi padre se detiene, se quita la gorra de visera, se seca el sudor de la frente con la manga de su chaqueta negra, respira con fatiga y dice que es pesado andar cuando hace tanto calor y todavía queda un buen trecho hasta que lleguemos a nuestro destino, tenemos que subir del mar al acantilado, alcanzar el camino, seguirlo un trecho hasta llegar a la pequeña casa de Stakland, una casa pequeña, realmente lo es, la casa ha sido construida por los cuáqueros de Skjold, gratuita y conjuntamente, pero no hay ninguna iglesia, porque los cuáqueros no quieren iglesias, no, es una casa sencilla, tan sencilla como puede llegar a serlo una casa, una sola estancia, una ventana, y en medio de la estancia están las sillas dispuestas en círculo, y cuando llegamos, cuando entramos en la estancia, lo único que puedo hacer es tomar asiento en una de las sillas y quedarme tranquilo, sin decir nada, tengo que sentarme allí e intentar no pensar en nada y debo esforzarme por liberarme de todos los pensamientos que lleguen a mí, en cuanto aparezcan, tengo que procurar que desaparezcan, todo lo que me preocupa y todo lo que me alegra, debo hacer lo posible por olvidarlo, para que mis pensamientos se reduzcan a meros restos de algo que poco a poco se convertirá en la nada, o en casi nada, porque así se podrá hacer el silencio en mi interior, tiene que hacerse el silencio, y en este silencio debo tranquilizarme, encontrar la paz en lo más profundo de mi ser y luego, si estoy en estado de gracia, me colmará una luz refrescante, no un calor, sino una luz refrescante, tan resplandeciente, tan pesada y ligera a la vez, tan abrumadora, que podré decir que nunca antes he visto nada igual. Y mi padre dice que la luz más intensa está en el interior de cada uno. Y yo pregunto qué pasará si no noto ninguna luz. Y mi padre dice que uno no siempre está en gracia, pero a veces ocurre que la gracia está allí, ¡sí, eso ocurrirá! Y mi padre me mira, sonríe. Y alguien me da una palmada en el hombro.

Pero si es Hertervig, hay uno que dice.

Y me vuelvo y veo a Ådne detrás de mí y su mano descansa sobre mi hombro.

Pero si es el pintor Hertervig, dice Ådne.

Y Ådne posa su mano sobre mi hombro y veo a Ådne mirar a su alrededor y detrás de él hay muchos otros, todos pintores, la mayoría noruegos, pero también suecos y algunos alemanes, los he visto antes, pero no los conozco, ahora han llegado muchos pintores a Malkasten, y es que es el lugar de reunión de los pintores, ahora está lleno a rebosar de pintores y otros artistas, acaba de llegar una comitiva de pintores y ahora están detrás de mí, son tantos que casi llenan todo el establecimiento. Y delante de mí hay un vaso con cerveza. Miro el vaso de cerveza. Me llevo el vaso de cerveza a los labios, bebo.

Ahora bebe el cuáquero, dice Alfred.

¡Eh! ¡El cuáquero bebe!, grita el que está detrás de mí.

Tengo el vaso de cerveza en la mano y son muchos rostros los que me rodean, a ambos lados, por encima de los hombros, alrededor de los brazos, por todos lados hay rostros que me miran y yo estoy sentado con el vaso de cerveza en la mano y me llevo el vaso a la boca y bebo, me tomo un trago largo, miro hacia delante y los rostros son ojos que me miran y no hacen más que mirar y yo bebo y allí están las telas, telas negras y blancas, los rostros se deforman, lentamente, los rostros se deforman y entonces las telas negras y blancas me rodean y se deforman, lo único que veo son telas negras y blancas moviéndose, casi me rozan, luego se alejan un poco, las telas negras y blancas no dejan de moverse, se acercan a mí, se alejan de mí, no paran de moverse constantemente y se acercan a mi rostro y ahora hay algo que se mueve muy cerca de mis ojos y lo único que veo es algo negro y entonces veo los movimientos de una tela negra y blanca, ahora no veo nada, todo es negro y supongo que debería hacer algo, pero ¿qué puedo hacer? Porque algo tendré que hacer y ¿qué puedo hacer? ¿Tendré que hacer algo? ¿No puedo quedarme aquí sentado sin hacer nada? Porque las telas cubren mis ojos, las telas llenan mi boca, unas telas negras y blancas se desplazan al interior de mi boca y las telas llenan mi boca, las telas se quedarán en mi boca y yo desapareceré y me convertiré en una tela negra y blanca que se desplazará por la estancia y desaparecerá, se extinguirá, se convertirá en algo que ya no existe, así irán las cosas, y tengo que dejar el vaso de cerveza sobre la mesa, aunque todo esté negro y no vea nada, porque ahora no puedo ver nada y oigo todas las voces y de pronto, en medio de todas las voces, aparece su voz, es la voz de Helene, me está hablando, pero no consigo oír lo que me dice, pero me habla a mí, dice algo, porque realmente oigo la voz de Helene a través de todas las demás voces y me dice algo, pero ¿qué es lo que me dice? Y todo está negro, no consigo ver nada, pero sí oigo, ¿será realmente la voz de Helene la que oigo? ¿Y me estará diciendo algo Helene? ¿Desaparece su voz? ¿Qué pasa, Helene, me estás diciendo algo? ¿Qué es lo que quiere Helene? Pero ¡tu voz no puede desaparecer! Porque tú, Helene, quieres decirme algo, ¿no es así? ¿Qué dice Helene? Porque no veo nada, pero sí oigo la voz de Helene, oigo tu voz, mi amada Helene, y no puedo quedarme aquí sentado, con el vaso de cerveza en la mano, y alguien me agarra y ahora tendré que poder volver a ver, porque alguien me agarra y yo no veo nada y alguien que me agarra, del hombro, alguien me agarra del hombro, me sujeta por el hombro, no me suelta, porque hay alguien de pie que me sujeta por el hombro, muchas manos, pero no veo nada, porque todo está negro delante de mis ojos y luego todas las voces y la voz de Helene, tu voz, en algún lugar entre las demás voces, y entonces desaparece la voz de Helene, tú, tu voz desaparece, mi amada Helene, ¡tu voz desaparece! Ya no oigo tu voz, mi amada Helene, pero percibo que me estás diciendo algo. ¿Qué es lo que quieres decirme? ¿Helene? Te estoy llamando a ti, Helene. ¿No podrías decirme algo? ¿Dónde estás? ¿Me dices algo? ¿Y ahora me llega su voz? ¿Estaré oyendo tu voz, Helene? Porque supongo que es tu voz, ¿no es así, Helene? ¿No es esa tu voz? ¿Lars? Yo digo sí, Helene. Y entonces tu voz está en mi oído, es una voz que me absorbe, que me rodea. Y Helene me pregunta si voy y yo digo que sí, que ahora voy. Y entonces Helene dice, y ahora su voz es nítida, que está bien, porque ahora tengo que reunirme con ella, porque me echa de menos. Yo le digo que está bien. Y entonces Helene dice que está muy bien que vaya. Tengo que ir ahora mismo, ahora. Yo digo que voy ahora mismo, yo, sí. Y Helene dice que no puedo quedarme allí sentado, sin ella, bebiendo cerveza. Yo digo que ahora voy, ahora mismo. Y Helene dice que entonces, siendo así, me esperará, hasta que llegue, me esperará, ahora se pondrá a esperar, por eso tengo que ir pronto, no debo demorarme, tengo que ir enseguida. Y sí, pero sí, claro, ahora mismo voy para allá, me reuniré con mi amada Helene, ahora me pondré en pie y acudiré al lado de mi querida Helene, ¡solo tengo que dejar el vaso de cerveza sobre la mesa y entonces las manos que me sujetan tendrán que soltarme y lo negro que hay delante de mis ojos tendrá que desaparecer! ¡Tengo que poder ver! ¡Porque no veo nada! Pero si logro dejar el vaso de cerveza sobre la mesa supongo que podré volver a ver. Entonces supongo que volveré a ver. ¿Si dejo el vaso de cerveza sobre la mesa y me pongo en pie volveré a ver? Porque ahora Helene me ha pedido que vuelva a su lado y supongo que debería acudir al lado de Helene, porque Helene me está esperando y supongo que tendré que irme, ¿no? Ahora mismo me pondré en pie y entonces iré a donde está Helene. Porque allí, a lo lejos, ¡he visto algo blanco! ¡Un poco de blanco entre todo lo negro! ¡Y luego más blanco! Y de pronto las telas blanca y negra se alejan de mí y veo todas las demás telas blancas y negras, se mueven a mi alrededor y ahora casi me alegro al ver las telas blancas y negras, porque al menos soy capaz de ver las telas blancas y negras. ¿Y acaso no es un poco como ver a Helene? Veo las telas blancas y negras. Veo. Veo que las telas se mueven, se alejan de mí. Y ahora veo. Veo. Me pongo en pie, pero ¡no puedo levantarme! Alguien me presiona, contra la silla. Miro hacia ambos lados y veo ojos tan grandes como rostros, muchos ojos, muchos rostros, miro por encima del hombro y a lo largo de mi brazo hay ojos tan grandes como rostros, me vuelvo hacia el otro lado y también allí veo ojos tan grandes como rostros. Ojos, grandes ojos. Ojos tan grandes como rostros. Y alrededor de la mesa se suceden, uno al lado del otro, y me miran, con grandes ojos, ojos tan grandes como rostros. Los grandes ojos me miran. Y tengo que irme. A mi alrededor, por todos lados, hay ojos que me miran. Y tengo que irme. Porque Helene me está esperando. Y ahora tengo que irme. Me miran con grandes ojos. Y tengo que irme. Porque Helene me ha pedido que vaya. Ha dicho que no puedo seguir allí sentado, bebiendo cerveza, que tengo que volver con ella y oigo a alguien que dice que tengo que beber, no quedarme allí sentado con el vaso de cerveza en la mano, hay alguien que dice.

Tienes que beber, Lars, venga, dice uno.

Deja ya de refugiarte en tu propio mundo.

Y yo tengo el vaso de cerveza en la mano y alguien me dice que tengo que beber y supongo que tendré que hacerlo. Pero le he dicho a Helene que voy a ir y entonces tendré que hacerlo, no puedo seguir sentado aquí.

¡Bebe!

No podemos quedarnos aquí mirándote.

¡Venga, Lars!

¡Date prisa!

¡Venga!

Tengo que irme, digo yo.

¿Por qué tienes que irte?

No, tengo que irme, digo yo.

¿Has quedado con alguien?

¡Lars de Hattarvågen, ha quedado con una dama!

¡Antes tendrás que beber!

¡Tienes que beber para animarte!

¡Venga!

Y todas las voces, todos los ojos que me miran. Ojos tan grandes como rostros. Y todos dicen que tengo que beber, y yo sostengo el vaso de cerveza en la mano. Pero ahora veo. Sí. Veo los grandes ojos. Y Helene me ha dicho que tengo que volver con ella, que me está esperando.

¡Venga! ¡Lars!

¡Tienes que hacerlo esta noche, Lars!

¡Bebe, así cobrarás ánimo, muchacho!

¡El cuáquero!

¡Venga!

El cuáquero.

¡Venga, cuáquero!

¡Cuáquero!

¡Deja ya de hablarle al aire!

¡Vamos!

Y me llevo el vaso de cerveza a la boca, tengo el vaso de cerveza en la mano, porque ahora tengo que irme, se supone que tengo que encontrarme con mi amada Helene, la que vive en la Jägerhofstrasse, la que, y su tío, la pensión, no quieren que viva allí por más tiempo, tengo que mudarme, dijeron que no podía seguir viviendo allí y ahora me hablan sin parar, hablan y hablan, tienes que beber, dicen, y yo tengo que irme, no puedo quedarme aquí sentado, tengo que irme.

¡Venga, bebe!

¡El de Hattarvågen, vamos!

¡Helene!

Y alguien dice su nombre, y nadie debe decir su nombre y ahora voy a tener que beber un poco, y alzo el vaso de cerveza, me lo llevo a la boca, eso hago, y dejo que la cerveza corra por mi garganta.

¡Helene! ¡Ese es su nombre!

Dejo que la cerveza corra por mi garganta. Resoplo un poco.

¡Helene! ¡Helene!, dicen ellos.

Lo único que dicen todos es Helene, Helene. Y han dicho que tengo que beber, y yo bebo. Me llevo el vaso a la boca. Alzo el vaso. Y la cerveza corre por mi garganta.

¡Helene! ¡Ha quedado con Helene!

Y es Alfred quien dice que he quedado con Helene.

Sí, porque se llama Helene, dice Alfred.

¡Has quedado con Helene, tú, Hattarvåg!

¡Ahora tienes que beber!

¡Venga!

¡Bebe!

Y tengo que dejar el vaso de cerveza sobre la mesa. Miro a mi alrededor y los veo mirándome y empiezan a dar vueltas a mi alrededor, dan vueltas sin parar, con sus ropas, con sus ropas blancas y negras. Y las telas se mueven hacia mí, luego se alejan. Cerca de mí, luego lejos de mí. Y las telas negras y blancas se acercan a mi boca, rozan mis labios. Y tengo que levantarme. No puedo quedarme aquí sentado. Tengo que levantarme. No puedo. Ellos no pueden. Tengo que dejar el vaso de cerveza sobre la mesa, y las telas blancas y negras que no paran de moverse a mi alrededor, y dejo el vaso de cerveza sobre la mesa y suelto el vaso de cerveza.

¡Te está esperando!

¡En la Jägerhofstrasse!

¡Tienes que darte prisa!

Las ropas negras y blancas se aprietan contra mí, las telas rozan mis labios, las telas casi desaparecen entre mis labios. Tengo que irme. No puedo quedarme aquí sentado. Me levanto. Y oigo risas, y la risa se precipita hacia mí, como lo hacen las telas negras y blancas, luego se alejan, se acercan, luego se alejan. Empiezo a cruzar el local. Atravieso las telas negras y blancas. Tengo que irme.

¡Espera, Hattarvåg!

¡No te vayas!

¡Tengo un mensaje para ti!

¡Espera!

¡Recuerdos de Helene! ¡Quiere verte!

Y yo me detengo. Miro al frente.

Tienes que esperar. Helene quiere verte.

Y es Bodom quien dice que Helene quiere verme. Miro hacia Bodom.

Es cierto. Helene te manda recuerdos. Quiere verte, dice.

Y Helene quiere verme. Y es que sabía que Helene me esperaba, quiere verme, quiere que vuelva a su casa y la mire a los ojos. Helene, mi amada Helene. Me esperas, mi amada Helene. Quieres verme, mi amada, mi amada Helene. Y yo quiero verte a ti. Supongo que no hay nada que desee más en esta vida que verte, mi amada, mi amada Helene. Y miro a Bodom y lo oigo decir que la madre iba al teatro esta noche, o sea que Helene estará sola en casa, dice Bodom y miro a Bodom a los ojos, y él baja la mirada. Y ahora no hay nadie que hable, todos están callados. ¿Y por qué están todos tan callados? ¿Por qué nadie habla? Y tengo que irme. Porque Helene me espera. Lo sabía, sabía que Helene me esperaba. Y ahora su madre no está en casa. No hay nadie más que Helene en la casa, en la casa de la Jägerhofstrasse, en la casa en la que yo también vivía, pero la señora Winckelmann no quería que siguiera viviendo allí, hizo que viniera el señor Winckelmann. Y ahora debo irme para reencontrarme con Helene. Tienes que irte, ahora mismo, dice Bodom. Asiento con la cabeza. Y todos se han quedado callados, no hay nadie que diga nada, todos están callados. Y palpo los bolsillos de mi chaqueta y mi pipa está allí, mi tabaco está allí. Y me dirijo a la puerta. He estado en Malkasten por primera vez y ahora estoy a punto de salir de aquí. He estado en Malkasten, pero ahora debo irme. No puedo quedarme más tiempo en Malkasten, porque mi amada Helene me está esperando. Debo correr al lado de mi amada Helene, pero ahora ya he estado en Malkasten. Abro la puerta. ¿Y alguien empieza a reír? ¿Se ríen? Estoy abriendo la puerta. Me detengo. Me quedo en la puerta escuchando, ¿por qué se ríen así? ¿Helene, mi amada Helene? ¿Por qué se ríen así? ¿Por qué se ríen? Helene, ¿estás allí? ¿Quieres que vaya a verte? ¿Quieres realmente que vaya a verte? Sí, sé que quieres que vaya. Ahora mismo iré. ¿Y por qué se ríen así? Mantengo la puerta abierta y he estado en Malkasten por primera vez desde que llegué. Salgo, cierro la puerta detrás de mí. Me quedo en medio de la luz que cae delante de la puerta. Estoy solo. Y oigo risas que me llegan del interior de Malkasten. Ahora yo también he estado en Malkasten. Y Helene está en casa, en la Jägerhofstrasse, está en casa esperándome. Y tengo que ir a reunirme con Helene. Pero ¿alguien se ha reído? Cuando me he levantado y me he ido, ¿alguien se ha reído? Tengo que abrir la puerta y escuchar. Pero supongo que siempre hay una confusión de risas en Malkasten. Tengo que volver a entrar en Malkasten. Tengo que oírlos reír. Porque ahora Helene me aguarda, y supongo que no saben hacer otra cosa que reírse. Estoy en medio de la luz, delante de la puerta. Tengo que abrir la puerta, tengo que oírlos reír, a todos esos que no saben pintar, tengo que oír cómo todos los que no saben pintar se ríen. Acabo de estar en Malkasten, y supongo que podría volver a entrar si quisiera. Entonces habré estado en Malkasten dos veces. Por cierto, Helene, vas a tener que esperarme un rato más, ¿verdad que puedo volver a entrar en Malkasten de nuevo? Entreabro la puerta. Y oigo risas. Y desde luego que se ríen. Oigo que los que no saben pintar y que están sentados alrededor de la mesa redonda de Malkasten no hacen más que reírse. Mantengo la puerta entreabierta. Y su risa me envuelve. Los oigo reírse sin parar, están sentados alrededor de la mesa redonda riéndose sin parar. Y pienso volver a entrar en Malkasten. ¿Verdad, Helene? Y oigo a uno decir que me he ido, y ¿te parece bien que vuelva a entrar, a ti, Helene? Y oigo a uno que dice pero ¡si se ha ido el de Hattarvågen! Y hablan de mí, ¿es Bodom quien habla? ¿Ha sido la voz de Bodom? ¡Se ha ido! ¡Se ha ido!, dice otro.

¡El cuáquero se ha ido a la Jägerhofstrasse!, dice uno.

¡El cuáquero! ¡El cuáquero!

Y luego la risa. Se ríen. Mantengo la puerta entreabierta y los oigo decir que he ido a la Jägerhofstrasse y se ríen, no paran de reírse, y pienso entrar en Malkasten una vez más y oigo una voz decir ¡Helene! ¡Helene! y abro la puerta un poco más, miro hacia la mesa redonda y oigo a uno decir que ¡el cuáquero se ha ido para encontrarse con Helene! Y oigo más voces pronunciar el nombre de Helene, ¡Helene!, y yo me encuentro en la puerta de Malkasten, mirando hacia la mesa redonda. Y los oigo pronunciar tu nombre. Y ahora debo cerrar la puerta y acudir a tu lado, porque supongo que quieres que vaya a tu casa, porque estás sola en casa, en la Jägerhofstrasse, porque estás en la casa esperándome, me has dicho que me esperarías. Es que te he oído decir que estás en casa esperándome, estás en la casa esperándome, estarás sentada en la silla de la habitación que yo ocupaba, esperándome, con tu vestido blanco. Y entonces yo acudiré a tu lado. Tengo que irme. No puedo quedarme aquí sosteniendo la puerta abierta. No debo quedarme aquí, escuchando cómo se ríen, mientras tú, mi amada Helene, me esperas, y oigo a uno que dice pero ¡si se ha ido, ese Hertervig! Y están allí sentados, hablando de mí, y ahora acudiré a tu lado.

¡Se ha ido! ¡Se ha ido!, dice otro.

¿Qué dirá la madre?

¡Está loco!

¡Está fuera de sus casillas!

¡Se ha ido!

¡El cuáquero se ha ido!

¡Ojalá pudiera verlo llamar a la puerta!

¡Una visión inmejorable!

Y de nuevo sus risas. Mantengo la puerta abierta y los veo sentados a la mesa redonda y no paran de reírse. Y tengo que volver al lado de mi amada Helene. Y déjalos que se rían, porque Helene me espera, y yo sé pintar, pero ellos no. Ellos no saben pintar. Pero yo sí sé pintar. Que rían. Porque al fin y al cabo Helene ha dicho que me esperará y tengo que volver a su lado, Helene me aguarda en la casa de la Jägerhof-strasse. Tengo que irme. No debo quedarme allí parado en la puerta. Mantengo la puerta abierta y miro hacia la mesa redonda. Y oigo la risa que se agarra a mí desde la mesa re-donda. Alguien carraspea detrás de mí. Me vuelvo, veo a Müller y a un par más detrás de mí. Miro a Müller, bajo la mirada.

¿Piensas entrar en Malkasten?, dice Müller.

Asiento con la cabeza.

Pero ¿no te atreves a entrar?, dice Müller.

Tengo la mirada fija en el suelo.

Venga, entra, no pasa nada, dice Müller.

Miro al suelo, sacudo la cabeza.

Tengo que irme, digo.

¿No quieres entrar?

No.

Venga, entra con nosotros, Hertervig.

No.

A lo mejor también viene Gude, dice Müller.

Y tengo que irme, porque no puedo encontrarme con Gude ahora, a lo mejor Gude pretende que él y yo vayamos a ver mi cuadro, porque se suponía que hoy Gude me diría lo que piensa del cuadro que estoy pintando, por lo tanto, tendré que irme ahora mismo, porque Helene me espera. Helene me ha dicho que quiere que me vaya con ella. Oí a Helene decir que ahora tienes que venir conmigo, con tus ojos castaños, con tu largo pelo negro, le oí decir a Helene y oigo que Müller dice que entonces tendrás que dejarnos pasar, eso dice Müller, y oigo las risas que provienen de la mesa redonda y oigo que uno dice que ¡se ha ido con Helene! Y miro a Müller, veo que se ríe con sorna y una voz dice que ¡Hertervig se ha ido! Y entonces se oye la tremenda, la terrible risa. Me parece que hablan de ti, dice Müller.

Y suelto la puerta y salgo y empiezo a correr calle arriba, porque Müller dice que están en Malkasten hablando de mí, ¿o acaso se refería a otro? ¿Era la gente de Malkasten la que hablaba de mí? ¿O eran otros los que lo hacían? ¿A quién se refería Müller? Y están sentados en Malkasten hablando de mí. Y tengo que salir corriendo. Y a lo mejor también Gude acudirá a Malkasten esta noche, en este caso yo debería quedarme, debería hablar con Gude, sin duda me hablaría de la primera vez que se suponía que yo tenía que haberle mostrado un cuadro mío, justo cuando acababa de llegar acordé con Gude que le enseñaría el cuadro que estaba pintando, pero yo, el pintor, el pintor paisajista Lars Hertervig, yo, el pintor paisajista Lars Hertervig, no me atrevo a enseñarle un cuadro al gran Hans Gude. Y esta noche podía haber hablado con Hans Gude, en Malkasten. Porque Hans Gude sabe pintar. Y Tidemann sabe pintar. Y yo sé pintar. Y Cappelen sabe pintar. Yo sé pintar. Pero los demás no saben pintar, son pintores, pero ninguno de ellos sabe pintar. Solo quieren pintar, pero pintar, lo que se dice pintar, no saben. Y ahora debo correr a tu lado, mi amada Helene. Lo único que sé es que tengo que irme, para estar contigo. Me has pedido que vaya y supongo que debo acudir a tu llamada. A tu lado, mi Helene. Y luego tu pelo. Tu larga cabellera, Helene. Y siempre me parece que te estoy viendo. Te veo venir, Helene. Y debo acudir a tu lado. Te echo tanto de menos. Y no acabo de entender por qué te echo tanto de menos, desde que me despierto, hasta que me duermo, todo el tiempo, la añoranza simplemente está allí, me arrastra, me atrae, como el cielo, como la luz. Tú eres como el cielo y la luz en mí. Te echo tanto de menos, Helene. Y ahora me has pedido que acuda a tu lado. Y abandono Malkasten, me dirijo a la calle en la que tú vives, con tu madre, con tus hermanos pequeños. Voy hacia ti, hacia ti, mi amada Helene. Porque estás en mí. Estás en mí. Voy hacia ti. Y tú estás en mí. Tú eres yo. Sin ti no soy más que un movimiento, sin ti no soy más que una agitación vacía, un giro. Un giro hacia ti. Un movimiento hacia ti. Helene. Hacia ti, hacia ti. Helene. Desde que despierto hasta que me duermo, siempre soy un movimiento hacia ti. Me vuelvo hacia ti, soy un movimiento hacia ti. Camino hacia ti, porque me has pedido que acuda a ti y ahora voy, y es posible que no quieras verme, que no quieras que vaya, a lo mejor lo único que quieres es que desaparezca y que no vuelva nunca más a tu lado, a lo mejor no quieres volverme a ver nunca más, a lo mejor tus grandes ojos, tan azules, tan brillantes, no quieren verme más, a lo mejor ya no quieres saber nada de mí, a lo mejor no quieres volver a verme nunca más, porque tu madre ha dicho que no quiere que me vuelvas a ver nunca más, un pintor paisajista de Noruega, un estudiante del arte de la pintura, un hombre extraño, apenas un hombre. Tal vez no quieras volver a verme jamás. Camino por la calle. Me alejo de Malkasten, me dirijo a la casa en la que tú vives, hacia tu rostro en la ventana. Tu pelo, rubio, ondulado. Tus ojos, tan azules, tan brillantes. Y tu vestido blanco. Y tu voz, que pronuncia mi nombre. Desde que despierto, hasta la noche, oigo tu voz. Veo tus ojos. En mi interior estás tú. Te echo de menos. Voy hacia ti. Soy mi añoranza de ti. Y tú me esperas, ahora iré contigo. Te veré. Oiré tu voz. Y hablas con tanto sosiego y tu voz colma mi pecho. Tú me colmas, como la luz colma su día. Soy una oscuridad sin ti. Te echo de menos. Camino por la calle, pero no puedo ver nada. Soy mi añoranza por ti. Y oigo una risa a mis espaldas, a lo lejos. Pero la risa solo está allí, porque todo lo que está en mí es mi movimiento hacia ti. No soy más que un giro hacia ti. Camino. Camino hacia ti, soy un giro hacia ti. Soy mi añoranza de ti. No soy más que un giro hacia ti. Camino. Camino hacia ti. No puedo hacer otra cosa, solo puedo ser un movimiento dirigido hacia ti, estés o no estés aquí. Todo lo que soy es un movimiento hacia ti. Un movimiento, un giro, hacia ti. No soy otra cosa que tú, que tú que no estás. Y es precisamente allí, en lo que yo no soy, en lo que está vuelto hacia ti, es precisamente allí, en lo que tal vez no es, lo que no es más que un giro, un movimiento, es precisamente allí donde yo estoy, en todo lo que pinto y veo. Camino por una calle, y soy mi giro desesperado hacia ti. No soy nada más. Soy un movimiento vacío, y ese movimiento eres tú que no estás, eres tú que has desaparecido, que has desaparecido para mí, tú, que no estás conmigo, con la que ya nunca podré estar. Tú, que no quieres estar conmigo. Tú, que solo quieres estar con otros y no conmigo. Tú, que has desaparecido de mi lado, ahora y para siempre. ¿Sin ti tal vez el movimiento vacío que está en todo lo que pinto se torne demasiado vacío? ¿Tal vez no quede nada? ¿Tal vez me muera? ¿Tal vez ya no pueda pintar? ¿Tal vez no pueda siquiera pensar? ¿Tal vez tenga que cambiar entre estar despierto y dormir, entre estar saciado y estar hambriento? Pero tabaco tendré que tener. Y mi pipa. Pase lo que pase, seguiré fumando, sintiendo el hormigueo en la piel, viendo cómo el humo se dispersa en anillos y nubes en el aire, en la luz. Está, luego desaparece. Tengo que estar contigo. Y si no puedo estar contigo, tendré que ser como el humo en medio de la luz y del aire. Meto la mano en el bolsillo de mi chaqueta y mi pipa sigue allí. La lata de tabaco está allí. Cierro mi mano alrededor de la pipa. Y camino por la calle. Camino hacia ti. Pronto estaré contigo, me has pedido que acuda a tu lado, oí tu voz, estando allí, en Malkasten, cuando estuve sentado entre los demás, los que no saben pintar, mientras estaba allí sentado oí tu voz con toda claridad. Hablaste con tanta claridad en mi interior. Y dijiste que tenía que acudir a tu lado. Tenía que quedarme a tu lado. Tenía que acudir a tu lado. Y ahora camino por la calle, ahora me dirijo hacia ti. Camino hacia ti. Acudiré a tu lado. Me has pedido que vaya, he oído tu voz en mi interior, y ahora acudiré a tu lado. Ahora me dirijo a ti. Y tú estás allí, en la lejanía, en algún lugar. Pero tal vez no quieras que acuda a tu lado. Tal vez tu madre te haya dicho que no puedes volver a verme nunca más. ¿Tal vez te haya dicho que si vuelves a verme, no podrás quedarte en la casa, que tendrás que mudarte? ¿Tal vez tu tío te haya amenazado diciéndote que si me vuelves a ver dejarás de formar parte de la familia? ¿Tal vez no quieras volver a verme? Pero ¿por qué entonces le has pedido a Bodom que me diga que quieres verme? Pero supongo que no quieres verme y que no podré estar contigo. Camino por la calle y no podré estar contigo. Y tu tío ha dicho que no puedo volver a aparecer por tu casa. Y tengo que verte, porque si no puedo volver a verte ya no quedará nada de mí, entonces ya no podré seguir pintando y entonces ya no podré quedarme en Düsseldorf y entonces todo habrá acabado. Ese maldito tío tuyo. Winckelmann. Camino por la calle y tengo que verte. No podré seguir viviendo en la misma casa que tú, tendré que irme, dijo el señor Winckelmann. Camino por la calle. Y todo es lo mismo de siempre. Y yo estaba echado en la cama de mi habitación, totalmente vestido, con las piernas cruzadas mirando al techo, con la pipa en la boca. Me sentía bien. Estaba a gusto. Estaba allí echado, pensando en que ahora tenía unas ropas elegantes, un traje lila de terciopelo, y que ahora era pintor, yo, el muchacho pobre, el muchacho de la calle, el hijo de cuáqueros, el pintor de brocha gorda, yo, ahora me había enviado a Alemania, a la Academia de Bellas Artes de Düsseldorf, ahora el mismísimo Hans Gabriel Buchholdt Sundt me había enviado a Alemania, a la Academia de Bellas Artes de Düsseldorf, para que pueda formarme como pintor, pintor paisajista. Estaba echado en la cama y estaba a gusto. Ahora era estudiante, con el mismísimo Hans Gude como maestro. Ahora iba a convertirme en pintor. Y casi ninguno de los demás estudiantes sabe pintar. Pero Hans Gude sabe pintar.

Estaba echado en la cama, con la pipa en la boca. Y entonces oí música de piano. Oí que alguien empezaba a tocar el piano, desde el salón de la gran casa se oyó música de piano. Estaba echado en la cama, con mi traje de terciopelo de color lila, con la pipa en la boca, es el pintor Lars Hertervig, un hombre de provecho, quien está echado en la cama, y entonces, mientras estoy allí echado, escucho música de piano, una música bella, de movimientos regulares y ligeramente cambiantes. Estoy echado en la cama y oigo a Helene Winckelmann tocar el piano. No soy un hombre cualquiera y ahora Helene toca el piano. Y Helene toca para mí. Nadie lo ha dicho, pero yo sé que Helene Winckelmann toca el piano para mí. Porque ciertamente Helene Winckelmann y Lars de Hattarvågen se han dicho que son novios. ¡Y ella, Helene Winckelmann, con sus claros ojos azules, con su larga cabellera rubia que cae en ondas sobre sus hombros cuando lo lleva suelto y no recogido en un moño como acostumbra a llevarlo, se lo ha mostrado a él! ¡A Lars de Hattarvågen! Su cabellera suelta. Él ha visto su cabellera ondulada colgando libremente sobre sus hombros. Y yo camino por la calle. Y yo he visto tu cabellera suelta. Porque Helene Winckelmann me ha mostrado su cabellera suelta. Helene Winckelmann ha estado en mi habitación y se ha soltado la cabellera. Estaba de espaldas a mí, delante de la ventana, se llevó las manos a la cabeza, se soltó el pelo. Y entonces su pelo cayó en ondas por su espalda. Y yo, Lars de Hattarvågen, ese Lars de la ensenada donde los islotes se agolpan, los islotes que parecen sombreros, por eso la llaman la Ensenada de los Sombreros, Hattarvågen, por eso él se llama Hattarvågen o Hertervig, él, Lars de la ensenada donde los islotes parecen sombreros, una ensenada en una pequeña isla en el norte de este mundo, en un país llamado Noruega, él, de una pequeña isla que se llama Borgøya, él, Lars Hertervig, tuvo el honor de sentarse en una silla en la habitación que alquila mientras estudia en la Academia de Bellas Artes de Düsseldorf, con Hans Gude, tuvo el honor de sentarse en su silla y contemplar a Helene Winckelmann de pie delante de la ventana, con el pelo suelto colgando por su espalda. Y entonces Helene se volvió lentamente hacia él. Y allí estaba Helene, vuelta hacia él. Helene Winckelmann estaba allí, mirándolo, con el pelo que caía en ondas alrededor de su pequeño rostro redondo, con sus brillantes ojos azules, con su fina y diminuta boca, su pequeño mentón. El pelo que caía sobre sus hombros. El pelo rubio y ondulado. Y luego, una sonrisa en sus labios. Y luego sus ojos, que se abrían hacia él. Y de sus ojos salió la luz más intensa que había visto jamás. Y entonces él, Lars de Hattarvågen, se levantó. Y Lars de Hattarvågen estaba allí, de pie, con su traje lila, de terciopelo, él, Lars de Hattarvågen, estaba allí de pie, con los brazos colgando, contemplando la cabellera y los ojos y la boca que tenía delante, no hacía más que mirar, y entonces fue como si la luz de sus ojos se posara a su alrededor como un ardor, ¡no, no como un ardor! ¡Sino como una luz a su alrededor! Y en aquella luz se transformó en otro, distinto al que había sido hasta entonces, dejó de ser Lars de Hattarvågen para transformarse en otro, todo su desasosiego, todos sus temores, todas sus penurias, que siempre lo habían llenado de desasosiego, todo lo que añora, todo se colma de la luz de sus ojos, se tranquilizó, se sintió colmado, y él estaba allí, con los brazos a ambos lados del cuerpo, y entonces, sin quererlo, sin pensarlo, sin más, se dirigió hacia ella y pareció desaparecer en ella, en su luz, en la luz que la envolvía, y él se sintió tranquilo, más tranquilo de lo que jamás se había sentido, y la rodeó con sus brazos y se apretó contra ella. Está de pie, rodeándola con sus brazos, está tan tranquilo, tan lleno de algo que él no sabe qué es. Está en ella. Ha dejado de ser él mismo, ahora está en ella. Se halla en algo que no sabe qué es. Está en ella. La rodea con sus brazos, y entonces ella lo rodea a él con sus brazos. Y él acerca su rostro al pelo de ella, se aprieta contra su hombro, está de pie, aprieta su rostro contra el pelo de ella, y él sabe que se encuentra envuelto por algo que nunca antes lo había envuelto, en algo que no sabe qué es, algo que no sospecha qué es, pero entonces se da cuenta de que se halla en algo que sus cuadros anhelan, algo que se encuentra en sus cuadros, cuando mejor pinta, porque ya ha estado antes cerca de lo que ahora lo envuelve, pero nunca antes había estado dentro de ello como lo está ahora, cuando él, el pintor Lars Hertervig, respira a través del pelo de Helene Winckelmann. Y se quedó allí de pie, envuelto por la luz de ella, en medio de algo que lo colmó. Y no recuerda el tiempo que estuvo así, con los brazos alrededor de ella, pero cree que permanecieron así largo tiempo, hasta que ella dijo que tenía que irse, porque pronto volvería su madre, tanto tiempo estuvieron así, hasta que ella dijo que tenía que irse, él se quedó allí y ahora camino por la calle y pronto volveré al lado de mi amada, de mi amada Helene, porque ella me espera, me ha pedido que acuda a su lado y ahora debo ir con ella. Camino por la calle. Y pronto me reuniré con la única que amo, con Helene. Voy a reunirme contigo, mi amada Helene, porque me has pedido que me reúna contigo. Pero tal vez no quieras volver a verme. ¿Y es porque no dejan que te reúnas conmigo por lo que tú no quieres verme? Pero estuvimos allí, juntos, en la habitación que he alquilado, nos abrazamos. Y yo te susurré al oído ahora somos novios, ¿no? Y tú me susurraste al oído que sí, sí, ahora somos novios. Y allí estábamos. Y entonces oímos que se abría una puerta y nos soltamos, estábamos allí, en medio de la luz que de pronto se contrajo, desapareció. Y tu pelo se transformó. Y entonces oímos pasos en el pasillo. Y tú dijiste que seguramente era tu madre que había vuelto, que ahora debías irte, tenías que darte prisa, pero antes debías arreglarte el pelo. Y si no te encontraba inmediatamente, tu madre acudiría a la habitación y llamaría a la puerta. Dijiste que tenías que irte inmediatamente. Y yo te vi caminar hacia la puerta y salir al pasillo y te oí gritar, hola, mamá, aquí, estoy aquí, mamá, ya estás en casa, gritaste. Y volví a la silla. Me senté en la silla. ¿Y tú y tu tío, hicisteis cosas juntos? ¿Te tocó tu tío con sus manos gruesas y peludas? ¿Y te gusta todo lo que te hace tu tío? ¿O simplemente permites que pase? ¿O acaso tu tío te acosa y hace cosas contigo que tú no quieres que haga? ¿Y tú dejas que ocurra? A lo mejor no puedes hacer otra cosa porque tu tío es tan grande y peligroso. Me miré las manos y vi que temblaban. ¿Tal vez tú también quisiste que me fuera para poder quedarte con tu tío sin que yo pudiera estorbaros? ¿Querías que tu tío metiera su gorda mano entre tus piernas? Y bajo la mirada, y no debo pensar así. ¡Cómo puedo pensar así de ti! Pero ¿por qué quiere tu tío que me vaya? ¿Por qué no puedo seguir alquilando la habitación? Y tengo que preguntártelo, pero no debería tener que hacerlo porque tenías que habérmelo contado. Porque tienes que contarme por qué, por qué tengo que mudarme. Tendrás que contarme si tú también piensas que debo irme. ¿Por qué tengo que irme? ¿Por qué crees que debo irme? ¿Por qué solo quieres estar con tu tío? Si tiene la misma edad que tu difunto padre. Y, además, tu tío iba a vuestra casa casi todos los días, estuviera tu madre en casa o estuvieras tú sola. ¿Por qué prefieres estar con tu tío que conmigo? Camino por la calle, y te veo sentada en la silla con la cabeza gacha. Camino por la calle, para reunirme contigo. ¿Y por qué quieres que me vaya? ¿Por qué viniste a mi habitación para decirme que tu tío ha dicho que tengo que dejar la habitación que le he alquilado a tu madre, a la señora Winckelmann? Supongo que sabrás decirme por qué tengo que irme. Supongo que no te limitarás a decirme que tengo que irme. Tendrás que decirme por qué tengo que irme. Te miro. Te veo sentada en la silla, bajas la mirada. Y digo que prefieres a tu tío que a mí. ¿Es tan bueno contigo, ese hombre, tu tío? Alzas la mirada, me miras con tus grandes ojos abiertos. ¿Y por qué tienes una relación con tu tío? Y tú no haces más que mirarme. ¿Y por qué quieres que me vaya? ¿He hecho algo mal? ¿O es porque no he hecho nada malo contigo por lo que tengo que irme? Y sacudo la cabeza. Miro mis manos, tiemblan. Y tú dices que tu tío ha dicho que tengo que irme, se lo ha dicho a tu madre, y ella ha dicho que está de acuerdo. Te miro, te veo ponerte en pie y entonces atraviesas la habitación. ¿Por qué quieres que me vaya? ¿Por qué prefieres estar con tu tío que conmigo? ¿Qué mal te he hecho yo? Y te veo detenerte delante de mí. Veo que mis manos tiemblan. ¿Te gusta cuando tu tío te toca? ¿Le pides a tu tío que te toque? ¿Aunque podría ser tu padre? Alzo la mirada y te miro. Y camino por la calle. Tus ojos son negros. Camino por la calle y veo tus ojos, tus ojos negros me colman. Camino por la calle y tengo que verte. Y es que me has pedido que vaya. Y te veo allí de pie, con tus ojos negros, entonces abres la puerta, sales al pasillo. Camino por la calle, y tengo que verte. No puedes desaparecer. No puedo perderte. Camino por la calle. Doblo una esquina, ya he llegado, tomo la Jägerhofstrasse. Ahora camino por la Jägerhofstrasse. Y allí, al otro lado de la calle, está la casa en la que tú vives, vives en la segunda planta, con tu madre, con tus hermanos, y allí, en una pequeña habitación al final del pasillo, vivo yo. Una cama, una silla. Mis dos maletas con ropa y material de pintura. Y ahora me reuniré contigo, porque me has pedido que vaya, mientras estaba en Malkasten te oí decir que tenía que reunirme contigo en tu casa y ahora supongo que me reuniré contigo, y también Bodom dijo que debía ir a tu casa, dijo que me estabas esperando. Pero ¿entonces quiere decir que Bodom ha hablado contigo? Y Bodom no tenía que haber hablado contigo. Nadie tendría que haber hablado contigo. ¿Y por qué ha hablado Bodom contigo? A lo mejor también eres su novia. No serás también novia de Bodom, ¿verdad? ¿Cuándo has hablado con Bodom? ¿Por qué has hablado con Bodom? ¿Has estado con Bodom? ¿Por qué te has reunido con Bodom? Y veo la casa en la que vives, en vuestra casa es donde yo alquilo una habitación. Ahora volveré a reunirme contigo. Cruzo la Jägerhofstrasse. Entro en la escalera y ahora lo único que tengo que hacer es subirla, introducir la llave y abrir la puerta, y allí estarás tú, porque me has pedido que vaya y es que tú quieres hablar conmigo. Es por eso que me has pedido que venga. Y lo único que tengo que hacer es introducir la llave en la cerradura, abrir la puerta, entrar en mi habitación y entonces Helene llamará a la puerta de mi habitación. Veo la puerta, me acerco a la puerta. Me detengo. Miro hacia la puerta. Meto la mano en mi bolsillo, y la pipa está allí, las cerillas están allí, la lata de tabaco. Me palpo los demás bolsillos, y mi cartera está allí, y allí está la llave. Saco la llave. Introduzco la llave en la cerradura. Y ahora pronto volveré a reunirme con mi amada Helene. Giro la llave. Abro la puerta. Echo un vistazo por el pasillo y veo mis dos maletas dispuestas delante de la puerta de mi habitación, están apiladas, una encima de la otra. Pero si yo no he hecho las maletas. Y no me iré. Yo no pienso ir a ningún sitio y ahora mis maletas aparecen apiladas una encima de otra, en medio del pasillo, delante de la puerta de mi habitación. Si yo vivo aquí, es mi habitación, he pagado el alquiler de la habitación. Y mis maletas no pueden estar en el pasillo, delante de la puerta de mi habitación. Y es que Helene me ha pedido que vuelva a casa, pero su tío ha dicho que tengo que irme, que tengo que mudarme, sí, eso es, ha dicho que no puedo quedarme allí por más tiempo, pero yo no quiero irme. No he hecho nada malo. He pagado el alquiler, no he celebrado fiestas ni he armado escándalo alguno, no he hecho nada malo y por eso no quiero irme, quiero seguir viviendo aquí, no es justo que tenga que irme, porque he alquilado una habitación, porque yo vivo aquí y también Helene vive aquí, mi amada Helene, y no quiero mudarme. No tengo dónde vivir. Tengo que volver a trasladar mis maletas a la habitación, tengo que deshacerlas, tengo que sacar las pocas cosas que tengo de las maletas. No puedo abandonar a mi amada Helene. Y estoy en el pasillo, y seguramente pronto volverá a aparecer el señor Winckelmann, el grueso y negro señor Winckelmann, y él coge mis dos maletas, las lleva a la escalera, me empuja por la puerta, me dice que ahora tengo que irme. Pero es que Helene me ha pedido que vuelva. Pero si oí su voz en mi interior, cuando estaba en Malkasten oí a Helene nítidamente, me pidió que volviera a casa. Y mis maletas están en el pasillo, delante de la puerta de mi habitación, una maleta está apilada encima de la otra. ¿Y habrá sido Helene quien ha dejado mis maletas en el pasillo? ¿No habrá sido el tío quien ha dejado mis maletas en el pasillo? Tengo que coger las maletas y llevarlas a mi habitación, porque al fin y al cabo vivo aquí y Helene me ha pedido que acudiera a su lado. No puedo quedarme aquí en el pasillo sin hacer nada, porque si lo hago volverá su tío y me dirá que tengo que irme, me dirá que coja mis maletas y me vaya. Me acerco a las maletas, están delante de la puerta de mi habitación. Retiro las maletas de la puerta. Abro la puerta y echo un vistazo al interior de mi habitación y todo está como estaba antes, la cama, con la ropa de cama, la silla, la mesa. Mi habitación, la bonita habitación que alquilo. Levanto una de las maletas, la llevo a la habitación, la dejo sobre la cama, vuelvo a salir al pasillo, levanto la otra maleta, la llevo a la habitación, la dejo sobre la cama. Me acerco a la puerta y la vuelvo a cerrar. Abro las dos maletas. Y ahora sí que las desharé, eso es lo que haré. Y nadie tiene derecho a hacer mis maletas, si alguien tiene que hacer mis maletas, ese soy yo. Soy yo quien debe hacer las maletas. Y me quedo mirando las maletas, están sobre la cama, una al lado de la otra. Veo mi abrigo largo de color negro en una de las maletas. Saco el abrigo, lo sostengo delante de mí. Alguien ha sacado mi abrigo del armario y luego lo ha metido en la maleta, me acerco al armario, abro las puertas, cojo una percha y cuelgo el abrigo. Vuelvo a la maleta y veo ropa interior sucia y limpia mezclada de cualquier manera en el interior de la maleta, debajo del abrigo alguien ha dejado ropa interior sucia y limpia entremezclada. Y nadie puede coger mis cosas y meterlas en la maleta sin ton ni son, así, sin más. Al fin y al cabo son mis cosas. Solo yo puedo empaquetar mis cosas y ahora alguien, seguramente el señor Winckelmann, o tal vez la señora Winckelmann, no son marido y mujer, porque el señor Winckelmann era el hermano del ahora difunto esposo de la señora Winckelmann, me lo ha contado Helene, ahora seguramente el señor y la señora Winckelmann, que no son señor y señora, sin duda uno de ellos, o ambos, juntos, han metido mis cosas en mis maletas y luego han dejado las maletas en el pasillo. Y ahora tendré que deshacer las maletas, porque al fin y al cabo vivo aquí, esta es mi habitación, ¡si yo vivo aquí! Y yo tengo que quedarme aquí. Veo material de pintura en la otra maleta, algunos pinceles envueltos en un trozo de tela, unos cuadernos de dibujo. Vuelvo a cerrar la tapa. También cierro la tapa de la otra maleta. Estoy delante de la cama y ahora Helene tendrá que venir pronto. ¿Por qué no viene Helene? ¿Y si ha sido Helene quien ha empaquetado mis pertenencias, quien las ha metido en las maletas, quien ha dejado las maletas en el pasillo, delante de la puerta de mi habitación? Agarro una de las maletas, la levanto, la dejo en el suelo y agarro la otra maleta, la deposito encima de la otra maleta. Y me siento en el borde de la cama, me quito los zapatos. Me echo en la cama. Y supongo que lo que ahora debo hacer es esperar a que venga Helene. Me pongo las manos debajo de la nuca, estoy echado en la cama mirando al techo. Y ahora pronto vendrá Helene. ¿O acaso Helene no piensa venir? ¿Acaso Helene no vendrá? Y oigo pasos, pasos ligeros, en el pasillo. Supongo que es Helene la que oigo, que son sus pasos los que oigo. Oigo pasos en el pasillo. Y supongo que son los pasos de Helene los que oigo. Estoy echado en la cama con las manos entrelazadas en la nuca y oigo que los pasos se acercan. ¿Por qué será Helene quien se acerca? Y se suponía que Helene vendría. Al fin y al cabo la he oído llamarme, decirme que acudiera a su lado, cuando estaba en Malkasten ella me llamó. Y yo iré con ella. Y los pasos de Helene se acercan lentamente a mí, cada vez están más cerca, oigo sus pasos acercarse a mí, pasos ligeros. Ahora Helene viene hacia mí. Y supongo que debería incorporarme en la cama. Supongo que no puedo quedarme tumbado en la cama, con mi traje de terciopelo de color lila, esperando que llegue Helene. Porque ahora viene Helene hacia mí. Y oigo que los pasos se detienen delante de mi puerta. Porque supongo que es Helene, sus pasos. ¿O tal vez sea la señora Winckelmann quien viene? Pero los pasos eran tan ligeros. Y supongo que no puede ser la señora Winckelmann, puesto que Helene me ha pedido que viniera, y ahora he venido. Y los pasos de Helene se han detenido delante de la puerta. Y alguien llama a la puerta. Ahora oigo a Helene Winckelmann, a mi amada Helene, llamando a la puerta de mi habitación. Y tengo que contestar, tengo que decir adelante. Tengo que pedirle a Helene que entre. Y no puedo quedarme así, sin hacer nada, echado en la cama. Y oigo que vuelven a llamar a la puerta. Y tengo que decir adelante. Pero, ¿y si resulta que es la señora Winckelmann? Incluso es posible que sea el señor Winckelmann. No puedo decir adelante. Tengo que quedarme quieto. Y veo que se abre la puerta. Y veo a Helene. Veo a mi amada Helene en la puerta. Y busco su cara con la mirada, sus ojos. Y entonces mi amada Helene baja la mirada. Y veo que mi amada Helene está muy pálida. Me siento en el borde de la cama. Miro hacia las maletas. Oigo a Helene entrar en la habitación, cierra la puerta tras de sí. Oigo a Helene entrar en la habitación sin hacer ruido. Miro a Helene, veo que se dirige a la silla. Veo a Helene sentarse en la silla. Miro hacia las maletas. Y ahora tendré que mirar a Helene. A mi amada Helene. ¿Qué te pasa, mi amada Helene? Y deberías decir algo, no puedes sentarte aquí, sin más, y supongo que yo también tendría que decir algo. No puedo quedarme sentado sin más, tengo que mirarte, tengo que decir algo. Y tú vas a tener que decir algo. No podemos quedarnos sentados así, sin decir nada.

Lars, dices.

Y oigo a mi querida Helene decir Lars y tu voz es tan baja que casi no puedo oírte pronunciar mi nombre. Y te miro, te veo, sentada con la cabeza gacha.

Lars, vuelves a decir.

Y yo te miro, pero tú te quedas allí sentada, con la cabeza gacha, me hablas sin mirarme.

No puedes quedarte aquí, dices.

Y me miras directamente y tu voz es un poco más alta y yo desvío la mirada hacia mis maletas.

Mi tío y mi madre han dicho que no puedes seguir viviendo aquí, dices.

Y no debo mirarte, miro al suelo, dices que tu tío ha dicho que no puedo quedarme a vivir aquí por más tiempo y yo asiento con la cabeza.

Es mi tío quien ha hecho tus maletas, dices.

Vuelvo a asentir con la cabeza. Y supongo que no hay nada que yo pueda decir. Supongo que debo quedarme sentado, sin decir nada. Y vuelvo los ojos hacia las maletas y luego te miro, hago un gesto afirmativo hacia ti.

Entonces, ¿no me has llamado?, digo.

Y tú me miras.

¿Llamarte?, dices.

Y me miras con los ojos muy abiertos y tu voz parece asustada y no debo mirarte, vuelvo los ojos hacia las maletas.

He pensado en ti, pero no te he llamado, dices.

Sin embargo, he oído tu voz, digo yo.

¿Mi voz?

Sí, en Malkasten, he estado allí, he oído tu voz nítidamente, en mi interior.

Entonces será porque en cierto modo te habré llamado, dices tú.

Y yo te miro, te veo sentada en la silla y tú bajas la mirada. Y estás tan guapa, sentada allí con tu cabellera rubia, con tus suaves mejillas. Y has pensado en mí. Me has estado esperando.

Me has estado esperando, digo yo.

Sí, supongo que sí, dices tú.

¡Y pensar que me has estado esperando!, digo yo.

Y me pongo en pie. Estoy delante de la cama y te miro a ti, que estás sentada en la silla, y tú alzas la mirada hacia mí, y en tus ojos hay miedo, veo claramente que hay miedo en tus ojos.

No, dices tú.

¿Y por qué dices que no de esta forma tan brusca? ¿Y por qué ha cambiado tu voz?

¿Tienes miedo?, digo yo.

Un poco, dices tú.

No tengas miedo, digo yo.

Y me acerco un poco a ti.

No, no, dices tú.

Y percibo el miedo en tu voz.

¿No?, digo yo.

No, dices tú.

Me acerco un poco más a ti.

No lo hagas, dices tú.

¿Y por qué me dices que no lo haga? Tú me miras.

Tienes que irte, dices. Mi tío lo ha decidido, ha dicho que tienes que irte, no puedes seguir viviendo aquí.

¿Qué es lo que tu tío hace contigo?, digo.

Y vuelves a mirar al suelo. Yo te miro. Estás allí sentada, mirando al suelo. Y es que está clarísimo, tu tío quiere tenerte para él solo, él, con sus terribles ojos negros, él, que no hace más que mirarte todo el tiempo, lo único que pretende es quedarse solo contigo, quiere tocarte, no quiere dejarte en paz, ¡es que nunca te deja en paz!, no hace más que tocarte, una y otra vez, y tú permites que lo haga, no le dices que no, tú no, seguro que tú nunca has sido capaz de decir que no.

Tu tío, digo.

¿Qué te pasa, Lars?, dices tú y me miras a los ojos.

Y tú me preguntas qué me pasa, pero supongo que no me pasa nada, porque yo simplemente soy y supongo que no quiero nada y supongo que debería decirte que no quiero nada en especial.

Nada, digo yo.

Pero ¿no quieres irte?

¿Por qué iba a hacerlo? ¿Quieres tú que me vaya? Seguramente eres tú quien quiere que me vaya, digo.

Y vuelvo los ojos hacia ti y tú bajas la mirada. ¿Y no estarás sonriendo un poco para tus adentros? ¿Será porque tengo que irme por lo que estás tan contenta? ¿Es por eso por lo que estás ahí sentada, sonriendo para ti? ¿Porque ahora podrás estar con tu tío, porque así él podrá tocarte los pechos, tocarte donde le dé la gana, sin que haya nadie más en la casa? Porque, al fin y al cabo, alguien ha hecho mis maletas y ahora tendré que mudarme. Alguien ha decidido que debo irme y tú lo único que haces es sonreír. Y no quieres decirme por qué tengo que irme. Y no puedo quedarme aquí de pie, voy a tener que sentarme.

¿Por qué quieres que me vaya?, digo yo. ¿Por qué?

Vuelvo a sentarme en el borde de la cama y vuelvo los ojos hacia mis maletas. Y es que está claro, tú quieres que me vaya, solo me has pedido que viniera para poder atormentarme, para poder estar aquí sentada, mofándote de mí, sin decirme ni una sola palabra que explique por qué quieres que me vaya. Y es que no puedo hacer nada, no puedo decir nada. Y no debo mirarte. Pero debería poder preguntarte por qué quieres que me vaya. Porque eso es lo que quieres, ¡si eres tú la que lo desea!

¿Por qué quieres que me vaya?

Te miro.

Es mi tío quien lo quiere, dices tú.

¿Tu tío?

Sí.

¿Quiere eso decir que es él quien toma las decisiones?

Y mi madre también, desde que lo dijo mi tío.

Pero ¿y tú?

¿Yo?

¿Tú no dices nada?

Y veo que sacudes la cabeza. Y me miras. Yo vuelvo los ojos hacia mis maletas. Y sé que quieres que me vaya. Y cuando me haya ido, tú te reirás de mí. Y no puedo alzar la mirada y ver que estás allí sentada, riéndote, y veo que tu sonrisa se hace más amplia, se hace amplia, cada vez más amplia. No puedo verte allí sentada, riéndote. Me llevo las manos a los ojos, aprieto las manos contra mis ojos y no puedo permitir que tu sonrisa se haga más amplia, tu sonrisa no debe crecer tanto que empiece a moverse por sí sola, no puede empezar a moverse hacia mí, a alejarse de mí, no puede acercarse a mí, ni alejarse de mí. Sin embargo, tú insistes en tu risa. Y aparto las manos de mis ojos y alzo la mirada y veo que tu sonrisa ha crecido en la estancia, tu sonrisa llena la estancia casi por completo.

¡No! ¡No!, digo.

¿Qué te pasa, Lars?, dices tú.

Y tengo que volver a cerrar los ojos, no puedo quedarme aquí sentado contemplando tu sonrisa, los labios que se desplazan ligeramente, hacia mí, luego se alejan de mí. Vuelvo la mirada hacia tu sonrisa.

¡No, ahora no!, digo. ¡Ahora no! ¡No!

¿Qué te pasa, Lars? Dímelo.

¡Ahora no, no!

¿Te pasa algo, Lars?

No, digo yo.

Y apoyo los codos en las rodillas, me llevo las manos a los ojos, me inclino hacia delante y me cubro el rostro con las manos, aprieto las manos contra los ojos. Y todo se vuelve negro, negro y bueno.

No debe ser así, digo yo.

Y no puede ser así y veo a mi padre que llega corriendo hacia mí, por un muelle, viene corriendo por un muelle, golpeteando con sus zuecos. Y no debes reírte así, con una sonrisa tan grande, en medio de la habitación. Y mi padre alza el brazo, mi padre levanta el brazo en el aire y se quita la gorra de visera, levanta la gorra de visera en el aire y me saluda con su gorra de visera. Mi padre viene corriendo por el muelle, agitando su gorra de visera en el aire.

¿Qué te pasa, Lars?, dices tú.

Y mi padre corre por el muelle, agita la gorra de visera.

¿Lars? ¿Qué te pasa, Lars?

Y mi padre grita ¡Lars! ¡Eh, Lars! ¿Vas a venir o qué, Lars?

Sí, ahora voy, digo yo.

¿Con quién estás hablando?, dices tú.

Y mi padre se detiene al borde del muelle y me pregunta si no me va bien, si quiero volver a casa.

Sí, tengo que volver a casa, digo yo.

¿Qué te pasa?, dices tú.

Y tú no quieres volver a verme, lo único que haces es llamarme, pedirme que vuelva a tu lado para así poder reírte de mí, y mi padre está en el borde del muelle y de pronto da un paso hacia delante, sin más, mi padre camina sobre el agua, mi padre cae directamente al agua y entonces las olas se cierran sobre su cabeza. ¿Y qué es lo que le pasa a mi padre? ¿Se está ahogando? ¿O simplemente se ha caído al agua?

No te ahogues, padre, digo. ¿Por qué has saltado al agua?

¡Lars! ¡Lars!, dices tú.

¡Padre! ¡Padre!

¿Con quién estás hablando?, dices tú.

¡Padre! ¡Tienes que volver a salir del agua! ¡Padre!

Y veo a mi padre debajo del agua, en el fondo del mar, lleva sus zuecos puestos, y está de pie entre piedras y algas, sin hacer nada. Y entonces mi padre me mira y acto seguido me dice que vuelva a casa, que no importa si no logro ser pintor, que vuelva a casa sin más demora, para ser el que seguramente siempre he sido.

Sí, voy a volver a casa, digo yo.

Y mi padre me dice que puedo hacerlo, sí, que si no me va bien allí en Alemania puedo volver a casa.

Sí, tengo que volver a casa, digo yo.

Y mi padre está en el fondo del mar. Y mi padre dice que es bueno que vuelva a casa, porque soy un buen pintor y al fin y al cabo sé pintar casas y armarios y barcos, no tengo por qué pintar precisamente cuadros.

Puedo pintar lo que sea, digo yo.

No hables así, dices tú.

Y veo que mi padre asiente con la cabeza. Y mi padre dice que sí, que eso ya lo sabe muy bien. Y veo que mi padre se saca la pipa del bolsillo de la chaqueta, llena la pipa, se lleva la pipa a la boca. Mi padre está debajo del agua metiéndose la pipa en la boca. Y enciende la pipa. Mi padre está debajo del agua fumando en pipa.

No, ahora tendrás que rendirte, digo yo. No puedes estar debajo del agua fumando en pipa.

Lars, ¿qué te pasa?, dices tú.

Y tú, que ya no quieres volver a verme, que ya no quieres que viva bajo el mismo techo que tú, tú me preguntas qué me pasa, mientras mi padre está debajo del agua, fumando en pipa.

No me pasa nada, digo.

Pero si estás hablando con alguien, dices tú.

Y mi padre dice que piense lo que dice, que puedo volver a casa, él, mi madre y mis hermanas me estarán esperando y me recibirán encantados.

Vuelvo a casa, digo.

¿Con quién estás hablando?, dices tú.

Y yo aprieto las manos contra los ojos y oigo que mi padre dice que no puede quedarse así. Y veo a mi padre alejarse por el fondo del mar, con sus zuecos que se hunden en el fondo de arena, los zuecos dejan un rastro de pisadas en el fondo del mar. Veo la espalda de mi padre.

Vuelvo a casa, digo.

No debes hablar así, me das miedo, dices tú.

Y aprieto las manos contra mi rostro, y he empezado a mecerme, mezo el torso de un lado a otro.

Lars, pronto voy a tener que irme, dices tú.

Retiro las manos de mi rostro, te miro y veo a mi padre de pie delante de la ventana, con su pipa en la boca.

¿Estás aquí, padre?, digo.

Y oigo que mi padre me dice que solo pasaba por aquí, que tiene que irse en seguida. Y entonces dice que mi hermana pequeña Elizabeth también está aquí, pero yo no la veo por ningún lado. Y entonces veo a mi hermana pequeña Elizabeth al lado de mi padre.

Elizabeth, qué alegría volver a verte, pero qué pequeña eres digo.

Y Elizabeth me sonríe, se sonroja, se agarra a la pernera de mi padre y aprieta el rostro contra la pernera del pantalón de mi padre.

Qué alegría volver a verte, Elizabeth, digo.

Y mi padre dice que Elizabeth es un poco tímida. Y miro

hacia mi padre y veo que sus pantalones negros, su chaqueta negra, sus ropas negras empiezan a crecer y crecer.

No, ahora no, digo yo.

Y las telas negras y blancas, las telas negras y blancas, no pueden aparecer ahora. Las telas no pueden aparecer ahora.

Lars, tienes que tranquilizarte, dices tú.

Y te miro, mi amada Helene, veo a mi amada Helene sentada en una silla en la habitación que alquilo y ella me mira y sus ojos son grandes y negros.

No debes hablar así, dices tú. No lo hagas. Me das miedo. No lo hagas.

No tengas miedo, digo yo.

¿Con quién hablabas?, dices tú.

Y no debes preguntármelo. No debes preguntarme con quién hablaba. Si me preguntas con quién hablaba tendré que matarte, porque tú, mi amada Helene, no quieres que siga viviendo aquí y no debes preguntarme con quién hablaba, no debes hacerlo. Solo quiero que te vayas, tienes que dejarme en paz. Tú no eres mi novia. Yo soy tu novio, pero tú no eres mi novia. No me gustas. Tú no eres mi novia.

Tú no quieres ser mi novia, digo yo.

Pero ¿con quién estás hablando?, dices tú.

Con nadie, digo yo.

Has dicho Elizabeth.

Y no debes preguntarme con quién hablo, no tienes nada que ver con ello, has venido para decirme que debo irme y yo no tengo adónde ir, entonces ya no podré quedarme en Alemania estudiando pintura, porque tendré que vivir en algún lugar, y Helene, ella, que es mi amada Helene, ella, la que me ha pedido que me reúna con ella, la que es mi novia, ella, mi amada Helene, quiere que me vaya para poder estar a solas con su tío, para que su tío pueda hacer toda clase de cosas con ella, sí, es eso lo que ella quiere.

Quieres que me vaya de aquí, no me deseas nada bueno, digo yo.

Lars, dices tú.

Eres como los otros pintores, no me deseas nada bueno, digo yo.

Tenemos que hablar, dices tú.

Y te veo allí sentada, tan guapa, eres lo más bonito que he visto en mi vida, allí sentada eres lo más bonito que he visto en mi vida y lo único que quieres es estar con tu tío a solas, tú, que eres tan bonita y tan delicada.

Mamá volverá pronto, dices tú.

Y tú estás allí sentada, tan guapa y delicada.

Y tienes que salir de aquí, dices tú. Mi madre y mi tío volverán a casa pronto, tienes que irte, ha sido mi tío quien ha hecho tus maletas, tienes que salir de aquí.

Asiento con la cabeza. Te miro, eres tan bella y delicada.

Entonces, ¿qué, Lars? ¡Entonces no podremos encontrarnos! ¡Si tienes que irte, ya no nos podremos ver!, dices tú.

Te veo ponerte en pie, estás allí, de pie, con la espalda recta.

¿Te das cuenta, Lars?, dices tú.

Y te acercas a mí, te pones delante de mí. Posas ambas manos sobre mis hombros.

¿Qué vamos a hacer, Lars?, dices tú. ¿Qué vamos a hacer? ¿Cómo voy a poder verte?

Supongo que tendremos que acordar algo. Tenemos que hacer algo.

Y tú me miras directamente a los ojos.

Mi madre y mi tío volverán pronto a casa, tienes que irte, tenemos que acordar algo.

Alzo la vista y te miro.

No podemos volver a vernos, dices tú.

Y yo acerco la mano a tu mejilla, te acaricio la mejilla.

Nunca más, dices tú.

Seguro que podremos encontrarnos, seguro, digo yo.

¿Cómo?, dices tú.

Sí, sí podremos vernos, digo yo.

¿Cómo?, dices tú. Pero será difícil, mamá es muy severa conmigo, y mi tío lo es aún más.

Miro tus grandes ojos abiertos.

Pero habrá alguna manera de vernos, digo yo. Tendrá que ser posible que nos veamos. Tiene que haber una manera de hacerlo.

Y veo que sacudes la cabeza.

¿No es posible?, digo yo.

Y tú frunces los labios, sacudes la cabeza.

Mamá y mi tío dicen que me vigilarán, dices tú.

¿También tu tío?

Tú asientes con la cabeza.

¿Cómo?, digo yo.

Mamá y mi tío han acordado que cuando ella no esté en casa, él vendrá. Se supone que tiene que vigilarme.

Y tu tío te vigilará, tendrás que estar con tu tío y eso es lo que quieres, que estéis juntos, para que él pueda tocarte todo cuanto quiera.

Pronto estarán aquí, mi madre y mi tío, dices. Y tienes que irte, mi tío ha metido tus cosas en tus maletas, se enfadó muchísimo al ver que no habías hecho las maletas, que te habías ido sin más, como si fueras a volver.

Y yo sé que prefieres estar con tu tío antes que conmigo.

Aunque te había devuelto el alquiler, tú no te habías ido, dijo. Y estaba muy enfadado. En realidad quería tirar tus cosas, dejarte en la calle. Pero al final no lo hizo. Mamá lo convenció para que no lo hiciera.

Tú y tu tío. Y no entiendo por qué prefieres estar con tu tío que conmigo.

Y fui yo quien le pidió que le dijera a mi tío que no lo hiciera, dices. Fui yo, ¿me escuchas, Lars? Fui yo quien se lo pidió, yo salvé tus cosas, ¿me has oído, Lars?

Tú y tu tío. Él te tocará y a ti te gustará, porque sé que prefieres, con diferencia, estar con él que conmigo, es por eso que quieres que me vaya.

Tienes que creerme. Lars, tienes que creerme.

Y no paras de repetir una y otra vez que prefieres estar con tu tío que conmigo, quieres que me vaya, de manera que puedas quedarte con tu tío sin que esté yo en la casa. Tengo que mudarme para que tú puedas estar con tu tío. Y no tengo otro sitio adónde ir. No podré quedarme en Alemania para ser pintor si no tengo dónde vivir. Tengo que vivir en algún sitio. No puedo vivir en la calle, y por tanto tendré que volver a casa. Y está claro que allí no podré pintar cuadros, allí solo podré pintar casas.

Eso significa que no puedo quedarme a vivir aquí, digo yo. Porque no puedo quedarme a vivir en esta casa si lo único que quieres es estar a solas con tu tío.

Si tú no quieres que viva aquí, digo yo.

Y veo que sacudes la cabeza.

Porque tu tío te quiere para él solo, digo yo.

Tú sacudes la cabeza.

Porque quieres estar a solas con tu tío, digo yo.

No, no, dices tú.

Tengo que mudarme, digo yo.

Pero podemos acordar alguna cita, ¿no?, dices tú.

Y tú retiras las manos de mis hombros. Y te alejas de mí, te diriges a la ventana, te pones delante de la ventana y allí estás, con tu vestido blanco delante de la ventana, con tu pelo, con tu cabellera rubia recogida en un moño muy prieto en la nuca, ¡y yo que te había visto con el pelo suelto! Te he visto con el pelo suelto y largo cubriendo tus hombros. Y detrás de ti, al otro lado de la ventana, en la colina, están los verdes álamos en hileras. Te veo, mi amada Helene, de pie delante de la ventana. Y tú vuelves la cabeza, me miras por encima del hombro.

Mi tío pronto volverá a casa, dices tú. Y no puedo estar en tu habitación cuando él vuelva.

Y estás tan hermosa con tu vestido blanco, mirándome desde la ventana.

¿Tienes que irte?, digo yo.

Y tú asientes con la cabeza.

¿No quieres estar conmigo?

Y sé muy bien que prefieres estar con tu tío que conmigo, ¿por qué entonces te lo pregunto? Y tú te quedas allí, sin decir nada, mirándome. ¿Y mi padre? ¿Qué ha sido de mi padre? Hace un momento mi padre estaba aquí. Y Elizabeth estaba aquí, mi hermana pequeña estaba aquí. ¿Qué ha sido de Elizabeth? ¿Dónde está mi padre? Y dices que tienes que irte, no quieres estar conmigo, lo único que quieres es que me vaya, lo único que quieres es estar con tu tío, eso es lo que quieres.

Lars, dices tú.

Y oigo a alguien en una puerta.

Lars. Ahora vienen. Tengo que irme. Han vuelto, dices tú.

Y oigo una puerta que se abre y te oigo susurrar que ahora han vuelto y oigo pasos en el pasillo y tú me miras con ojos asustados y oigo al señor Winckelmann decir que las maletas han desaparecido.

Oh, menos mal, dice tu madre.

Bien, bien, dice el señor Winckelmann. Menos mal que lo hemos sacado de esta casa.

Y te veo mirar hacia la puerta con grandes ojos pétreos. Estás aquí, tan bella, mirando hacia la puerta. Y te miro, luego también miro hacia la puerta y te oigo susurrar que no puedes quedarte más tiempo, no pueden encontrarte aquí conmigo, susurras y oigo al señor Winckelmann decir que yo tenía que salir de esta casa, como fuera, no podían quedarse tan tranquilos viendo que Helene y yo estábamos solos en la casa, sobre todo teniendo en cuenta cómo se habían desarrollado las cosas.

No, por supuesto que no, dice tu madre.

No podía ser, dice el señor Winckelmann. Lo único correcto era echarlo de aquí.

Tenías toda la razón, está claro que no podía seguir viviendo aquí teniendo en cuenta cómo han ido las cosas, dice tu madre.

No, desde luego que no, dice el señor Winckelmann.

Y es que también era una persona muy rara, dice tu madre.

Solía pasar la mayor parte del tiempo en la cama, dice tu tío.

Y entonces tanto tu tío como tu madre empiezan a reír.

No debía de quedarle mucho tiempo para estudiar y pintar, dice tu tío.

No, me imagino que no, dice tu madre.

¿Por qué entonces lo aceptaste en tu casa?, dice el señor Winckelmann.

No lo sé muy bien, dice tu madre.

Pero ahora ya ha terminado, dice el señor Winckelmann.

Ha terminado, y para el bien de Helene, dice tu madre.

Y yo susurro para el bien de Helene y tú haces un gesto con la cabeza hacia mí y Helene y yo nos miramos y tú me sonríes y entonces susurras para el bien de Helene y me sonríes y tú y yo nos miramos y entonces oigo a la señora Winckelmann llamar a Helene. ¡Helene! Y te veo dirigirte a la puerta y oigo al señor Winckelmann preguntar si Helene no está en casa.

¡Helene! ¡Helene!, llama la señora Winckelmann.

Y oigo pasos ligeros y pesados en el pasillo, los pasos ligeros de la madre y los pasos pesados del tío, y Helene se vuelve hacia mí y me mira.

Ahora vienen, dices tú.

No tengas miedo, digo yo.

Ahora vienen, dices tú.

No te preocupes, digo yo.

Y me miras y sacudes la cabeza y te veo delante de la puerta, mirando hacia la puerta.

No, no, digo yo.

¡Helene! ¡Helene!, grita el señor Winckelmann.

Y el señor Winckelmann debería dejar en paz a mi amada Helene.

No, por lo que más quieras, digo yo.

Y miro hacia la puerta, veo que la puerta se abre, primero poco a poco, y Helene se acerca titubeante, y entonces la puerta se abre de golpe y topa contra la pared. Y aparece el señor Winckelmann que ocupa todo el vano de la puerta. Y el señor Winckelmann estalla en risas. Y el señor Winckelmann vuelve la cabeza hacia el pasillo y grita hacia el pasillo que ella está aquí, con las maletas, grita el señor Winckelmann, y el señor Winckelmann está en la puerta, riéndose, y grita aquí esta, sí, ella y las maletas, vuelve a gritar el señor Winckelmann, ella y las maletas y su noruego loco, grita, y yo me pongo de pie y me pongo al lado de mi amada Helene. Miro al señor Winckelmann, miro al señor Winckelmann directamente a sus ojos negros.

Helene y yo somos novios, digo.

El señor Winckelmann me mira.

Somos novios, digo.

¿Novios?, dice el señor Winckelmann.

Asiento con la cabeza. Y el señor Winckelmann vuelve a reírse. El señor Winckelmann está en la puerta, riéndose. Y el señor vuelve a darse la vuelta y dice en dirección al pasillo que somos novios y entonces el señor Winckelmann se ríe y veo que se acerca la señora Winckelmann y que se detiene delante de la puerta. El señor Winckelmann abre los brazos y bloquea la puerta. Y el señor Winckelmann me mira directamente a mí.

Son novios, dice el señor Winckelmann.

Y el señor Winckelmann me mira fijamente.

¿Sabes la edad que tiene tu novia?, dice. ¿Eh? ¿Lo sabes?

Bajo la mirada, hacia mis maletas.

No es más que una niña, dice el señor Winckelmann. Y es de buena familia. ¿Sabes lo que quiere decir ser de buena familia?

Y alzo la mirada y veo a la señora Winckelmann debajo de uno de los brazos del señor Winckelmann, sus ojos se han humedecido y por sus mejillas corren las lágrimas. La señora Winckelmann mira a Helene.

No, Helene, dice la señora Winckelmann.

Y entonces la señora Winckelmann inclina la cabeza hacia delante y la oigo sollozar y entonces la señora Winckelmann se apoya contra el señor Winckelmann y él rodea sus hombros con el brazo.

Sí, somos novios, digo yo.

¿Lo has oído?, dice el señor Winckelmann. ¿Lo has oído?

Y el señor Winckelmann estrecha a la señora Winckelmann contra su pecho.

Dice que son novios, dice el señor Winckelmann.

Y la señora Winckelmann esconde la cara en la chaqueta negra del señor Winckelmann.

Echemos a este loco de aquí, dice el señor Winckelmann.

Sí, sí, dice la señora Winckelmann.

Tienes que salir de aquí, dice el señor Winckelmann. Fuera. Fuera.

Veo a la señora Winckelmann retirar el rostro de la chaqueta negra del señor Winckelmann.

Y tú, Helene, dice la señora Winckelmann. ¿Qué es lo que has hecho? ¿Cómo puedes comportarte así? ¿Qué estás haciendo? ¿Acaso no piensas en tu padre, en lo que él hubiera dicho? ¿Qué hubiera dicho tu difunto padre?

Y me siento en el borde de la cama. Y veo a Helene, a mi amada Helene, en mitad de la habitación, con su vestido blanco, con su bella cabellera rubia. Mi amada Helene está de pie con la cabeza gacha. Y el señor Winckelmann suelta el marco de la puerta y retira el brazo de los hombros de la señora Winckelmann y entra en la habitación. Veo sus ojos negros entrar en la habitación. Los ojos negros, la barba negra. Su barriga abultada. El señor Winckelmann entra en la habitación, todo negro, y se dirige hacia Helene, la agarra del brazo, y veo al señor Winckelmann cerrar la mano con fuerza alrededor del brazo de Helene.

Déjela, digo yo.

El señor Winckelmann me dirige una mirada oscura.

Y tú, cierra la boca, dice él.

Y el señor Winckelmann arrastra a Helene hacia la puerta y yo no puedo hacer otra cosa que quedarme sentado tranquilamente, viendo cómo el señor Winckelmann se lleva a mi amada Helene, el señor Winckelmann se lleva a mi amada Helene para siempre, la aparta de mí, se la lleva, la saca de la habitación que yo había alquilado en la casa de la señora Winckelmann, estruja el brazo de mi amada Helene y se la lleva de mi lado y mientras el señor Winckelmann se lleva a mi amada Helene de mi lado, la señora Winckelmann nos contempla desde la puerta sin hacer nada. Mi amada es arrastrada de mi habitación por la fuerza. Y eso no puede ser. Y yo no puedo quedarme sentado aquí sin hacer nada. Y mi padre está delante de la ventana, mirando cómo el señor Winckelmann se lleva a Helene de la habitación. Mi padre mira fijamente al señor Winckelmann que saca a mi amada Helene de la habitación. Se llevan a mi amada Helene de la habitación para siempre, lejos de mí, lejos de mí para siempre. Y mi padre no dice nada, se queda allí sin decir nada, con la gorra de visera en la mano, se ha quedado allí de pie, con sus zuecos, mirando cómo el señor Winckelmann se lleva a mi amada Helene de mi lado. Y Elizabeth, mi querida hermana Elizabeth, ¿por qué te quedas ahí sin hacer nada, mirando al señor Winckelmann?

Elizabeth, digo.

Y Elizabeth dice que su hermano no debe estar triste, su hermano.

No, yo no estoy triste, digo yo.

Y Elizabeth dice que es bueno oírlo.

Y ahora ya puedes ir cogiendo tus maletas y largándote de aquí, dice el señor Winckelmann.

Y el señor Winckelmann rodea a Helene con uno de sus brazos y a la señora Winckelmann con el otro, y me mira.

¿Tengo que irme?, digo yo.

Sí, sí, dice el señor Winckelmann. Y rápido.

Y veo que Helene y la señora Winckelmann asienten con la cabeza, porque resulta que Helene también quiere que me vaya, porque lo único que quiere es estar con su tío, para que juntos puedan hacer cosas, resulta que Helene también quiere que me mude y veo que Elizabeth se acerca a mí, se sienta en mi regazo. Poso las manos en la espalda de Elizabeth.

Qué bien que hayas venido a verme, digo yo.

¿Con quién estás hablando?, dice el señor Winckelmann.

Y Elizabeth dice que claro que quería visitarme, a mí, a su hermano mayor, el que está en Alemania, el que ha tenido que viajar muy lejos, hasta Alemania, hacia el sur, el que ha podido viajar tan lejos porque es tan buen pintor.

Elizabeth, sí, digo yo.

¿Con quién estás hablando?, dice el señor Winckelmann.

Elizabeth, sí, digo yo.

Vas a tener que levantarte e irte, dice el señor Winckelmann.

Dejo a Elizabeth en el suelo.

Ve con papá, digo yo.

Y veo a Helene y a la señora Winckelmann que están de pie, una a cada lado del señor Winckelmann que las rodea con sus brazos y todos me miran.

Ve con papá, Elizabeth, digo yo.

Y veo a Elizabeth acercarse a la ventana, levanta la mano, se la da a papá. Miro a papá y a Elizabeth que están de pie delante de la ventana.

Ahora tengo que irme. Recuerdos a mamá y a mis hermanas digo.

Date prisa, dice el señor Winckelmann.

Clavo la mirada en los ojos negros del señor Winckelmann. Y veo a Helene, a mi amada Helene, delante de la puerta, recostada contra el señor Winckelmann, y entonces Helene levanta el brazo y con él rodea el cuello del señor Winckelmann porque es con él con quien quiere estar, y no conmigo. No debo mirar hacia mi amada Helene. Vuelvo los ojos hacia mis maletas.

Tengo que recoger mis cosas, digo.

Sí, sí, dice el señor Winckelmann.

Me levanto del borde de la cama, me acerco a las maletas y las apoyo en el suelo. Abro una de las maletas. Y me vuelvo, y ahora el señor Winckelmann está solo en el vano de la puerta y veo que sacude la cabeza. Y ahora supongo que no volveré a ver nunca a mi amada Helene. Helene ha desaparecido. Ahora el señor Winckelmann está solo en el vano de la puerta y sacude la cabeza. Y la cabeza del señor Winckelmann crece, y entonces los ojos negros se vuelven grandes, crecen, y entonces sus ojos negros se despegan de su cabeza y sus ojos empiezan a desplazarse por la estancia y sus ojos crecen cada vez más, se vuelven cada vez más negros, y entonces sus ojos se mueven hacia mí, se alejan de mí, de pronto sus ojos ocupan toda la estancia y ahora solo vislumbro a Helene y a la señora Winckelmann a través de sus ojos negros, sus ojos negros que ahora ocupan casi toda la estancia, y en la puerta están Helene y la señora Winckelmann, las dos se han cogido a los brazos del señor Winckelmann, están en la puerta y apenas se dejan ver, no quieren que las vea, solo se dejan vislumbrar a través de los ojos negros que llenan la estancia y entonces los ojos empiezan a dilatarse, se hacen cada vez más anchos, se tornan telas negras y blancas, telas sueltas, y las telas empiezan a ondear, las telas ondean, se desplazan a través de la estancia, hacia mí, alejándose de mí, las telas se acercan y se alejan de mí, no dejan de moverse todo el tiempo, acercándose, alejándose de mí, y entonces las telas se acercan a mi boca, los ojos negros del señor Winckelmann son una tela negra y blanca que se mueve hacia mi boca, de pronto las telas están cerca de mis labios, de pronto se aprietan contra mi boca. Las telas negras y blancas se agolpan contra mi boca. Y eso no debe ocurrir, tendré que irme. Tampoco puedo permitir que las telas negras y blancas me asfixien. Eso no debe ocurrir. Tendré que irme. Y oigo que el señor Winckelmann dice que tengo que darme un poco de prisa y Helene dice que he vuelto a deshacer las maletas y oigo que Helene me habla desde algún lugar recóndito, y el señor Winckelmann dice sí, eso parece que ha hecho, sí, dice el señor Winckelmann, y entonces dice que ya está a punto de perder la paciencia, eso dice, y yo bajo la mirada y la fijo en una de las maletas, en el montón de ropa interior sucia y limpia. Y tengo que ir a por mi abrigo. Y no debo mirar hacia los ojos del señor Winckelmann. No debo mirar hacia las telas negras y blancas que se acercan a mí, que luego se alejan de mí. Lo único que me queda por hacer es dirigirme al armario, sacar mi abrigo de allí. Y veo la silueta negra del señor Winckelmann en la puerta. Y supongo que ya nunca volveré a ver a Helene. Voy y abro la puerta del armario, saco el abrigo y me quedo allí, sosteniendo mi abrigo en las manos. Me llevo mi abrigo que sostengo con los brazos estirados hasta la maleta. Miro hacia la ventana, al otro lado de la ventana los álamos están tan verdes. Los álamos contra el cielo. Y el señor Winckelmann me mira, sus ojos negros no dejan de mirarme fijamente, por encima de su barba negra. Los ojos negros del señor Winckelmann. Meto el abrigo en la maleta, encima de la ropa interior sucia y de la limpia. Cojo la tapa, la pongo encima. Me arrodillo, cierro la maleta y oigo al señor Winckelmann decir venga, venga, y entonces oigo al señor Winckelmann preguntar si la percha del abrigo es mía.

Seguro que no, dice la señora Winckelmann.

Venga, dice el señor Winckelmann. Ya puedes ir devolviendo la percha al armario.

Y no es mi percha, es una percha que estaba colgada en el armario cuando llegué, una de las muchas perchas que colgaban de la barra cilíndrica de madera del armario. De hecho la percha es de la señora Winckelmann. Y debo volver a colgar la percha en el armario. Levanto la mirada, veo la enorme barriga del señor Winckelmann, sus ojos negros, su barba negra. Y supongo que ahora tendré que devolver la percha al armario. Tengo que volver a abrir la maleta. Abro la maleta. Retiro la percha del abrigo. Me pongo de pie, me quedo con la percha en la mano. Miro hacia el señor Winckelmann.

Date prisa, dice.

Miro hacia la puerta y la señora Winckelmann y Helene siguen allí, recostadas contra el señor Winckelmann.

No tenemos todo el tiempo del mundo, dice el señor Winckelmann.

Me acerco al armario y cuelgo la percha en la barra cilíndrica de madera, entre las demás perchas. Vuelvo a cerrar el armario. Regreso al centro de la habitación, donde están mis maletas. Me inclino sobre la maleta, la cierro. Me levanto y pongo las maletas de pie, cojo las maletas. Y estoy en medio de la habitación, con una maleta en cada mano. Veo al señor Winckelmann en la puerta, con los brazos alrededor de Helene y la señora Winckelmann. Y oigo a la señora Winckelmann decir que ella y Helene se van al salón y el señor Winckelmann dice sí, marchaos al salón, y oigo a Helene y a la señora Winckelmann empezar a andar por el pasillo. Y veo al señor Winckelmann apartarse de la puerta y lo oigo andar por el pasillo. Salgo por la puerta. Veo al señor Winckelmann delante de la puerta principal. Me dirijo hacia la puerta principal, entre mis dos maletas. Veo al señor Winckelmann abrir la puerta de la entrada principal y entonces el señor Winckelmann sostiene la puerta y me mira.

Venga, dice el señor Winckelmann.

Veo al señor Winckelmann sostener la puerta abierta. Me dirijo a la puerta principal, paso por delante del señor Winckelmann.

Vaya, por fin, dice el señor Winckelmann.

Salgo a la escalera.

Por fin, dice el señor Winckelmann.

Me vuelvo y miro al señor Winckelmann.

Adiós, dice el señor Winckelmann. Adiós para siempre.

Oigo la puerta de la entrada principal cerrarse de golpe a mis espaldas. Me dirijo a la escalera. Oigo que cierran la puerta con llave. Empiezo a bajar la escalera. Camino entre mis dos maletas, bajo por la escalera. Y supongo que no tengo adónde ir, pero he tenido que irme y mi amada Helene vuelve a estar en la casa con el señor Winckelmann y no puedo hacer nada, he tenido que irme. Y no tengo adónde ir. No he podido hacer nada más que irme. No podía quedarme, he tenido que irme. Bajo por la escalera. Y ahora mi amada Helene vuelve a estar en la casa con el señor Winckelmann. Y yo no tengo ningún lugar en el que meterme. Yo lo único que hice fue viajar a Alemania y allí me dijeron que viviría en la Jägerhofstrasse, en la casa de la señora Winckelmann. Y ahora ya no puedo seguir viviendo en la casa de la señora Winckelmann. Bajo por la escalera, entre mis dos maletas. ¿Y adónde puedo ir? ¿Y dónde vivirá ahora mi amada Helene? ¿Cómo podré volver a ver a mi amada Helene? Bajo por la escalera. Y supongo que no sé qué hacer conmigo mismo, pero tendré que ir a algún sitio, tendré que vivir en algún sitio, ¿dónde viviré? ¿Dónde dormiré esta noche? Bajo por la escalera. Tendré que vivir en algún sitio. Y no puedo quedarme en Alemania, porque el caso es que los noruegos que están en Alemania no saben pintar. Pero Hans Gude sí sabe pintar. Y Tidemann sabe pintar. Yo sé pintar. No puedo quedarme más tiempo en Alemania, tengo que volver a casa, no puedo quedarme más tiempo entre todos los pintores que no saben pintar. Pero, entonces, ¿qué dirá Hans Gabriel Buchholdt Sundt? Hans Gabriel Buchholdt Sundt. Supongo que no puedo volver a casa porque entonces supongo que nunca podré volver a ver a Hans Gabriel Buchholdt Sundt. Si vuelvo a casa, nunca podré volver a pasear por las calles de Stavanger, porque en las calles podría encontrarme con Hans Gabriel Buchholdt Sundt. Pero, entonces, ¿adónde puedo ir? Si no tengo dónde vivir. No puedo seguir vagando por las calles, por las calles de Alemania, sin ningún lugar donde vivir. Tengo que vivir en algún lugar. Y es que vivo en la Jägerhofstrasse, si es que he alquilado una habitación en la casa de la señora Winckelmann, de la viuda de Winckelmann, en la Jägerhofstrasse. Vivo en un cuarto alquilado, en la casa de la señora Winckelmann. Bajo por la escalera, entre mis dos maletas. Y tuve que volver con Helene, porque al fin y al cabo ella me llamó. Tuve que reunirme con Helene. Y no tengo adónde ir. Tendré que ir a algún lugar. ¿Y adónde puedo ir? Salgo a la calle. Y no se ve ni una alma. Pero tendré que ir a algún sitio. Camino por la calle. Y antes, esta misma noche, también he andado por esta calle, he bajado por esta misma calle. He subido por esta calle. Ahora bajo por esta misma calle. Esta misma noche he caminado por esta calle. He bajado por esta calle. He bajado por esta calle, esta misma noche también he bajado por esta calle, y luego, un poco más tarde, he subido por esta calle. Camino por la calle. Esta noche he estado en Malkasten, por primera vez he ido a

Malkasten. Hoy yo también he estado en Malkasten. Y ahora bajo por la calle, entre mis dos maletas, y no tengo adónde ir. Camino por la calle. Camino entre mis dos maletas. No sé adónde ir, pero camino por la calle. Y es que oí la voz de mi amada Helene, ella me pidió que acudiera a su lado. Y acudí al lado de mi amada Helene. Y no sé adónde ir, supongo que tendré que seguir caminando. Tendré que ir a algún lugar, porque uno siempre está en algún lugar. Tengo que estar en algún lugar. Camino por la calle. Estoy en la Jägerhofstrasse. No sé qué hacer conmigo mismo. Camino por la calle. Voy hacia ti. Solo quiero estar contigo, con nadie más, contigo. Ahora me iré contigo. Y hoy he hablado con mi padre, y con mi querida hermana pequeña, Elizabeth. Y mi padre ha dicho que podía volver a casa, así podría volver a pintar casas y paredes, podríamos trabajar juntos, él y yo. Y Elizabeth, estuvo allí, como si nada. Camino entre mis dos maletas, con una maleta en cada mano, y supongo que no sé adónde ir. Me voy con mi querida hermana Elizabeth. Me voy con mi padre. Camino entre dos maletas que me ha regalado Hans Gabriel Buchholdt Sundt. Me lo ha dado todo, incluso las maletas. Estoy en Alemania porque Hans Gabriel Buchholdt Sundt me pagó el viaje y la estancia, es porque le pareció que era buen pintor por lo que yo ahora estoy en Alemania. Porque sé pintar. Realmente sé pintar. Es porque realmente sé pintar, y porque Hans Gabriel Buchholdt Sundt también piensa que realmente sé pintar, por lo que ahora me encuentro en Alemania. Seré pintor paisajista, formado en la Academia de Bellas Artes de Düsseldorf, y Hans Gude es mi maestro. Yo soy el pintor Hertervig. He nacido en Hattarvågen. Soy el pintor Lars Hertervig, el del largo pelo negro y ondulado, el de los ojos castaños. Y soy alumno de Hans Gude. Yo sé pintar. Y hoy, Hans Gude tenía que haber venido a ver el cuadro que estoy pintando, pero no pude ir a la clase, preferí quedarme en la cama, me eché en la cama con mi traje de terciopelo de color lila, supongo que preferí quedarme en la cama, esperando que viniera mi amada Helene. Miro hacia delante, camino por la calle. No sé adónde ir, camino entre mis dos maletas. Camino por la calle. Y alzo la mirada y veo a Hans Gude que me está mirando, delante de mí, en la calle, me parece que está Hans Gude, y entonces Hans Gude levanta la mano y me saluda. No tenía que haber ocurrido, pero ahora Hans Gude me ha visto y está ahí, saludándome con la mano. Tengo que alejarme. Porque allí delante está Hans Gude saludándome y, además, llevo mis maletas a cuestas y por tanto no puedo devolverle el saludo, tengo las manos ocupadas. Ahí está Hans Gude, delante de mí, saludándome con la mano. Y ahora Hans Gude vendrá hacia mí. Hans Gude debe de haber salido de una de las bocacalles porque de pronto estaba allí, y entonces Hans Gude debió de echar un vistazo por la calle y me vio, y ahora Hans Gude viene hacia mí. Esto no tenía que haber ocurrido. Pero ahora ha ocurrido. Hans Gude viene hacia mí y supongo que no puedo dar media vuelta así como así, tengo que seguir caminando. Hans Gude me ha visto y ahora viene hacia mí, ahora querrá hablar conmigo. Y yo, que no he asistido hoy a la clase. Y yo que camino por la calle entre mis dos maletas. No tenía que haber ocurrido. Y ahora ha ocurrido, porque Hans Gude viene hacia mí, y me encontraré con Hans Gude, sigo caminando, bajo la mirada. Camino entre mis dos maletas, camino hacia Hans Gude. Y ahora, claro está, Hans Gude viene hacia mí, no debo mirar a Hans Gude, pero ahora ya está tan cerca que es imposible que pueda escapar de él. Voy a tener que encontrarme con Hans Gude y entonces oigo que Hans Gude grita ¡eh, hola, Hertervig! Y yo sigo caminando, entre mis dos maletas, vuelvo la vista hacia Hans Gude, me ha llamado, y supongo que debería decirle algo en respuesta y Hans Gude grita vaya, quién iba a decir que me encontraría contigo en medio de la calle, eso grita Hans Gude y echa un vistazo a una de mis maletas, porque Hans Gude ha dicho que es extraño que nos hayamos encontrado, como si realmente fuera extraño, pero supongo que es extraño porque hoy no he asistido a la clase y ahora Hans Gude me preguntará por qué no he ido, me dirá que ha visto mi cuadro, me dirá que mi cuadro es malo, nada que valga la pena contemplar, ni siquiera digno de sus ojos, así es mi cuadro, eso es lo que me dirá, me dirá sin tapujos que el cuadro que estoy pintando es malo. Sé que no le ha gustado mi cuadro. Voy a encontrarme con Hans Gude. Porque camino hacia Hans Gude. Me toparé con Hans Gude. Y Hans Gude me preguntará por qué cargo con las maletas, qué pienso hacer, eso me preguntará. Y seguramente fuera él, el mismísimo Hans Gude, quien en su día me consiguió la habitación, la habitación en la que ya no vivo. Y seguramente Hans Gude también conozca a Hans Gabriel Buchholdt Sundt. Y seguramente Hans Gude le contará a Hans Gabriel Buchholdt Sundt que ya no vivo en la habitación que él mismo me había conseguido. Y probablemente a Hans Gude no le ha gustado el cuadro que estoy pintando, seguramente me dirá que no sé pintar, que no pinto nada en la Academia de Bellas Artes de Düsseldorf, también se lo dirá a Hans Gabriel Buchholdt Sundt, y le dirá que tengo que volver a casa. No hay razón alguna para que me quede más tiempo en Alemania, eso es lo que le dirá. Me dirijo hacia Hans Gude. Cada vez estoy más cerca de él. Voy a tener que cruzarme con Hans Gude. Tengo que mirar a Hans Gude. No puedo seguir caminando así, con la mirada fija en las maletas. Tengo que mirar a Hans Gude. Alzo la mirada y Hans Gude está cada vez más cerca. Y ahora tendré que detenerme.

Vaya, ¿quién iba a decir que me encontraría contigo?, dice Hans Gude.

Y yo me detengo, dejo las maletas en la acera. Y Hans Gude se detiene delante de mí. Y no puedo mirar a Hans Gude, al mismísimo Hans Gude.

Desde luego no me lo esperaba, dice Hans Gude.

Y tengo que decir algo.

Sí, sí, digo.

¿Adónde vas ahora?, dice él.

Supongo que debo contestar. Pero ¿qué puedo decir?

¿Te vas de viaje?, dice él.

Y tengo que decir algo.

Quiero decir, como llevas las maletas, dice él.

Y tengo que decir algo, tengo que contestar a su pregunta, cuando el mismísimo Hans Gude me pregunta algo, tengo que contestarle.

Te has llevado tus maletas, dice Hans Gude.

Y supongo que tengo que decir algo, contestar.

Sí, digo yo.

¿Vas para abajo?, dice él.

Asiento con la cabeza.

Entonces podemos seguir juntos, dice Hans Gude.

Asiento con la cabeza.

¿Quieres que lleve una de tus maletas?, dice él.

No hace falta, digo yo.

Puedo hacerlo, dice él.

Puedo llevarlas yo mismo, digo yo.

Supongo que es lo más seguro, dice él.

Y ahora Hans Gude no debe preguntarme por qué no he ido a clase hoy. Podemos seguir caminando uno al lado del otro sin decir nada. Cojo mis maletas y las levanto. Camino por la calle entre mis dos maletas. Hans Gude me acompaña.

Pensaba pasar por Malkasten, dice Hans Gude.

Y supongo que no puedo ir a Malkasten, no, no puedo. No cuando el mismísimo Hans Gude va a Malkasten, yo no puedo ir. Pero ahora yo también he estado en Malkasten, y ahora tendré que ir a algún lugar. Porque todos tenemos que estar en algún lugar. Paseo por la calle con Hans Gude. Camino entre mis dos maletas, y a mi lado camina Hans Gude, ni más ni menos que el mismísimo Hans Gude camina a mi lado por la calle.

¿Me acompañas? ¿Te vienes a Malkasten?, dice Hans Gude.

Y supongo que debería decir que tengo otros planes, que no puedo ir a Malkasten.

¿O tienes otros planes? Parece que estés a punto de irte de viaje, dice él.

Y tengo que decir algo, pero no sé qué decir. Porque no puedo ir a Malkasten, no cuando el mismísimo Hans Gude piensa ir y yo mismo he estado allí hace poco, tampoco puedo ir a Malkasten dos veces en un mismo día, aunque ahora me encuentre entre los que visitan Malkasten. Y si voy con Hans Gude a Malkasten, él dirá que no le ha gustado mi cuadro, que no sé pintar, que no tengo nada que hacer como alumno de la Academia de Bellas Artes de Düsseldorf, en Alemania. Tengo que volver a casa, dirá Hans Gude. No hay razón alguna para que siga viviendo en Düsseldorf, supongo que no sé pintar, yo no, eso es lo que me dirá. Camino por la calle acompañado por el mismísimo Hans Gude. Camino entre mis dos maletas y echo una mirada a una de mis maletas. Y ahora Hans Gude me ha preguntado si quiero acompañarle a Malkasten, y supongo que podría acompañarle, ¿no? ¿Por qué no lo acompaño a Malkasten? Claro que hoy ya he estado una vez en Malkasten, pero ¿adónde puedo ir si no?

Tal vez sí, digo yo.

¿Qué?, dice Hans Gude.

Sigo andando sin decir nada.

Venga, ven conmigo a Malkasten, dice Hans Gude.

Sí, de acuerdo, digo yo.

Bien, dice él.

Y supongo que no pasa nada si lo acompaño a Malkasten.

Tienes que acompañarme a Malkasten, dice Hans Gude.

Y el mismísimo Hans Gude y yo caminamos por la calle, uno al lado del otro.

Me ha gustado tu cuadro, dice Hans Gude.

Y supongo que no debe de estar hablando de mi cuadro. No debe de estar diciendo nada de mi cuadro ahora mismo. Y es que hoy yo no he estado allí, cuando se suponía que él tenía que ver el cuadro conmigo, por lo que supongo que no estará hablando de mi cuadro.

Es muy bueno, dice Hans Gude.

Y Hans Gude dice que había muchas cosas buenas en mi cuadro, pero también muchas cosas malas, seguramente sea eso lo que piensa. Seguramente no sea un cuadro demasiado bueno, será eso lo que Hans Gude piensa en realidad, pero aun así dice que hay muchas cosas buenas en mi cuadro, porque seguramente Hans Gude piensa que necesito que me digan algo amable, yendo como voy por la calle entre mis dos maletas. Y seguramente Helene me esté esperando en este mismo momento, mientras yo me dirijo a Malkasten, mi amada Helene me está esperando en casa. Supongo que no debería ir a Malkasten, no cuando mi amada, mi amada Helene está esperándome en casa. Y pronto Hans Gude me preguntará por qué no he asistido hoy a clase.

Es posible que tu cuadro pueda venderse, dice Hans Gude.

Y Hans Gude y yo caminamos por la calle, juntos.

Sí, digo yo.

Es posible, dice Hans Gude. Todo fue muy bien con los otros dos cuadros. Las sociedades artísticas de Noruega compran, desde luego.

Sí, digo yo.

Tienes mucho talento, dice Hans Gude.

Y Hans Gude dice que tengo mucho talento. Y es que soy el pintor, el pintor paisajista Lars Hertervig. He vendido cuadros a la sociedad artística de Bergen y a la sociedad artística de Christiania. No soy cualquiera. Al fin y al cabo soy alumno de Hans Gude, soy Lars Hertervig, soy Lars Hertervig, que está en Düsseldorf para formarse como pintor. Y Hans Gude sabe pintar. Y Tidemann sabe pintar. Yo sé pintar. Yo soy el pintor Lars de Hattarvågen. Lars Hertervig, el pintor, ese soy yo.

Sí, sí, dice Hans Gude.

Y Gude dice sí, sí, y supongo que en realidad no sé pintar gran cosa. Supongo que nunca llegaré a ser un buen pintor. No sé pintar. Porque tal vez no valga nada. Seguramente nunca llegaré a pintar bien, porque me imagino que mis ojos son demasiado grandes. Veo demasiado. Veo demasiado para poder pintar. No tengo nada que hacer en la Academia de Bellas Artes de Düsseldorf, supongo que no hay razón alguna para que Hans Gude, el mismísimo Hans Gude, sea mi maestro.

Sí, sí, Hertervig, dice Hans Gude.

Y no sé qué decir, tendré que explicárselo, supongo que tendré que contarle por qué no he ido hoy a clase.

Nos sentará bien un poco de cerveza y aguardiente, dice Hans Gude.

Sí, sí, digo yo.

Desde luego, dice Hans Gude.

Y Hans Gude y yo nos dirigimos a Malkasten, pero yo no puedo ir a Malkasten, porque en casa, en la Jägerhofstrasse, me espera Helene. Lo más probable es que ahora vaya a verte, a ti, mi amada Helene. No puedo ir, no puedo ir cuando tú estás en casa esperándome, siendo así, supongo que no puedo seguir avanzando por la calle acompañado por el mismísimo Hans Gude. Tengo que volver a casa. Tengo que volver a tu lado, a tu lado, mi amada Helene. Camino por la calle con Hans Gude y me detengo, entre mis dos maletas, y veo a Hans Gude subir la escalera de Malkasten. Y Hans Gude abre la puerta de Malkasten. Hans Gude se queda en la puerta y la mantiene abierta.

Venga, ven, Hertervig, dice mirándome.

Y yo bajo la mirada y la fijo en una de mis maletas y supongo que no puedo volver a entrar en Malkasten, ya he estado allí antes, esta misma noche he estado en Malkasten por primera vez.

Venga, entra conmigo, dice Hans Gude.

Y no puedo volver a entrar en Malkasten una vez más, ya he estado antes, hoy mismo, hoy he estado en Malkasten por primera vez y no puedo volver a entrar, pero ahora Hans Gude está en la puerta, sosteniéndola para que yo entre, y me mira a mí, que sigo en la calle, entre mis dos maletas, por lo que supongo que tendré que subir la escalera. ¿Entrar en Malkasten? ¿Y qué otra cosa puedo hacer? Supongo que no tengo otro sitio adónde ir. Todos tenemos que estar en algún lugar. Yo también tendré que estar en algún lugar. Supongo que tendré que entrar en Malkasten. No puedo estar en ningún lugar. Y Hans Gude no puede quedarse ahí esperándome, manteniendo la puerta abierta, ya que Hans Gude me espera tendré que entrar, cuando Hans Gude me espera, será porque tendré que seguirlo. Pero desde el interior de Malkasten se oyen risas escandalosas. Supongo que tendré que entrar en Malkasten, ahora también yo frecuento Malkasten. Pero ¿realmente puedo entrar en Malkasten entre mis dos maletas? Todos los pintores que no saben pintar me mirarán. Y Hans Gude está ahí, sosteniendo la puerta. Y si entro en Malkasten, entre mis dos maletas, sin duda todos me mirarán y todos me preguntarán si me voy de viaje, si me han echado de la habitación, eso es lo que me preguntarán, y no se rendirán, me harán una pregunta detrás de otra, pero yo no contestaré, simplemente me quedaré allí de pie y si hay alguna silla libre me sentaré. No contestaré.

Tienes que venir ahora mismo, dice Hans Gude.

Veo a Hans Gude en la puerta, sosteniéndola, y ha dicho que me dé prisa y yo hago un gesto afirmativo con la cabeza.

Sí, ahora voy, digo yo.

Y tengo que entrar en Malkasten. Será mejor que lo haga. Y entonces subo la escalera. Y oigo risas sonoras que provienen del interior de Malkasten. Me detengo en mitad de la escalera.

Pero dime, Hertervig, ¿te mudas? ¿Te vas a algún sitio?, dice Hans Gude.

Y yo sacudo la cabeza.

¿No quieres decir nada?

Vuelvo a sacudir la cabeza.

Tú decides, dice Hans Gude.

Sí, digo yo.

Entonces, entremos, dice él.

Estoy de pie, en mitad de la escalera. Y supongo que no debería entrar en Malkasten. Porque están todos ahí, sentados alrededor de la mesa redonda, y me mirarán cuando entre caminando entre mis dos maletas, todos se reirán de mí y se darán cuenta de que me han echado de mi habitación, que ya no tengo dónde vivir, se darán cuenta de que Helene ya no quiere ser mi novia. ¡El de Hattarvågen! Eso es lo que exclamarán. ¡El cuáquero!, me gritarán.

Venga, date prisa, dice Gude.

Y supongo que no debería ir.

Entra tú primero, con tus maletas, así yo te sostendré la puerta, dice Gude.

Me he quedado en la escalera, entre mis dos maletas.

¿No quieres entrar conmigo?, dice Gude.

Sacudo la cabeza.

¿No?

Vuelvo a sacudir la cabeza.

Haz lo que te dé la gana, dice Gude. Yo al menos pienso entrar.

Asiento con la cabeza.

A lo mejor entras de aquí un rato, dice él.

Estoy en la escalera y asiento con la cabeza. Y oigo risas, risas gruesas y finas, que salen de Malkasten y se pegan a mí. Y ahora se ríen de mí. Y las risas se pegan a mí. Ahora se ríen de mí porque no quiero entrar, porque Hans Gude, porque el mismísimo Hans Gude, tiene que quedarse tanto rato sosteniéndome la puerta y yo ni siquiera entro por la puerta, por eso se ríen de mí, se ríen de mí porque estoy delante de la puerta abierta, entre mis dos maletas, sin decidirme a entrar, por eso se ríen de mí, se ríen de mí porque todos pueden ver que me han echado de la habitación, por eso se ríen de mí, y su risa se pega a mí. Y tendré que irme. No puedo quedarme aquí.

Hablamos más tarde, pues, dice Hans Gude.

Y Hans Gude me saluda con una inclinación de cabeza. Y veo a Hans Gude entrar por la puerta. Y yo me he quedado en la escalera, delante de la puerta, entre mis dos maletas y miro hacia la puerta cerrada. Y entonces las risas se apagan, parecen alejarse. Y alzo la mirada y miro hacia la puerta cerrada. Y veo luz que se abalanza hacia mí a través de la ventanilla de la puerta. Y doy media vuelta y bajo la escalera y empiezo a andar calle arriba. Tengo que ir a algún sitio. No puedo estar en ningún sitio, por eso tengo que irme. Tengo que seguir caminando. No puedo quedarme en ningún sitio. Tengo que irme. No tengo adónde ir. ¿Y dónde está Helene? No puedo dejar a Helene. Tengo que caminar. Y camino calle arriba.

¡Hertervig! ¡Espera!

Alguien me llama. Y tengo que seguir caminando. No debo volverme. Tengo que seguir caminando. Tengo que volver con mi novia, con mi amada Helene, porque también ella debe de estar en alguna parte. Mi amada Helene. Sé que Helene me espera.

¡Hertervig!

Vuelven a llamarme, y yo sigo caminando calle arriba. Y no quiero volverme. No puedo volverme. Tengo que seguir caminando. Pero no sé adónde ir. Y oigo pasos detrás de mí, los pasos se hacen más rápidos, alguien viene tras de mí corriendo y tengo que salir de aquí, escabullirme. ¿Debería empezar a correr?

¡Hertervig! ¡Hertervig!

No puedo ponerme a correr por la calle, entre mis dos maletas. Lo único que puedo hacer es seguir caminando.

¡Te está esperando!

¿Y quién es el que me llama? Alguien me llama. Y supongo que debería volverme. ¿Será Alfred quien me está llamando?

¡Aguarda, Hertervig! Ella te espera, en Malkasten.

Alguien me llama, y supongo que es Alfred quien me llama. Y Alfred sabe que Helene me espera. ¿Y cómo puede saber que Helene me espera? ¿Y Helene está en Malkasten? Me detengo, me vuelvo y veo a Alfred que viene corriendo hacia mí, de una manera renqueante, Alfred viene corriendo hacia mí a grandes zancadas.

¡Te está esperando! ¡En Malkasten!, me grita Alfred.

Y Alfred alza el brazo, me hace un gesto para que me acerque a él. Y ahora Helene me espera. Helene me ha vuelto a encontrar. Y miro a Alfred, viene corriendo hacia mí, corre de un modo renqueante, con grandes zancadas, y Alfred jadea pesadamente, aunque solo ha corrido unos metros, desde la puerta de Malkasten hasta un poco más arriba de la calle, aunque solo ha corrido unos metros, jadea pesadamente. Y ahora Helene me ha encontrado. Supongo que sabía que Helene me encontraría. Y Alfred viene corriendo hacia mí, a su manera renqueante, y me ha dicho, entre jadeos, ¡que Helene me espera en Malkasten! ¡Y voy a tener que ir allí! ¡No puedo seguir andando sin ton ni son, no puedo cuando Helene me está esperando en Malkasten! Por tanto me imagino que tendré que acompañarlo a Malkasten, eso debe de ser lo que me ha dicho Alfred entre jadeos. Me detengo y miro a Alfred y dejo las dos maletas a mi lado en la acera. Miro a Alfred que viene corriendo hacia mí, a su manera renqueante, y entonces empieza a correr con mayor lentitud, luego casi anda pero, aun así, de una manera renqueante. Y Helene me espera. Alfred me lo ha dicho.

Ella, Helene, ¿no es así?, te espera en Malkasten, dice Alfred.

Y Alfred ya no corre, ahora viene hacia mí andando, lentamente, mientras jadea profusamente.

Helene, sí, digo yo.

Qué suerte que no hayas llegado más lejos, porque de ser así, a lo mejor no te habría encontrado, dice Alfred. Porque ella, Helene, eso es, te está esperando. Y me pidió que fuera a buscarte.

Helene me espera, digo yo.

Y una luz, tan clara como el cielo más azul, ha irrumpido en mi interior.

Sí, está en Malkasten, te espera allí.

Y Helene no se ha ido, está en Malkasten, esperándome. Mi amada Helene me espera.

Sí, digo yo.

Sí, te está esperando, dice Alfred.

Helene, digo yo.

Sí, Helene, dice él.

Helene me espera. Y cojo las dos maletas, las levanto del suelo y vuelvo a encontrarme entre mis dos maletas, y ahora ya no importa que mis maletas pesen, ahora nada importa y ahora tampoco importa que alguien en Malkasten diga que me han echado de mi habitación, no importa, no hay nada que importe ya, ahora que voy a encontrarme con Helene, siendo así, no hay nada que sea peligroso, siendo así, no resulta tan peligroso que alguien me pregunte por qué llevo mis maletas a cuestas, ni tampoco que me pregunten si me han echado de mi habitación, ahora ya no hay nada que me resulte peligroso, ni siquiera me resulta especialmente peligroso si todos se enteran de que me han echado de mi habitación, ahora no, puesto que mi amada Helene me está esperando. Y empiezo a caminar calle abajo, entre mis dos maletas camino calle abajo y Alfred camina a mi lado. Y supongo que ahora me reencontraré con mi amada Helene. Y supongo que sabía que volvería a encontrarme con mi amada Helene. Y miro a Alfred, hago un gesto con la cabeza hacia él.

¿Te vas de viaje? ¿Por qué llevas tus maletas contigo?, dice Alfred.

Y claro que Alfred me pregunta por qué llevo mis dos maletas a cuestas. Pero no me importa que Alfred me lo pregunte. Y me limito a asentir con la cabeza. Y no digo nada. Y supongo que sabía que Alfred y los demás me preguntarían en algún momento por qué llevo las maletas a cuestas, si me han echado de mi habitación, no pueden dejar de preguntármelo, supongo que lo sabía, supongo que sabía que me lo preguntarían. Pero no pienso contestar. Y ahora Helene me espera, mi amada Helene me espera. Y no contestaré cuando Alfred y los demás me pregunten por qué llevo mis maletas a cuestas, si me han echado de mi habitación, si me voy de viaje a alguna parte. Eso es lo que me preguntarán, y yo no contestaré. Y mi amada Helene me espera. Sigo caminando por la calle. Y supongo que sabía, en lo más profundo de mi ser, que Helene no podía desaparecer así, sin más, porque tenemos que estar juntos, pero supongo que pensé que tal vez ella nunca me encontraría, que nunca la volvería a ver. O sabía, de alguna manera, que volvería a ver a mi amada Helene. Porque teníamos que volvernos a encontrar. Y ahora Helene está en Malkasten, está sentada en Malkasten, esperándome. Camino calle abajo cuando antes caminaba calle arriba. Y a mi lado camina Alfred.

¿Por qué llevas tus maletas a cuestas?, dice Alfred.

Alfred vuelve a preguntarme por qué llevo las maletas a cuestas, pero no pienso contestarle. Supongo que debo seguir caminando como si nada, porque ahora volveré a encontrarme con mi amada Helene, está en Malkasten. Y luego ella y yo abandonaremos Malkasten. Ahora supongo que Helene Winckelmann y Lars Hertervig se encontrarán en Malkasten y luego abandonarán juntos Malkasten y ya nunca más volverán a visitar Malkasten, Helene Winckelmann y Lars Hertervig nunca volverán a aparecer por Malkasten, Helene Winckelmann y Lars Hertervig no volverán nunca más a juntarse con los pintores que no saben pintar, los que se ríen ruidosamente, Helene Winckelmann y Lars Hertervig no volverán jamás a juntarse con los que no saben pintar.

Ella, sí, eso es, Helene, te está esperando, dice Alfred.

Y yo asiento con la cabeza. Y subo la escalera de Malkasten entre mis dos maletas y Alfred abre la puerta y el humo y las risas bulliciosas y una dura luz amarilla me asaltan. Unas risas bulliciosas y una dura luz se posan a mi alrededor.

Entra, yo te sostengo la puerta, dice Alfred.

Y entro en Malkasten. Y entonces veo telas negras y blancas. Y ahora volveré a encontrarme con mi amada Helene y, siendo así, supongo que no importa que aparezcan las telas negras y blancas. Veo las telas negras y blancas. Y veo un humo gris que flota en el aire, nítidamente. Veo ojos rojos y brillantes, caras, vasos y pitillos en las manos. Veo telas negras y blancas. Pero no importa. Ahora ya nada importa. Porque pronto veré a Helene. Y entonces supongo que ya no hay nada que sea peligroso. Me adentro en las telas negras y blancas. Me adentro en el humo. Me adentro en la risa bulliciosa. Me adentro, entre mis dos maletas, en la risa bulliciosa. Me adentro en las telas negras y blancas. Pero ahora no debo asustarme. Ahora tengo que procurar mantener la calma, porque ahora me reencontraré con mi amada Helene. Y entonces Alfred posa su mano sobre mi hombro y me dice que Helene está sentada al fondo del local, eso dice Alfred, y se oyen risas bulliciosas por doquier. Pero ahora me reencontraré con mi amada Helene. Y hay telas negras y blancas por doquier.

Ahora te llevaré con ella, está sentada al fondo del local, dice Alfred.

Y veo a Alfred que se dirige hacia la mesa redonda y veo que Alfred se inclina sobre la oreja de alguien y veo que Alfred le dice algo a ese alguien y entonces el tipo con el que habla Alfred se vuelve hacia mí. Pero ¡si es Bodom! Y Bodom levanta la mano, me hace señas para que me acerque. Y yo estoy allí parado, en medio de la risa bulliciosa, entre mis dos maletas, y Bodom me hace señas para que me acerque. Y supongo que no puedo rehusar su invitación, tendré que acercarme a él. Supongo que no puedo quedarme allí parado cuando Bodom me está haciendo señas para que vaya, y entonces Bodom me grita que vaya, me llama, y yo atravieso el humo, las telas negras y blancas, camino hacia Bodom y me coloco detrás de él. Y Bodom se echa hacia atrás y veo que sus ojos están rojos y brillantes.

Si eres tú, Hertervig, tú, dice Bodom.

Ahora Hertervig va a reunirse con su novia, dice Alfred.

O sea que vas a encontrarte con tu novia, dice Bodom.

Y Bodom echa la cabeza hacia atrás aún más y me mira directamente a los ojos con sus ojos rojos y brillantes.

Eso es, digo yo.

Una hermosa mujer, dice Bodom.

Lo es, sí, dice Alfred.

Pero ¿por qué llevas tus maletas contigo?, dice Bodom. ¿Te vas de viaje? ¿Te han echado de la habitación?

Seguro que Hertervig y su novia se van de viaje, dice Alfred. Quiero decir, como los dos están en Malkasten esta noche…

Sí, seguro, dice Bodom.

¿Dónde está tu novia?, dice Bodom.

Su novia está al fondo del local, dice Alfred y le guiña el ojo a Bodom.

Vaya, vaya, dice Bodom.

Y veo que Alfred y Bodom se guiñan el ojo. Y supongo que no puedo seguir aquí hablando con Alfred y Bodom mientras Helene me está esperando, supongo que debería buscarla y Alfred me ha dicho que está al fondo del local, tendré que ir a por ella inmediatamente y Alfred ha dicho que me ayudará a encontrarla, por tanto, Alfred tendrá que venir conmigo, ahora mismo, tiene que saber dónde está, porque es él quien me ha dicho que Helene está en Malkasten. Y Alfred va a tener que ayudarme a encontrarla. Al fin y al cabo Alfred fue a buscarme porque Helene se lo había pedido y además Alfred me ha dicho que me ayudaría a encontrarla. Tengo que volver a encontrar a Helene. No puedo quedarme aquí hablando con Bodom. Ahora debo encontrar a Helene. Y Bodom me mira con ojos brillantes y rojos.

Lo conseguirás, Hertervig, dice Bodom.

No puedo quedarme aquí hablando con Bodom. Oigo todas esas risas bulliciosas. Tengo que salir de aquí, tengo que volver a encontrar a mi amada Helene y, luego, ella y yo abandonaremos Malkasten. Abandonaremos Malkasten, dejaremos a todos los pintores que no saben pintar, y nosotros, Helene Winckelmann y Lars Hertervig, ya nunca más volveremos. Nunca más, ni Helene Winckelmann ni Lars Hertervig nos volveremos a reunir con pintores que no saben pintar. Y veo que Bodom sigue con la cabeza echada hacia atrás, mirándome con ojos brillantes y rojos. Y al lado de Bodom está Alfred.

Este Hertervig lo ha conseguido, dice Alfred.

Y ahora tendrá que venir Alfred conmigo, tendrá que acompañarme, no puede seguir ahí hablando con Bodom como si no pasara nada.

Lars Hertervig, sí, dice Alfred.

Lars Hertervig sabe pintar y además tiene una mujer, dice Bodom.

Miro a Alfred.

¿Vienes?, digo.

Y Alfred asiente con un gesto de la cabeza.

¿Puedo también yo saludar a tu novia?, dice Bodom.

Y yo asiento con la cabeza.

¿Y tal vez podrían algunos de los otros noruegos saludarla también?, dice Bodom.

Y entonces Bodom se levanta, se tambalea, se agarra al borde de la mesa, se inclina sobre la mesa redonda y alza un vaso de cerveza, y su brazo tiembla, y Bodom coge un cuchillo y golpea el vaso con él, golpea el vaso varias veces y se hace el silencio alrededor de la mesa redonda.

¡Silencio!, exclama Bodom.

Y Bodom grita muy alto y vuelve a golpear el vaso con el cuchillo. Y yo estoy de pie detrás de Bodom y veo a todos los que están sentados alrededor de la mesa redonda, todos ellos son pintores noruegos que no saben pintar, miro hacia Bodom y de pronto se hace el silencio alrededor de la mesa redonda.

¡Silencio!, vuelve a decir Bodom.

Y aunque ahora no haya nadie que hable alrededor de la mesa redonda, Bodom levanta la voz y entonces emerge una risa dura de la mesa redonda. Yo me encuentro un poco detrás de Bodom y veo que Alfred se ha colocado al lado de Bodom, no para de mirarlo.

Pero ¡si aquí tenemos a Hertervig!, hay uno que grita.

¡Hertervig! ¡Te has atrevido a salir!, exclama otro.

Has salido de tu guarida, exclama uno.

Entonces, ¿quiere eso decir que quieres estar con nosotros?

¿No tienes nada mejor que hacer?

Qué sorpresa que hayas venido, Hertervig.

¿Qué te ha pasado para que te hayas decido a salir?

Y estoy detrás de Bodom, entre las dos maletas, y bajo la mirada hacia una de mis maletas.

¡Hertervig, siéntate, venga!

¡Tómate algo!

¿O estás exhausto de tanto estar echado en la cama?

¿Y por qué has venido a Malkasten?

Y miro a todos los que están sentados alrededor de la mesa redonda, a los pintores que no saben pintar, pintores noruegos que no saben pintar y ellos me miran a mí y yo estoy allí, de pie, y entonces bajo la mirada y la fijo en una de mis maletas.

¿Qué dirían los cuáqueros si supieran que frecuentas Malkasten?

Supongo que un pescador y cuáquero como tú no puede frecuentar Malkasten.

Un cuáquero no pinta nada en Malkasten.

¿Qué pinta Hertervig en Malkasten?

¿Por qué no te has quedado en tu cueva?

Clavo la mirada en una de mis maletas.

¡Eh, Hertervig, Hertervig!, dice uno.

Eh, muchacho, dice otro.

Y supongo que no puedo quedarme allí sin hacer nada, tendré que hacer algo, tengo que volver a encontrar a mi amada Helene.

¡Ese Hertervig!

¡Ese loco de Hertervig!

Y miro a Alfred, está al lado de Bodom, está allí riéndose, y ahora Alfred pronto tendrá que acompañarme, tiene que venir conmigo y mostrarme dónde está Helene, tiene que hacerlo, porque al fin y al cabo Alfred vino a buscarme, me dijo que Helene estaba en Malkasten y que me estaba esperando, y va a tener que mostrarme dónde está Helene. Sin embargo, Alfred se queda allí de pie, al lado de Bodom, y Alfred se ríe.

¡Hertervig, venga, siéntate!, exclama uno señalándome.

Siéntate, dice otro.

Y obliga a sentarse al que acababa de ponerse de pie.

Lo has conseguido, Hertervig, dice uno.

¡Hertervig! ¡Hertervig!

El cuáquero Hertervig, dice otro.

¡El cuáquero! ¡El cuáquero!

Y miro a Alfred y parece que se ha olvidado de mí, se ha quedado al lado de Bodom, riéndose, y Bodom se ha puesto de pie, está delante de mí, se agarra al borde de la mesa con una mano, en la otra sostiene un vaso, y vuelvo mirar a Alfred, porque ahora Alfred va a tener que acompañarme.

¡Silencio! ¡Silencio!, exclama Bodom.

Pero si ha venido el mismísimo Hertervig, el cuáquero pescador, dice uno.

¡Silencio!, grita Bodom.

Y entonces se hace el silencio alrededor de la mesa redonda. Los que están sentados alrededor de la mesa redonda se callan, ni uno solo de los pintores que no saben pintar habla, y entonces Bodom carraspea. Y Alfred está al lado de Bodom.

Y Alfred va a tener que venir conmigo pronto, ya a tener que mostrarme dónde está mi amada Helene, porque al fin y al cabo él fue a buscarme, me dijo que Helene le había pedido que fuera a buscarme, él, Alfred, tenía que ir a buscarme, le dijo ella a él. Y es que Helene está en Malkasten. Y ahora Alfred va a tener que venir conmigo. Y Bodom vuelve a carraspear.

Dejad que Hertervig se siente con nosotros de una vez, dice uno.

Sí, venga, siéntate, Hertervig, dice otro.

Ven, siéntate, dice uno y levanta la mano, me hace una seña para que me acerque a él.

Silencio, silencio, dice Bodom.

Y entonces Bodom respira hondo.

Ve al grano de una vez, dice uno.

Hertervig, sí, dice Bodom.

Y todos empiezan a aplaudir. Y yo estoy allí, con la mirada clavada en una de mis maletas y todos aplauden.

¡Vivaaa, vivaaa, Hertervig!

¡Hertervig! ¡Hertervig!, gritan y dan palmas.

¡Viva, viva!, gritan y aplauden con más fuerza.

Hertervig, sí, dice Bodom.

¡Viva!

Y yo me quedo allí sin hacer nada, con la mirada clavada en una de mis maletas.

Calma, calma, dice Bodom.

Y, de nuevo, los que están sentados alrededor de la mesa redonda se callan, los pintores que no saben pintar se callan. Y miro a Alfred, porque ahora va a tener que acompañarme, al fin y al cabo él fue a buscarme, me dijo que había ido a buscarme, que Helene estaba en Malkasten, que ella le había pedido que fuera a buscarme, eso dijo Alfred, y ahora he entrado con él en Malkasten y ahora él no se mueve, se queda allí, sin hacer nada, al lado de Bodom. Y alrededor de la mesa redonda se ha hecho el silencio y todos los pintores que no saben pintar miran a Bodom. Y yo no puedo hacer más que quedarme allí, no puedo irme, tengo que esperar a que Alfred me muestre dónde está Helene y pronto va a tener que acompañarme y los que están sentados a la mesa redonda pueden decir lo que quieran, no me importa nada, yo solo pasaba por aquí y pronto me reencontraré con mi amada Helene y nos iremos de aquí, ella y yo saldremos de Malkasten y no volveremos nunca más. Nos iremos. Ahora Helene Winckelmann y Lars Hertervig se irán de Malkasten. Y ya nunca volverán. Y Lars Hertervig ya nunca tendrá que escuchar lo que le dicen los pintores que no saben pintar. Porque Lars Hertervig sabe pintar. Y los pintores que no saben pintar pueden decirme lo que les dé la gana, no me importa. Porque yo sé pintar. Ellos no saben pintar. Y si Bodom quiere decir algo, tendrá que hacerlo pronto.

Hertervig, dice Bodom.

Y vuelve a hacerse el silencio.

Hertervig, vuelve a decir Bodom, Hertervig, tal como nos ha contado, ha encontrado novia.

Y yo miro a Bodom y él está hablando de mí, de mí y de Helene. Y me parece que yo no le he dicho a nadie que tengo novia. A pesar de ello, Bodom dice que he encontrado novia. ¿Y por qué dice eso Bodom? Y yo no puedo decir nada, tengo que quedarme allí con la mirada alta, y veo a Bodom que sigue de pie sin decir nada, con la cabeza inclinada hacia delante, y veo que Bodom arquea las cejas y pasea la mirada alrededor de la mesa, mira de uno en uno a todos los que están congregados alrededor de la mesa.

Hertervig tiene novia, hay uno que dice.

¡Silencio!, dice Bodom.

Y clavo la mirada en una de mis maletas. Y de nuevo se hace el silencio.

Hertervig, dice Bodom.

¿Y por qué repetirá tantas veces Hertervig?

Hertervig, dice Bodom, es uno de los mejores entre nosotros.

De eso no cabe duda, no, dice uno.

No cabe duda, desde luego, dice otro.

Es el mejor de nosotros, dice uno.

¡Y esta noche está su novia en Malkasten! ¡Entre nosotros!, dice Bodom.

Y yo bajo la mirada y la clavo en una de mis maletas. ¿Y por qué tendrá Bodom que decir que mi novia está en Malkasten esta noche? ¿Cómo puede Bodom saber que Helene está en Malkasten? Pero si Bodom ni siquiera conoce a Helene. ¿O acaso se lo habrá susurrado Alfred al oído? Porque cuando Alfred y yo entramos en Malkasten, Alfred se fue directamente hacia Bodom y le susurró algo al oído. Y de pronto, ninguno de los pintores que están sentados a la mesa redonda dice nada. Y Alfred está de pie al lado de Bodom y una sonrisa atraviesa su rostro. Y no puedo seguir en Malkasten, tengo que irme. Y bajo la mirada hacia una de mis maletas. Y nadie dice nada.

¡Ay! ¡Ay! ¡Ay!, dice uno.

Y que lo digas, dice Bodom.

¡Entonces tendremos que saludarla!, dice otro.

¡Tenemos que conocerla!

¿No es así, Hertervig?

Dejarás que saludemos a tu novia, ¿no?

¡Claro que sí!

¡Tenemos que conocer a la novia de Hertervig!

¡Tiene que ser digna de ver!

¡Sí! ¡Sí!

¡Tenemos que conocerla!

Y bajo la mirada y la clavo en una de mis maletas. Y todos los pintores que no saben pintar, los que están sentados alrede-

dor de la mesa redonda, todos dicen que quieren conocerte.
Y no podremos estar solos. Todos quieren conocerte, dicen.

¡Tiene que ser toda una mujer!

¡Tenemos que verla!

¿Verdad que sí, Hertervig?

¿Y no puede Alfred darse un poco de prisa? Y es que salió
corriendo detrás de mí, por la calle, me llamó, me dijo que
tenía que acompañarlo porque mi amada Helene le había
pedido que fuera a buscarme, que estabas en Malkasten, esperándome, y le habías pedido que fuera a buscarme.

¡La mujer de Hertervig, queremos conocerla!

Y ahora Alfred se ha quedado allí, al lado de Bodom, quieto, sin hacer nada. Y Alfred debería acompañarme para indi-
carme dónde estás tú, porque hay mucha gente en Malkasten
y no te veo por ninguna parte y al fin y al cabo Alfred te dijo
que iría a buscarme. Estás sentada en el fondo del local y ahora Alfred va a tener que acompañarme.

¡Hertervig tiene una mujer!

¡Tenemos que conocerla!

¡Bodom! ¡Bodom! ¡Estupendo!

Y Alfred se queda allí, al lado de Bodom, y ahora va a tener que venir conmigo, porque al fin y al cabo Alfred me ha
dicho que tú, Helene, le habías pedido que fuera a buscarme.

¡Tenemos que conocer a la mujer de Hertervig!

¡Bien, Bodom!

Y veo que Bodom vuelve a levantar su vaso, lo golpea. Y se
vuelve a hacer el silencio.

Tienen que conocerla, dice Bodom.

¡Bien, bien!

Y entonces uno de los pintores que no saben pintar golpea
la mesa con el puño. Y luego todos golpean la mesa redonda
con los puños. Y yo miro hacia Bodom. Sigue allí de pie,
agarrado al borde de la mesa, sonriente. Y entonces Bodom
levanta el brazo, y lo vuelve a bajar lentamente.

La conoceréis, desde luego. Es precisamente por eso por lo
que he tomado la palabra, dice él.

¡Bodom, Bodom!

Y de nuevo los que están sentados alrededor de la mesa redonda golpean la mesa con sus puños. Y de nuevo Bodom levanta el brazo y lo vuelve a bajar lentamente. Y de nuevo se hace el silencio.

La novia de Hertervig se llama Helene Winckelmann, dice Bodom. Es la hija de la casa donde Hertervig ha alquilado una habitación.

Y ahora está en Malkasten, al fondo del local, dice Alfred, y guiña el ojo a los que están sentados alrededor de la mesa redonda.

Y todos los pintores que están sentados alrededor de la mesa asienten con la cabeza, todos los pintores que no saben pintar están sentados a la mesa redonda y hacen un gesto afirmativo con la cabeza en dirección a Alfred.

Iremos todos juntos a saludarla, dice uno.

Nosotros, los artistas noruegos, debemos mantenernos unidos, dice otro.

¡Artistas noruegos!, exclama uno.

¡Un brindis por los artistas noruegos!, exclama otro.

¡Salud! ¡Salud!

Y todos los pintores noruegos, que no saben pintar, levantan los vasos.

¡Salud!

¡Salud! ¡Salud!

¡Un brindis por Hertervig y por el amor!, grita uno.

¡Por Hertervig y el amor!

¡Salud!

¡Vamos!, grita uno.

¡Venga, vamos!

¡Ahora mismo vamos!

Y uno de los pintores que no saben pintar se pone de pie, sostiene el vaso en la mano, luego lo deja sobre la mesa redonda y entonces se levantan unos cuantos más de los que están sentados a la mesa redonda. Y veo que Alfred y Bodom siguen ahí de pie y se dicen algo. Y ahora Alfred va a tener que

venir conmigo, al fin y al cabo me dijo que Helene me esperaba, que ella le había pedido que fuera a buscarme.

¡Ahora mismo vamos!, dice uno.

Un último brindis, dice otro.

Y todos los pintores que no saben pintar se han ruesto de pie
alrededor de la mesa redonda, se inclinan hacia delante, cogen
sus vasos, sostienen los vasos en alto y los pintores que no saben
pintar se miran. Veo a Bodom y a Alfred con los vasos en alto.

Brindemos por Hertervig y su amor, dice Bodom.

Y los pintores que no saben pintar alzan sus vasos y ninguno de ellos dice nada, lo único que hacen es sostener los
vasos en alto y entonces se llevan los vasos a la boca y beben.

¡Un momento!, exclama Bodom. ¡Esperad!

Y entonces todos los pintores que no saben pintar miran
a Bodom.

Bueno, no es nada importante, dice Bodom. Pero tal vez
Hertervig quiera decir algo.

Y entonces Bodom se vuelve y me mira, y yo bajo la mirada hacia una de mis maletas. Y Bodom me ha preguntado
si quiero decir algo, pero supongo que no puedo decir nada.
¿Qué podría decir? Porque no tengo nada que decir. Simplemente estoy aquí, entre mis dos maletas, con la mirada fija en
una de mis maletas. Supongo que no tengo nada que decir, y
no debo decir nada. Lo único que puedo hacer es quedarme
aquí de pie, no debo decir nada.

¿Nada? ¿No quieres decir nada?, dice Bodom.

Levanto la mirada, hacia Bodom, veo que Bodom me está
mirando, con ojos brillantes y rojos, y yo sacudo la cabeza.

¿Has traído las maletas contigo?, dice Bodom.

Y Bodom habla en voz alta y echa la cabeza un poco hacia
atrás, a la vez que me pregunta por qué he traído las maletas.

¿Te vas a vivir a Hattarvågen?, dice uno.

¿Te vas de viaje?, dice otro.

¿Con tu novia?

¿A Noruega?

¿Nos dejas, Hertervig?

¿Adónde piensas ir?

¿Nos deja Hertervig?

¡No, no puede ser!

Y supongo que no tengo por qué decir nada. Que digan lo que quieran, yo no diré nada, me limitaré a quedarme aquí de pie sin decir nada, me quedaré así sin decir nada y luego me reencontraré con Helene, no podía desaparecer de mi vida de esta forma, nos pertenecemos, ella y yo, por tanto no podía desaparecer, tenía por fuerza que acudir a mí y ahora me reencontraré con ella, porque Helene está en Malkasten, en algún lugar de Malkasten. Alfred ha dicho que Helene está en Malkasten. Y ahora Alfred tendrá que mostrarme dónde está Helene. Porque estoy aquí sin hacer nada, esperando entre mis dos maletas, y ahora pronto me reencontraré con mi amada Helene, mi propia amada Helene, está en Malkasten esperándome y pronto la volveré a ver. Supongo que sabía que ella vendría. Sabía que me volvería a encontrar. Y ahora tengo que irme, no puedo quedarme aquí de pie, ahora voy a tener que irme.

Venga, dice Bodom. Ya podemos ir.

Y veo que Alfred viene hacia mí.

Ahora te enseñaré dónde está, dice Alfred.

Asiento con la cabeza.

Muy bien, digo.

Y veo que todos los pintores que no saben pintar, todos los pintores que antes estaban sentados alrededor de la mesa redonda y que luego se pusieron de pie, vienen hacia mí y oigo a Alfred decir que ahora iremos a buscar a Helene, sí, dice Alfred, y yo he clavado la mirada en una de mis dos maletas y asiento con la cabeza. Alzo la mirada y a mi alrededor están todos los pintores que no saben pintar, mirándome, me miran con ojos rojos y brillantes, me rodean y me miran con ojos rojos y brillantes, me miran, están allí de pie, con sus ropas negras y blancas, mirándome. No hacen más que mirarme. Y ninguno de ellos dice nada.

Hertervig es el hombre, dice uno.

Y yo bajo la mirada, hacia una de mis maletas.

¡No me vengas con tonterías!, dice otro.

¡Él sí que sabe!

¡No hay nadie como él!

El cuáquero, hay uno que dice.

¡Hertervig, sí!

¡El cuáquero!

Y entonces noto una mano sobre mi hombro y me vuelvo y me encuentro con el rostro de Alfred. Veo que sus ojos sonríen.

Venga, Hertervig, dice.

Asiento con la cabeza.

Sígueme a través del local, yo te mostraré dónde está sentada Helene.

Vuelvo a asentir con la cabeza. Y Alfred retira la mano de mi hombro. Miro hacia la mesa redonda y ahora ya no hay nadie sentado a ella y miro a mi alrededor y veo que ahora todos los que antes estaban sentados alrededor de la mesa redonda me rodean y me miran con ojos brillantes y rojos. Y vuelvo a bajar la mirada, hacia una de mis maletas. Y noto de nuevo una mano sobre mi hombro. Y me vuelvo, y a mi lado está Alfred mirándome.

Ven conmigo, Hertervig, dice Alfred.

Y veo a Alfred dar unos pasos hacia delante y yo me agacho, cojo mis maletas y empiezo a andar, entre mis dos maletas, sigo a Alfred a través del local. Veo su espalda. Y ahora me reencontraré con mi amada Helene. Y veo que dos de los pintores que no saben pintar empiezan a caminar a mi lado, uno a cada lado. Y delante va Alfred, detrás de él voy yo, entre mis dos maletas, y a mi lado van dos de los pintores que no saben pintar. Y no puedo hacer otra cosa que seguir caminando. Porque ahora me reencontraré con mi amada Helene. Ahora mi amada Helene me está esperando en algún lugar. Y supongo que ahora me reencontraré con mi amada Helene. Sigo a Alfred lentamente, la distancia entre nosotros crece, y veo su espalda. Camino entre mis dos maletas, detrás de Alfred, y veo su espalda. Y justo detrás de Alfred, un poco alejados de él, caminan dos de los pintores que no saben pintar, uno a cada lado de Alfred. Y miro hacia los lados y veo dos pintores más que no saben pintar caminando a mi lado, uno a cada lado. Y me detengo. Dejo las maletas en el suelo y veo dos filas de pintores que pasan por mi lado, me adelantan, y a la cabeza, en medio, camina Alfred. Y veo a Alfred detenerse, se vuelve, me mira.

¡Ven, Hertervig!, dice.

Y todos los pintores que no saben pintar, todos los pintores que ahora caminan a mi lado en dos filas, se detienen y me miran con sus ojos brillantes y rojos.

Tienes que venir conmigo, Hertervig, dice Alfred.

Venga, Hertervig, hay uno que dice.

¡Tienes que venir, Hertervig!

¡No puedes quedarte aquí!

¡Venga, Hertervig!

¡Coge tus maletas y ven aquí!

Y alzo la mirada, miro hacia delante, y a ambos lados de mí hay una fila de pintores que no saben pintar, y todos me miran con ojos brillantes y rojos, y delante, a la cabeza, entre las dos filas de pintores que no saben pintar, está Alfred.

Ahora tienes que venir, dice Alfred. ¿O acaso no quieres encontrarte con ella?

Y supongo que tendré que ponerme en marcha, porque tengo que reencontrarme con mi amada Helene.

Coge tus maletas y ven, dice Alfred.

Levanto mis maletas. Y hay uno que aplaude. Y entonces otros se unen a los aplausos. Empiezo a caminar hacia Alfred. Y de pronto todos aplauden. Y ahora me reencontraré con mi amada Helene. Y ahora todos los pintores aplauden y yo me dirijo hacia Alfred, entre mis dos maletas, y entre las dos hileras de todos los pintores noruegos que no saben pintar, los que antes estaban sentados a la mesa redonda y que ahora forman dos filas, una a cada lado de mí, y los pintores que no saben pintar me miran con ojos brillantes y rojos y aplauden. Los pintores que no saben pintar me ven atravesar Malkasten, en dirección a Alfred, y aplauden. Y también Alfred bate palmas. Todos los pintores que no saben pintar aplauden. Y Alfred también aplaude.

Venga, Hertervig, dice Alfred.

Asiento con la cabeza.

Ahora te reencontrarás con tu amada, dice Alfred.

Y todos los pintores que no saben pintar han formado dos filas y aplauden y me ven atravesar Malkasten, entre mis dos maletas. Camino lentamente entre los pintores que no saben pintar, hacia Alfred.

Bien, Hertervig, dice Alfred. Qué bien que hayas venido.

Camino hacia Alfred.

Venga, Hertervig, dice Alfred.

Y ahora se supone que me reencontraré con mi amada Helene. Sabía que ella no podía desaparecer sin más. Camino hacia Alfred. Y ahora todos los pintores que no saben pintar aplauden. También Alfred aplaude.

Pronto habrás llegado, dice Alfred.

Camino hacia Alfred.

Un poco más, Hertervig, dice Alfred.

Camino hacia Alfred. Y ellos aplauden sin parar. Miro a Alfred. Y pronto llegaré a su lado. Y se supone que pronto me reencontraré con mi amada Helene. Me detengo delante de Alfred. Y entonces los pintores que no saben pintar dejan de aplaudir. Miro a Alfred. También Alfred ha dejado de aplaudir. Dejo mis dos maletas en el suelo. Miro a Alfred. Me vuelvo y echo una mirada por las dos hileras de pintores que no saben pintar, todavía están allí mirándonos, a Alfred y a mí, con ojos brillantes y rojos. Y ahora ni uno aplaude, ni uno solo dice nada, lo único que hacen es mirarnos a Alfred y a mí, con ojos brillantes y rojos. Echo una mirada por las dos filas de pintores. Y veo que los que están más alejados empiezan a caminar hacia delante, y entonces los que están más cerca de Alfred y de mí se separan un poco y ahora los pintores que no saben pintar se han dispuesto en dos filas que se unen en una punta, en el lado más alejado del local, y divergen gradualmente hacia donde nos encontramos nosotros, Alfred y yo. Y todos los pintores que no saben pintar me miran con ojos brillantes y rojos.

Ahora, dice Alfred.

Y miro a Alfred y luego bajo la mirada y la fijo en una de mis dos maletas.

Ya está, dice Alfred.

Y alzo la mirada y veo que las dos filas de pintores que no saben pintar se unen en un círculo alrededor de Alfred y de mí, ninguno de ellos dice nada, se disponen en un círculo a nuestro alrededor. Y miro a Alfred, él hace un gesto con la cabeza hacia mí. Y veo a los pintores que no saben pintar dispuestos en un círculo a nuestro alrededor. Y los pintores que no saben pintar nos miran a Alfred y a mí, con ojos brillantes y rojos. Y entonces empiezan a moverse, uno a uno, se acercan, uno a uno, cada vez más cerca, a Alfred y a mí, se acercan cada vez más, y de pronto han formado un círculo cerrado a nuestro alrededor. ¿Y por qué todos los pintores que no saben pintar se acercan tanto a Alfred y a mí? Y entonces Alfred y yo nos encontramos en medio de todos los pintores noruegos que no saben pintar y ellos nos rodean, en un círculo cerrado. Todos los pintores noruegos que no saben pintar se han colocado en un círculo cerrado alrededor de Alfred y de mí y yo miro a mi alrededor, y a mi alrededor están todos los pintores noruegos que no saben pintar, con ojos brillantes y rojos, y con un vaso en una mano y un pitillo en la otra nos rodean, mirándonos fijamente, a Alfred y a mí, que estamos en medio del círculo que han formado. Estoy de pie en medio del círculo que han formado todos los pintores noruegos que no saben pintar, y bajo la mirada y la clavo en una de mis maletas. Y ahora me reencontraré con mi amada Helene. Alfred me ha dicho que Helene me espera al fondo del local. Ahora se supone que me reencontraré con mi amada Helene. Y yo bajo la mirada y la clavo en una de mis maletas.

Ven, ahora, dice Alfred.

Y miro a Alfred a la cara. Hago un gesto con la cabeza hacia Alfred.

Ahora tienes que venir, hay uno que dice.

Y entonces se oye una risa y luego son varios los que se unen a ella en una risotada corta y estridente. Miro a mi alrededor y una cabeza detrás de otra se inclina hacia mí.

Tienes que venir ahora, Hertervig, dice uno.

Ahora te reencontrarás con tu novia.

Tienes que enseñarnos a tu novia.

No nos habrás engañado, ¿verdad?

Entenderás que nos gustaría ver a tu novia.

Tienes que venir ahora.

No puedes quedarte aquí.

Y veo a Alfred integrarse en el círculo. Me mira fijamente.

Tienes que ir ahora, Hertervig, dice Alfred.

Estoy solo en el centro del círculo de pintores que no saben pintar.

¿O acaso no quieres encontrarte con tu novia?, dice uno.

Asiento con la cabeza y cojo mis dos maletas y me coloco delante de Alfred. Y todos los pintores que no saben pintar pero que de todos modos pintan cuando no pasan el día y la noche bebiendo en Malkasten, ahora todos los pintores que no saben pintar me miran mientras yo miro a Alfred y echo un vistazo a mi alrededor y me parece ver el rostro de Hans Gude, y me detengo, porque en medio del círculo de pintores que no saben pintar, en algún lugar, me ha parecido ver a Hans Gude y eso significa que no solo los pintores que no saben pintar forman el círculo, no, pues también Hans Gude lo forma. Porque Hans Gude sabe pintar. Y también Hans Gude me está mirando. Desde el círculo de pintores que no saben pintar Hans Gude me mira, con ojos brillantes y rojos. Y realmente advertí una risa en el rostro de Hans Gude. Hans Gude se está riendo. Realmente Hans Gude se está riendo de mí. Y yo miro a Alfred, que ahora se ha unido al círculo, a los demás pintores que no saben pintar. Y es que yo sí sé pintar. Y se supone que ahora me reencontraré con mi amada Helene. Y ahora no hay ninguno de los pintores noruegos que antes estaban sentados a la mesa redonda que diga nada, ahora han formado un círculo cerrado a mi alrededor y me miran a mí que estoy mirando a Alfred que ahora forma un círculo con los demás pintores.

Tienes que ir ahora mismo, dice Alfred.

Miro a Alfred. Y supongo que tendré que ir, porque Alfred me ha dicho que me estás esperando y por tanto tendré que encontrarte, porque no puede ser que tengas que esperarme. Voy a tener que reunirme contigo.

Ahora tienes que reunirte con ella, dice Alfred.

Y voy a tener que reunirme contigo porque me estás esperando. Y he avanzado entre las dos hileras de pintores que no saben pintar y ahora me encuentro en medio de un círculo cerrado de pintores que no saben pintar, estoy de pie entre mis dos maletas, y ahora debería reunirme contigo. Ahora me reuniré contigo. Y es que sigo andando por el suelo de Malkasten, entre las filas de pintores que no saben pintar. Porque al fondo del local me esperas tú. Me reuniré con mi novia. Y estoy en el centro del círculo de pintores que no saben pintar, y todos los ojos brillantes y rojos me miran y yo miro al que está al lado de Alfred. Y veo el rostro de Tidemann. Pero ¡si es Tidemann el que está al lado de Alfred! Veo el rostro de Tidemann. Y bajo la mirada. Porque todo su rostro ríe con sorna. ¡Tidemann, he visto a Tidemann! Allí, al lado de Alfred, en medio del círculo de ojos brillantes y rojos, he visto a Tidemann. Y es que Tidemann sabe pintar. Y yo estoy en el centro del círculo de pintores, y cada vez acuden más pintores, fuera del círculo se forma otro círculo, de pintores suecos, daneses, pintores alemanes, se forma otro círculo alrededor del primero. Y también se han unido pintores que saben pintar al círculo, porque Tidemann está allí, y Gude está allí. Y el círculo exterior se hace cada vez mayor. Estoy en el centro de dos círculos de pintores, pintores de todo el mundo, y los círculos son cerrados, los pintores se apiñan hombro con hombro, en círculo, en el círculo interior están los pintores noruegos que antes estaban sentados a la mesa redonda, pero también está Gude, y Tidemann, y todos me miran, con ojos brillantes y rojos, y luego, fuera del círculo más próximo, ha empezado a formarse otro círculo, en el que hay pintores tanto noruegos, como daneses y alemanes. Yo me encuentro en el centro de los dos círculos. ¿Y de dónde han podido salir tantos pintores? Todos los pintores forman círculos a mi alrededor y no dicen nada, sencillamente están allí, mirándome. Y los pintores son todos idénticos, con ojos brillantes y rojos, con vasos y pitillos en las manos. Y todos los pintores me miran. Estoy en el centro de los círculos de pintores noruegos y de todo el mundo. Y miro a Alfred y Alfred me mira a mí, está al lado de Tidemann, en un círculo cerrado de pintores en el que también está Gude. Miro a Alfred. Y ahora se ha hecho el silencio. Cuando llegué a Malkasten me encontré con risas estridentes. Pero ahora reina el silencio en Malkasten. ¿Y por qué este silencio? ¿Será porque voy a reencontrarme con Helene? ¿Es por eso, porque voy a encontrarme con Helene, es por eso por lo que se ha hecho el silencio? ¿Y será porque ahora voy a reencontrarme con Helene por lo que todos los pintores que no saben pintar, y también los pintores que saben pintar, han formado un círculo a mi alrededor y me miran, en silencio, con ojos brillantes y rojos? ¿Y por qué no hay nadie que se ría? ¿Por qué nadie habla? Mientras todavía estaba fuera, delante de la puerta, se oían risas estridentes en el interior de Malkasten. ¿Por qué ahora está en silencio?

¿Y por qué tengo que estar aquí, entre mis dos maletas, en el interior de los círculos de pintores? Miro a Alfred. ¿Y qué es lo que quiere Alfred de mí?

Venga, Hertervig, dice Alfred.

Y miro a Alfred.

Tienes que ir ya, Hertervig, dice él.

Y miro a Alfred.

Sí, venga, ve, dice uno.

Y yo bajo la mirada.

¡Ve!

¡Date un poco de prisa! ¡Tienes que darte prisa!

¡Venga!

¡Apresúrate!

¡Tenemos que volver a llenar nuestros vasos!

¡Venga, ve!

¡Ve ya!

¡Tienes que darte prisa, Hattarvågen!

¡Ve!

Y todos me gritan y no puedo quedarme así, sin hacer nada, mirando al suelo.

Y tendrás que presentarnos a tu amada Helene, dice Alfred.

Miro a Alfred.

¡Venga! ¡Preséntanosla!, dice Alfred.

Y miro a Alfred.

¿Es que acaso no ves a todos estos buenos pintores? Les has prometido que les presentarías a tu novia, es por eso que están aquí esperando, dice Alfred.

Asiento con la cabeza.

¿O no será que no tienes novia?, dice Alfred.

Estoy delante de Alfred. Y Alfred ha dicho que tengo que presentarle a mi novia, que es por eso por lo que ahora todos los pintores, los que no saben pintar, los que saben pintar, forman un círculo a mi alrededor. Porque les he dicho que podían saludar a mi novia y es por eso que forman un círculo a mi alrededor, me ha dicho Alfred. ¿Y dónde está entonces Helene? Al fin y al cabo Alfred fue en mi busca, me dijo que Helene le había pedido que fuera a por mí, que ella me esperaba en Malkasten, me dijo, pero es que no la veo por ningún sitio, no veo a mi amada Helene por ningún sitio. ¿Dónde está Helene? No me habrás abandonado, ¿verdad?

¿No está aquí?, dice Alfred. No nos habrás engañado, ¿verdad?

Me paro frente a Alfred y sacudo la cabeza.

¡Nos has engañado!, dice Alfred.

Y Alfred me mira fijamente con ojos brillantes y rojos.

¡Nos ha engañado!, exclama Alfred.

Y bajo la mirada hacia una de mis maletas y no debo mirar a Alfred y no debo decir nada.

Pero tú me dijiste…, digo yo.

Y Alfred me interrumpe.

¿Qué dices?, dice él.

Y Alfred ha dicho que Helene me espera, en el fondo del local está Helene esperándome, ha dicho Alfred. Estoy delante de Alfred y a mi alrededor, en círculos, hay pintores noruegos y de todo el mundo y me miran, con ojos brillantes y rojos. He entrado en Malkasten con Alfred. Y pronto Alfred va a tener que contarme dónde está Helene.

¿Dónde está Helene?, digo yo.

¿Me preguntas tú dónde está tu novia?, dice Alfred.

Y mira extrañado a su alrededor, hacia los pintores, hacia unos que saben pintar, hacia otros que no saben pintar, y todos los pintores están allí, mirándome, con ojos brillantes y rojos, y también yo miro a mi alrededor y veo que todos los rostros me miran, de la misma manera, extrañados, y entonces bajo la mirada, hacia una de mis maletas.

Me ha preguntado dónde está su novia, dice Alfred.

Y veo a Alfred mirar a su alrededor, a los pintores noruegos y de todo el mundo, que me rodean en círculos y me miran con ojos brillantes y rojos.

¿Dónde está Helene?, digo yo.

No, ahora vas a tener que presentarnos a tu novia, dice Alfred.

¿Dónde está Helene?, digo yo.

No seas cobarde, dice Alfred.

Y es que Alfred me dijo que Helene estaba en Malkasten, se suponía que él tenía que llevarme con ella, al fin y al cabo ella le había pedido que fuera a buscarme y me trajera a Malkasten.

¿Dónde está?, digo yo.

Miro a Alfred a la cara. Y su rostro es una risa amplia. Y miro a mi alrededor y por doquier veo los rostros interrogantes de los pintores que no saben pintar, los rostros de los pintores que saben pintar, lo que veo son ojos brillantes y rojos que me miran y todos los rostros ríen sin reírse.

¡Ahora vas a tener que mostrarnos a tu novia! Pero ¡si has pedido a todos estos, has pedido a todos estos que vinieran contigo para que saludaran a tu novia!, dice Alfred.

Y Alfred habla en voz muy alta. Alfred no me habla a mí, habla en voz tan alta para que todos lo oigan.

Venga, dice Alfred.

Y yo estoy allí, de pie, entre mis dos maletas, y bajo la mirada y la fijo en una de mis maletas. Y Alfred ha dicho que tengo que presentar a Helene a los pintores noruegos y a los de todo el mundo. Y fue Alfred el que dijo que Helene estaba en Malkasten esperándome. No puedo quedarme así, mientras Helene me está esperando. Tengo que hacer algo. Y doy un paso adelante, entre Alfred y Tidemann, empiezo a caminar, y tanto Alfred como Tidemann se hacen a un lado y Tidemann me mira, me hace un gesto con la cabeza, con semblante amable.

Hola, Hertervig, dice Tidemann.

Y Tidemann me ha hablado y supongo que yo no puedo hablarle, no puedo hablarle al mismísimo Tidemann. Y atravieso el primer círculo de pintores y también atravieso el círculo exterior de pintores y miro hacia delante, echo un vistazo al local. Y entonces vuelve a aparecer Alfred, a mi lado.

¿Es ella?, dice.

Y Alfred señala a una mujer que nunca había visto antes, está sentada con dos hombres a una mesa del fondo del local, tiene el pelo amarillo, recogido en un moño, y tiene unos pechos grandes y pesados que se cimbrean arriba y abajo bajo una blusa blanca con muchas blondas, está allí sentada, riéndole las gracias a uno de sus acompañantes, y él se ríe con ella, y entonces él la rodea por los hombros con su brazo y ella se reclina contra él y le ríe a la cara, y debajo de una blusa blanca con muchas blondas tiene unos pechos pesados que se cimbrean arriba y abajo cuando se ríe. Y yo asiento con la cabeza.

Supongo que es ella, digo.

Y me vuelvo y miro a todos los pintores que no saben pintar, a todos los pintores que saben pintar, y veo que ahora los pintores noruegos y de todo el mundo se dispersan por la sala, y se colocan, uno a uno o en pequeños grupos se colocan y entonces se quedan allí parados, con pitillos y vasos en las manos, con ojos brillantes y rojos, se quedan allí, mirándonos a Alfred y a mí. Y Alfred se vuelve y mira a todos los pintores. Y veo que algunos pintores se vuelven y empiezan a andar por el local. Y Alfred los sigue con la mirada. Y entonces también Alfred empieza a andar por el local. Yo me he quedado parado, viendo cómo los pintores que no saben pintar y algunos que saben pintar se pasean por el local, mientras otros siguen parados, solos o en pequeños grupos, mirándome. Y entonces veo que todos se vuelven, y entonces todos los pintores, los que no saben pintar, los que saben pintar, empiezan a pasearse por el local. Veo a Alfred paseándose por el local, detrás de algunos de los pintores que no saben pintar. Y detrás de Alfred hay otros pintores que atraviesan el local. Y entonces miro hacia la mesa a la que está sentada la mujer con los dos hombres, y ella alza la mirada, me mira.

Ven aquí y siéntate, dice ella. Ven, ven.

Me quedo allí de pie, porque ahora debo encontrar a Helene, se suponía que estaría en Malkasten, eso me dijo Alfred, pero no la veo por ningún lado.

Ven, dice la mujer.

Sí, sí, ven, no pasa nada, dice uno de los hombres.

Pareces necesitar tomar algo, dice el otro.

Ven conmigo, hombre solitario, dice la mujer.

Debes de ser noruego, dice uno de los hombres.

Yo asiento con la cabeza.

Ven, ven, dice ella.

Y la mujer levanta las manos hasta los pechos y me hace una seña para que me acerque a ella, a sus pechos.

Ven, ven, dice.

Y miro sus pechos.

¿No te parecen maravillosos?, dice ella.

Son realmente maravillosos, lo sé muy bien, dice uno de los hombres. Yo también, dice el otro.

Y entonces tanto la mujer como los dos hombres empiezan a reír.

Ven, ven, dice la mujer.

Tengo que irme, digo yo.

No, ven con nosotros, dice ella.

Sacudo la cabeza.

Ven con nosotros y tómate algo, dice la mujer.

Y yo me vuelvo y empiezo a cruzar el local, porque ahora tengo que salir de allí.

¿No te atreves?, dice uno de los hombres.

No es tan peligroso, no tienes más que sentarte, no hace falta que hagas nada más que beber, dice el otro hombre.

¡De Noruega! ¡De Noruega! ¡Tenía que ser de Noruega!, dice la mujer.

Y atravieso el local, entre mis dos maletas, con mi traje de terciopelo lila, con su maldito traje de terciopelo lila, el cuáquero Lars Hertervig atraviesa el local Malkasten, con un traje de terciopelo lila que le ha regalado Hans Gabriel Buchholdt Sundt, el cuáquero Lars Hertervig se dirige a la puerta de Malkasten, eso hago, así es. ¿Y adónde iré ahora? Porque supongo que todos tenemos que estar en algún lugar. Y ahora pronto tendré que pasar por delante de la mesa redonda, a la que están sentados todos los pintores que no saben pintar y sin duda me preguntarán adónde voy. ¿Por qué llevas tus maletas a cuestas? Me preguntarán si me voy de viaje. ¿Me han echado de mi habitación? ¿Vuelvo a Noruega? Me preguntarán y yo atravieso el local, Malkasten, me dirijo hacia la puerta. Y no volveré nunca más a Malkasten. Tengo que reunirme con mi amada Helene. Porque mi amada Helene no puede desaparecer de mi vida así como así. Tengo que volver a encontrar a mi amada Helene. Camino, entre mis dos maletas que me ha regalado Hans Gabriel Buchholdt Sundt, con mi maldito traje de terciopelo lila que me ha regalado Hans Gabriel Buchholdt Sundt, porque es él quien me ha enviado a la Academia de Bellas Artes de Düsseldorf, es a él a quien se le ocurrió que yo tenía grandes e importantes dotes para la pintura, como dijo, yo tenía grandes dotes para la pintura, tan grandes que tenía que formarme como pintor, como pintor paisajista, eso le dijo Hans Gabriel Buchholdt Sundt a Lars Hertervig, a mí. Eso le dijo el mayorista de vinos y armador Hans Gabriel Buchholdt Sundt al cuáquero Lars Hertervig. Me dirijo a la puerta. Y es que Helene no estaba en Malkasten. Había dicho que estaría en Malkasten y luego resulta que no estaba en Malkasten. Helene ha desaparecido. Y seguramente ya no volveré a ver más a Helene. Helene dijo que estaría en Malkasten. Pero luego resultó finalmente que Helene no estaba en Malkasten. Y tengo que volver a ver a mi amada Helene. ¿Dónde estás? Tengo que verte. No tengo adónde ir y supongo que todos tenemos que estar en algún lugar. Y tengo que verte. Atravieso el local, me dirijo a la puerta y de nuevo surgen las risas estridentes, de nuevo me anegan las risas. Atravieso el local, me dirijo a la puerta, en medio de risas estridentes, sigo caminando. Y ahora tendré que pasar por delante de la mesa redonda, por delante de todos los pintores que están sentados a la mesa redonda, hablando y riendo, hablan de Hattarvåg, del cuáquero, de que Hattarvåg tiene una novia imaginaria, de eso hablan, de él, Hattarvåg, dicen y se ríen, y tengo que pasar por delante de la mesa redonda, es que está al lado de la puerta de Malkasten, y ahora tengo que volver a encontrar a mi amada Helene, porque tengo que estar en algún lugar, al fin y al cabo todos tenemos un límite, todos tenemos que estar en algún lugar, y yo atravieso el local, atravieso Malkasten, y miro hacia la mesa redonda y ahora los pintores que no saben pintar vuelven a estar sentados a la mesa redonda, todos los pintores que no saben pintar están ahora sentados a la mesa redonda, tengo que irme, sin más demora, entre mis dos maletas, a través de Malkasten, con

mi maldito traje de terciopelo lila que Hans Gabriel Buchholdt Sundt encargó para mí en una sastrería, del mejor terciopelo, como dijo entonces, camino hacia la puerta y voy a
tener que encontrar a mi amada Helene. Porque Helene debe
de estar esperándome. No puede desaparecer sin más. Me
dirijo a la puerta y por doquier se alzan las risas estridentes y
ahora paso por delante de la mesa redonda. Y los pintores que
no saben pintar me miran. Yo sigo caminando, encorvado.
Miro hacia la mesa redonda y los pintores que no saben pintar están sentados a la mesa redonda y bajan la mirada. Paso
por delante de la mesa redonda y los pintores que no saben
pintar están sentados a la mesa redonda, con la cabeza gacha.
Y nadie dice nada. Me dirijo a la puerta, paso por delante de
la mesa redonda y todos los pintores que no saben pintar están allí sentados con la cabeza gacha y ni uno solo me dice
nada. Me dirijo a la puerta, ahora abandonaré Malkasten y
nunca volveré a entrar en Malkasten. Abandono Malkasten.
Miro hacia la mesa redonda y veo el rostro de Alfred, todos
los demás tienen la cabeza gacha, pero Alfred me mira directamente. Y veo que Alfred se pone de pie. Me detengo delante de la puerta, dejo en el suelo una de mis maletas, abro
la puerta y la mantengo abierta con el hombro y vuelvo a
coger la maleta que había dejado en el suelo y salgo por la
puerta y nunca, nunca, nunca jamás volveré a poner los pies
en Malkasten. Hoy he estado en Malkasten por primera y
última vez. Atravieso la puerta y nunca, nunca más volveré a
entrar donde se reúnen los pintores que no saben pintar, en
Malkasten. Y ya estoy en la escalera, delante de la puerta.
Alzo la vista al cielo. Y ha oscurecido, ya es de noche. Noto
un viento refrescante que sopla contra mi rostro. Bajo la escalera y ya estoy en la calle, entre mis dos maletas, con mi
traje de terciopelo lila, me detengo y me digo que aquí estoy,
y oigo que la puerta se abre y miro hacia la puerta y veo a
Alfred en la puerta, entorna los ojos, me ve. Me vuelvo de
nuevo, miro hacia delante.
    Hertervig, dice Alfred.

Y no quiero volver a hablar con Alfred, ahora lo único que quiero es desaparecer de aquí. Porque ¿quién es Alfred realmente?

Debe de haberse ido, dice él.

Vuelvo a mirar a Alfred, está bajando la escalera.

Pero ¡si no estaba!, dice él.

Y Alfred viene hacia mí.

Pero ahora verás, dice él.

Y Alfred se detiene, me mira.

Ahora verás, dice.

Miro a Alfred.

Te diré una cosa, dice Alfred.

Y no quiero saber lo que Alfred quiere decirme. Porque seguro que no será verdad. Alfred no dice la verdad. ¿Y quién es Alfred, en realidad? No quiero escuchar lo que Alfred tiene que decirme.

Ella me dijo…, dice Alfred.

Y Alfred no acaba la frase, me mira.

Me dijo que si tenía que irse de Malkasten te esperaría, dice él.

Y empiezo a caminar calle arriba, porque no quiero escuchar lo que dice Alfred, de todos modos no dice la verdad, no hace más que parlotear, no dice la verdad. ¿Y quién es, al fin y al cabo, Alfred? ¿Por qué Alfred no hace más que parlotear? Y sigo caminando calle arriba.

¿No quieres saberlo?, me dice Alfred.

Sigo caminando por la calle.

Ella me dijo que podrías encontrarte con ella…, dice Alfred.

Y entonces deja la frase sin acabar y yo sigo andando calle arriba.

Puedes encontrarte con ella en la alameda, ahora, esta misma noche, te esperará, dice Alfred.

Y sigo caminando calle arriba y oigo a Alfred subir la escalera de Malkasten. Sigo caminando calle arriba. Y Helene ha dicho que quiere verme. Tengo que ir a su casa, ha dicho ella.

Helene me espera. Y supongo que no debería quedarme en Malkasten cuando Helene me está esperando. Y el señor Winckelmann no deja en paz a Helene. Tengo que volver a casa. No puedo permitir que Helene se quede a solas con el señor Winckelmann. Al fin y al cabo alquilo una habitación en la casa de la señora Winckelmann, en la Jägerhofstrasse. Pero ya no tengo la llave del edificio y mi amada Helene vuelve a estar en la casa, me está esperando en la casa. Sigo caminando calle arriba. Tengo que volver a casa. Y ahora me dirigiré a la Jägerhofstrasse. Llamaré a la puerta de la Jägerhofstrasse. Volveré a ver a mi amada Helene, y si su tío, si el señor Winckelmann abre la puerta, le diré, simple y llanamente, que quiero ver a Helene, porque Helene y yo somos novios, eso le diré, y luego Helene y yo abandonaremos la casa y nos iremos muy lejos, viajaremos a Noruega, a Stavanger, y nunca volveremos a Alemania. Porque Helene y yo somos novios. Sigo caminando por la calle. Ahora iré a buscar a mi amada Helene y viajaremos a Noruega, a Stavanger. Y una vez estemos en Noruega, pintaré cuadros, pintaré los cuadros más bellos de paisajes envueltos en luz, de nubes en el paisaje, y Helene estará conmigo, Helene estará siempre conmigo. Pronto la señorita Helene Winckelmann y el pintor paisajista Lars Hertervig viajarán juntos a Noruega. Y cuando lleguemos a Stavanger, Hans Gabriel Buchholdt Sundt nos estará esperando en el muelle. Y Hans Gabriel Buchholdt Sundt estará solo en el muelle y cuando nos vea bajar por la pasarela se dirigirá hacia nosotros, a la pasarela. Y entonces exclamará ¡Hertervig! Y entonces el armador y mayorista de vinos Hans Gabriel Buchholdt Sundt volverá a decir ¡Hertervig! ¡Has vuelto a casa! Y me dirá ¡ya eres pintor paisajista! Qué alegría volver a verte. Tienes muy buen aspecto. Y supongo que esta es, dirá él, Helene Winckelmann, de la que tanto me has hablado. Tu prometida, dirá. Y entonces Hans Gabriel Buchholdt Sundt se acercará a Helene Winckelmann, le ofrecerá la mano y le dirá, con recato, con la mirada baja, que él es Hans Gabriel Buchholdt Sundt, armador y mayorista de vinos, eso le dirá, y entonces dirá que Helene Winckelmann es la elegida, la afortunada, que ella es la prometida del brillante talento Lars Hertervig, un hombre del que toda Noruega espera mucho, eso le dirá, el reino entero, sí, eso dirá. Y entonces dirá que lo acompañemos a casa, allí nos aguardan con comida y vino, eso es lo que nos dirá. Y luego recorreremos las calles de Stavanger montados en un coche tirado por caballos. Y entonces el armador y mayorista de vinos Hans Gabriel Buchholdt Sundt nos llevará a unas estancias amplias en su gran casa y nos dirá que si queremos podemos quedarnos a vivir en esas estancias, y a mí me dirá que en una de esas estancias podré pintar, eso es lo que me dirá Hans Gabriel Buchholdt Sundt, y entonces dirá que ahora se retirará para que podamos estar solos, para que podamos acomodarnos, eso dirá. Y entonces mi amada Helene y yo podremos estar a solas, juntos. Voy a buscar a mi amada Helene. Me dirijo a la Jägerhofstrasse y veo el edificio en el que los Winckelmann tienen su casa. Me dirijo a la escalera de la Jägerhofstrasse. Voy a ver a Helene. Porque Alfred ha dicho que Helene me espera, que tengo que ir a la casa de mi amada Helene Winckelmann, ella me está esperando allí, eso ha dicho Alfred. Y entro en el edificio. Subo la escalera. Me detengo delante de la puerta con la placa en la que pone Winckelmann. Y ya no tengo la llave de la casa. Estoy delante de la puerta con la placa en la que pone Winckelmann, entre mis dos maletas, y ahora Helene me está esperando y voy a tener que llamar a la puerta. Y entonces Helene me abrirá la puerta. Y entonces Helene recogerá sus cosas y su ropa. Y entonces Helene y yo nos iremos, inmediatamente, esta misma noche Helene tendrá que hacer las maletas y entonces tendremos que buscar un sitio donde vivir unos días y a la primera ocasión que tengamos viajaremos a Noruega, a Stavanger. Helene Winckelmann y Lars Hertervig dejarán atrás a todos los pintores que no saben pintar, y ni ella ni él volverán jamás a reunirse con pintores que no sepan pintar. Dejo mis maletas en el suelo. Miro la placa en la que pone Winckelmann. Llamo a la puerta. Fijo la mirada en la placa en la que pone Winckelmann. Y luego bajo la mirada a una de mis maletas. Oigo pasos en el pasillo, pasos pesados, ¡oigo pasos pesados en el pasillo! Y es el señor Winckelmann quien viene. Helene no viene, ¡porque es el señor Winckelmann el que viene!, no Helene. El señor Winckelmann abrirá la puerta. Oigo pasos pesados en el pasillo. Y los pasos se acercan cada vez más. Ahora aparecerá el señor Winckelmann. Seguro que vendrá el señor Winckelmann. Y yo estoy delante de la puerta con la mirada fija en una de mis maletas. Y ahora vendrá el señor Winckelmann. Pero tenía que reunirme con Helene, con mi amada Helene. Supongo que no podía irme así como así, porque de hacerlo Helene me habría esperado en vano. No podía irme sin más. Todos tenemos que estar en algún lugar. No podía irme sin más. Y oigo que los pasos pesados se detienen delante de la puerta. Y yo estoy aquí, con la mirada fija en una de mis maletas. Oigo la cerradura girar. Tengo la mirada fija en una de mis maletas. Y tengo que levantar la mirada, tengo que hacer algo, no puedo quedarme así, sin hacer nada, porque seguramente el señor Winckelmann abrirá la puerta y la volverá a cerrar de golpe. Alzo la mirada y oigo que la puerta se abre. Y veo el rostro de la señora Winckelmann y entonces se hace el silencio.

Eres tú una vez más, dice la señora Winckelmann.

Y su voz no es severa y la señora Winckelmann me mira. Acabo de oír la voz de la señora Winckelmann. Porque no puede haber sido la voz del señor Winckelmann, sino la voz clara de Henriette Winckelmann la que me ha recibido.

Tú otra vez, dice la señora Winckelmann.

Y voy a tener que decirle a la señora Winckelmann que tengo que hablar con Helene. O tal vez sea mejor que le diga a la señora Winckelmann que Helene y yo nos vamos, que tenemos que viajar a Noruega, a Stavanger.

¿Te has dejado algo?, dice Henriette Winckelmann.

No.

Entonces, ¿qué es lo que quieres?

Y ahora la señora Winckelmann me ha preguntado qué quiero y entonces supongo que tendré que decírselo, sin más, tendré que decirle que me gustaría hablar con su hija, con Helene, con Helene Winckelmann.

¿Quieres algo en especial?, dice la señora Winckelmann.

Y tengo que decir algo.

Puesto que estás aquí otra vez, dice la señora Winckelmann.

Y miro a la señora Winckelmann a los ojos, y sus ojos son azules. Sus ojos son casi como los ojos de Helene.

Bueno, venga, pasa al vestíbulo, dice la señora Winckelmann. Y cojo mis maletas y entre mis dos maletas paso al vestíbulo y dejo mis maletas en el suelo, una a cada lado de mí. Veo que la señora Winckelmann cierra la puerta de entrada. Y entonces la señora Winckelmann se vuelve hacia mí, me mira con dureza y oigo que la señora Winckelmann dice que tendré que contarle qué es lo que pasa. Eso me dice y yo vuelvo a bajar la mirada hacia una de mis maletas. Y ahora supongo que debería decirle qué es lo que quiero, por qué he vuelto, ahora debería decirle que he vuelto para llevarme a Helene, para que ella y yo podamos viajar a Stavanger, a Noruega. Tengo que decirlo ya, ahora mismo. No puedo quedarme aquí sin decir nada, con la mirada clavada en una de mis maletas. Tengo que decir por qué he vuelto.

Solo quería…, digo.

¿Sí?

Solo quería que…

¿Solo querías…?

Solo quería…

Dilo ya de una vez.

He pensado que tal vez Helene…

¿Helene?

Sí, que Helene podría…

¡Solo tiene quince años, amigo mío!

Y la voz de la señora Winckelmann se ha tornado muy severa.

Que Helene y yo podríamos…

Sí, dice la señora Winckelmann.

Y entonces oigo al señor Winckelmann preguntar quién es

y su voz se posa sobre la mía y ya no puedo decir nada más, ahora voy a tener que quedarme en el pasillo y voy a tener que hablar con Helene, ahora mismo. Y aquí estoy, con la mirada fija en una de mis maletas. Y oigo una puerta que se abre y oigo pasos pesados que se acercan por el pasillo y entonces oigo decir al señor Winckelmann ¡ya me lo imaginaba yo! Tenía que volver, sí, dice, y oigo que los pasos del señor Winckelmann se acercan cada vez más y dice que lo estaba esperando, eso dice, y no debo escuchar lo que dice el señor Winckelmann, y entonces dice que yo soy así, sabía que yo era así, lo supo desde el principio, dice, y el señor Winckelmann se acerca por el pasillo y se detiene delante de mí y yo no levanto la vista, simplemente clavo la vista en una de mis maletas.

¿Y ahora qué es lo que quieres?, dice el señor Winckelmann.

Todavía no me lo ha dicho, dice la señora Winckelmann.

Si no es nada, dice el señor Winckelmann. ¿Qué es lo que quieres?

Y no logro decir nada, no puedo hacer otra cosa que quedarme allí de pie, soy incapaz de decir nada.

¿Qué es lo que quieres ahora?, dice el señor Winckelmann.

Y no soy capaz de decir nada. ¿Y dónde está mi amada Helene? Si he venido hasta aquí es porque tengo que ver a mi amada Helene, ella me está esperando, quiere que me reúna con ella, me ha pedido que me reúna con ella, eso me ha dicho Alfred, y también otros me han dicho que Helene está esperando que vuelva a su casa, son muchos los que lo han dicho, todos me dicen que Helene está esperando que me reúna con ella y ahora pronto voy a tener que reunirme con Helene.

¡Contesta de una vez, hombre! ¿Por qué has vuelto?, dice el señor Winckelmann.

Y el señor Winckelmann está delante de mí, mirándome de arriba abajo.

¿Qué es lo que quieres?, dice el señor Winckelmann.

¿Y dónde está Helene? Supongo que pronto Helene acudirá a mi lado. Porque, ¿dónde está Helene? Pronto tendrá que venir.

Ya no vives aquí, ¡si has venido hasta aquí es porque sabrás por qué has venido! ¡Noruego chiflado!, dice el señor Winckelmann.

Helene, ella…, digo.

¡Helene!, dice el señor Winckelmann. ¡Si hay alguien a quien no volverás a ver jamás, esa es precisamente la que lleva el nombre que acabas de pronunciar! ¡Helene! ¡Helene! ¿Qué pasa con ella si puedo preguntártelo?

Helene me está esperando, digo.

¿Lo has oído, madre? ¡Helene lo está esperando! ¿De veras? Y el señor Winckelmann empieza a reír y veo que sacude la cabeza de un lado a otro y entonces dice ¿o sea que ella te está esperando?, dice, y luego dice, no, madre, esto no puede ser, este hombre está loco, ¡sácalo de aquí!, dice y el señor Winckelmann se acerca a la puerta y la entreabre. El señor Winckelmann me mira.

Has oído lo que te he dicho, fuera, dice el señor Winckelmann.

Y el señor Winckelmann ha dicho que tengo que salir de allí y yo me he quedado paralizado, con la mirada fija en una de mis maletas. Y ahora Helene va a tener que venir pronto, porque tiene que acompañarme a Stavanger, a Noruega, y ya no puedo quedarme así por más tiempo, porque pronto aparecerá Helene.

¡Venga! ¡Venga!, dice el señor Winckelmann.

Esto ya pasa de castaño a oscuro, dice la señora Winckelmann.

Coge tus maletas de una vez y lárgate, dice el señor Winckelmann.

Sí, haz el favor, vete ya, dice la señora Winckelmann.

Y bajo la mirada hacia una de mis maletas y ahora tendré que irme y veo que el señor Winckelmann mira a la señora Winckelmann.

Voy a buscar a la policía, dice el señor Winckelmann.

No, no lo hagas, dice la señora Winckelmann.

Esto no puede ser, dice el señor Winckelmann.

No creo que sea necesario, dice la señora Winckelmann.

Hay que pararlo, dice el señor Winckelmann. Dame el abrigo, dice.

Y veo a la señora Winckelmann acercarse a un armario y sacar un abrigo, se dirige hacia el señor Winckelmann, le ofrece el abrigo.

¿Realmente crees que es necesario?, dice la señora Winckelmann.

Sí, sí, dice él. Vas a tener que vigilarlo hasta que volvamos, dice.

Y el señor Winckelmann se pone el abrigo y abre la puerta principal y sale y la cierra tras de sí de golpe. Y el señor Winckelmann ha dicho que va a ir a buscar a la policía y yo me he quedado paralizado, con la mirada fija en una de mis maletas. Y supongo que debería hablar con Helene. ¿Y qué ha sido de Helene, dónde está? Y ahora el señor Winckelmann ha ido a buscar a la policía, acaba de decir que iba a buscar a la policía, porque esto no podía ser, eso ha dicho, y entonces le ha pedido a la señora Winckelmann que le diera el abrigo y ella ha preguntado si realmente era necesario y entonces el señor Winckelmann se ha puesto el abrigo y se ha ido y ahora yo me encuentro en el pasillo y ¿dónde está mi amada Helene?

Helene, digo.

¿Sí?, dice la señora Winckelmann.

¿No está en casa?, digo.

Y veo que la señora Winckelmann sacude la cabeza.

¿No quieres irte?, dice la señora Winckelmann.

Pero Helene…, digo.

Sí, sí, dice la señora Winckelmann.

¿Helene no está en casa?, digo yo.

Tranquilo, tranquilo, dice la señora Winckelmann.

¿No está en casa?, digo yo.

Vete ya, dice ella. Haz el favor de irte, dice ella.

Sí, pero…, digo yo.

¿No te das cuenta de que lo ha dicho en serio? Ha ido a

buscar a la policía, pueden arrestarte, de veras, vete ya, dice la señora Winckelmann.

Y yo asiento con la cabeza.

A lo mejor aparecen enseguida, dice ella.

Y la señora Winckelmann se aleja y abre la puerta y escucha. Me hace un gesto con la cabeza.

Venga, vete ya, coge tus maletas y vete, dice ella.

Y no puedo irme así como así, porque tengo que hablar con Helene. Tengo que hablar con mi amada, con mi amada Helene, ¿por qué no puedo quedarme aquí sin hacer nada? Ahora voy a tener que irme y entonces no voy a poder hablar con Helene. ¿Y adónde iré? Supongo que tendré que ir a algún lugar.

Pero es que Helene me ha pedido que vuelva, digo yo.

¿Y pretendes que me lo crea?, dice la señora Winckelmann.

Hago un gesto afirmativo con la cabeza.

No vas a conseguir que me lo crea, dice la señora Winckelmann. Sé bueno y vete ya.

Pero…

Vete ya.

Sí.

Vete antes de que llegue la policía, por tu propio bien.

Pero si no he hecho nada malo.

No, tal vez no, pero ya no vives aquí. Sé bueno, vete ya.

Y veo a la señora Winckelmann mantener la puerta abierta y ya me ha dicho varias veces que tengo que irme, porque no puedo quedarme aquí en el pasillo con ella y además, Helene no quiere verme, me ha dicho la señora Winckelmann. ¿Y cómo puede decirme eso, cuando yo sé que Helene, mi amada Helene, quiere verme? Y aun así la señora Winckelmann ha dicho que Helene no quiere verme.

Ahora vienen, dice ella. Ya lo oyes. Vete ya.

Y supongo que tendré que quedarme aquí, no puedo irme ahora. Y es que vivo aquí. Y veo a la señora Winckelmann cerrar la puerta y mirarme.

Me pregunto cómo te irán las cosas, dice ella.

Y la señora Winckelmann empieza a caminar por el pasillo y entonces se detiene y se vuelve hacia mí y me dice que me vaya bien, y que tengas suerte, dice ella, y veo a la señora Winckelmann que sigue caminando por el pasillo y la veo abrir la puerta del salón y veo a la señora Winckelmann entrar en el salón y cerrar la puerta y entonces oigo voces que provienen de la escalera, y oigo al señor Winckelmann decir que estoy en el pasillo y otra voz contesta que todo irá bien y yo me he quedado paralizado, mirando hacia la puerta principal, y oigo pasos pesados que se aproximan. Así pues el señor Winckelmann ha encontrado a alguien dispuesto a echarme de allí, así pues ha bajado a la calle y ha encontrado a alguien y ahora me echarán a la calle. El señor Winckelmann ha ido a buscar a un agente de policía y ahora me echarán a la calle.

Eso espero, sí, dice el señor Winckelmann.

No hay problema, dice la otra voz.

Y veo que la puerta principal se abre y entonces veo al señor Winckelmann que sostiene la puerta.

Allí, dice él. Allí está. Allí lo tiene.

Y el señor Winckelmann hace un gesto con la cabeza hacia el pasillo, hacia mí, y veo aparecer a un agente de policía en la puerta, y se parece al señor Winckelmann, los mismos ojos negros, la misma barba negra, el mismo rostro redondo y enrojecido, y ahora seguramente el agente de policía me echará a la calle, el señor Winckelmann ha ido a buscar a un agente de policía para que me eche a la calle.

Sí, sí, dice el agente de policía.

Aquí está, dice el señor Winckelmann.

Y veo al agente de policía entrar en el pasillo y entonces empieza a caminar hacia mí y bajo la mirada hacia una de mis maletas y veo que el señor Winckelmann mantiene la puerta principal abierta y oigo que el agente de policía dice que el joven debe levantar la mirada, dice que tengo que irme ahora mismo, porque no puedo quedarme más tiempo aquí y yo me agacho y cojo mis dos maletas ¡y no tengo por qué levantar la mirada! ¡Seguiré mirando al suelo! ¡Voy a seguir mirando al suelo! ¡No pienso levantar la mirada! Y me dirijo hacia la puerta y paso por delante del señor Winckelmann y ahora voy a tener que irme, porque me parece que ya no puedo mirar a nadie, porque ahora tengo que irme, ya no puedo mirar a nadie, porque ahora no me queda más remedio que irme, tengo que irme y me dirijo a la puerta que el señor Winckelmann mantiene abierta y salgo por la puerta y ahora voy a tener que ir a algún sitio, a algún sitio tendré que ir, y salgo por la puerta entre mis dos maletas y oigo que el agente de policía dice que todo ha ido bien y el señor Winckelmann dice que tal vez todo haya ido demasiado bien y el agente de policía dice que no cree que yo vaya a volver y yo bajo la escalera y el agente de policía dice que si vuelvo no me abran la puerta y yo bajo por la escalera entre mis dos maletas y bajo por la escalera de la casa y ya no oigo lo que dicen el agente de policía y el señor Winckelmann y bajo por la escalera y voy a tener que ir a algún sitio, no sé muy bien adónde iré, pero voy a tener que ir a algún sitio, camino entre mis dos maletas, y ahora tengo que encontrar a mi amada Helene y luego tendré que ir a algún sitio, porque todos tenemos que estar en algún lugar y también yo tengo que estar en algún lugar, y salgo a la calle, y todo está oscuro, y voy a tener que meterme en algún sitio, porque tampoco puedo no estar en ningún sitio, y supongo que tendré que subir a la alameda, camino entre mis dos maletas y voy a tener que ir a algún sitio, camino entre mis dos maletas y supongo que tendré que subir a la alameda, porque ahora supongo que no puedo... Y las telas negras y blancas, mi padre, y luego Elizabeth, mi querida hermana Elizabeth, ¿dónde estará mi querida hermana Elizabeth, dónde se habrá metido mi querida hermana Elizabeth?

Sanatorio de Gaustad, mañana, Nochebuena de 1856: las gaviotas graznan. Y las gaviotas tienen que graznar, porque eso quiere decir que todo va bien. Cuando no puedo dormir, me gusta que las gaviotas graznen. Quiero que las gaviotas graznen. Y veo las gaviotas planear en el cielo, de pronto se dejan caer en picado, contra el espejo del agua, meten el pico en el agua y las gaviotas remontan el vuelo lentamente, subiendo hacia las nubes. No puedo dormir. Y cuando no puedo dormir es bueno que las gaviotas graznen, si abro los ojos no veo nada y oigo las gaviotas graznar y veo las gaviotas atravesando el cielo en vuelo pausado. No puedo dormir. Estoy echado en la cama, en el dormitorio, en la sexta cama contando desde la puerta, y no puedo dormir. Y a mi derecha, en la hilera de camas, hay dos camas más. Las gaviotas graznan. No puedo dormir y entonces las gaviotas tienen que graznar. Ahora las gaviotas graznan. Grazna una gaviota, graznan muchas gaviotas. Estoy echado en la sexta cama y no puedo dormir y al lado de la puerta duerme el guardián Hauge, estoy echado en la sexta cama y oigo las gaviotas graznar. Veo una gaviota ascender al cielo en vuelo lánguido, la veo atravesar el cielo, hacia las montañas. Estoy echado en la cama, escuchando el graznido de las gaviotas. Estoy echado en la sexta cama, escuchando el graznido de las gaviotas. Veo mar azul y cielo azul, y las gaviotas. Escucho la respiración de los demás. Y me veo a mí mismo de pie, en la bajamar, con mis artilugios de pintura y miro hacia las gaviotas. Y bajo la mirada, hacia las pequeñas olas que empujan una y otra vez los cantos rodados en la bajamar. Miro hacia las olas. Veo gaviotas en el cielo. No veo ni una sola nube, solo gaviotas, blancas contra el azul del cielo. Y de pronto el cielo se oscurece. Y las gaviotas vuelan con sus graznidos por el cielo oscuro. Ya no puedo pintar. Soy pintor, pero no puedo pintar. El doctor Sandberg ha dicho que no puedo pintar, mientras esté bajo tratamiento en el sanatorio de Gaustad no podré pintar, me ha dicho, y yo le he dicho que tal vez no sea por culpa de la pintura por lo que me he vuelto loco, eso le he dicho al doctor Sandberg, tal vez he pasado demasiado tiempo contemplando paisajes a la luz del sol, le he dicho al doctor Sandberg y él me ha dicho que mientras esté en el sanatorio de Gaustad no volveré a pintar, durante este tiempo tendré prohibido pintar, y tuve que entregar mi material de pintura al ingresar, me lo devolverán el día que me den el alta. Ahora soy un pintor que no puede pintar. Y entonces no me queda otro remedio que escuchar las gaviotas. Pero yo soy pintor, y me gustaría pintar, porque si no me dejan pintar nunca volveré a ponerme bien, creo incluso que empeoraré. Tengo que pintar. Tengo que escuchar las gaviotas. Tengo que ver las gaviotas volar por el cielo. Pero el guardián Hauge nunca me dejaría pintar. Tengo que escuchar las gaviotas. El guardián Hauge se pasea por ahí con las llaves colgando a un lado. Estoy en el sanatorio de Gaustad y el doctor Sandberg ha dicho que no podré pintar mientras esté ingresado en el sanatorio de Gaustad, me lo ha dicho a mí y se lo ha dicho al guardián Hauge, no estoy en el sanatorio de Gaustad para pintar, estoy en el sanatorio de Gaustad para ponerme bien y por tanto no voy a poder pintar más, no mientras esté en el sanatorio de Gaustad. Y por tanto tendré que contemplar las gaviotas. Tendré que escuchar el graznido de las gaviotas. Y no debo contarle a nadie que miro y escucho las gaviotas, porque entonces también me lo prohibirán. No puedes mirar ni escuchar las gaviotas, me dirá el doctor Sandberg. Y lo que dice el doctor Sandberg es lo que se hace. Yo y todos los demás que están ingresados en el sanatorio de Gaustad tenemos que hacer lo que manda el doctor Sandberg. No me dejan pintar. Escucho las gaviotas. Y retiro la nieve. Me pondré bien si no pinto y si retiro la nieve. Y sin duda me pondré bien retirando nieve. He enfermado por pintar, porque he pasado demasiado tiempo contemplando paisajes a la luz del sol. Y es así como he enfermado, tengo que creer que sé que es así. Y tampoco puedo dormir. Supongo que también por eso he enfermado. Escucho las gaviotas. Veo las gaviotas. Estoy echado mirando las gaviotas planear en un vuelo pausado por el cielo, se dejan caer, en una caída repentina, hacia el espejo del agua y de pronto meten, bruscamente, en mitad de un largo planeo, el pico en el agua, y entonces las gaviotas vuelven a deslizarse por el cielo con algo en el pico que desaparece al instante. Veo gaviotas todo el tiempo. Y quiero ver gaviotas todo el tiempo. No quiero ver nubes, ni barcos, ni gente, solo quiero ver gaviotas, quiero ver gaviotas una y otra vez, quiero ver gaviotas, grandes bandadas de gaviotas, e intento lo mejor que puedo solo ver gaviotas, cuando se posan en un escollo, cuando vuelan por el cielo, cuando se sumergen y atrapan algo para comer. Quiero ver gaviotas. Veo gaviotas. Escucho gaviotas. También cuando abro los ojos y echo un vistazo al oscuro dormitorio, donde la oscuridad es tan densa que no se distingue nada, veo gaviotas. No quiero ver nada que no sean gaviotas. Y ahora es de noche, o tal vez sea temprano por la mañana. Estoy echado en la cama y no puedo dormir. Algunas noches duermo, otras las paso echado sin poder dormir, y entonces contemplo gaviotas y si no veo gaviotas, intento obligarme a ver gaviotas. Cuando no puedo dormir, contemplo las gaviotas. Me echo en la cama y observo las gaviotas, escucho las gaviotas, hasta que nos despiertan, y todos los ocupantes del dormitorio tenemos que levantarnos, quiero quedarme en la cama viendo y escuchando gaviotas. Y lo que más me gustaría sería quedarme en la cama todo el día mirando gaviotas, no solo de noche, sino también de día me gustaría quedarme echado en la cama mirando gaviotas, eso hubiera hecho de no haber sido porque el guardián Hauge siempre está allí para sacarnos a nosotros, los ocho locos, de la cama. Porque de la cama tenemos que salir. El guardián Hauge no se rinde. Estoy echado en medio de la densa oscuridad del dormitorio, contemplando las gaviotas, y no debo pensar en Helene, ni en Gina, ni en Anna, no debo pensar en ninguna mujer, porque todas son rameras en las que no debo pensar, ni siquiera en ti, mi amada Helene, debo pensar, pero a tu lado, a tu lado, mi amada, mi amada Helene, volveré algún día, lo sé, Helene, volveré a tu lado, tómame la palabra, iré, solo tienes que esperarme, mi amada Helene, y yo acudiré a tu lado y no debo pensar en ti, ni siquiera en ti, mi amada Helene, debo pensar, en todo caso no debo tener esta clase de pensamientos y no debo pensar, lo único que debo hacer es contemplar y escuchar las gaviotas. Ahora no veo gaviotas y tengo que ver gaviotas. Ahora las gaviotas han desaparecido. Van a tener que volver las gaviotas. Si no vuelven las gaviotas, tendré que llevarme la mano a la entrepierna, tocarse entre las piernas, como suele decirlo el doctor Sandberg, si no vuelvo a ver las gaviotas pronto tendré que tocarme un poco entre las piernas, y no debo llevarme la mano a la entrepierna, tocarme allí, entre las piernas, dice el doctor Sandberg, y voy a tener que tocarme un poco entre las piernas, solo un poco, porque nadie se dará cuenta, ni siquiera el doctor Sandberg, que, cuando llegué aquí, me dijo que no debía tocarme allí abajo, entre las piernas, si entiendo lo que me está diciendo, dijo, y yo dije que no le entendía, y entonces el doctor Sandberg se rió larga y tendidamente y me dijo que eso era bueno, que así debería ser toda la gente, eso dijo el doctor Sandberg, bien, bien, dijo el doctor Sandberg, le parecía fenomenal que yo no entendiera lo que quería decirme, eso era bueno. Pero voy a tener que tocarme un poco entre las piernas. Sigo tocándome entre las piernas, aunque el doctor Sandberg ha dicho que no debo hacerlo. Tengo que llevarme la mano a la entrepierna. Me toco entre las piernas, rodeo con cuidado mi verga con la mano y ya está un poco dura. Aprieto mi verga con la mano. Sostengo mi verga en la mano y noto que la verga crece en mi mano. Tengo que sujetar mi verga con la mano. Tengo que mantener la mano en la entrepierna. Noto que mi verga se hace grande e inmensa entre mis piernas. Sujeto mi verga con la mano. Y supongo que el doctor Sandberg no sabe que ya no soy bueno con mi amada Helene. Ya no acaricio el pelo de mi amada Helene. Ya no estoy sentado en el borde de la cama mirando a Helene que me da la espalda con su vestido blanco, que está mirando por la ventana. Ahora me estoy tocando entre las piernas. Estoy echado en la sexta cama tocándome entre las piernas. Y tengo que dejar de hacerlo, porque el doctor Sandberg ha dicho que te pones enfermo si te tocas entre las piernas, tal vez esa sea la razón por la que he enfermado, porque me he tocado entre las piernas, eso ha dicho el doctor Sandberg, y yo me he tocado tan a menudo entre las piernas que seguramente sea esa la razón de mi locura, y ahora que me he vuelto loco y estoy ingresado en el sanatorio de Gaustad, ya no podré pintar y es porque me he tocado tanto entre las piernas por lo que ya no me dejan pintar, por eso no debo seguir tocándome entre las piernas, pero ya me he tocado allí tantas veces, y no solo me he llevado la mano a la entrepierna, no, no solo eso, supongo que he hecho tantas cosas con mi mano entre las piernas, lo sigo haciendo, una y otra vez, me habré llevado las manos a la entrepierna varias veces al día, tanto de día como de noche. Y ahora mi verga está grande y gruesa entre mis piernas, la verga se yergue sobre mi barriga y sujeto mi verga en la mano. Mantengo mi mano allí abajo, entre mis piernas. Y no debo sujetar mi verga en la mano, no debo hacerlo, porque si lo hago nunca volveré a estar bien y entonces tampoco volveré a pintar y pintar es lo único que quiero hacer, me he puesto enfermo por llevarme la mano a la entrepierna, ha dicho el doctor Sandberg, y no debo llevarme la mano a la entrepierna, me ha dicho, está mal, va contra mí, contra los demás, contra la ley y la palabra de Dios. Va contra la naturaleza, ha dicho el doctor Sandberg. Está mal, en pocas palabras, me ha dicho él. Mantengo la mano en la entrepierna. Y tengo que retirar la mano. Y debo pensar en las gaviotas. No debo pensar en lo que ha dicho el doctor Sandberg, tengo que retirar la mano de allí. Tengo que volver a pintar, tengo que volver a pintar nubes, árboles y álamos, grandes montañas. Porque yo soy pintor, soy el pintor paisajista Lars Hertervig, alumno del mismísimo Hans Gude, formado en la Academia de Bellas Artes de Düsseldorf, Soy artista, pintor. Soy el pintor Lars Hertervig. Yo sé pintar. No debo tocarme entre las piernas. Tengo que pensar en gaviotas. Tengo que pintar. Y no me dejan pintar y si es así, ¿qué más da si me toco entre las piernas? Y no puedo dormir. Estoy echado en la sexta cama. Estoy en el sanatorio de Gaustad. Soy el pintor Lars Hertervig y no puedo dormir. He contemplado demasiados paisajes a la fuerte luz del sol, por eso me he vuelto loco y por eso ahora me encuentro en el sanatorio de Gaustad, y no puedo hacer otra cosa que quedarme echado en la sexta cama, mirando el oscuro dormitorio que ahora está tan oscuro que apenas se distingue nada. Estoy echado con la mano alrededor de mi verga. Y tengo que pintar, eso es lo que tengo que hacer, y tengo que quedarme echado en la sexta cama, y supongo que eso es lo único que debo hacer, estar echado en la sexta cama, yo, yo que soy Lars Hertervig y alumno de Hans Gude en la Academia de Bellas Artes de Düsseldorf, tiene ahora que quedarse echado en la sexta cama, y no debo tocarme allí entre las piernas, no debo mantener la mano entre las piernas y no debo tocarme entre las piernas y no debo pensar en Helene, mi amada Helene, no debo verla de pie delante de la ventana, de espaldas a mí, está delante de la ventana, con su vestido blanco, de espaldas a mí, ella está delante de la ventana y se suelta el pelo, entonces se vuelve hacia mí y no debo tocarme entre las piernas, porque el doctor Sandberg me ha dicho que no debo tocarme entre las piernas, si lo hago, no volveré a ponerme bien y entonces ya no me convertiré en un gran pintor, ha dicho el doctor Sandberg, por eso no debería tocarme entre las piernas, y tengo que calmarme por dentro, tengo que vaciarme por dentro, tengo que quedarme tranquilo y vacío por dentro, y así la luz que está allá fuera podrá empezar a brillar en mi interior, porque hasta que no me quede tranquilo y vacío por dentro, la luz no podrá empezar a brillar también en mi interior, tengo que quedarme tranquilo y vacío, no debo preocuparme, tengo que calmarme por dentro, tengo que convertirme en la luz que brilla en mi interior, tengo que convertirme en una luz que no quiere nada, tengo que quedarme sentado tranquilamente en mi silla, en el círculo de sillas que ocupan unos hombres que no dicen nada, en la casa blanca de los cuáqueros de Stakland, tengo que quedarme sentado al lado de mi padre, entre los demás cuáqueros que también están sentados en medio de la luz, tengo que quedarme sentado tranquilamente, con los ojos cerrados, y toda la agitación y el ajetreo que me atraviesa en todas direcciones se reunirá formando líneas rectas, y luego también las líneas desaparecerán y me quedaré vacío y blanco y tranquilo por dentro, me vaciaré de todo lo que se puede ver y de todo lo que se puede pensar, y me quedaré allí sentado, en la pequeña casa blanca de los cuáqueros de Stakland, vacío, tranquilo, estaré allí sentado, sin sentido y fuera de este mundo, con la luz en mi interior, la luz que también se puede ver en el cielo, en las nubes, la luz que yo veo y sé pintar, la que nadie más sabe pintar, con esa luz en mi interior me quedaré sentado en la silla, al lado de mi padre, si dejo de tocarme allí abajo entre las piernas, supongo que podré sentarme en medio de la luz y entonces podré volver a pintar, pero no podré volver a pintar, estoy loco, estoy en un manicomio, y no volveré a pintar, y el doctor Sandberg ha dicho que no debo tocarme entre las piernas y no debo hacerlo, porque lo que ahora quiero hacer con Helene no es bueno ni suave, sino duro, no quiero acariciarle el pelo, no lo haría si Helene, si esa repugnante fulana, la que está liada con su tío, ¡con el señor Winckelmann! ¡Está liada con su tío, con el señor Winckelmann! ¡Helene, eso no, mi amada Helene! ¡No te pongas así! Y oigo al señor Winckelmann jadear anhelosamente. Y no debes hacerlo, no lo hagas, eso no, mi amada Helene. Y yo no debo tocarme entre las piernas, me lo ha dicho el doctor Sandberg, y no debo hacerlo. Y allí estás tú, maldita puta, arrodillada ante el señor Winckelmann. Y Helene es una maldita puta. ¿Y he oído pasos? ¿Se acerca alguien? Y ahora tengo que cogerte, venga o no venga nadie. Tengo que cogerte. A ti, maldita puta. Aunque nunca vuelva a recuperar la salud tengo que cogerte. ¿No han sido pasos lo que he oído? No debo tocarme de esta manera, entre las piernas. No puedo estar loco, tengo que recuperarme, tengo que pintar. Soy pintor y tengo que pintar. No debo tocarme así entre las piernas. Tengo que escuchar el graznido de las gaviotas. ¿Y he oído pasos? Y he oído pasos, y aun así tengo que poseerte. Las gaviotas tienen que graznar. Y ahora tengo que quedarme echado en la cama tranquilamente. No debo moverme de esta manera. Y mi respiración es tan acelerada. Cierro la mano con fuerza alrededor de mi verga y la subo y la bajo, alrededor de mi verga, y no debo hacerlo, no debo tocarme de esta manera entre las piernas, así nunca me recuperaré y entonces no podré volver a pintar jamás. Escondo la cabeza debajo del edredón. Y ahora tengo que volver a ver las gaviotas. Y no consigo quedarme quieto, echo la cabeza hacia atrás y abro la boca. Estoy echado en la sexta cama y estoy loco y supongo que nunca me recuperaré, nunca, no volveré a pintar nunca más, nunca más, y supongo que lo sé. Nunca podré volver a pintar. Nunca volveré a estar bien. Tendré que quedarme en el sanatorio de Gaustad, retirando nieve, y nunca me darán permiso para volver a pintar. Y no debo tocarme así entre las piernas. ¡Y amada Helene! Ya no más, mi amada Helene. Ahora ya no más. Tienes que rendirte, ahora, ya no más, ¿verdad, mi amada Helene? Y es que eres una maldita puta y tengo que penetrarte, voy a tener que penetrarte con todas mis fuerzas. Y no debo tocarme allí abajo, entre las piernas, si lo hago no me pondré bien, eso es lo que me ha dicho el doctor Sandberg. Ahora tengo que contemplar las gaviotas. Y en la cama que hay al lado de la puerta duerme el guardián Hauge. Y ahora tendré que rendirme. Supongo que no debería seguir tocándome entre las piernas. Y Helene. Tienes que dejarme, Helene. Tengo que liberarme. Tengo que pintar. Y tengo que rendirme. Tengo que ver las gaviotas y escuchar sus graznidos. Y no debo tocarme allí abajo, entre las piernas, tengo que retirar las manos, tengo que posar las manos encima del edredón. No debo tocarme entre las piernas. Y oigo al guardián Hauge decir venga, Hertervig. Y el guardián Hauge me habla. Mientras yo estoy echado en la sexta cama, tocándome entre las piernas, el guardián Hauge me habla. Y tengo que dejar de tocarme entre las piernas. Suelto mi verga. Y tengo que cubrir mi verga. Se ha hecho de día. Y el guardián Hauge me ha hablado y sabe que me he tocado entre las piernas. El guardián Hauge está al lado de mi cama y me ha dicho tranquilo, tranquilo, Hertervig. Tengo que cubrirme la verga con las manos. Y me he tocado entre las piernas y ahora el guardián Hauge está al lado de mi cama y sabe lo que he hecho y por eso me ha dicho, tranquilo, Hertervig, tranquilo, y yo he dejado de tocarme entre las piernas, y ahora el guardián Hauge me arrancará el edredón y tengo que cubrirme la verga, porque es posible que el guardián me arranque el edredón, lo ha hecho tantas veces que ya no me importa si lo vuelve a hacer una vez más. El gran guardián Hauge. Un hombre grueso. El guardián Hauge nos despierta a mí y a los demás cada mañana. Y ahora seguramente entrará la luz en el dormitorio, seguramente esté encendida la lámpara al lado de la puerta. Y tengo que cubrirme la verga con las manos, porque el guardián Hauge no debe ver mi verga, y oigo que el guardián Hauge dice no, otra vez no, Hertervig, dice, y tengo que quedarme con la cabeza oculta bajo el edredón, no debo sacar la cabeza, no debo mirar al guardián Hauge, y vuelvo a oír al guardián Hauge decir no, no, otra vez no, y el guardián Hauge habla en voz baja. Y cuando el guardián Hauge dice otra vez no es porque el guardián Hauge sabe lo que he hecho. Pero es que no he hecho nada. Y el guardián Hauge no me ha arrancado el edredón. El guardián Hauge me está hablando, en voz baja. El guardián Hauge sabe lo que he hecho, que me he tocado entre las piernas.

¿Es que no eres capaz de dejar de hacerlo?, dice el guardián Hauge.

Y no debo decir nada, lo único que debo hacer es esconder la cabeza bajo el edredón, no debo asomar la cabeza, y debo cubrirme la verga con las manos, porque esta vez el guardián Hauge no ha sido tan cuidadoso al hablar y alguien podría oír lo que dice, al menos Helge, que ocupa la cama contigua, y el guardián Hauge no debe ver lo grande y gruesa que tengo la verga. Y el guardián Hauge dijo que yo no quiero rendirme cuando se acercó a mi cama, lo ha dicho en voz baja pero aun así su tono de voz es airado, habla en voz baja para que nadie oiga lo que dice, pero todos lo oyen, todos se despiertan cuando el guardián Hauge atraviesa el dormitorio. Y ahora la luz está encendida. Y seguramente todos han oído lo que el guardián Hauge ha dicho. Y yo no he hecho nada malo.

Ya estoy harto de esto, dice el guardián Hauge.

Y no puedo hacer otra cosa que ocultar la cabeza debajo del edredón, no debo mirar hacia el guardián Hauge, porque lo más probable es que él, de todos modos, nunca llegue a entender que es porque todas las mujeres son unas putas por lo que me veo obligado a tocarme entre las piernas. La culpa es de las mujeres. Yo no he hecho nada malo. Son las mujeres las que han hecho algo malo. Y seguramente el guardián Hauge no entienda nada. Y el guardián Hauge habla en voz baja, pero seguramente todos hayan oído lo que dice. Y, sin duda, Helge, que ocupa la cama contigua, habrá oído lo que ha dicho el guardián Hauge.

En cuanto tienes ocasión, la aprovechas para llevarte las manos ahí abajo, dice el guardián Hauge.

Y no pienso contestar al guardián Hauge. Estoy echado en la cama, cubriéndome la verga con las manos. Lo que tengo que hacer es cubrirme la verga con las manos, y el guardián Hauge puede arrancarme el edredón si así lo desea, de todos modos no verá nada, el guardián Hauge.

Ya es de día, son las seis, dice el guardián Hauge.

Y ahora ya se ha hecho de día y supongo que no he dormido, ni tampoco me he tocado entre las piernas. El guardián

Hauge puede decir lo que quiera, pero yo no me he tocado entre las piernas.

Ya no sé las veces que te he pillado haciéndolo, dice el guardián Hauge.

Y lo único que puedo hacer es mantener la cabeza debajo del edredón, aunque ahora seguramente el guardián Hauge se haya inclinado sobre mi cama.

Deja ya de hacer payasadas, no puedes estar echado en la cama como un niño pequeño, seguro que no te pones bien si sigues así dice el guardián Hauge.

Y supongo que tengo que dejar que el guardián Hauge siga hablando. Y entonces el guardián Hauge agarra mi edredón y no debo resistirme sujetándolo, debo quedarme tranquilamente en la cama y dejar que el guardián Hauge me arranque el edredón. Y noto que el guardián Hauge ha agarrado mi edredón. Y es que sabía que me arrancaría el edredón, y ahora voy a tener que cerrar los ojos para no mirar al guardián Hauge, tengo que quedarme echado tranquilamente y cubrirme la verga con las manos, no debo hacer nada, lo único que debo hacer es quedarme echado en la cama tranquilamente, cubriéndome la verga con las manos, para que el guardián Hauge no pueda ver lo grande y gruesa que tengo la verga, y el guardián Hauge ha agarrado mi edredón.

¡Si te bañaste ayer y todo! Desde luego, vaya tipo, dice.

Y lo único que debo hacer es mantener los ojos cerrados y no mirar al guardián Hauge, que está inclinado sobre la cama, agarrando mi edredón, y me ha dicho que vaya tipo soy, y todos pueden oír lo que dice el guardián Hauge, porque ya no habla en voz tan baja, ahora ya ha dicho que es de día y que hay que despertar a todo el mundo, todo el mundo debe levantarse, debe lavarse, desayunar.

No, no puede ser, Hertervig, dice el guardián Hauge. Me parece que tendré que contárselo al doctor Sandberg, dice.

Y abro los ojos y retiro el edredón de mi rostro con una mano y con la otra me cubro la verga y miro al guardián Hauge, que está al lado de mi cama, y se queda allí, sin hacer nada, y no me arranca el edredón, y el guardián Hauge me mira y en la cama detrás del guardián Hauge veo a Helge, que está echado en la cama mirándome, y de pronto me guiña el ojo. El guardián Hauge se ha quedado allí mirándome fijamente. Si apenas me dejas dormir, en cuanto tienes ocasión aprovechas para hacer tus guarrerías, dice el guardián Hauge. Y veo que el guardián Hauge sacude la cabeza desesperado y yo no debo mirar hacia el guardián Hauge. Tengo que limitarme a cubrirme la verga con las manos. Y el guardián Hauge habla en voz tan alta que todos los ocupantes del dormitorio tienen que haber oído lo que ha dicho y Helge está echado de lado en la cama contigua, detrás del guardián Hauge, y me mira con los ojos muy abiertos y es que Helge me ha guiñado el ojo, también él. Y el guardián Hauge tenía que venir, porque todas las mañanas va de cama en cama para ver si hay alguien que se esté tocando, como suele decir el guardián Hauge, antes de despertarnos. Y el guardián Hauge está al lado de mi cama mirándome, y ¿por qué tiene que hablar en voz tan alta?

Hoy voy a tener que hablar con el doctor Sandberg, ya has malgastado todas las oportunidades que te he dado, dice el guardián Hauge.

Y miro al guardián Hauge y asiento con la cabeza. Y supongo que tendré que ir al despacho del doctor Sandberg, cuando el guardián Hauge dice que tengo que hacerlo tengo que hacerlo, y entonces el doctor Sandberg me dirá que no volveré a ponerme bien si sigo tocándome allí bajo, entre las piernas, eso es lo que me dirá, y entonces, si no vuelvo a ponerme bueno, no podré volver a pintar, ya no volveré a ser pintor, y tú que hubieras podido llegar a ser un gran pintor, tú que eres alumno de Hans Gude, me dirá el doctor Sandberg.

Eso haré, sí. O sea que hoy seguramente tendrás que ir a ver al doctor Sandberg, dice el guardián Hauge.

Pero yo no he hecho nada, digo yo.

Y creo que no he hecho nada, porque no es mi culpa, es culpa de esas malditas putas, todas las mujeres son unas putas.

¿Qué puede uno hacer entonces? ¿Tiene que quedarse aquí echado, sin hacer nada? ¿Y voy a tener que hablar con el doctor Sandberg? Y si es así, ya nunca volveré a ser pintor.

No he hecho nada, digo yo.

Y tengo que pintar, si no pinto no habrá nada. No habrá luz. Entonces no habrá nada. Entonces solo habrá la serpiente. Nada más. Y el doctor Sandberg no puede decirme que nunca volveré a ser pintor. Yo no he hecho nada malo, solo me he tocado ahí abajo, entre las piernas, porque todas las mujeres son unas putas y yo no he hecho nada malo, y soy pintor, pintor de formación académica. Yo soy Lars Hertervig. Soy pintor. He estudiado pintura. Sé pintar. Sé hacer muchas cosas, en cambio el guardián Hauge no sabe hacer nada, lo único que sabe hacer es vigilar y arrancarle el edredón a la gente. El guardián Hauge no sabe hacer nada. No me gusta el guardián Hauge. No quiero ser amigo del guardián Hauge, porque el guardián Hauge no sabe hacer nada.

Saca las manos de debajo del edredón, dice el guardián Hauge.

Y oigo que Helge empieza a reírse entre dientes desde su cama.

¿De qué te ríes?, dice el guardián Hauge clavando los ojos en Helge. Si no dejas de reírte inmediatamente le diré al doctor Sandberg que te has estado tocando, dice el guardián Hauge.

Y veo que Helge aprieta la cabeza contra la almohada. Y el guardián Hauge se queda mirando fijamente a Helge.

Y ya sabes lo que pasará, dice el guardián Hauge.

Y el guardián Hauge le dirá al doctor Sandberg que también Helge se ha tocado entre las piernas y entonces Helge tampoco se pondrá bien, entonces él también será un loco para siempre, pero Helge no pinta y, por tanto, no resulta tan peligroso para él. Supongo que Helge no hace nada. Pero yo nunca podré volver a pintar, nunca me convertiré en pintor, eso es lo que me dirá el doctor Sandberg y yo no he hecho nada malo, porque es culpa de las mujeres, todas las mujeres son unas putas, es culpa suya, es culpa de Helene, ella tiene la culpa de que yo tenga que tocarme allí abajo, entre las piernas, es porque ella está lejos, con sus pechos y su trasero, porque está liada con su tío, por eso nunca volveré a pintar.

Esas malditas mujeres, digo yo.

¿Qué es lo que estás diciendo?, pregunta el guardián Hauge y se vuelve hacia mí.

Todas las mujeres son unas putas, digo yo.

Tranquilo, Hertervig, tranquilo, dice el guardián Hauge.

Todas las mujeres son unas putas, sí, lo son, digo yo.

Sí, sí, dice el guardián Hauge.

Voy a matar a tiros a todas las mujeres, digo yo.

Venga, Hertervig, tranquilízate.

Putas, todas las mujeres son unas putas.

Sí, sí, tranquilo, dice el guardián Hauge.

Y yo no he hecho nada malo, digo yo.

Cálmate ya de una maldita vez, dice el guardián Hauge.

Las mujeres sí han hecho algo malo, digo yo.

Bueno, tranquilo, dice el guardián Hauge.

¡Qué asco!, digo yo.

Ahora vas a tener que calmarte porque si no voy a tener que decirle demasiadas cosas al doctor Sandberg, dice el guardián Hauge.

Y no debo decir nada más, tengo que callarme. Y esas malditas mujeres. Es culpa de ellas. Son unas putas. Sé muy bien que son unas putas. Todas las mujeres son unas putas asquerosas. Se lo veo. Os mataré, a todas. Tengo que decirlo.

Mataré a todas las mujeres, digo.

Ahora tranquilo, Hertervig, dice el guardián Hauge.

Y el guardián Hauge no es nadie para decirme que me tranquilice, porque él no sabe hacer nada, lo único que sabe hacer es vigilar y ni siquiera comprende que la culpa la tienen las mujeres. Yo no he hecho nada malo. Sin embargo, será a mí a quien le echarán la culpa y a quien castigarán, porque ya nunca me volverán a dejar pintar, me he vuelto loco y tendré que retirar nieve en lugar de pintar, yo, Lars Hertervig, yo que realmente sé pintar, tendré que retirar nieve en lugar de pintar, mientras que a todos los demás que no saben pintar los dejarán pintar. El doctor Sandberg ha dicho que no puedo pintar. Y el doctor Sandberg me dirá que nunca podré volver a pintar. Lo sé. Y el guardián Hauge no entiende nada, está ahí, gordo y fuerte, con su manojo de llaves colgando del lado, él es el guardián Hauge y no entiende nada y se ha quedado mirándome. Me incorporo en la cama y veo al guardián Hauge ahí de pie, mirándome. Y detrás del guardián Hauge veo a Helge echado de lado en la cama, mirándome. Clavo la mirada con dureza en el guardián Hauge.

¿Acaso te sabes tus matemáticas y tu geografía?, digo yo.

¿Matemáticas y geografía?, dice el guardián Hauge.

Y oigo que Helge empieza a reírse y pienso que no debería reírse, la ignorancia no es para reírse.

Sí, y otras cosas, digo yo.

Y Helge está allí echado, riéndose entre dientes.

Ándate con cuidado, Hertervig, dice el guardián Hauge.

Y el guardián Hauge se vuelve hacia Helge.

Deja ya de reírte, o tú también tendrás que ir a ver al doctor Sandberg, dice el guardián Hauge.

Y veo que Helge aprieta el rostro contra su almohada en un intento de dejar de reír de una vez por todas.

Porque yo sí me sé mis matemáticas y mi geografía, y mi anatomía, digo yo.

Eso está bien, dice el guardián Hauge.

Y sé pintar, digo yo.

Sí, eso me han dicho, dice el guardián Hauge.

Sí, yo sí sé pintar, digo yo.

Voy a tener que contárselo al doctor Sandberg, dice el guardián Hauge.

Y yo realmente sé pintar y eso es más de lo que sabe hacer el guardián Hauge, lo único que sabe hacer es pasearse por ahí con su manojo de llaves colgando de una cadena que cruza su pecho y su espalda, por encima de su cabeza, el manojo de llaves cuelga como si su cabeza fuera un poste. El guardián

Hauge no sabe hacer nada, lo único que sabe hacer es pasearse por ahí, vigilando con su manojo de llaves colgando, no se sabe sus matemáticas, ni su anatomía, ¿acaso él ha estudiado en la Escuela de Arte y Dibujo Christiania? ¿Acaso él ha asistido a la Academia de Bellas Artes de Düsseldorf? ¡En cambio, yo sí! ¡Porque yo soy el pintor Lars Hertervig! En cambio, el guardián Hauge no sirve para nada, de no haber sido porque es tan corpulento y robusto seguramente nunca hubiera servido para nada.

Hablaré con el doctor Sandberg, puedes estar seguro de ello dice el guardián Hauge.

Pero si no he hecho nada malo, digo yo.

Yo he visto lo que he visto, dice el guardián Hauge.

Yo no he hecho nada malo.

He visto lo que has hecho.

Pero si yo no he hecho nada.

Tú sí que eres inocente, ya, ya, dice el guardián Hauge.

Yo no he hecho nada, digo yo.

Sí que has hecho algo, y aunque sea Nochebuena voy a tener que contárselo al doctor Sandberg, dice el guardián Hauge. Tengo que hacerlo, dice.

Y veo al guardián Hauge que me está mirando y entonces oigo al guardián Hauge decir, medio para sus adentros, que ha llegado la hora de despertar a los demás, sí, dice, y veo al guardián Hauge ponerse en marcha, se pone a caminar por el dormitorio, y ahora el guardián Hauge se dirige a la puerta, allí se colocará y gritará que ya es de día y que todos tienen que despertarse, y veo al guardián Hauge, grande y corpulento, con el manojo de llaves colgando en el costado, atravesar el dormitorio, en dirección a la puerta, en el otro extremo del dormitorio, y ahora el guardián Hauge se colocará delante de la puerta y entonces rugirá ¡son las seis!, ¡ya es de día!, ¡arriba todo el mundo!, ¡son las seis! Y entonces algunos se despertarán y saldrán de sus camas enseguida y tendrán que saltar al suelo, mientras que otros seguirán durmiendo, con la boca abierta, mientras unos terceros se volverán en la cama, dándole la espalda al guardián Hauge e intentando lo mejor que pueden seguir durmiendo, y entonces el guardián Hauge volverá a gritar ¡son las seis!, ¡ya es de día!, ¡pronto será la hora del desayuno!, ¡todos arriba!, eso es lo que gritará el guardián Hauge, y luego empezará a pasearse por el dormitorio, de cama en cama, al que ya se haya levantado le dirá qué bien que ya estés levantado, eso está muy bien, o algo parecido.

¡Son las seis! ¡Arriba todos!, grita el guardián Hauge.

Y veo al guardián Hauge dirigirse hacia la puerta y el guardián Hauge ha dicho que le dirá al doctor Sandberg que me he estado tocando entre las piernas y entonces tendré que ir al despacho del doctor Sandberg, a pesar de que es Nochebuena, eso me ha dicho el guardián Hauge, y cuando vaya al despacho del doctor Sandberg, el doctor Sandberg me dirá que es porque me he tocado allí abajo, entre las piernas, como dice él, por lo que me he vuelto loco, y si sigo tocándome allí abajo, seguramente nunca conseguiré recuperarme, eso él lo sabe, me dirá el doctor Sandberg, y él tiene una larga, una muy larga experiencia que le permite afirmarlo, me dirá el doctor Sandberg, o sea que si no dejo de hacerlo, seguramente nunca volveré a pintar, me dirá el doctor Sandberg.

¡Arriba todo el mundo! ¡Son las seis!, grita el guardián Hauge.

Y ya nunca podré volver a ser pintor, me dirá el doctor Sandberg, y veo al guardián Hauge de pie delante de la puerta, escudriñando el dormitorio, y es tan ancho y fornido que casi cubre todo el vano de la puerta y yo ya nunca llegaré a ser pintor, eso es seguro, porque el doctor Sandberg sabe de lo que habla y cuando él dice que nunca llegaré a ser pintor será porque nunca seré pintor, está claro. Nunca llegaré a ser pintor. Sé pintar, nadie es capaz de pintar como pinto yo, tan solo Tidemann, tan solo Gude, y a pesar de ello, nunca llegaré a ser pintor.

¡Arriba todo el mundo! ¡Son las seis! ¡Despertaos de una vez!, grita el guardián Hauge.

Y el guardián Hauge me ha dicho que hoy tendré que ir a ver al doctor Sandberg, no hay más remedio, hoy el doctor

Sandberg tendrá que saber que sigo tocándome entre las piernas, eso ha dicho el guardián Hauge. Y hoy no quiero ir al despacho del doctor Sandberg, me dirá que nunca llegaré a ser pintor, y si lo dice el doctor Sandberg es porque nunca llegaré a ser pintor. Eso significa que nunca llegaré a ser un gran pintor. No puedo ir a ver al doctor Sandberg. No puedo quedarme más tiempo en el sanatorio de Gaustad. Vine al sanatorio de Gaustad para ponerme bien, pero seguramente ya nunca volveré a recuperarme. Tengo que retirar nieve, no me dejan pintar. Me pongo enfermo cuando pinto, dice el doctor Sandberg, y también dice que me pongo enfermo de tocarme allí abajo, entre las piernas, y veo al guardián de pie delante de la puerta y es tan grueso que casi tapa todo el vano de la puerta, y veo que hay varios enfermos que ya han saltado al suelo y se están vistiendo, pero yo me quedo echado en la cama, y supongo que debería levantarme, voy a tener que saltar al suelo, ahora mi verga ya no está dura y larga, ahora está normal y cuelga flácida, ahora voy a tener que levantarme, porque si no el guardián Hauge se enfadará aún más conmigo y no puedo ir a ver al doctor Sandberg, porque él me dirá que nunca llegaré a ser pintor y eso es triste, muy triste, sin embargo, es así, me dirá el doctor Sandberg. Pero también Helge tendrá que ir a ver al doctor Sandberg, eso ha dicho el guardián Hauge. Y, por tanto, Helge y yo vamos a tener que dejar el sanatorio de Gaustad hoy mismo. Ni Helge ni yo nos podemos quedar más tiempo en el sanatorio de Gaustad. Si nos quedamos más tiempo en el sanatorio de Gaustad acabaremos destruidos, y oigo al guardián Hauge gritar ¡arriba!, ¡ya habéis holgazaneado suficiente!, ¡ahora todos arriba!, grita el guardián Hauge, y yo sigo echado en la cama, pero supongo que tendré que levantarme, y el guardián Hauge grita tú, Hertervig, y tengo que levantarme. Y luego tendré que abandonar el sanatorio de Gaustad. Tengo que convertirme en pintor, porque yo sé pintar, yo no soy como los demás pintores, los que no saben pintar, porque yo sé pintar y tengo que abandonar el sanatorio de Gaustad. Tengo que pintar, no retirar nieve. Porque si no me voy de aquí, el doctor Sandberg me dirá que nunca llegaré a ser pintor y eso quiere decir que no lo seré. Pero Hans Gabriel Buchholdt Sundt dijo que sí llegaría a ser pintor, que tenía talento, dijo él, y por tanto podría llegar a ser pintor, no solo podría, sino que tendría que ser pintor, cuando el mismísimo Hans Gabriel Buchholdt Sundt ha dicho que podría llegar a ser pintor. Y por eso me convertí en pintor. Pero hoy el doctor Sandberg me dirá que nunca llegaré a ser pintor. Por eso tengo que irme del sanatorio de Gaustad. Y también sé que Helge tiene que salir de aquí. Porque también Helge acabará destrozado por culpa del doctor Sandberg. Pero está él, John Edmund de Connick. Pues ya he vivido antes en una habitación alquilada, en casa de John Edmund de Connick. Incluso fui a lo que llaman nada más y nada menos que La Real Escuela de Arte y de Dibujo de Christiania, es cierto, y ahora estoy echado en la sexta cama, esperando a que el guardián Hauge se acerque y me diga hoscamente que tengo que levantarme inmediatamente, porque no puede ser, esto es inaceptable, primero lo grave de antes y ahora ni siquiera soy capaz de salir de la cama, me dirá el guardián Hauge, y me mirará, pero yo puedo volver al almacén y al taller de John Edmund de Connick en Tollbodgata. A fin de cuentas, yo alquilaba habitación en casa de John Edmund de Connick. He vivido con sus talladores, los que tallan los objetos que él vende en su tienda. He asistido a clases para aprender a dibujar en Christiania. Pero ¡si yo he vivido en la casa de huéspedes de Tollbodgata con los talladores! Sé cómo encontrar la casa de huéspedes donde viven los talladores, porque he vivido en una de sus habitaciones, con los que trabajan como talladores para John Edmund de Connick, habilidosos talladores, de Hardanger y Voss. Los conozco bien, he bebido muchas cervezas con los talladores que trabajan en el taller de John Edmund de Connick, y oigo al guardián Hauge decir ¡Hertervig! ¡Ahora vas a tener que levantarte! Y veo al guardián Hauge al pie de mi cama mirándome hoscamente y no me había dado cuenta de que el guardián Hauge se había acercado al pie de mi cama y oigo al guardián Hauge decir ¡arriba!, ¡arriba!, y supongo que tiene que mostrarse brusco, es su obligación. Esta será la última mañana que podrá mostrarse brusco conmigo. Hoy abandonaré el sanatorio de Gaustad. Y el guardián Hauge dice ¡date prisa, Hertervig!, y tú, Helge, ¡arriba!, ¡ponte de pie!, ¡venga!, dice el guardián Hauge, y veo a Helge sentarse en el borde de la cama y allí está, sentado en el borde de la cama, con su pelo rojo erizado y revuelto, y el guardián Hauge dice ya vuelven a ser estos dos, ahora tenéis que salir de la cama, dice, y ahora tendré que levantarme y más tarde abandonaré el sanatorio de Gaustad. Hoy tanto Helge como yo abandonaremos el sanatorio de Gaustad. Miro a Helge, y veo que se sienta en el borde de la cama.

Ahora te toca a ti, Hertervig. ¡Levántate!, dice el guardián Hauge.

Y supongo que tendré que incorporarme y sentarme en el borde de la cama. Porque tengo que vestirme. Porque hoy tengo que abandonar el sanatorio de Gaustad. Iré a Christiania, a Tollbodgata. Esta noche dormiré en mi antigua habitación, en la casa de huéspedes de Tollbodgata, con los talladores. Los habilidosos talladores. Y John Edmund de Connick vende lo que tallan los talladores, en su tienda que está en la primera planta. Y en la trastienda está el taller. Y en la buhardilla están las habitaciones. Sé adónde tengo que ir. Tengo que abandonar el sanatorio de Gaustad. Tengo que ser pintor. El doctor Sandberg no tendrá ocasión de decirme que nunca llegaré a ser pintor.

¡Levántate ahora mismo, Hertervig! ¡Venga! Solo quedas tú, dice el guardián Hauge.

Y supongo que tendré que incorporarme en la cama, ahora puedo sentarme tranquilamente, porque ya no hay ninguna verga tiesa entre mis piernas y, por tanto, puedo levantarme sin miedo. Retiro el edredón. Me siento en el borde de la cama y oigo al guardián Hauge decir bien, Hertervig, y veo a Helge sentado en el borde de su cama.

Vestíos ahora mismo, dice el guardián Hauge.

Asiento con la cabeza.

De acuerdo entonces, dice Helge.

Y veo al guardián Hauge empezar a caminar hacia la puerta. Miro a Helge, está sentado en el borde de la cama, me está mirando.

Hoy nos iremos de aquí, digo yo.

Helge asiente con la cabeza.

Hoy nos iremos, Helge, digo yo. Desapareceremos. No podemos quedarnos aquí por más tiempo. Estar aquí nos pone enfermos.

Veo que Helge vuelve a asentir con la cabeza.

Hoy nos iremos del sanatorio Gaustad.

De nuevo veo a Helge asentir con la cabeza.

Sé adónde iremos.

Sí, sí, dice Helge y se vuelve y me da la espalda.

¿Vendrás conmigo?

Helge sigue dándome la espalda, pero me doy cuenta por el movimiento de su nuca roja que asiente con la cabeza.

Tenemos que salir de aquí, aquí nos quitarán la vida, digo yo.

Y veo que Helge vuelve la cabeza hacia mí una vez más.

Sí, nos quitan la vida, dice Helge.

Tenemos que salir de aquí, digo yo.

Helge asiente con la cabeza y vuelve a darme la espalda y veo que Helge se pone en pie, se dirige a su armario ropero, abre la puerta del armario y yo me pongo en pie y abro la puerta de mi armario ropero. Empiezo a vestirme. Miro a Helge, veo que Helge también se está vistiendo y entonces digo en voz baja que tiene que vestirse concienzudamente y Helge me mira.

Ponte toda tu ropa, digo yo.

¿Toda?, dice Helge.

Asiento con la cabeza.

No, dice Helge.

Haz lo que quieras, digo yo.

Muchas piezas, pero no todas, dice Helge.

Dos pares de pantalones, digo yo. Ponte dos pares de pantalones, los dos pantalones.

No, solo un par de pantalones, dice Helge.

Vas a necesitar los dos.

Pero no puedo ir por ahí con dos pares de pantalones.

Haz lo que quieras, pues, digo yo.

Y es que, de todos modos, ese Helge no entiende nada, y saco mis pantalones de terciopelo lila de mi armario ropero y me pongo mis pantalones de terciopelo lila, los pantalones que me confeccionaron a medida, pagados por Hans Gabriel Buchholdt Sundt cuando tuve que mudarme a Christiania para estudiar dibujo, Hans Gabriel Buchholdt Sundt encargó que me confeccionaran un traje y me pongo la chaqueta de vestir, del más puro terciopelo lila, y saco mis anchos pantalones azules de paño basto y me pongo una pernera por encima del pantalón de terciopelo lila.

Dos pares de pantalones, dice Helge. Dos pares, dice.

Y entonces Helge empieza a reírse y entonces el guardián Hauge grita que no, no, ahora vas a tener que comportarte, grita, y veo al guardián Hauge que se acerca a mí y veo su manojo de llaves oscilando hacia delante y hacia atrás y veo que el guardián Hauge sacude la cabeza y oigo al guardián Hauge decir ¡dos pares de pantalones!, ¡y tu mejor traje!, no, quítatelo ahora mismo, dice el guardián Hauge y yo miro al guardián Hauge y ahora voy a tener que decirle algo.

Es culpa de esas malditas mujeres, digo yo.

Sí, sí, dice el guardián Hauge y sacude la cabeza una y otra vez.

Son todas unas putas, digo yo.

Pero quítatelo ya, hombre, dice el guardián Hauge.

¿Quitármelo?

Sí, no puedes llevar dos pares de pantalones a la vez, y no puedes vestirte con tus mejores galas. Tienes que salir a retirar nieve, dice él.

Creía que tenía que ir a ver al doctor Sandberg, digo yo.

Sí, sí, dice el guardián Hauge.

¿No tengo que ir?

Sí, claro que tienes que ir. Pero no hace falta que te pongas tu mejor traje, aunque tengas que ir a ver al doctor Sandberg, dice él.

No, no, digo yo.

Y me imagino que no me queda más remedio que volver a desvestirme y empiezo a quitarme los pantalones azules de paño basto.

Dos pares de pantalones, dice Helge.

Y entonces Helge empieza a reírse y a sacudir la cabeza.

Sí, ya puedes reírte, ya, dice el guardián Hauge.

Ya me los quito, digo yo.

Y me quito los pantalones de paño basto, los dejo sobre la cama.

Y ahora quítate también el traje, dice el guardián Hauge.

Pero si es Nochebuena, digo yo.

Más tarde os cambiaréis y os arreglaréis, dice el guardián Hauge.

Y me quito la chaqueta de mi traje de terciopelo lila y la cuelgo en mi armario ropero, y me quito los pantalones de terciopelo lila y los meto en el armario ropero y entonces empiezo a vestirme de nuevo, me pongo los gruesos pantalones azules de paño basto y el guardián Hauge dice así sí, mucho mejor así, dice el guardián Hauge y entonces veo que el guardián Hauge, grande y grueso, vuelve a dirigirse hacia la puerta.

No podremos llevarnos toda nuestra ropa, le digo a Helge.

¿Llevarnos?

Sí, hoy nos iremos.

¿Nos iremos?, dice Helge.

Tenemos que irnos. Yo sé adónde iremos, digo yo.

Pero no nos dejan irnos de aquí.

Puedo fumar, pero no puedo tener un encendedor, digo yo.

Después del desayuno el guardián Hauge te dará fuego, dice Helge.

Pero tengo ganas de fumar ahora mismo.

Nosotros, los pacientes, no tenemos derecho a tener un encendedor. Supongo que ya lo sabes, dice Helge.

No, pues no lo sabía. Y tengo ganas de fumar.

¿Adónde iremos?

¿Acaso no he vivido antes en Christiania?, digo yo.

Eso dices, dice Helge.

Nos iremos allí, digo yo.

Sí, dice Helge.

Y veo a Helge pasarse el jersey por encima de la cabeza y le veo sacar su chaqueta gruesa de paño basto del armario ropero y veo que Helge vuelve a sentarse en el borde de la cama. Y yo también me pongo mi jersey grueso y la chaqueta de paño basto.

Tenemos que salir de aquí, digo yo.

Y veo por el movimiento de su nuca que Helge asiente con la cabeza aunque me da la espalda. Porque tenemos que salir de aquí, primero desayunaremos y luego nos iremos de aquí. Tanto Helge como yo tenemos que abandonar el sanatorio de Gaustad. No tengo por qué ir a ver al doctor Sandberg, al médico jefe y director Ole Sandberg, porque él me dirá que nunca volveré a pintar, y pintar, convertirme en un gran pintor importante, es lo único que deseo. Tengo que irme de aquí. Tendré que ir a Tollbodgata. Puedo vivir en Tollbodgata, con los talladores. Conozco a los talladores. Y Helge puede venir conmigo, porque también él tendrá hoy que ir a ver al doctor Sandberg. Y antes supongo que tendremos que desayunar y seguramente luego haya que retirar nieve, seguramente esta noche haya nevado y entonces habrá que limpiar de nieve la alameda que lleva a la carretera y tendré que retirar nieve ya que no quiero pintar, quieren que pinte techos y paredes, y que pinte ramilletes de flores en las cortinas, también pretenden que pinte mi armario ropero, pero yo no quiero pintar los techos ni las paredes del sanatorio de Gaustad, yo soy pintor, pero no me dejan pintar, y yo no quiero pintar, no quiero hacerlo en el sanatorio de Gaustad, se supone que pronto me pondré bueno, por eso estoy en el sanatorio de Gaustad, no para pintar, estoy en el sanatorio de Gaustad para curarme, no para pintar. Quiero pintar. Soy pintor y quiero pintar. No quiero hacer nada que no sea pintar. No quiero retirar nieve. Soy pintor y quiero pintar. Yo no soy retirador de nieve. Que el doctor Sandberg se haga retirador de nieve si quiere. Yo soy el pintor Lars Hertervig, formado como pintor paisajista en la Academia de Bellas Artes de Düsseldorf. Y el doctor Sandberg me dirá que nunca llegaré a ser pintor. Por eso tengo que huir del sanatorio de Gaustad. Ya no estoy en el sanatorio de Gaustad.

¿Adónde iremos?, dice Helge y se vuelve hacia mí.

Nos iremos inmediatamente, digo yo.

Pero ¿adónde?

Yo sé adónde iremos.

¿Has dormido esta noche?, dice Helge.

Sacudo la cabeza.

Apenas, digo. ¿Y tú?

Y Helge asiente con la cabeza.

Tenemos que salir de aquí, digo yo.

Tú mandas, dice Helge.

Yo puedo mandar, yo sí, digo.

Y entonces veo al guardián Hauge que se dirige hacia nosotros y lo oigo decir que hagamos nuestras camas de una maldita vez, pronto será la hora del desayuno, dice el guardián Hauge, y empiezo a hacer la cama y entonces oigo a Helene pronunciar mi nombre y me vuelvo, y veo a Helene de pie delante de la ventana y ella me sonríe y viene hacia mí y oigo al guardián Hauge decir que después del desayuno ya veremos cuándo tendremos que ir a ver al doctor Sandberg. Veo a Helene que viene hacia mí.

No puedes venir ahora, digo.

¿Qué dices?, dice Helge.

Ahora no, digo yo.

Y veo a Helene detenerse en medio de la habitación y ella me sonríe.

No puedes venir ahora, digo yo. Pero pronto, muy pronto, te iré a buscar, tú espérame, digo yo.

Y oigo a Helene decir qué bien que tenga que esperarte.

Y entonces podremos irnos juntos, muy lejos, a otro país, a un país extranjero, yo he estado en muchos países extraños, digo yo.

Y veo que Helene asiente con la cabeza y oigo pasos y veo a Helge dirigirse hacia la puerta y veo a Helene de pie en medio de la habitación y entonces se vuelve hacia la ventana y se acerca un poco más a la ventana.

Helene, no te vayas todavía, digo yo.

Y Helene se vuelve hacia mí y dice que no tiene por qué irse, no.

Está bien, digo yo.

No, ya está bien, ahora mismo vas a tener que hacer la cama, dice el guardián Hauge.

Y supongo que el guardián Hauge puede decir lo que quiera, ¿acaso el guardián Hauge no ve que Helene está delante de la ventana? Y el guardián Hauge no debe de ver a Helene, supongo que nadie debe de ver a Helene, a la bella Helene.

Espera un momento, digo yo.

Y Helene dice que esperará.

No, ya no hay tiempo para esperar, dice el guardián Hauge. ¿Es que no ves que los demás ya se han ido?, dice.

Espera un poco, mi amor, digo yo.

Y veo que Helene vuelve a venir hacia mí.

Tú con tu amor, dice el guardián Hauge.

Y veo que el guardián Hauge sacude la cabeza.

No, basta, tienes que venir ahora mismo, Hertervig, dice el guardián Hauge.

Y veo a Helene caminar hacia mí, con su vestido blanco.

Acaba de una vez de hacer la cama, dice el guardián Hauge.

Sí, sí, digo yo.

Y oigo a Helene decir sí.

Date prisa, dice el guardián Hauge.

Y me pongo a hacer la cama y veo a Helene que viene hacia mí, la veo colocarse al otro lado de la cama, y Helene está al otro lado de mi cama y me mira y me sonríe y yo le digo guapa y oigo que Helene dice que ella no es guapa, ella no es nada del otro mundo, pero en cambio yo sí que soy guapo, dice ella, y yo estoy haciendo mi cama.

¿Vamos?, digo y veo que Helene asiente con la cabeza.

Sí, ahora tenemos que ir al comedor, dice el guardián Hauge.

Y empiezo a caminar hacia la puerta y Helene me acompaña y me hubiera encantado rodearla con mis brazos, pero supongo que no puedo rodearla con mis brazos porque los demás podrían verme hacerlo, porque todos los que no deben ver que la rodeo con mis brazos me verían hacerlo y ellos no deben verme rodear los hombros de mi amada Helene con mis brazos. Nadie debe ver a mi amada Helene, y yo le digo a mi amada Helene que pronto volveré, muy pronto, digo yo, y Helene dice que está contenta de que vaya a volver, porque ella me espera.

Volveré, digo yo.

Sí, sí, dice el guardián Hauge.

Entonces volveremos a estar juntos, digo yo.

Y Helene dice que sí, que así será.

Tú y yo, digo yo.

No, déjalo ya, dice el guardián Hauge.

Tú y yo solos, digo yo.

Basta ya, Hertervig, dice el guardián Hauge.

Y nadie más, digo yo.

Y Helene dice no, solo tú y yo, y entonces estaremos juntos, entonces volveremos a ser novios, y entonces tú pintarás tus grandes y bellos cuadros, dice Helene y me sonríe.

Pintaré grandes y bellos cuadros, sí, eso haré, digo yo.

Y Helene dice sí, pintarás grandes y bellos cuadros, y miro hacia un lado y veo que Helene camina junto a mí, tan bella con su vestido blanco y su pelo rubio, que enmarca su bello rostro, y su bello rostro redondo, el bello rostro de mi amada Helene que camina a mi lado, y yo digo que nunca volveremos a hablar con un solo pintor, digo yo, y veo que Helene sacude la cabeza, y entonces veo que la puerta del comedor está abierta y oigo que el guardián Hauge dice que ahora tengo que desayunar, el desayuno estará muy bueno, sin duda hoy habrán preparado algo especial, dice el guardián Hauge, y yo me vuelvo hacia el guardián Hauge y asiento con la cabeza y me vuelvo de nuevo hacia Helene y ya no la veo, solo he mirado hacia el guardián Hauge un instante y cuando me he vuelto hacia mi amada Helene, ella había desaparecido. ¿Y adónde habrá ido mi amada Helene? ¿Tal vez haya entrado en el comedor? Pero no puede haber entrado en el comedor así como así. ¿Qué ha sido de mi amada Helene?

Bueno, ahora vamos a tener que entrar, dice el guardián Hauge.

Sí, sí, digo yo.

Pues venga, entra, dice el guardián Hauge.

Y yo asiento con la cabeza y supongo que tendré que entrar en el comedor, porque es posible que Helene haya entrado en el comedor y entro por la puerta del comedor y echo un vistazo por el comedor y por doquier veo dementes sentados a las mesas, dementes que mastican y beben y miro, y no paro de mirar, pero en ningún sitio veo a mi amada Helene, y oigo al guardián Hauge decir que venga, ahora tienes que sentarte, Hertervig, ya sabes dónde está tu sitio, dice el guardián Hauge, y supongo que lo único que puedo hacer es buscar mi sitio y sentarme, y voy y me siento, y Helene estaba aquí hace un momento, pero de pronto ha desaparecido y ¿adónde habrá ido mi amada Helene? ¿Dónde está mi amada Helene? Y tengo que darme la vuelta porque a lo mejor Helene está detrás de mí. Y me vuelvo y ahí está mi amada Helene, detrás de mí está ella, tan guapa, y parece un ángel, allí de pie detrás de mí, y entonces Helene posa sus manos sobre mis hombros y yo me reclino contra mi amada Helene y levanto la mirada hacia ella y le pregunto si quiere desayunar, y veo que mi amada Helene sacude la cabeza y oigo a Helene decir que ahora debo comerme mi desayuno, ella ya ha desayunado, se quedará en el comedor esperándome, detrás de mí, dice Helene y yo digo está bien, digo yo, y estoy a punto de decirle que hoy tendré que ir a ver al doctor Sandberg, pero no debo decirlo, porque Helene no debe saber que hoy tendré que hablar con el doctor Sandberg, no le gustaría oírlo, ella podría llegar a creer que nunca conseguiré ser pintor y, de ser así, ¿de qué viviríamos? Si no puedo pintar. ¿De qué viviremos si no? No debo decirle a Helene que hoy tengo que ir a ver al doctor Sandberg. De hacerlo, ella podría llegar a enterarse de que me he estado tocando entre las piernas, como suele decir el doctor Sandberg, y entonces Helene nunca querrá volver a hablarme y seguramente ya nunca quiera ser mi novia, no querrá si se entera de que he estado tocándome entre las piernas. Y Helene tiene que querer ser mi novia. Y ahora Helene ha posado sus manos sobre mis hombros. Y yo me sirvo una taza de té, y pruebo el té y el té está bueno. Y el reluciente plato de hojalata. Y alcanzo una rebanada de pan y también el pan está bueno. Y el plato reluciente de hojalata. La reluciente taza de hojalata. Y la comida está buena. Me gusta toda esta comida buena. Estoy en el sanatorio de Gaustad. Y Helene no debe enterarse de que me he tocado entre las piernas, como suele decirlo el doctor Sandberg. Tengo que comerme la comida y luego tendré que irme de aquí. No puedo quedarme por más tiempo en el sanatorio de Gaustad. Tengo que hacer algo. Tengo que comerme el desayuno. Y Helene no debería venir a mí de esta manera, no debería venir a verme al sanatorio de Gaustad. Yo soy pintor, no debería estar en un sanatorio. Debería estar pintando. Bebo un sorbo de té que está bueno y caliente. Me como una rebanada de pan. Hoy abandonaré el sanatorio de Gaustad y ya nunca más volveré. Y me vuelvo hacia mi amada Helene y digo que tenemos que irnos, digo yo, y Helene dice que cuando haya acabado de desayunar nos iremos.

Sí, tenemos que irnos, digo yo.

Y Helene dice que ella y yo tenemos que irnos y entonces ella me toca el hombro con un dedo y yo me vuelvo y veo al guardián Hauge detrás de mí.

Ahora tienes que venir, tenemos que cambiarnos y luego saldremos a retirar nieve, dice el guardián Hauge.

Pero todavía no he acabado de desayunar.

Porque has llegado tarde al desayuno, es por eso, dice él.

Asiento con la cabeza.

Pero ya casi has terminado de desayunar, ¿no?, dice el guardián Hauge.

Y vuelvo a asentir con la cabeza y dejo lo que me queda de la rebanada de pan en el plato de hojalata, me llevo la taza a la boca, me acabo el té de un sorbo y me pongo en pie.

Puedes acabarte la rebanada de pan, dice el guardián Hauge.

No, digo yo.

Pues muy bien, no te la acabes, dice él.

Y veo al guardián Hauge dirigirse a la puerta, y veo a Helene seguirlo, y veo al guardián Hauge detenerse en la puerta, y veo que Helene se vuelve hacia mí, me sonríe. Camino hacia Helene. Veo a Helene salir por la puerta. Veo al guardián Hauge delante de la puerta, me está esperando, y me dice vamos a trabajar, venga, dice el guardián Hauge, y lo veo salir por la puerta, y el guardián Hauge no debe hablar con Helene. Salgo por la puerta y veo a Helene en el pasillo, esperándome.

¿Alguna novedad de Alemania?

Y Helene dice que todo sigue igual.

Sí, supongo que sí, digo yo.

Y Helene vuelve a decir que todo sigue igual, o casi.

Vayamos al sótano, dice el guardián Hauge.

¿Casi?

Y Helene dice que sí, que casi, porque ha estado a punto de prometerse.

Me detengo. Porque Helene acaba de decir que ha estado a punto de prometerse. Mientras yo estaba en Stavanger, en Málaga, en la hacienda de Milje en Skånevik, mientras yo he estado en el sanatorio de Gaustad, Helene ha estado a punto de prometerse en Alemania y oigo lo que me dice Helene, y se suponía que ella me tenía que esperar, me prometió que me esperaría, no tenía que prometerse, y ahora Helene me ha dicho que ha estado a punto de prometerse y eso no puede ser.

No, no, digo yo.

Ahora bajaremos al sótano y nos vestiremos y luego retiraremos la nieve, dice el guardián Hauge.

Pero si nos íbamos a ir juntos, digo yo.

Y Helene dice que no, que no se ha prometido, que su madre era quien había querido que se prometiese con un joven y adinerado abogado, era así como habían ido las cosas, y yo le pregunto si ella no quería y Helene sacude la cabeza, y entonces dice que ella en ningún momento ha querido prometerse con ese abogado, solo quiere prometerse conmigo, dice Helene y yo digo que qué bien y Helene dice que ella por supuesto no quiere prometerse con nadie que no sea yo, de hecho ya está prometida conmigo, está secretamente prometida conmigo, y eso yo ya lo sabía, dice ella, y Helene dice que yo ya lo sabía, ella es mi novia, está secretamente prometida conmigo, no con otro hombre.

No puede ser, tenemos que irnos ya, dice el guardián Hauge.

Y empiezo a caminar por el pasillo y oigo al guardián Hauge decir que ahora hay que trabajar, ha caído tal cantidad de nieve esta noche que realmente hace falta retirar la nieve, dice él, y miro hacia un lado y ya no veo a Helene y ¿adónde habrá ido Helene? ¿Dónde está mi amada Helene? ¿Qué ha sido de mi amada Helene? ¿Dónde se habrá metido mi amada Helene? Y me detengo, y miro hacia atrás, por el pasillo, y a mi amada Helene no se la ve por ningún lado y el guardián Hauge dice no, no puede ser esto, ahora tienes que venir, dice él, y supongo que debería seguir andando, pero ¿dónde se habrá metido mi amada Helene? ¿Dónde está? Y empiezo a avanzar por el pasillo junto con el guardián Hauge, y bajamos la escalera hasta el sótano, y mi amada Helene estaba aquí hace un momento, pero ahora ha desaparecido y ¿adónde se habrá ido mi amada Helene? Y el guardián Hauge y yo entramos en el vestidor del sótano y el guardián Hauge dice que tengo que vestirme, dice el guardián Hauge, y lo veo señalar mis ropas de trabajo con el dedo. Asiento con la cabeza. Voy hacia allí y empiezo a ponerme el mono de trabajo. Veo mis botas en el suelo. Me vuelvo y veo al guardián Hauge esperándome con una pala para la nieve en la mano, pero no veo a Helene por ningún lado.

¿Dónde estás?, digo yo.

Estoy aquí, dice el guardián Hauge.

Y oigo al guardián Hauge suspirar. Y no veo a Helene por ningún lado. ¿Adónde habrá ido Helene?

Tienes que ponerte las botas, dice el guardián Hauge.

Y hace un momento, Helene estaba conmigo, pero ahora no se la ve por ningún lado y entonces supongo que tendré que hacer lo que me dice el guardián Hauge y ponerme las botas.

Ahora retirarás un poco de nieve y luego, más tarde, irás a hablar con el doctor Sandberg, dice el guardián Hauge.

Y yo asiento con la cabeza. Me pongo las botas. No debo hablar con el guardián Hauge. Tengo que irme del sanatorio de Gaustad, no puedo quedarme más tiempo en el sanatorio de Gaustad. Y Helene ya no está en el sanatorio de Gaustad. Ya no sé dónde está Helene, hace un momento estaba aquí, pero ahora ya no está conmigo, ahora Helene se ha ido y no sé adónde ha ido Helene. Helene ha desaparecido. Tengo que volver a encontrar a Helene.

Aquí tienes, Hertervig, a retirar nieve, dice el guardián Hauge.

Y el guardián me da la pala para retirar nieve y de pronto tengo la pala en la mano y oigo al guardián Hauge decir que venga, vamos, dice el guardián Hauge, y ¿dónde está Helene? Y veo al guardián Hauge salir del vestidor y yo lo sigo y veo al guardián Hauge abrir la puerta del sótano y veo que sale a la nieve. Veo a través de la puerta que las laderas están blancas. También los árboles están blancos. Todos los árboles están blancos por la nieve. Veo al guardián Hauge salir a la nieve. Me detengo. Y hace un momento Helene estaba aquí, pero ahora ha desaparecido, y ¿adónde habrá ido Helene? No veo a Helene por ninguna parte. Veo al guardián Hauge vadear la nieve, sus pisadas son como una estela en la nieve que se aleja de la puerta del sótano, siguiendo los muros del edificio principal veo avanzar sus pisadas. Miro la espalda del guardián Hauge. Echo una mirada por la alameda. Y veo que Helge y un par de hombres más están retirando la nieve de la alameda. Y es a la alameda adonde tendré que ir, y retiraré nieve de la alameda, seguramente habrá que retirar toda la nieve de la alameda, desde el edificio principal hasta la carretera. Pero yo no voy a retirar nieve. Yo soy pintor. Yo soy el pintor Lars Hertervig y yo no tengo por qué malgastar mis días retirando nieve, hay muchos otros que pueden retirar la nieve, pero no hay tantos que sepan pintar cuadros tan bellos como los que yo sé pintar. Yo soy pintor y tengo que pintar. No tengo por qué quedarme aquí retirando nieve. Soy el pintor Lars Hertervig y tengo que pintar. Pero ahora me encuentro en el sanatorio de Gaustad, me he vuelto loco y tengo que curarme, ponerme bien, si no me pongo bien, nunca podré volver a pintar. Y hoy el guardián Hauge me ha dicho que tendrá que contarle al doctor Sandberg que me he estado tocando, como suele decirlo el doctor Sandberg, y entonces el doctor Sandberg me dirá que puesto que me he estado tocando entre las piernas, como suele decirlo el doctor Sandberg, nunca llegaré a ser pintor. Siempre podré pintar, y siempre pintaré, pintaré toda mi vida, pero lo más probable es que pintar y ser pintor no sea lo mismo. Y el doctor Sandberg no tiene que poder decirme que nunca llegaré a ser pintor. Tengo que salir del sanatorio de Gaustad hoy mismo. Y Helge también tiene que abandonar el sanatorio de Gaustad, porque él también tendrá que ir a ver al doctor Sandberg. Tengo que acercarme a Helge y a los demás que están retirando nieve y luego voy a tener que hablar con Helge, y más tarde él y yo nos iremos del sanatorio de Gaustad. Seguramente no podremos llevarnos nuestra ropa. No podremos llevarnos nada. Pero aun así tenemos que abandonar el sanatorio de Gaustad. Estoy delante de la puerta del sótano, contemplando la nieve. Todo está blanco. Las laderas están blancas, los árboles están blancos. Tengo una pala para retirar nieve en la mano y tengo que bajar hasta donde están Helge y los demás compañeros, los que retiran nieve de la alameda. Y tengo que hablar con Helge. Tengo que preguntarle a Helge si quiere venir conmigo, podemos ir a mi antiguo alojamiento en el centro de Christiania, podría decirle que podemos quedarnos unos días con los talladores en Tollbodgata, si quiere puede venir conmigo, si no, tendré que irme solo. Y salgo por la puerta del sótano. Y ha caído mucha nieve, pero la nieve es seca y ligera contra las pesadas botas, atravieso la nieve con facilidad, me dirijo hacia donde están Helge y los demás, pero camino por donde nadie antes ha caminado, camino por donde la nieve es blanca y fina y me vuelvo y veo que he dejado un rastro en la nieve, una estela irregular. Me acerco a los demás. Y la nieve es blanca y fina. Veo que las palas para retirar nieve de Helge y de los otros compañeros se mueven sin parar, se introducen en la nieve, luego emergen, la nieve se cae de las palas, entonces las palas vuelven a sumergirse en la nieve y vuelven a emerger de la nieve. Atravieso la nieve, en dirección a Helge y a los demás compañeros. Atravieso la nieve y la nieve es blanca como mi amada Helene, y yo le digo que pronto iré a por ti, a por ti, mi amada, digo yo, y digo que tú y yo nos iremos a un país lejano, donde no haya nadie que nos conozca, allí nos instalaremos y viviremos juntos, digo yo, y me dirijo hacia Helge y los demás compañeros, y mataré a casi todos los pintores, no a todos, pero a casi todos, porque no hay que matar a todos los pintores, y veo que ahora Helge y los demás compañeros están inclinados sobre las palas para retirar nieve, ya han avanzado unos metros por la alameda y ahora están apoyados sobre sus palas con las espaldas dobladas y yo digo que no hay que matar a todos los pintores, no, digo yo, y atravieso la nieve. Y cuando alcance a Helge y a los demás compañeros tendré que preguntarle a Helge si quiere abandonar el sanatorio de Gaustad conmigo, porque tampoco Helge puede quedarse en el sanatorio de Gaustad, de hacerlo, él tampoco se curará. Tengo que abandonar el sanatorio de Gaustad. Me dirijo hacia Helge y los demás compañeros. Y Helge endereza la espalda, me mira.

Por fin has venido, gandul, me grita Helge.

Y veo a Helge apoyado en la pala de retirar nieve.

Veo que estás trabajando, digo yo.

Trabajo, sí, dice Helge.

Tú trabajas, sí, digo yo.

Y tú has trabajado toda la noche, dice Helge.

Y entonces todos los retiradores de nieve empiezan a reírse y yo veo unos rostros que no paran de mirarme.

Toda la noche, por lo que yo sé, dice Helge.

Y ¿tú qué?, digo yo. Tú te mostraste tan presto como ahora con la pala a la hora de… ya sabes.

Y todos los retiradores de nieve vuelven a reírse.

Y hoy recibirás tu castigo, dice Helge.

Tú también, digo yo.

¡Nos castigarán a los dos! ¿Lo habéis oído?, dice Helge.

Y veo a Helge mirar a los demás retiradores de nieve.

¡Nos van a castigar!, dice él.

Tenemos que salir de aquí, digo yo.

¿Salir de aquí?, dice Helge.

Sí, ¿no recuerdas lo que te conté antes? Que sé adónde podemos ir, a casa de los talladores en Tollbodgata, allí podremos quedarnos a vivir. Nos darán de comer y todo eso, ¿no recuerdas lo que te he dicho?, digo yo.

Y Helge asiente con la cabeza.

Antes tendremos que retirar la nieve, dice Helge.

Pero para entonces puede que sea demasiado tarde.

¿Demasiado tarde?

Si esperamos más, es posible que tengamos que ir a ver al doctor Sandberg antes de que nos haya dado tiempo a escapar.

¿Tenemos que ir a ver al doctor Sandberg?, dice Helge.

Asiento con la cabeza.

El guardián Hauge dijo que tendríamos que hacerlo.

¿Dijo eso?

Asiento con la cabeza y oigo a uno decir que ahora tenemos que ponernos manos a la obra y seguir retirando nieve,
y veo que los demás vuelven a retirar nieve.

Sí, vosotros también tenéis que trabajar, dice otro.

Si no lo hacéis, nunca acabaremos, dice el primero.

Venga, dice el otro.

Sí, tenemos que retirar nieve, dice Beige.

Y Helge vuelve a levantar la pala, empieza a retirar nieve.

Pero yo soy pintor, digo yo.

Ni siquiera quieres pintar un techo, hay uno que dice.

Techos no, digo yo.

¿Qué tiene de malo pintar techos?, dice él.

No soy pintor de techos, yo pinto cuadros, digo yo.

Pintor de cuadros, ¿tú?, dice él.

¡Sí!, digo yo.

Trabaja, dice.

¿Acaso te sabes tus matemáticas?, digo yo.

¡Matemáticas! ¡Trabaja!, dice él.

Soy alumno de Hans Gude, digo yo.

¿Y quién es ese?, dice él.

¿Hans Gude?, digo yo.

¡Sí!, dice él.

¿No sabes quién es Hans Gude?

No. Ponte a trabajar de una vez, gandul, dice él.

No quiero retirar nieve, digo yo.

Gandul, dice él.

Sí, sí, digo yo.

Venga, artista, dice él.

Y veo cómo los demás retiran nieve y yo no quiero retirar
nieve. Soy pintor, soy el pintor Lars Hertervig, y no quiero
quedarme aquí con estos locos incultos retirando nieve. Los
locos incultos pueden retirar nieve, sin duda es un trabajo
adecuado para ellos, teniendo en cuenta que ni siquiera saben
quién es Hans Gude. En cambio, yo sí lo sé. Yo he sido alumno de Hans Gude. Y no quiero retirar nieve. Y tengo que salir
del sanatorio de Gaustad, no hay razón alguna para que el

pintor Lars Hertervig, formado tanto en la Escuela de Arte y Dibujo de Christiania como en la Academia de Bellas Artes de Düsseldorf, tenga que estar en la alameda que conduce del edificio principal del sanatorio de Gaustad a la carretera, que yo, el pintor paisajista de formación, Lars Hertervig, tenga que estar una fría mañana en medio de la nieve blanca retirando nieve. Yo soy Lars Hertervig. Quiero pintar. Y Helge ni siquiera comprende que tiene que irse del sanatorio de Gaustad, si no lo hace nunca se curará, seguirá siendo un loco el resto de su vida, eso es lo que hoy le dirá el doctor Sandberg. Y si el doctor Sandberg lo dice es porque será así. Lo que dice el doctor Sandberg se hace realidad. Así son las cosas en el sanatorio de Gaustad.

No hay que matar a todos los pintores, digo yo.

¿Qué dices?, hay uno que dice.

Digo que no hay que matar a todos los pintores, digo yo.

¿Acaso no eres pintor?, dice.

Sí, lo soy, digo yo.

Entonces tendrías que matarte a ti mismo, si hubiera que matarlos a todos, dice él.

Y entonces todos me miran y de nuevo la risa se abalanza con fuerza sobre mí.

Ándate con cuidado o recibirás, digo yo.

¡Recibiré!, dice él.

Levanto la pala en el aire. Y blando la pala en el aire.

¡Ándate con cuidado! ¡Ándate con cuidado!, digo yo.

¡Estás loco!, dice él.

¡Y tú también!, digo yo. ¡Ándate con cuidado! ¡Con mucho cuidado!, digo yo.

Y blando la pala, la muevo a un lado y a otro en el aire. Ese maldito inculto es un cara dura, pero saber quién es Hans Gude, eso no lo sabe. Es un diablo. No sé cómo se llama, ni tampoco quiero saberlo, no quiero saber el nombre de un diablo como él, un maldito retirador de nieve como él debería saber quién es Hans Gude, pero no lo sabe, ese gamberro.

¿Sabes quién es Tidemann?, digo yo.

Me parece que es pintor, dice él.

Y él sabía que Tidemann es pintor, eso quiere decir que sabe algo y no entiendo cómo es posible que sepa quién es Tidemann.

¿Has visto algún cuadro suyo?, digo yo.

Muchos, dice él.

¿Dónde?, digo yo.

Aquí y allá, dice él.

Bueno, ¿has visto un cuadro suyo o no? Eso determinará si tengo que matarte o no.

Estás loco, dice él.

Y empieza a reírse. Y allí está él, riéndose. Y también los demás empiezan a reírse. También Helge se ríe.

Vete a pintar, gato, dice él.

No quiero pintar, digo yo.

Pero ¿acaso no eres un gato?, dice él.

Hay pintores que no hay que matar, digo yo.

Menos mal, de todos modos, dice Helge.

Y yo los mataré, a todos los pintores que no saben pintar, a los que se pasan el día entero en Malkasten con un vaso en la mano, los mataré, a todos, a todos. Y Helge, ese idiota. Es que no entiende nada. Y yo no quiero retirar nieve.

No hay que matar a todos los pintores, digo yo.

Bueno, bueno, hay uno que dice.

Mata todo lo que quieras, dice otro.

De todos modos, estás loco, dice uno.

Y tengo que irme. No puedo pintar. Y tengo que ir a cambiarme de ropa, tengo que ponerme mi traje de terciopelo lila, y luego iré a buscar a los talladores en Tollbodgata. Lo único que tengo que hacer es ir a por mi ropa, es lo primero que tengo que hacer, luego abandonaré el sanatorio de Gaustad. Suelto la pala para retirar nieve. La dejo allí mismo. Empiezo a caminar en dirección al edificio principal del sanatorio de Gaustad y oigo a Helge gritarme ¿te vas?, y que grite todo lo que quiera, seguramente no sabe quién es Hans Gude, tampoco él, o sea que puede gritar todo lo que quiera, puede gritar todo lo que le dé la gana.

¡Gandul!, grita uno.

¡Maldito gandul!, grita otro.

¡Gandul!

Y yo tengo que irme, no me daré la vuelta.

¡Vete a pintar, gato!

¡Ven a trabajar!

Y entonces algo me golpea en la espalda y ahora me están arrojando bolas de nieve, pero yo no pienso volverme, no pienso preocuparme, simplemente seguiré caminando, como si no pasara nada.

¡Toma esta! ¡Artista!, me gritan.

¡En el blanco!

Y otra bola de nieve me alcanza en la espalda, me escuece. Tengo que echar la cabeza hacia delante. Y menos mal que las bolas de nieve no son tan duras, porque la nieve es blanda.

¡Esa le tiene que haber dolido!

¡Gandul!

¡Gato pardo!

Y oigo que es Helge quien grita gato pardo. Y está loco, no tengo por qué hacer caso de lo que dice. Y vuelan más bolas de nieve por encima de mi cabeza, aterrizan unos metros delante de mí. Y lo único que debo hacer es seguir caminando.

¡Toma!

¡Artista!

¡Pintor que no pinta!

¡Pinta!

Me alcanzan dos bolas de nieve más en la espalda, y ya pueden arrojarme todas las bolas de nieve que quieran, porque no entienden de arte, seguro que nunca en su vida han visto arte de verdad. Pueden arrojarme todas las bolas de nieve que quieran.

¡Vete de aquí!

¡No queremos volver a verte nunca más!

¡Desaparece!

Y pueden hacer todas las bolas de nieve que quieran, las bolas de nieve vuelan casi rozándome, sobre mi cabeza, las bolas de nieve vuelan por doquier. Y yo simplemente sigo caminando como si nada, pero me veo obligado a inclinar la cabeza, tengo que echarme ligeramente hacia delante, y sobre todo debo evitar volverme. Y sigo caminando, con el cuerpo echado hacia delante. Y supongo que pueden lanzarme todas las bolas de nieve que quieran, porque yo soy Lars Hertervig, el pintor Lars Hertervig, ese soy yo, y ellos no lo saben. Y pueden lanzar todas las bolas de nieve que quieran. Y ahora ya no lanzan más bolas de nieve. Se han rendido. Ya no oigo nada. Y me detengo, me vuelvo. Y los miro. Y veo que me han seguido. Tanto Helge como los demás han dejado de lanzarme bolas de nieve y me siguen. Vienen a por mí, con bolas de nieve en las manos. Me siguen lentamente.

¡Ahora!, grita Helge.

Y yo me agacho y las bolas de nieve vuelan por encima de mi cabeza.

¡Una vez más!, grita Helge.

¡Parad ahora mismo!

Y oigo la poderosa voz del guardián Hauge.

¡Dejadlo ya, volved al trabajo! ¡Ya está bien!

Y veo a Helge y a los demás compañeros soltar sus bolas de nieve, y todos dan media vuelta y vuelven al lugar donde habían dejado las palas para retirar nieve.

Y ahora quedamos nosotros, dice el guardián Hauge.

Y yo me incorporo y veo al guardián Hauge de pie delante de la puerta del sótano.

Ven aquí, Hertervig, dice el guardián Hauge.

Y yo me sacudo la nieve de las perneras y de las mangas.

Tienes que ir a ver al doctor Sandberg, dice el guardián Hauge.

Y no quiero tener que ir a ver al doctor Sandberg, porque él me dirá que yo, debido a que me toco allí abajo, entre las piernas, como suele decirlo el doctor Sandberg, nunca llegaré a ser pintor, nunca, y si el doctor Sandberg lo dice, si el director, el médico jefe Ole Sandberg dice que no puedo ser pintor, es porque seguramente no llegaré nunca a ser pintor, estoy convencido, justo cuando estaba seguro de que podría convertirme en pintor, teniendo en cuenta que Hans Gabriel Buchholdt Sundt dijo en su día que yo tenía un gran talento y que podía convertirme en un buen pintor, un muy buen pintor, como dijo en una ocasión, un pintor tremendamente bueno. Y ahora el doctor Sandberg me dirá que nunca conseguiré ser pintor y eso quiere decir que nunca llegaré a ser pintor. Y no tengo que tener que ir a ver al doctor Sandberg. Estoy en medio de la nieve. Veo al guardián Hauge de pie delante de la puerta del sótano. Y tenía que haberme ido a mi antiguo alojamiento en Tollbodgata hace tiempo, pero no lo hice, y ahora supongo que es demasiado tarde, ahora no puedo irme, porque el guardián Hauge me espera en el vano de la puerta del sótano, me vigila, y ahora sin duda tendré que ir a ver al doctor Sandberg, y siendo así, supongo que ya nunca llegaré a ser pintor, y todo, todo es por culpa de esas malditas mujeres, todas las mujeres son unas putas, y es su culpa.

Todas las mujeres son unas putas, digo yo. Es su culpa que yo no pueda convertirme en pintor. Porque yo no he hecho nada malo.

Tranquilo, tranquilo, dice el guardián Hauge.

Todas las mujeres son unas putas. Es su culpa, culpa de todas esas malditas putas, digo yo.

Ahora vas a tener que acompañarme, Hertervig, dice el guardián Hauge.

Pero no es culpa mía, digo yo.

Ven conmigo de todos modos, dice él.

Es culpa de esas malditas putas, digo yo.

Sí, sí, pero ven aquí inmediatamente, dice el guardián Hauge.

Y ahora supongo que tendré que ir a ver al doctor Sandberg, supongo que no puedo hacer otra cosa, ahora tendré que ir a ver al doctor Sandberg.

Te está esperando, ven ahora mismo, dice el guardián Hauge.

Pero si no he hecho nada malo.

De todos modos tienes que ir a ver al doctor Sandberg. Venga, ven ahora mismo.

Y tengo que ir, no puedo quedarme así, como si nada, en medio de la nieve, mientras el guardián Hauge me está esperando y mientras el doctor Sandberg está en su despacho, esperándome también, si no voy ahora mismo, si el doctor Sandberg, el que todo lo decide, tiene que esperarme sentado en su despacho y llega a impacientarse, se tornará más severo si cabe, entonces me dirá que nunca he sabido pintar, que me lo he inventado, me dirá, pero él sabe, él sabe, me dirá, que yo no sé pintar, yo nunca he sabido pintar y nunca sabré pintar, él lo sabe, lo sabe.

Ahora vas a tener que acompañarme, dice el guardián Hauge.

Sí, ahora mismo voy, digo yo.

Ahora mismo, dice el guardián Hauge.

Y empiezo a caminar hacia la puerta del sótano. Veo al guardián Hauge de pie en la puerta, mirándome.

El doctor Sandberg te espera, dice el guardián Hauge.

Y yo entro en el sótano. Y antes mi amada Helene estaba aquí, pero ahora ha desaparecido. ¿Por qué se ha ido Helene? ¿Por qué Helene no quiere estar conmigo? ¿Ya no querrá volver a estar conmigo nunca más, ahora que ya nunca podré llegar a ser un pintor de verdad?

Es una maldita puta, digo yo. Es una endiablada puta. Y no hay que matar a todos los pintores.

Tienes que quitarte la ropa de trabajo, dice el guardián Hauge.

Una maldita puta, es por culpa de esa maldita puta, digo yo.

El doctor Sandberg te está esperando. Quítate las botas de una maldita vez, dice el guardián Hauge.

Pero no es mi culpa.

Date prisa, ya, venga.

No hay que matar a todos los pintores, digo yo.

Vale, vale, dice el guardián Hauge.

Y me agacho, me quito las botas.

Llegará un día, digo yo y dejo las botas de trabajo en su sitio.

Ahora vas a tener que darte un poco de prisa, dice el guardián Hauge.

Y me quito el mono de trabajo, porque ahora ya nunca podré ser pintor, eso es lo que me dirá el doctor Sandberg, y él sabe de qué habla, supongo que nunca llegaré a ser pintor, así son las cosas.

Y nunca volverá a ser lo mismo, digo yo. Nunca más, nunca jamás volverá a ser lo mismo.

Y cuelgo el mono de trabajo en la percha. Y ahora tengo que irme de aquí, nada es culpa mía, y ahora lo único que debo hacer es salir de aquí. No puedo seguir en el sanatorio de Gaustad.

¿Sabes que la serpiente se enrosca?, digo yo. Yo sí lo sé, lo he visto con mis propios ojos, digo yo. Es cierto. Pero supongo que tú no me crees, tú, guardián Hauge. Claro que no me crees. Pero yo lo sé. Y yo soy pintor, soy pintor de formación. Y tú no lo eres. Y mi padre recolecta ciruelas. Y mi hermana se pasea por las calles de Stavanger. ¡Ja! Eso hace, sí, guardián Hauge.

Tranquilo, tranquilo, Hertervig, dice el guardián Hauge.

¡Tendrías que haber visto a mi hermana, sus pechos, hombre!

Sí, pero ven conmigo, dice el guardián Hauge.

Y el guardián Hauge empieza a caminar a través del sótano, y yo lo sigo, y vuelvo a alcanzar al guardián Hauge, y camino a su lado por el sótano.

Pero tú nunca has visto a mi hermana, digo yo. Me imagino que nunca la has visto. Y supongo que no importa, porque hay tantas otras a las que mirar, tantas mujeres, mujeres de todo tipo, de todas las edades. Y es culpa de ellas. Lo sé perfectamente, digo yo.

Sí, seguro que lo sabes, dice el guardián Hauge.

Es su culpa que yo ahora tenga que ir a ver al doctor Sandberg, eso supongo que también lo sabes, guardián Hauge, con lo listo que tú eres, a pesar de que no te sabes tus matemáticas ni tu anatomía. ¡En absoluto! Pero ¡yo sí! ¡No lo dudes! Tengo que irme ahora porque hay alguien que me está esperando. Hay alguien que me espera, allá abajo, en Alemania, por eso tengo que irme, ya, ahora mismo. ¿Lo comprendes, guardián Hauge?

Lo comprendo, dice el guardián Hauge.

Y empezamos a subir por una escalera y el guardián Hauge abre una puerta y yo atravieso la puerta, entonces el guardián Hauge vuelve a cerrar la puerta detrás de mí.

Hay que hacerlo, sí, Hertervig, sí, dice el guardián Hauge.

Supongo que sí, digo yo. Pero tendrías que haber visto a mi hermana. Y a mi madre. Se pasa todo el día sentada rezando, muy pocas veces dice algo, y sin embargo ha tenido muchos hijos, por lo menos diez o quince. Tengo muchas hermanas, ¿sabes? Pero eso quiere decir que, aunque mi madre se pase el santo día sentada en una silla rezando, no es posible que lo haga todo el tiempo, tiene que haber hecho otra cosa en algún momento para tener tantos hijos. ¿Lo entiendes, guardián Hauge? ¡Ja! ¡Mi madre!

Tranquilo, tranquilo, Hertervig, dice el guardián Hauge.

¿Lo entiendes?, digo yo.

Sí, lo entiendo, si no supongo que tú no estarías ahora aquí, en el sanatorio de Gaustad, dice el guardián Hauge.

Así es, digo yo. Pero mi hermana, a ella realmente sí que tendrías que haberla visto, digo yo.

Y camino junto al guardián Hauge por un pasillo, y he estado antes en este pasillo, porque al final del pasillo el doctor Sandberg tiene su despacho, y en la puerta de su despacho hay una placa en la que pone director, ahora voy a ir a ver al médico jefe, el director Ole Sandberg, y supongo que no me hará ningún daño, de todos modos, nunca llegaré a ser pintor, estoy loco, estoy ingresado en el sanatorio de Gaustad, soy el loco entre los locos, y un loco no puede ser pintor, y camino por el pasillo con el guardián Hauge a mi lado. Y veo la puerta del despacho del doctor Sandberg al final del pasillo, y allí, en el despacho del doctor Sandberg, he estado antes, estuve cuando llegué al sanatorio de Gaustad, y me parece que no he vuelto a visitarlo desde entonces. Pero hoy iré al despacho del doctor Sandberg.

Mi hermana, digo yo.

Sí, ya estamos llegando, dice el guardián Hauge.

A mi hermana, realmente la tendrías que haber visto, digo yo. Tiene unas tetas enormes. Si la hubieras visto, tú también habrías hecho algo, te lo aseguro, incluso tú, guardián Hauge.

Sí, sí, dice el guardián Hauge.

Pero la serpiente se retuerce, digo yo.

Eso hace, sí, dice el guardián Hauge.

Y he visto las tetas de mi hermana, varias veces, he visto las tetas de varias de mis hermanas, yo las he visto, no me vengas ahora con cuentos, digo yo. Supongo que habrás visto que la serpiente se retuerce. ¿Tú alguna vez has visto tetas?

Soy un hombre casado, dice el guardián Hauge.

Bueno, pues en ese caso habrás visto tetas, digo yo. Pero ¿sabías que estoy prometido?

Y el guardián Hauge camina por el pasillo, yo lo acompaño.

No creo que hayas visto tetas, no creo que tu mujer te haya dejado ver sus tetas, digo yo. ¡No! ¡En absoluto! ¡La mujer del guardián Hauge no le deja ver sus tetas! Pero yo he visto tetas, yo sí. Y es porque soy cuáquero. O, mejor dicho, mi padre era cuáquero. Por eso he visto tetas, digo yo.

Venga, tranquilo, ahora no vayas a decir algo de lo que luego te arrepientas, dice el guardián Hauge.

Las tetas son estupendas, digo yo.

Sí, sí, dice el guardián Hauge.

Y yo he visto muchas tetas, digo yo. Porque he pintado mujeres desnudas, muchas mujeres desnudas, y te lo digo yo, ¡son estupendas! ¡Son estupendas!, digo.

¿De veras?, dice el guardián Hauge.

Sí, es verdad. En Alemania. He pintado muchas mujeres desnudas. Y he visto las tetas enormes de mi hermana. Ninguna de las mujeres que pinté en Alemania tenía las tetas tan grandes como ella. Es verdad. Lo es, lo es. Así es, digo yo.

Y miro la puerta del despacho del doctor Sandberg, en la puerta pone director. Dentro de unos instantes hablaré con el director, con el médico jefe Ole Sandberg. Entraré en su despacho. Me sentaré. Tendré que sentarme en una silla, en el despacho del médico jefe, el director Ole Sandberg, y tendré que oírlo decir que nunca llegaré a ser pintor, eso, con toda seguridad, será lo que me dirá, después de lo que le han contado, es lo que me dirá. Nunca llegaré a ser pintor. Pero tengo que pintar. Nunca llegaré a ser pintor, pero pintaré y, pese a quien le pese, seré el pintor Lars Hertervig, aunque no pueda pintar.

Ya hemos llegado, dice el guardián Hauge.

Y veo al guardián Hauge levantar la mano y llamar a la puerta del despacho del doctor Sandberg, y oigo al doctor Sandberg responder ¡sí!, y entonces veo al guardián Hauge abrir la puerta y entrar, y el guardián Hauge dice que ahora ya está aquí Hertervig, dice, y ahora supongo que debería entrar por la puerta en la que pone director, y tengo que salir de aquí, pero no puedo irme de aquí, y supongo que debería entrar y escuchar lo que el doctor Sandberg tiene que decirme, pero no debo decir nada, tengo que quedarme sentado sin decir nada, supongo que tendré que entrar en el despacho del doctor Sandberg, y tendré que mantener la boca cerrada, y estoy delante de la puerta del despacho del doctor Sandberg, y miro al suelo, y veo los pies del guardián Hauge, y veo que la puerta se abre un poco más, y entonces veo la esquina inferior de la bata blanca del doctor Sandberg, y oigo al doctor Sandberg decir Hertervig, sí, y entonces el guardián Hauge dice que ya estoy aquí, y el doctor Sandberg le da las gracias al guardián Hauge, y entonces el doctor Sandberg dice que el guardián Hauge espere fuera. Y ya estoy aquí, mirando fijamente el borde inferior de la bata blanca del doctor Sandberg, y oigo al doctor Sandberg decir que pase a su despacho, y yo no debo contestar, no debo entrar con el doctor Sandberg en su despacho, porque si lo hago supongo que nunca llegaré a ser pintor.

Venga, dice el doctor Sandberg.

Y clavo la mirada en el borde inferior de la bata blanca del doctor Sandberg y no debo entrar con el doctor Sandberg en su despacho, porque si lo hago nunca llegaré a ser pintor. Sé muy bien que el doctor Sandberg no quiere que pinte, por eso no puedo pintar mientras esté en el sanatorio de Gaustad. Yo mismo dije que no quería pintar. Pero supongo que no lo decía en serio. Quiero pintar. No debo decir nada.

Los pintores se corrompen cuando no pueden pintar, digo yo.

Y vuelvo a fijar la mirada en el borde inferior de la bata blanca del doctor Sandberg, y oigo al doctor Sandberg decir ven aquí, y el doctor Sandberg posa su mano sobre mi hombro y me empuja suavemente al interior del despacho.

Solo una pequeña charla, Hertervig, dice.

Y el doctor Sandberg ha posado su mano en mi hombro y me empuja suavemente al interior del despacho. Y el doctor Sandberg suelta mi hombro. Y oigo al doctor Sandberg volver a acercarse a la puerta, y le oigo decir al guardián Hauge, que aguarda en el pasillo, que no tardará, y el guardián Hauge dice que puede esperar, y oigo que el doctor Sandberg cierra la puerta y vuelve a cruzar la estancia. Alzo la mirada y veo que el doctor Sandberg toma asiento detrás de su escritorio.

Empecemos, dice el doctor Sandberg.

Y bajo la mirada al suelo.

Puedes sentarte allí, dice el doctor Sandberg. En esa silla, delante de mí, al otro lado del escritorio.

Y alzo la mirada, y veo al doctor Sandberg sentado en una silla detrás de un enorme escritorio de color marrón, y me está mirando, y al otro lado del escritorio, vuelta hacia el doctor Sandberg, hay una silla vacía, y es donde tengo que sentarme, tan cerca del doctor Sandberg, tan solo nos separa el escritorio.

Siéntate, haz el favor, dice el doctor Sandberg.

Y el tono de voz del doctor Sandberg es decidido. Y tengo que sentarme. Tengo que salir de aquí, porque ahora el doctor Sandberg me dirá que nunca llegaré a ser pintor y entonces supongo que nunca seré pintor, nunca seré pintor, si lo dice el doctor Sandberg, si el médico jefe, el director Ole Sandberg, dice que nunca llegaré a ser pintor es porque seguramente no lo conseguiré, nunca llegaré a ser un pintor de verdad. Bajo la mirada a mis pies. Y tengo que salir de aquí.

¿Cómo te encuentras, Hertervig?, dice el doctor Sandberg.

Y no debo contestar, lo único que tengo que hacer es sentarme en la silla y no decir nada, no debo contestar, y voy y me siento en la silla que está vuelta hacia el doctor Sandberg, y bajo la mirada fijándola en el enorme escritorio de color marrón.

¿Bien o mal?, dice el doctor Sandberg.

Supongo que no debería decir nada. Supongo que debería quedarme aquí sentado. ¿Sin decir nada?

Sí, digo yo.

Estás bien, pues, supongo, dice el doctor Sandberg. Sí, sí, y ahora es Nochebuena y todo eso, dice él.

Y no debo decir nada.

¿Hay algo que te atormente, Hertervig?

Y no debo quedarme sentado en una silla, escuchando al doctor Sandberg decirme que nunca podré ser pintor.

Esto resulta un poco difícil, dice el doctor Sandberg. Pero bueno. Es un poco complicado.

Los perros están bien, digo yo.

Y alzo la mirada y sonrío al doctor Sandberg.

Sí, sí. Los perros están bien, dice el doctor Sandberg, pero hay algo de lo que tenemos que hablar.

Y además sé que la serpiente se retuerce, digo yo.

Y hago un gesto afirmativo con la cabeza en dirección al doctor Sandberg que está sentado al otro lado del enorme escritorio de color marrón, ligeramente inclinado hacia delante, sus brazos descansan sobre el tablero. Y el doctor Sandberg me mira con sus ojos azules muy abiertos.

En eso realmente tienes razón, dice el doctor Sandberg. Y de eso se trata precisamente. Porque me han contado una cosa.

Sí, las serpientes se retuercen tremendamente, digo.

Sí, porque he sabido una cosa, a través del guardián Hauge, dice el doctor Sandberg.

Uno tiene que estar alerta, digo yo.

Sí, uno tiene que estar alerta, dice el doctor Sandberg.

Y supongo que sé que ahora el doctor Sandberg me dirá que nunca seré un verdadero pintor.

Sí, digo yo.

El guardián Hauge me ha dicho que sigues tocándote allí abajo, entre las piernas, dice el doctor Sandberg.

Y no debo mirar al doctor Sandberg, y ahora el doctor Sandberg ha dicho que sigo tocándome allí abajo, entre las piernas, y luego me dirá qué por eso me he vuelto loco, y como insisto en tocarme allí abajo, entre las piernas, como dice él, tampoco me recuperaré, eso es lo que me dirá.

¿Es eso cierto?, dice el doctor Sandberg.

Tengo que bajar la mirada y no debo decir nada.

No es culpa mía, digo.

Pero ¿es cierto?

Y no debo decir nada, y ahora mi amada Helene tendría que venir, y debería posar su mano sobre mi frente, y debería decirle al doctor Sandberg que no he hecho nada malo, que no es verdad.

O sea que es cierto, dice el doctor Sandberg. Si es así, no me queda más remedio que decirte, siendo fiel a la verdad, que me has decepcionado, dice.

Y yo miro hacia el enorme escritorio marrón del doctor Sandberg. Y no creo haber hecho nada malo, son esas malditas mujeres las que han hecho algo malo, son ellas las que andan por ahí con sus grandes tetas, es culpa suya. Yo no he hecho nada malo. Contemplo las nubes y pinto cuadros. Veo la luz. Podría pintar lo que fuera si tuviera colores suficientemente buenos. Lo veo todo. Yo sé pintar, en cambio, los demás pintores no saben pintar. No es culpa mía. Los mataré a todos, a los pintores, a las mujeres. Veo la luz, en todo. Sé pintar.

Sí, realmente me has decepcionado, Hertervig. Y ahora ya lo entiendo todo mucho mejor, dice el doctor Sandberg.

Y bajo la mirada a la enorme mesa redonda del doctor Sandberg. Pero yo sé pintar. Yo sé pintar.

Dijiste que no sabías lo que era, veo que anoté aquí, sí, dice el doctor Sandberg.

Y no debo alzar la mirada y no debo decir nada.

Es por culpa de los colores. No dispongo de los colores adecuados, digo yo.

Y bajo la mirada y la clavo en la enorme mesa marrón del doctor Sandberg.

Supongo que lo habrás hecho antes, quiero decir, ¿antes de llegar al sanatorio de Gaustad?

Y no debo contestar. Porque el doctor Sandberg no puede decirme que nunca llegaré a ser pintor. Yo sé pintar. Son los otros pintores los que no saben pintar. Yo sé pintar. Yo lo veo todo. Es por culpa de los colores por lo que no puedo pintar, son demasiado malos, y oigo al doctor Sandberg decir que sin duda lo habré hecho antes, sí, dice, y el doctor Sandberg dice que, según las palabras del guardián Hauge, lo he hecho varias veces, muchas veces, lo he hecho continuamente, para utilizar las palabras del guardián Hauge, dice el doctor Sandberg, continuamente, dice, y tengo que escapar del sanatorio de Gaustad, y oigo al doctor Sandberg decir que es muy probable que mi enfermedad se deba a que me he estado tocando allí abajo, entre las piernas, dice el doctor Sandberg, y tengo que contestar sí, que lo sé, sí, sí, tengo que contestar, y luego supongo que tendré que salir del despacho del doctor Sandberg y después de esto supongo que no podré pintar.

Los pintores se pudren cuando no pueden pintar, digo yo.

Y si no dejas de hacerlo nunca te curarás, dice el doctor Sandberg. Has ido demasiado lejos. No, es muy triste. Esto no tenía que haber ocurrido.

Y el doctor Sandberg ha dicho que nunca seré pintor, y ahora tendré que abandonar el sanatorio de Gaustad.

Tienes que dejarlo, si no tendré que decirte, fiel a la verdad, que probablemente no puedas llegar a ser pintor, dice el doctor Sandberg.

Y lo sabía. Nunca llegaré a ser pintor. Pero tengo que pintar, porque yo veo todo lo que los demás no ven, y también lo sé pintar, siempre y cuando los colores sean suficientemente buenos.

No tengo colores suficientemente buenos, digo yo.

Sí, puede decirse así, dice el doctor Sandberg.

Si por lo menos los colores hubieran sido suficientemente buenos, digo yo.

Tal vez lo puedan llegar a ser, dice el doctor Sandberg.

Y ahora tengo que asentir con la cabeza y luego tendré que levantarme e irme.

No debes hacerlo nunca más, prométemelo, Hertervig, dice el doctor Sandberg.

Y supongo que tengo que prometerle que no volveré a pintar nunca más, supongo que es porque la serpiente se retuerce por lo que quiere que se lo prometa, pero es que lo único que quiero hacer es pintar, solo que no puedo dormir por la noche, son las mujeres las culpables, son todas esas malditas putas. Lo único que quiero es pintar. Todas las mujeres son unas putas. Sus tetas.

Todas las mujeres son unas putas, digo yo.

No debes seguir tocándote allí abajo, entre las piernas, tengo que decírtelo con toda la seriedad de la que sea capaz, te pones enfermo. Y estás en el sanatorio de Gaustad para ponerte bien. Prométemelo, dice el doctor Sandberg.

Y miro hacia el enorme escritorio marrón del doctor Sandberg, y el doctor Sandberg quiere que yo le prometa que no volveré a pintar nunca más. Y Helene, ¿dónde estará ahora mi amada Helene?

Estoy prometido, digo yo.

Me alegra oírlo.

Pero la serpiente se retuerce, digo yo.

Pero no debes volver a tocarte allí abajo, entre las piernas, nunca más, ¿de acuerdo, Hertervig?, dice el doctor Sandberg.

Y alzo la mirada, y me encuentro directamente con los ojos azules del doctor Sandberg.

Eso es todo, dice él. Puedes irte.

Y bajo la mirada a la enorme mesa marrón del doctor Sandberg, y oigo al doctor Sandberg ponerse en pie, y me dice que entonces nos vemos en la cena de Nochebuena, dice, y ahora el doctor Sandberg me ha dicho que no podré ser pintor y por tanto supongo que no llegaré a serlo nunca y, siendo así, tendré que irme, ahora tengo que levantarme y supongo que puedo irme con los talladores de Tollbodgata. Supongo que podría volver a mi antiguo alojamiento. Y oigo al doctor Sandberg cruzar la estancia, y ahora debería levantarme, y oigo al doctor Sandberg decir que ha terminado la charla y que por tanto debo irme, dice, y yo me levanto, y ahora tendría que abandonar el sanatorio de Gaustad, y oigo al doctor Sandberg abrir la puerta y le oigo decir que esto sin duda me ayudará, ¿no lo crees así, Hauge? Y oigo al guardián Hauge decir que sin duda lo hará.

Esperemos que así sea, dice el doctor Sandberg.

Tenemos que creer que, a pesar de todo, saldrá algo bueno de todo ello, dice el guardián Hauge.

Solo nos queda esperar, dice el doctor Sandberg.

Y camino hacia la puerta, y veo al doctor Sandberg que se vuelve hacia mí.

Debes recordar lo que te he dicho, Hertervig, dice él. Tienes que ponerte bien, por eso estás en el sanatorio de Gaustad, dice él.

Y veo al guardián Hauge delante de la puerta que asiente con la cabeza.

Y ahora tienes que recordar lo que te he dicho, en las noches que pasas en vela, recuérdalo, dice el doctor Sandberg.

Y salgo por la puerta.

Bueno, ahora debes recordar lo que te he dicho, dice el doctor Sandberg.

Y salgo por la puerta y oigo la puerta cerrarse a mis espaldas, y ahora me encuentro delante de la puerta, he estado en el despacho del doctor Sandberg y él me ha dicho que nunca llegaré a ser pintor, y yo digo en voz baja, para mis adentros, que es por culpa de los malos colores, digo yo, y empiezo a reírme, oigo al guardián Hauge decir que tenemos que volver a bajar al sótano, allí debo volver a cambiarme y ponerme la ropa de trabajo, y luego tendré que volver a retirar un poco de nieve, dice el guardián Hauge que empieza a caminar pasillo abajo. Y ahora he estado con el doctor Ole Sandberg y me pondré bien. Nunca volveré a estar bien. Miro hacia el guardián Hauge. Estoy loco. Veo al guardián Hauge detenerse y mirarme.

Ven aquí ahora mismo, dice el guardián Hauge.

Y empiezo a caminar por el pasillo, hacia el guardián Hauge. Y ahora tengo que abandonar el sanatorio, Hauge, hoy es Nochebuena y hoy abandonaré el sanatorio de Gaustad, no es bueno para un pintor estar en el sanatorio de Gaustad, los pintores que no saben pintar pueden estar en el sanatorio de Gaustad, pero un pintor que sabe pintar no puede estar en el sanatorio de Gaustad. Y veo al guardián Hauge volverse y empezar a caminar por el pasillo, yo lo sigo, por el pasillo, camino detrás del guardián Hauge. Y mi hermana tiene las tetas grandes. He visto las tetas de mi hermana. Tengo que abandonar el sanatorio de Gaustad. Camino detrás del guardián Hauge. He estado en el despacho del director y médico jefe Ole Sandberg. Y ahora camino detrás del guardián Hauge, ahora bajaremos al sótano y allí me pondré mi ropa de trabajo y mis botas, y luego saldré con Helge y los demás para retirar nieve. E iré a Tollbodgata. Abandonaré el sanatorio de Gaustad. No entiendo por qué tengo que quedarme más tiempo en el sanatorio de Gaustad. Y tengo que ir a ver a mi amada Helene. Sé que mi amada Helene, mi amada Helene está en Tollbodgata, esperándome. Y tengo que reunirme con mi amada Helene, digo para mis adentros que iré a donde tú estés, puedes estar segura, iré a verte, no tienes que seguir esperándome más tiempo, me iré contigo y entonces nos iremos juntos, digo yo cuando alcanzo al guardián Hauge.

Tú, mi amada. Me iré contigo, o pintaré tu retrato, digo yo.

Ahora tienes que retirar nieve con los demás, dice el guardián Hauge.

Pintar tu retrato, digo yo.

Es Nochebuena, dice el guardián Hauge.

Y el guardián Hauge y yo avanzamos por el pasillo, uno al lado del otro.

Y sé que me estás esperando, digo yo.

Hoy es Nochebuena, en este día siempre dan buena comida en el sanatorio de Gaustad, dice el guardián Hauge. En un día así hay buena comida para todos, sin que importe ni estado ni condición.

Coños, coños, digo yo.

Es Navidad, Hertervig.

Y polla, polla, digo yo.

Me lo sé de memoria, dice el guardián Hauge.

Polla y coño, digo yo. Y putas.

¡Es Navidad, Hertervig!

Sí, vuelve a ser Navidad, digo yo.

Lamer coños, digo yo.

Y últimamente está nevando mucho, por eso hay que retirar la nieve, dice el guardián Hauge.

¿Te gustan las gaviotas?, digo yo.

¿Las gaviotas?

Sí.

No.

A mí me gustan las gaviotas.

Tú conoces el mar, Hertervig, yo no.

Sí, así es, yo conozco el mar.

Tú has navegado por los grandes mares, yo nunca lo he hecho.

Pues sí, así es, digo yo.

Y avanzo por el pasillo, el guardián Hauge me acompaña.

No, no puedo decir que me gusten especialmente las gaviotas, dice el guardián Hauge.

Por las noches, pienso a menudo en las gaviotas, digo yo.

Supongo que es preferible que pienses en las gaviotas, dice el guardián Hauge.

Asiento con la cabeza.

Tienes que limitarte a las gaviotas, dice él.

Tengo que limitarme a pensar en las gaviotas, sí, digo yo. Es bonito observar las gaviotas. Me gustan las gaviotas. Pero en el sanatorio de Gaustad solo hay nieve, no se ve ni una sola gaviota, o casi ninguna. Y no hay agua, ni mar, no hay nada que ver. Solo locos. Mujeres locas, el sanatorio de Gaustad bulle de mujeres locas. Mujeres putas, con grandes tetas. Tendrías que vigilar las tetas, guardián Hauge, no a la gente como yo. No a anguilas como yo. No hay que preocuparse de las anguilas. ¿No te parece?, digo yo.

Sí, sí, dice el guardián Hauge.

Las anguilas se pescan con nasas. ¿Lo sabías?, digo yo.

Supongo que lo habré oído alguna vez, dice el guardián Hauge.

¿Y sabías que en Alemania se comen las anguilas? ¿Nunca has probado la anguila?, digo yo.

Y miro al guardián Hauge y veo que sacude la cabeza.

¿Nunca?, digo yo.

Ni siquiera tengo ganas de probar la anguila, dice él.

Y camino por el pasillo al lado del guardián Hauge.

¿Has visto una anguila alguna vez?, digo yo.

Y veo al guardián Hauge sacudir la cabeza.

¿Nunca?, digo yo.

No, creo que no, dice él.

Tendrías que haber visto una anguila, tú que sabes que la serpiente se retuerce, digo yo.

Sí, dice el guardián Hauge.

Las anguilas parecen serpientes, digo yo.

Tampoco he visto serpientes, dice el guardián Hauge.

¿Y culebras?, digo yo.

Sí he visto culebras.

Pues es que las culebras son serpientes. Entonces quiere decir que has visto serpientes.

Te las sabes todas, Heitervig. Yo no soy un hombre instruido, no lo soy, dice el guardián Hauge.

Y veo al guardián Hauge sacudir la cabeza, y camino por el pasillo al lado del guardián Hauge.

Entonces has visto serpientes, digo yo.

Sí, supongo que sí.

Desde luego que las has visto. Y deberías contárselo a tu mujer digo yo. Y tienes que decirle que la serpiente se retuerce.

Sí, sí, dice el guardián Hauge. Pero ahora tienes que retirar nieve con los demás, se retuerza o no la serpiente, dice él.

Y el guardián Hauge y yo bajamos la escalera del sótano.

Tú sabes que las mujeres te persiguen, digo yo.

¿Eso crees?

Les encanta lamer.

¿Lamer?

Sí.

Sí, Sí.

Y el guardián Hauge y yo atravesamos el sótano.

Sí, sí, dice el guardián Hauge. Y ahora vuélvete a cambiar.

Asiento con la cabeza. Y ahora supongo que tendré que abandonar el sanatorio de Gaustad. No puedo quedarme más tiempo en el sanatorio de Gaustad, porque ya no podré recuperarme, pues esas malditas putas y los pintores que no saben pintar siempre me atormentarán. Me detengo. Veo al guardián Hauge dejar de caminar. Y ya no puedo más. Nunca volveré a estar bien. Nunca seré pintor. Estoy loco, estoy en el sanatorio de Gaustad. Y nunca volveré a estar bien, nunca llegaré a ser pintor. Y Helene me ha abandonado. Antes estaba conmigo, pero de pronto se fue, sin más, sin despedirse de mí. Y ahora vuelvo a estar solo en el sanatorio de Gaustad. Y seguramente Helene va por ahí insinuándose a los hombres, mirando a los hombres con sus grandes ojos azules, mira a los hombres con la boca ligeramente abierta, se pone delante de los hombres con el vestido blanco ajustado sobre sus pechos. Y Helene se vuelve, y su vestido blanco cae ajustado por su espalda y su trasero. Helene les da la espalda a los hombres. Y Helene se vuelve hacia los hombres de nuevo, mira a los hombres. Helene sonríe a los hombres. Helene sonríe a los hombres. Helene me ha abandonado. Y no sé por qué Helene me ha abandonado. No sé adónde ha ido Helene. Hace un momento, Helene estaba en el sótano. Helene está mirando a los hombres. Helene sonríe a los hombres. Helene sonríe con toda su alma a los hombres. Helene es una maldita puta. ¿Adónde se ha ido Helene? ¿Acaso Helene no es mi novia? ¿Qué ha sido de Helene?

Ahora tienes que venir conmigo, dice el guardián Hauge.

Y veo que el guardián Hauge se ha detenido un poco más allá, me está mirando. ¿Y dónde está Helene? ¿Por qué me ha abandonado Helene? ¿Acaso solo es el guardián Hauge que me está esperando? ¿Por qué está Helene sonriendo a los hombres, con los labios húmedos, con la boca medio abierta?

¡Hertervig! ¡Venga!, dice el guardián Hauge.

¿Dónde estás, Helene?, digo yo.

¡Hertervig!, dice el guardián Hauge. Tienes que venir ahora mismo.

Y la voz del guardián Hauge es firme. Y tengo que echar a andar. No puedo quedarme quieto, sin razón. Tengo que salir del sanatorio de Gaustad. Empiezo a andar y veo al guardián Hauge entrar en el vestidor, sigo al guardián Hauge y entro en el vestidor, veo al guardián Hauge de pie al lado de mi ropa de trabajo y mis botas. Ahora tendré que retirar nieve. El guardián Hauge quiere que me ponga mi ropa de trabajo y que salga a retirar nieve con los demás retiradores de nieve. Y pronto tendré que irme del sanatorio de Gaustad. Tengo que reunirme con Helene. Me reuniré contigo, mi amada Helene.

Si me esperas, me reuniré contigo, digo yo.

Tienes que venir aquí y ponerte la ropa de trabajo, dice el guardián Hauge.

¿Y por qué? ¿Por qué haces eso?, digo yo. ¿Por qué, Helene? ¿Por qué?

Venga, date prisa, dice el guardián Hauge.

Y yo asiento con la cabeza y el guardián Hauge ha dicho que tengo que ponerme la ropa de trabajo y entonces supongo que tendré que hacer lo que me ha dicho el guardián Hauge, si no nunca me curaré, el que quiera curarse tendrá que hacer lo que le dice el guardián, eso ha dicho el doctor Sandberg. Tengo que hacer lo que me ordene el guardián Hauge.

Ven a cambiarte, ¡ahora mismo!, dice el guardián Hauge.

Y Helene. Y Helene se inclina sobre su tío. Y su tío apoya el brazo sobre sus hombros, deja que su gruesa mano se deslice por el pecho de Helene y, de pronto, allí está el señor Winckelmann, con la mano hueca alrededor del pecho de mi amada Helene. Y Helene alza la mirada hacia el señor Winckelmann, sonríe con toda la cara hacia el rostro redondo y negro de él. Y entonces el señor Winckelmann agarra la mano de ella y la posa sobre su pantalón, sobre su bragueta, y él dice que allí, sí, allí es donde tiene que estar su mano. Y Helene mantiene la mano sobre la bragueta del señor Winckelmann. Y oigo al señor Winckelmann gemir, y no hagas eso, mi amada Helene. No lo hagas.

Hertervig, ven ahora mismo, dice el guardián Hauge.

Es una puta, digo yo.

Hay que trabajar, ahora, dice el guardián Hauge.

Sí, sí, digo yo.

Y veo al guardián Hauge que me espera al lado de mi ropa y mis botas de trabajo, y no pienso mostrarme delicado y bondadoso contigo cuando te vuelva a ver, puta alemana. No te dejaré escapar fácilmente, no.

Tengo que ir al baño, digo yo.

Pues date prisa, dice el guardián Hauge.

Y abro la puerta y entro en el baño, en realidad, no tenía que ir al baño, ¿por qué entonces le he dicho al guardián Hauge que tenía que ir al baño? Simplemente le dije que tenía que ir al baño. Corro el pestillo de la puerta. Y los baños del sanatorio de Gaustad son magníficos. Tienen agua. En ningún otro sitio había visto antes unos baños tan distinguidos como los del sanatorio de Gaustad. Y Helene sonríe a los hombres. ¿Y por qué se fue Helene? Y no entiendo por qué no puedo ser pintor. El doctor Sandberg ha dicho que no puedo ser pintor porque no hago más que tocarme allí abajo, entre las piernas, como suele decirlo él. ¿Por qué no puedo ser pintor? ¿Y por qué dije que tenía que ir al baño? ¿Me pasa algo a mí, entre las piernas? Me desabrocho los pantalones. Me bajo los pantalones, me bajo los calzoncillos. Me miro allí abajo, entre las piernas. Veo que mi verga es ancha. Veo que cuelga hacia un lado, mi verga está un poco dura. Soy el pintor Lars Hertervig que nunca podrá ser pintor porque se ha tocado entre las piernas. Y si nunca se podrá recuperar, ¿por qué no iba a seguir tocándose allí abajo, entre las piernas tanto como quiera? Tengo que tocarme allí abajo, entre las piernas. Rodeo mi verga con la mano. Y mi verga crece entre mis dedos. Miro a la pared. Mantengo las piernas separadas mientras rodeo mi verga con la mano. Cierro la mano alrededor de mi verga, echo el pellejo sobre mi verga y lo vuelvo a retirar. Muevo la mano arriba y abajo por mi verga. Y esa maldita puta. Esa maldita puta que está liada con su tío, que se arrodilla delante de él y le chupa la verga. Esa maldita puta. ¿Y por qué estuvo conmigo si luego me abandonó? Sigo moviendo la mano arriba y abajo por mi verga. Y mi verga está dura y larga. De todos modos no llegaré nunca a ser pintor. O sea que puedo seguir tocándome allí abajo, tanto como quiera. Porque de todos modos nunca llegaré a ser pintor. Subo y bajo la mano, con fuerza, a lo largo de mi verga. Y polla y coño. Tetas. Polla y coño. Y todas las mujeres son unas putas. Sé que todas las mujeres son unas putas. Sigo subiendo y bajando la mano por mi verga, cada vez más rápido. Aprieto mi verga con más fuerza y muevo la mano arriba y abajo, aún más rápido. Me toco allí abajo, entre las piernas. Y ya no quiero ni ver ni oír más a las gaviotas. No más gaviotas. Ya no sé si existen las gaviotas. No quiero volver a ver las gaviotas. Muevo la mano arriba y abajo a lo largo de mi verga y oigo al guardián Hauge decir que tienes que salir ya, Hertervig, y el guardián Hauge me está esperando, mientras yo me toco allí abajo, entre las piernas, como suele decirlo el doctor Sandberg, el guardián Hauge tiene que esperar. Y yo no quiero retirar nieve. Yo soy pintor. Ya no quiero ver las gaviotas. Muevo la mano arriba y abajo a lo largo de mi verga. No pienso retirar nieve. Soy pintor. Yo no soy uno que retira nieve.

¡Hertervig!, dice el guardián Hauge.

Y mi verga está dura y larga. Muevo la mano arriba y abajo por mi verga. Ya no quiero volver a ver las gaviotas.

¡Tienes que salir ahora mismo, Hertervig!

Y yo muevo mi mano arriba y abajo por mi verga.

Si no sales, tendré que entrar yo, dice el guardián Hauge.

Pues que entre. Supongo que habrá visto una verga antes. Y supongo que ya me ha visto tocármela antes, como suele decir él. Ya no quiero más. Hoy es Nochebuena y pienso abandonar el sanatorio de Gaustad, si no dejo el sanatorio de Gaustad nunca llegaré a ser pintor, nunca aprenderé a pintar, lo sé. Tengo que irme de aquí. Subo y bajo la mano a lo largo de mi verga. Esas malditas gaviotas. Y esa maldita puta. Está arrodillada delante de su tío, con su verga en la boca. Tengo que salir de aquí.

¡Vas a salir ahora mismo!

Y yo estoy de pie con las piernas separadas, mirando a la pared, veo que el guardián Hauge empuja la puerta entreabriéndola y yo suelto mi verga y me subo los calzoncillos, me agarro los pantalones. Veo que la puerta se arquea y entonces el guardián Hauge levanta el pestillo. Veo la puerta abrirse hacia dentro. Y veo al guardián Hauge mirando hacia el interior del baño, hacia mí.

No, no, dice el guardián Hauge. Ya me lo imaginaba. No, oh, no.

Y miro al guardián Hauge.

Tendré que volver a hablar con el doctor Sandberg, ahora mismo, dice el guardián Hauge.

Bajo la mirada.

Abotónate ya de una vez, hombre, dice el guardián Hauge.

Me subo los pantalones. Miro al suelo.

No, oh, no, dice el guardián Hauge.

La serpiente se retuerce, digo yo.

Tengo que ir a ver al doctor Sandberg inmediatamente, dice el guardián Hauge. Y tú me esperarás aquí en el sótano. ¿Me has entendido?

Y yo asiento con la cabeza.

¡Abróchate ya, venga!

Vuelvo a abotonarme la bragueta.

Sal de aquí, dice el guardián Hauge.

Y salgo del baño. Y el guardián Hauge cierra la puerta detrás de mí y oigo al guardián Hauge decir que ahora irá a ver al doctor Sandberg y que lo espere en el sótano, ha dicho el guardián Hauge, y yo asiento con la cabeza y veo al guardián Hauge atravesar el sótano, veo al guardián Hauge subir la escalera. Y ahora tengo que abandonar el sanatorio de Gaustad. Aquí no me dejan pintar. El sanatorio de Gaustad está lleno de pintores que no saben pintar. No puedo quedarme en el sanatorio de Gaustad. Tengo que irme. Tengo que irme ahora mismo. Me acerco a la puerta del sótano. Miro afuera. Veo que ha empezado a nevar. Veo a Helge y a los demás retiradores de nieve trabajando en la alameda. Veo sus espaldas. Veo a los retiradores de nieve moverse arriba y abajo. Y salgo, y la nieve cae sobre mí. Y veo que unos copos de nieve blanca se posan sobre mi ropa de color azul. Tengo que caminar rápido. No puedo quedarme más tiempo en el sanatorio de Gaustad, tengo que volver a encontrar a mi amada Helene. ¿Y no es Helene la que veo allí abajo, al principio de la alameda? ¿Su vestido blanco? Sus ojos azules, ¿no son sus ojos azules los que colman el cielo, no son los ojos de Helene el cielo moteado de nubes? Bajo por la alameda. Atravieso la nieve blanca y ligera. Y los blancos copos de nieve se posan sobre mi ropa. Y veo a Helge inclinado sobre la pala de nieve y oigo a Helge gritar, preguntándome ¿adónde vas? Y yo le grito a voz en cuello que eso a él no le importa un carajo, y sigo caminando por la alameda y allá abajo, al final de la alameda, veo a mi amada Helene, con su vestido blanco, tan blanco como la nieve, allí está, con ojos tan bellos como el cielo moteado de nubes. He pintado sus ojos tantas veces.

Supongo que he pintado el cielo moteado de nubes el mismo número de veces. En medio de la luz. Cielo moteado de nubes en medio de la luz. Pintaré su retrato una y otra vez. En la luz. En un cielo moteado de nubes.

Tú, maldito gandul, grita uno.

Vete, vete, ve y cuélgate, grita otro.

Y una bola de nieve suelta me alcanza en la nuca.

¡Cuélgate!, grita uno.

Y sigo caminando por la alameda, porque ahora pueden arrojarme tantas bolas de nieve como quieran, dejo el sanatorio de Gaustad, voy a reencontrarme con mi amada Helene y oigo a Helge gritar que me cuelgue, grita Helge, yo sigo caminando por la alameda y pronto habré dejado el sanatorio de Gaustad atrás y por fin seré pintor, y uno me grita que me cuelgue, yo sigo caminando por la alameda y dejaré el sanatorio de Gaustad y pintaré tu retrato una y otra vez.

Åsane, tarde, finales de otoño de 1991: él, Vidme, camina en medio del viento y la lluvia, en medio de la oscuridad, es escritor, tiene treinta y tantos años y en este momento avanza por una acera envuelto en su viejo abrigo, pensando que seguramente resulte difícil distinguirlo en medio de la lluvia y la oscuridad, envuelto en su viejo abrigo gris, bajo un paraguas negro. Vidme avanza por una acera, con el cuerpo echado hacia delante, contra la lluvia y el viento, camina con el rostro ligeramente vuelto, apartado de la calle, mientras una larga hilera de coches que nunca se convertirá en un coche detrás de otro, piensa Vidme, pasa por su lado. Vidme ve, a pesar de que ha vuelto el rostro y no mira hacia la calle, que la luz de los coches brilla en la lluvia que cubre el asfalto. Vidme sigue caminando, pensando que tendrá que presentarse y luego exponer su caso. Tiene que hacerlo y acabar de una vez por todas con todo este lío. Porque él, Vidme, un hombre en la treintena, pero con el pelo cano, cree haber descubierto algo importante a lo que tiene que acomodar su vida, ha llegado a la conclusión de que ha alcanzado algo importante a través de la escritura, algo que tendrá que tener en cuenta en su vida futura, y por eso Vidme camina en medio de la lluvia y el viento y piensa que tras muchos años de trabajo como escritor ha aprendido algo importante, algo que solo unos pocos saben, ha visto algo que no muchos otros han visto, piensa Vidme, mientras camina en medio de la lluvia y el viento, porque si uno se circunscribe lo suficiente, trabaja para circunscribirse y profundizar, uno, si consigue meterse en lo más hondo, si uno logra profundizar, verá algo que la mayoría de la gente no ha visto nunca y lo que entonces habrá visto, piensa Vidme, mientras camina en medio de la lluvia y el viento, será lo más importante que habrá sacado de los muchos años que ha dedicado, casi cada día, a escribir. Vidme opina que su trabajo como escritor lo ha llevado a lo más íntimo y más hondo de algo que, en algunos momentos inopinados, en instantes felices de clarividencia, ha llegado a interpretar como una visión fugaz de lo divino, pero tanto la visión fugaz como lo divino son conceptos que a Vidme le desagradan, de no haber desaprobado tanto estos conceptos, hubiera podido decir que en algunas iluminaciones fugaces ha tenido una experiencia de la que no puede escapar a fuerza de mentiras, una experiencia que tal vez pueda resultar ridícula, que es ridícula, tanto para Vidme como para la mayoría de los hombres, pero en algunas visiones fugaces, si pudiera utilizar esta expresión, Vidme, un escritor más bien fracasado, prematuramente envejecido, ha conseguido estar cerca de lo que, con una expresión que jamás quisiera escribir, tiene que llamar lo divino. Por eso ahora Vidme camina por una acera en medio de la lluvia y el viento. Pero lo divino, por no decir Dios, es una expresión que Vidme no quiere ni puede utilizar. Y, sin embargo, no encuentra una palabra mejor para expresarlo. Y ahora, en una noche temprana, Vidme camina en medio de la lluvia y el viento, ahora Vidme camina en medio de la lluvia bajo un paraguas negro que en este momento intenta bajar para resguardarse de la lluvia, ahora Vidme camina por la acera y el paraguas se abomba contra él. Hoy Vidme se ha decidido. Primero dirá su nombre, dirá Vidme, y luego expondrá el asunto. Porque Vidme, un escritor asaz fracasado, camina en medio de la lluvia y la oscuridad por el barrio de Åsane, en Bergen. Y el viento cambia de dirección, volviendo su paraguas del revés. Vidme intenta cerrar el paraguas. Pero no lo consigue, una varilla o dos se rompen. Vidme intenta cerrar el paraguas de golpe una vez más, pero no lo consigue, y entonces Vidme sigue avanzando en medio de la lluvia y el viento, con el paraguas estropeado en una mano. La lluvia moja su pelo. La lluvia corre por su rostro.

Vidme levanta la mano que tiene libre y se retira el pelo de la frente, se seca la lluvia del rostro. Vidme camina en medio de la lluvia y la oscuridad y ha tomado una decisión, esta tarde se ha decidido. Tiene que hacerlo. No puede seguir estando convencido y luego no hacer nada al respecto. Vidme camina bajo la lluvia. Hoy había pensado empezar a escribir una nueva novela, pero no ha llegado a poner manos a la obra. Hoy Vidme tenía que haber empezado una novela que de alguna forma tratara de los cuadros de Hertervig, que la novela tenga algo que ver con los cuadros de Hertervig lo decidió un día en que, de forma bastante casual, debido a la lluvia que caía, abandonó las calles de Oslo para meterse en la Galería Nacional, fue una mañana de lluvia en Oslo en la que Vidme se paseaba por las salas de la Galería Nacional cuando de pronto descubrió un cuadro que le atrajo y allí está Vidme, pues, mirando un cuadro del pintor Lars Hertervig, se llama *De Borgøya* y el escritor Vidme se queda delante de este cuadro, un día a finales del siglo XX, el escritor se ha detenido delante de un cuadro del pintor Lars Hertervig, y allí y entonces Vidme tuvo, una mañana de lluvia en Oslo, la mayor experiencia de su vida. Sí, así lo cree. La mayor experiencia de su vida. Y si ahora tuviera que decir algo de cómo fue aquella experiencia, Vidme no llegaría más allá de decir que su piel se estremeció y los ojos se le llenaron de lágrimas y entonces oyó pasos, percibió que se acercaba gente, tal vez gente que quería ver el cuadro que el escritor Vidme estaba contemplando en ese momento, con lágrimas en los ojos, y no podía quedarse allí, con lágrimas en los ojos mirando el cielo azul que Lars Hertervig había pintado y que ahora colgaba en una de las paredes de la Galería Nacional, en Oslo. Tenía que secarse las lágrimas y enderezarse. Aquella mañana, cuando Vidme entró de la calle a la Galería Nacional, dejó su cartera en la recepción y entró, aquella mañana ocurrió algo con Vidme. No sabe exactamente lo que ocurrió, pero Vidme piensa que, puesto que está emparentado con el pintor Lars Hertervig, seguramente fuera esa la razón por la que se puso delante del cuadro que Hertervig había pintado y tuviera la más importante experiencia de su vida. Pero eso es demasiado estúpido, piensa Vidme. Es demasiado estúpido. Aun así, el escritor Vidme decidió escribir sobre el pintor Lars Hertervig, no sobre él, no, no, pero aun así sobre él, en cierto modo sobre él. Con resaca, una mañana gris de otoño, en Oslo, el escritor, el escritor mediocre Vidme entra en la Galería Nacional. Allí encuentra casualmente un cuadro de su lejano pariente, el pintor Lars Hertervig. Tras esta experiencia decide que quiere escribir sobre Lars Hertervig, no, no sobre él, de ninguna manera, pero en cierto modo sí. Y hoy, en este día, tenía que haber empezado a trabajar. Sin embargo, tras unas horas sentado al escritorio, sin haber escrito ni una sola palabra, el escritor Vidme se levantó, se puso el abrigo y salió a la lluvia, y ahora Vidme camina por la calle, por una acera, en medio de la lluvia y la oscuridad, camina deseando tener un paraguas en buen estado y piensa, una vez más, que primero tendrá que presentarse y luego exponer su caso, porque el escritor Vidme se dispone a hacerle una visita al pastor del barrio de Åsane, donde vive el escritor Vidme, en Bergen. Él, Vidme, camina en medio de la lluvia y la oscuridad, dispuesto a mantener una conversación con un pastor de la Iglesia, una pastora, en realidad, se dispone a mantener una conversación con una pastora de la Iglesia noruega. El escritor Vidme va a reunirse con un pastor de la Iglesia noruega, una Iglesia que ha aborrecido poderosamente y de la que ya se desafilió a los quince años. Es ridículo. El escritor Vidme piensa que es un tipo ridículo, caminando por una acera, en medio de la oscuridad y del viento, convencido de que todo lo que es risible y burlesco de la totalidad que conforma una novela tiene algo que ver con lo divino, por eso hoy el escritor Vidme va reunirse con un pastor de la Iglesia noruega. El escritor Vidme se siente profundamente desesperado mientras camina por la acera, con el cuerpo echado hacia delante, con el rostro vuelto hacia un lado, con la cabeza inclinada, el escritor Vidme camina encarándose a la lluvia y el viento,

envuelto en su viejo abrigo gris y con un paraguas negro roto
en una mano. Vidme se dispone a reunirse con un pastor de
la Iglesia noruega. Vidme llamará a la puerta, se presentará y
luego expondrá su caso. Pero antes tendrán que invitarle a
entrar. Y el escritor Vidme sigue andando, en medio de la
lluvia. Y piensa que es un hombre ridículo. Vidme camina en
la lluvia y piensa que hay muy poco, o nada, favorable en él.
Porque es un hombre ridículo. El escritor Vidme avanza a
través de la lluvia y es un hombre ridículo. Hoy se suponía
que empezaría una nueva novela que ha esperado mucho para
empezar, incluso ha hecho algunos viajes cortos, no demasiado largos, porque algo que Vidme hace de muy mala gana es
viajar, para él, para Vidme, viajar es casi un sacrificio. Él, el
escritor Vidme, no soporta viajar y, sin embargo, ha hecho
algún que otro viaje corto relacionado con la tarea de ponerse al corriente de la vida de su pariente lejano, el pintor Lars
Hertervig. Él, el escritor Vidme, viajó, entre otros lugares, a
Tysvær, piensa Vidme mientras camina en medio de la lluvia
y el viento, él, Vidme, viajó a Tysvær e intentó encontrar la
isla, Borgøya, donde nació el pintor, llegó incluso hasta un
muelle con vistas a Borgøya, pero cruzar el estrecho, hasta
llegar a la isla, fue imposible para Vidme, se quedó en el muelle, y había varios barcos amarrados en el muelle, pero no se
veía ni una alma, o sea que allí estaba él, Vidme, en el muelle
mirando hacia la isla, la gran Borgøya, donde en su día nació
su pariente lejano, el pintor Lars Hertervig, donde había vivido unos años durante su infancia y algunos más en su madurez. El escritor Vidme se quedó en tierra firme, sin saber
cómo llegar a la isla de Borgøya. No vio ni una alma. Pero
aguantó, se quedó allí de pie. Al rato empezó a moverse un
hombre a lo lejos, en la bajamar, un anciano caminaba en la
bajamar, no muy lejos del muelle donde se encontraba él,
Vidme, pero él, el escritor Vidme, decidió que no hablaría
con el anciano, que no le expondría su caso, pensó que era
demasiado embarazoso, que no lo podía hacer, que no podía
hablarle a un hombre de aquella manera, etcétera, etcétera, así,

el anciano pudo ir a lo suyo, tranquilamente, allá a lo lejos, en la bajamar, mientras él, Vidme, se quedaba en el muelle mirando hacia Borgøya, hacia la isla en la que en su día nació Lars Hertervig, y el título del cuadro que había cambiado la vida del escritor Vidme, como le gustaba pensar, también había sido *De Borgøya* y el cuadro representaba una parte de la isla que el escritor Vidme estaba contemplando en ese momento, cuando él, el escritor Vidme se quedó en tierra firme, en un muelle, sin posibilidades, por lo visto, de cruzar a la isla prometida de Borgøya. Y Borgøya era decididamente bella. No había nada que objetar de Borgøya. Pero, por otro lado, tampoco hay nada bueno que decir de esa isla inalcanzable de Borgøya, piensa el escritor Vidme en el muelle, mientras observa a un anciano que camina por la bajamar a unos cien o tal vez doscientos metros del muelle en el que él mismo se encuentra. Y cuando el anciano levanta la mirada, Vidme se vuelve y clava la mirada en las piedras de la bajamar, finge no haber visto al anciano, pero entonces Vidme se vuelve hacia el anciano que está mirando a Vidme sin verlo realmente y Vidme piensa que el anciano parece no haberlo visto siquiera, a él, un hombre desconocido, con el pelo bastante largo y algo encanecido, parece que el anciano no lo ha visto, allí, en el muelle, en medio del campo de visión del anciano, porque el anciano está mirando hacia el muelle donde se encuentra Vidme y el anciano no hace más que mirar con fijeza hacia un punto, como si no estuviera viendo a un hombre. Entonces Vidme decide que de todos modos no visitará la isla de Borgøya, porque al fin y al cabo en Borgøya no hay más que matorrales y maleza y montones de piedras y él, Vidme, no ha tenido nunca una buena relación con la naturaleza. Vidme decide volver a casa. Y piensa que él y los viajes nunca se han llevado bien. Tampoco él y la naturaleza. No está hecho para él todo eso. Vidme empieza a caminar por el muelle. Entonces oye pasos, se vuelve, en dirección al anciano, pero el anciano sigue allí, y entonces Vidme mira hacia las colinas, hacia la carretera, y ve a un hombre bajando por la colina, con botas de agua altas y con la visera de su gorra bien calada sobre los ojos. Entonces Vidme piensa que tiene que irse de allí, y eso rápidamente. A lo mejor no tiene derecho a estar allí, a lo mejor es un muelle privado y entonces tal vez el hombre con botas de agua altas sea el propietario del muelle. Vidme entra en la bajamar. Entonces oye al hombre que ha bajado al agua decir que hace buen tiempo hoy, es un día ideal para dar una vuelta por el mar con este tiempo, dice el hombre, y Vidme piensa que ese hombre anda absorto en sus propios pensamientos y habla a la gente como si formara parte de sus pensamientos, y entonces se supone que Vidme puede preguntarle si conoce al pintor Lars Hertervig, pues es el pintor Lars Hertervig quien lo ha llevado hasta aquí, a este muelle, en este terrible día de verano.

Lars Hertervig, dice Vidme.

Sí, Lars Hertervig, sí, ese hombre estaba loco, dice el hombre.

Sí, dice Vidme, y él y el hombre se quedan parados, sin decir nada. ¿Estás emparentado con él?, dice Vidme y se da cuenta inmediatamente de que ha insultado al hombre profundamente.

Sí, tanto en un sentido como en otro, dice el hombre y Vidme piensa que si no ha llegado a la isla de Borgøya, al menos ha dado con un pariente, aunque por nada del mundo debe contarle al hombre que él también está emparentado con Lars Hertervig, porque, de hacerlo, el hombre, sin duda soltero, piensa Vidme, ese hombre lo invitará a su casa a tomar el café, con su vieja madre, y entonces tendrá que hablar con la anciana madre del hombre, quien seguramente hoy habrá hecho un pastel que a Vidme probablemente no le guste, porque los pasteles y el café y las ancianas que hablan de parentescos y que dicen, también ella, también la madre, que Lars Hertervig estaba loco, todo eso Vidme no tiene intención de soportarlo.

Lars Hertervig, sí, dice el hombre.

Nació en Borgøya, ¿no es cierto?, dice Vidme.

Sí, yo también, dice el hombre.

¿Tú también?, dice Vidme.

Pero dejamos la isla cuando yo todavía era pequeño, dice el hombre.

Vaya, dice Vidme y entonces oye una voz que pregunta si piensa salir a la mar y Vidme mira hacia la bajamar y ve que el anciano casi ha llegado al muelle y ahora está mirando hacia donde están ellos, Vidme y un hombre con botas de agua altas, y entonces el anciano dice que hoy hace demasiado buen tiempo para que los peces piquen.

Si alguien lo sabe, desde luego ese eres tú, Olav, dice el hombre de las botas de agua altas.

He pescado más que suficiente en toda mi vida, dice el anciano que evidentemente se llama Olav.

De todos modos, pienso salir a pescar, dice el hombre de las botas de agua altas y entonces mira hacia Vidme y dice que hoy hace buen tiempo, no soporta estar en tierra con este calor, dice, tiene que salir a la mar a pescar cuando hace un tiempo así, piquen o no los peces, dice el hombre, y Vidme asiente con la cabeza y el hombre dice que gracias por la charla, ha sido un placer, y Vidme le contesta que también para él ha sido un placer y entonces el hombre sube a bordo de un pequeño bote con motor fueraborda, suelta las amarras, se aparta. Vidme lo ve introducir el motor fueraborda en el agua, lo ve tirar de una cuerda y suena fatal, sin embargo, el motor fueraborda se pone en marcha y entonces el pequeño bote abandona el muelle. Vidme mira hacia la isla de Borgøya. Vidme ve matorrales y un monte pelado y montones de piedras, y ve al hombre con botas de agua altas deslizarse por el agua en su pequeño bote, en dirección a la isla de Borgøya.

Hoy no pescará nada.

Vidme se vuelve, mira al anciano, está de pie en la bajamar mirando a Vidme.

Hace demasiado calor, dice el hombre.

Vidme asiente con la cabeza.

Solo se puede pescar por diversión con un tiempo así.

Vidme vuelve a asentir con la cabeza y piensa que tendrá que preguntarle al hombre por Lars Hertervig, ya que está allí, mirando hacia la isla de Borgøya.

Lars Hertervig, dice Vidme.

Sí, Lars Hertervig, ese hombre estaba loco, dice el anciano.

Vidme asiente con la cabeza.

Estoy emparentado con él, dice el anciano.

Vidme mira al anciano y entonces dice que tiene que seguir su camino y se va, y luego él, Vidme, camina en la bajamar, y el escritor Vidme camina por la acera, en medio de la oscuridad, en medio de la lluvia, y piensa que hoy tenía que haber empezado a escribir su nueva novela, la que tenía que escribir para, a su manera, intentar sacar a la luz, con su arte, algunos de los secretos humanos que se esconden en las nubes que Lars Hertervig pintó, y ahora camina, en medio de la oscuridad, en medio de la lluvia, y se dispone a tener una reunión previamente concertada con un pastor de la Iglesia noruega. Y el escritor Vidme está mojado. El agua gotea de su pelo y el abrigo le pesa. Vidme camina con el cuerpo echado hacia delante, con el rostro vuelto hacia un lado, en medio de la lluvia, en medio del viento, y él, Vidme, piensa que no puede hacerlo, que debería dar media vuelta, ahora mismo. Vidme camina en la lluvia. Y Vidme piensa que hubiera hecho mejor insistiendo en empezar la escritura de su nueva novela. No tendría que haber salido en medio de esta lluvia y esta oscuridad. Él, el escritor Vidme, tendría que haber hecho algo bien distinto, y ahora mismo debería dar media vuelta y volver a casa, porque no puede andar por ahí con un paraguas roto a rastras, con esta lluvia, con esta oscuridad. Vidme no puede seguir andando en medio de la lluvia, tiene que volver a casa, tiene que ponerse ropa seca, tiene que secarse el pelo y luego debería volver a sentarse en la mesa de trabajo y empezar, de una vez por todas, su nueva novela. Sin embargo, Vidme sigue caminando. Y de pronto Vidme se detiene delante de una puerta, envuelto en su viejo abrigo que ahora pesa por la lluvia y con el pelo largo y algo canoso pegado a la frente y a la mandíbula, y Vidme vuelve a pasarse la mano por el pelo, se retira el pelo de la frente y luego intenta secarse las manos en el abrigo, no resulta tan fácil como podría parecer, pues el abrigo está casi tan mojado como el pelo y las manos no se secan, y Vidme piensa que en este estado no puede llamar a la puerta y ofrecerle una mano mojada a la pastora de la Iglesia noruega, pero no puede hacer otra cosa, piensa Vidme, además, debe de tener un aspecto muy raro, con lo mojado que está, piensa Vidme, y entonces se consuela con que al menos podrá quitarse de encima el paraguas roto, porque delante de la puerta había una papelera, Vidme dejó el paraguas en su interior e intentó lo mejor que pudo cerrar el paraguas para que ocupara el menor espacio posible dentro de la papelera, primero intentó aplastarlo en el interior de la papelera, lo logró, pero, aun así, el paraguas ocupaba casi toda la papelera, entonces volvió a sacar el paraguas de la papelera, utilizó la fuerza bruta y rompió la estructura que lo sostenía, lo hizo lo más pequeño que pudo, lo aplastó y entonces volvió a intentar meter el paraguas en la papelera, pero en cuanto volvió a meter el paraguas, este volvió a abrirse llenando de nuevo la papelera casi por completo. Entonces el escritor Vidme se rindió. Miró a su alrededor, no se veía ni una alma, y abrió la puerta de la calle y entró, y mientras subía por la escalera, Vidme pensó que probablemente no fuera el paraguas, que ahora llena la papelera delante de la escalera en la que vive, entre otros, un pastor de la Iglesia noruega, el que hace que tenga miedo de que alguien le vea, más bien es la posibilidad de que alguien lo vea a él, al escritor Vidme, entrar en una escalera que para él o para los que pudieran verle hacerlo proclamaría, que él, el escritor Vidme, ahora, en este mismo momento, está a punto de hacer lo que para él resulta impensable, imperdonable: hacerle una visita a un pastor de la Iglesia noruega, encima una pastora, una mujer, resulta un poco demasiado embarazoso, piensa Vidme y piensa que la pastora de la Iglesia noruega se llama Maria de nombre, hasta ahí le alcanza la memoria, pero en el peor de los casos hay más de una habitante precisamente con este nombre en la escalera, piensa Vidme, que por una vez en su vida ha sido previsor y ha anotado el nombre de la pastora de la Iglesia noruega en un trozo de papel que lleva en el bolsillo del pantalón, y entonces Vidme se abre el abrigo, se lleva la mano al bolsillo del pantalón y ve el bello nombre de Maria anotado en el papel. Maria. Así pues, es ella, la pastora Maria, pastora de la Iglesia noruega, con la que él, el escritor Vidme, está a punto de reunirse. Vidme vuelve a meterse el papel en el bolsillo del pantalón. Sacude su pelo largo y prematuramente cano. Se pasa los dedos de ambas manos por el pelo, luego se seca las manos en los pantalones, cierra el abrigo y vuelve a abotonarlo y piensa que aunque está empapado tendrá que intentar mantener la compostura. Vidme sube por la escalera. Ojea fugazmente los nombres de las dos puertas de la primera planta, pero el nombre de Maria, porque es a Maria a quien ha ido a ver, no aparece y sigue subiendo hasta la segunda planta. Y allí. En una de las puertas aparece el bello nombre de Maria. Y Vidme se detiene. Vidme clava los ojos en la puerta y en la puerta hay una pequeña placa de latón y en la placa pone Maria en letras negras y encima de la placa hay una mirilla y al verla Vidme piensa que no puede quedarse mucho rato delante de la puerta, tendrá que llamar a la puerta o irse de allí inmediatamente, pero el caso es que ha llamado a uno de los pastores de la Iglesia noruega, del barrio de Åsane, el barrio en el que vive, en Bergen, buscó el número en el listín de teléfonos, el de la Iglesia noruega, encontró el número de teléfono de un hombre que por lo visto era pastor en el barrio en el que él mismo vive, Åsane, de Bergen, y entonces marcó el número. Y fue una mujer quien cogió el teléfono, su voz parecía la de una joven y él, Vidme, preguntó por su padre.

¿Mi padre?, dijo ella.

Sí, el pastor, dijo él, dijo Vidme.

Yo soy la pastora, dijo ella.

Pero…, dijo Vidme.

Está de baja, dijo ella.

Ah, entiendo, dijo Vidme y entonces ella le preguntó, con su hermosa voz que parecía tan joven, la voz que era tan bella, que qué deseaba y él, el escritor Vidme, empezó a tartamudear y a balbucear y no consiguió decir una sola palabra inteligible, finalmente al parecer consiguió transmitirle que quería hablar con el pastor, al menos la joven y bella voz dijo que podía pasarse por su casa esa misma noche, así podrían hablar de ello, fuera lo que fuese de lo que él quería hablar con ella, dijo ella, la joven y bella voz dijo que podría hablar con ella esa noche y Vidme dijo gracias, gracias, que estaría encantado de hacerlo. Y aquí está él, Vidme, delante de la puerta de la joven pastora Maria, resistiéndose a llamar a su puerta. Y en ese momento Vidme pone manos a la obra. Llama una sola vez al timbre de la joven pastora Maria. Después de haber pulsado el botón y haber oído sonar el timbre, Vidme se apoya contra la pared y mira al suelo, al felpudo de la joven pastora de la Iglesia noruega, la de la bella y joven voz y el bello nombre de Maria. El escritor Vidme examina un felpudo trenzado. El escritor Vidme examina el felpudo de la pastora Maria. Y entonces se abre la puerta. Y Vidme ve dos pies desnudos en un par de pantuflas marrones y luego Vidme ve un par de tejanos azules y seguidamente dos pechos pesados tras una camisa blanca, y entonces Vidme ve unos mechones de pelo rubio y luego un gran pelo rizado y rubio, y Vidme ve una boca de labios gruesos y Vidme ve dos grandes ojos y una frente alta. A continuación, Vidme ve la piel blanquísima de un brazo redondo que sobresale en un ángulo profundamente humano del marco de la puerta y luego se adentra en el pasillo de la casa en la que esta persona evidentemente vive. Vidme vuelve a mirar aquellos ojos redondos y hace una inclinación de cabeza.

¿Sí?, dice la persona que sostiene la puerta abierta delante de Vidme.

Era…, dice Vidme.

¿Sí?, vuelve a decir la voz.

Era…, repite Vidme.

¿Fuiste tú quien me llamó esta mañana?, dice la voz.

Vidme mira a la persona que ha aparecido en el vano de la puerta y asiente con la cabeza.

Entra, por favor, dice la persona.

Vidme vuelve a asentir con la cabeza. Y Vidme vuelve a mirar directamente a la persona que tiene delante. Ahora casi está oculta tras la puerta abierta. Vidme echa un vistazo al pasillo, un pasillo normal y corriente, en un hogar normal y corriente, como suelen ser los pasillos, en hogares como este, en el barrio de Åsane, en Bergen, donde él, el escritor Vidme, vive. El pasillo que ve Vidme es un pasillo de lo más normal, pero aun así, le sobreviene una sensación de desaliento en el pasillo, es la sensación de encontrarse ante algo que lo destruirá con su abrazo lo que ahora le sobreviene, una sensación de olor a café caliente y a labores de punto. Vidme se encuentra en un pasillo, en una casa normal y corriente del barrio de Åsane, donde vive él, en Bergen, experimentando un desaliento que difícilmente se puede explicar. Mira fijamente a la que se llama Maria. Y ella le ofrece una percha. Y entonces las manos de Vidme empiezan a temblar, y él, Vidme, se desabrocha el abrigo con manos temblorosas, se lo quita, acepta la percha, consigue colgar el abrigo en la percha y entonces mira a la persona y ella lo mira a él, y entonces la persona le dice que le dé el abrigo, lo colgará en el secadero para que al menos suelte el agua y él le da el abrigo y luego se agacha y empieza a desatarse los cordones de los zapatos y sus zapatos están empapados, los cordones están tan mojados que se pegan y resulta difícil desatarlos. Sin embargo, consigue desatar los cordones y quitarse los zapatos. Ve que la suela de uno de los zapatos está a punto de soltarse. Alza la mirada y ve que la persona está de pie a su lado y le dice que también puede dejar los zapatos en el secadero, así al menos estarán un poco más secos cuando tenga que irse, dice la persona, y él, Vidme, piensa que ya está bien, que los zapatos no se secarán haga lo que haga, y sus calcetines también están empapados y ojalá esta persona no pretenda que también le dé los calcetines, que también los quiera poner a secar, piensa Vidme, y antes de que le dé tiempo a protestar, la persona le arranca los zapatos de las manos y se los lleva. Vidme empieza a andar por el pasillo. Nota que sus calcetines se pegan al suelo y Vidme se vuelve y descubre que ha dejado pisadas visibles en el suelo y piensa que tenía que haberlo adivinado, salir a la calle con esta lluvia con unos zapatos finos y ligeros, hacerlo aun sabiendo que le haría una visita a alguien, no puede ser, piensa Vidme, y luego piensa que no debería entrar en el salón, adentrarse en el hogar en sí, hasta que la persona, la del bello nombre de Maria, la que es pastora de la Iglesia noruega, no lo invite a hacerlo. Y de pronto Maria está delante de él, con sus pantuflas marrones, con sus pies desnudos, con sus tejanos azules y con sus grandes pechos redondos bajo la camisa blanca, con su larga cabellera rubia, la cabellera ondulante y ligeramente rizada. Maria está en el pasillo y le dice por cierto, ¿cómo decías que te llamabas? Y él dice que Vidme, sí, dice él, y ella le tiende la mano y él le tiende la mano a ella y él le da un buen apretón de manos y entonces sacude la mano de ella y nota que la mano de ella está caliente y que la suya, en cambio, está muy fría y húmeda, pero aun así él sostiene su mano un buen rato y piensa que ahora se han saludado debidamente, y él la mira y ve que ella baja la mirada y entonces se sueltan las manos y él la mira, ella lo mira a él, le dice Vidme, ya puede entrar, eso dice, eso dice Maria. Y entonces Maria entra en el salón. Y Vidme la sigue y también entra en el salón de Maria. Y entonces Vidme se sienta en un sofá, en el salón de Maria que le pregunta si quiere tomar un té y Vidme dice que le encantaría tomar un té, y entonces Maria se dirige a la cocina y deja abierta la puerta entre el salón y la cocina y si Vidme levanta la mirada puede ver a Maria inclinada sobre la encimera de la cocina, con su camisa blanca, sus tejanos azules, puede ver los pies desnudos en las pantuflas marrones. Y Vidme, escritor, de unos treinta y pico años, está sentado en el sofá observando a Maria, que es un poco más joven que él, y ella, Maria, es pastora de la Iglesia noruega. Vidme y Maria se encuentran en un hogar normal y corriente, del barrio de Åsane, en Bergen. Todavía es temprano. Y Maria todavía no ha corrido las cortinas, por tanto, Vidme puede clavar la mirada directamente en la oscuridad del exterior, en la lluvia que golpea contra la ventana, que corre por la ventana. Vidme también puede ver el salón reflejado en el cristal de la ventana, un salón de lo más corriente, en una casa de lo más corriente. Y Vidme vuelve a pasarse los dedos por el pelo mojado y luego se seca las manos en los pantalones. Vidme mira a Maria. Y Vidme mira hacia las ventanas oscuras. Y Vidme piensa que aquello no deja de ser totalmente absurdo, porque se suponía que justamente ese día iba a empezar a escribir su nueva novela, pero en lugar de hacerlo se levantó, entró en su salón, sacó el listín de teléfonos y buscó el número de un pastor de la Iglesia noruega, en el barrio de Åsane de Bergen, el barrio en el que vive y trabaja Vidme. Y Vidme llamó a un hombre y esperaba oír una voz de hombre cuando finalmente alguien descolgó el teléfono. Pero era una voz de mujer. Era la voz de Maria. Y ahora Maria, pastora suplente, está en su cocina preparando un té que se tomará con Vidme. Y Vidme, que ese mismo día había llamado a un pastor de la Iglesia noruega, intenta comprender y aclarar las razones que lo han llevado a llamar, ese mismo día, a quien había creído que sería un pastor mayor y erudito, y él, Vidme, sabe que lo ha hecho porque él, a través de la escritura, ha visto lo que podría denominar un destello, de no haber sido porque siente tal aversión precisamente por esa expresión, de lo que él, a falta de una palabra mejor, denomina lo divino. Y eso que él, Vidme, llevaba años pensando que es blasfemo hablar de lo divino y de Dios. Uno no debe utilizar palabras como estas. O al menos, si uno utiliza expresiones como lo divino y Dios, no puede pretender querer decir algo con ellas. Y una vez Vidme ha pensado esto, Vidme se imagina a todos los seres humanos desesperados que han buscado el sentido de sus vidas diciendo que es la voluntad de Dios que haya ocurrido esto o lo otro, porque la oscuridad ha sido profunda, el viento cruel, el amor ha estado, como siempre, entre el asesinato y el cuidado, la mar ha sido dura, los partos aún más duros y, por encima de todo, siempre ha habido un enorme cielo. El mar azul y el cielo azul. La oscuridad densa y el viento sibilante. Y luego una iglesia, un oratorio, sobre unos peñascos. Un camposanto en medio de la oscuridad y la lluvia. Y tiene que haber un sentido en todo esto. Y ahora al escritor Vidme se le ha ocurrido que quiere volver a ingresar en la Iglesia noruega. El escritor Vidme no participa en la sociedad, quiere salir de ella, y se las arregla bastante bien para desmarcarse de manera que tenga lo menos posible que ver con la sociedad. Pero, por lo visto, ahora Vidme quiere reestablecer un vínculo con la sociedad. Vidme desea volver a ingresar en la Iglesia noruega, una Iglesia que siempre ha aborrecido y que sigue aborreciendo y, sin embargo, Vidme quiere volver a ingresar en la Iglesia noruega. Por eso Vidme ha llamado a un pastor de la Iglesia noruega y por eso ahora Vidme está sentado en casa de Maria, la de los pechos hermosos. Vidme intenta lo mejor que puede retirarse de la sociedad. Y a pesar de ello, hoy él, Vidme, ha llamado a un pastor de la Iglesia noruega, y Vidme sabe en su fuero interno que desearía reunirse con un hombre de edad avanzada, culto y erudito, un hombre que se hubiera adentrado hasta tal punto en el dolor y la sabiduría que fuera capaz de hablar más allá de las verdades habituales, tendría que ser preferiblemente un pastor con quien pudiera compartir unas copas y que le leyera a Vidme en voz alta pasajes de la Biblia que hubiera encontrado hermosos y verdaderos, sería un hombre como ese al que Vidme le gustaría conocer. Por eso hoy ha llamado a un pastor del barrio de Åsane, donde él vive, en Bergen. Y él, Vidme, es una persona muy solitaria y le gustaría hablar con un pastor culto y erudito, uno que hubiera hecho lo que a Vidme le parece imposible, es decir, desarrollar su labor dentro del marco de la Iglesia noruega, un pastor que hubiese convivido con los demás en la sociedad, que hubiese considerado que era su misión ayudar a superar las transiciones en la vida de los hombres, de la infancia a la madurez, de la vejez a la muerte, un hombre que, sentado allí con su copa en la mano, en todo caso considerase con gran indulgencia a todos esos extraños seres humanos y, personalmente, este pastor, así se lo imagina Vidme, sería muy cauteloso a la hora de utilizar la palabra cristiano, es una expresión de la que se ha abusado tanto que el pastor no quiere siquiera llamarse cristiano a sí mismo, tampoco quiere hablar demasiado de Dios, es un hombre así, un hombre humilde, un hombre que jamás ha escrito libros ni artículos, es un hombre así al que el escritor Vidme quiere conocer. Él, Vidme, no quiere conocer a un pastor con una esposa bonita, uno que toca la guitarra y canta canciones populares, un pastor con hijos hermosos y obedientes. Vidme no quiere, de ningún modo, conocer a un pastor así. Vidme quiere conocer a un pastor que, si tiene esposa, algo que es preferible que no tenga, esté casado con una mujer que no sea ni guapa ni simpática. Vidme quiere conocer a un pastor que esté casado con una mujer a la que el miedo no le sea extraño, una mujer que sepa que el amor se encuentra entre el asesinato y el cuidado, una mujer que lo comprenda casi todo y que tenga dignidad y no una bondad complaciente, se figura que el pastor que ha imaginado está casado con una mujer que sobre todo se parece a su marido porque ella, al igual que él, oculta su vergüenza con dignidad humilde, completamente desprovista de gestos y brío superfluos. Es a un pastor casado con una mujer así, si es que está casado, al que Vidme intentó llamar hoy. Y ahora Vidme está sentado viendo a la pastora Maria atravesar el umbral de la puerta de la cocina, y trae una bandeja y entra en el salón, y sobre la bandeja hay dos tazas de té y una tetera, un azucarero, una fuente con galletas. Vidme ve a Maria dejar la bandeja sobre la mesa de centro. Y entonces Maria sonríe a Vidme. Y Vidme hace una inclinación de cabeza hacia Maria, luego baja la mirada. Maria deja una taza de té delante de Vidme y luego deja otra taza delante de la silla que hay en el otro extremo de la mesa de centro, vuelta hacia la ventana, y Vidme ve su taza y Vidme ve la mano que deja su taza sobre la mesa. Y entonces Maria sirve el té, primero llena su propia taza, luego la de Vidme. Y Maria pregunta si toma azúcar y Vidme dice que sí, gracias, y ella le ofrece una cucharilla y luego el azucarero. Vidme se echa azúcar en el té y descubre una rodaja de limón flotando en la superficie. Vidme remueve el té. Vidme ve que Maria se sienta. Y Vidme prueba el té, pero está demasiado caliente. Vidme deja la taza de té sobre la mesa. Vidme mira a Maria, ha subido las piernas encima de la butaca y ahora mantiene las manos cruzadas debajo de las rodillas y ha echado el pecho hacia delante, pegándolo a las rodillas. Vidme baja la mirada.

Bueno, veamos, Vidme, dice Maria.

Y él, Vidme, baja la mirada y piensa que ahora debería exponer su caso, pues eso era lo que había planeado, piensa, pero ¿cuál es realmente su asunto? ¿Quiere volver a afiliarse a la Iglesia noruega? ¿Es eso lo que quiere? ¿Y por qué quiere hacerlo? ¿Acaso teme que, de no hacerlo, no recibirá sepultura de forma adecuada? ¿Por qué? ¿Cree que se va a morir y quiere que lo entierren de una manera decente? ¿Cuál es su caso?, reflexiona el escritor Vidme, cada vez más confundido, y entonces piensa que esta situación es totalmente distinta a la que se había imaginado, estar allí sentado, con una chica joven y guapa cuyo nombre es Maria, un nombre precioso, tomando el té. Su gran decisión, su difícil decisión, cuando él, Vidme, cogió el teléfono y llamó a un pastor de la Iglesia noruega, le había conducido, pues, a sentarse en un hogar bastante vacío, en el barrio de Åsane, en el que vive él, y tomar el té con una mujer joven y guapa, piensa Vidme, pero al fin y al cabo llamó y por tanto debe de tener alguna razón para haber llamado y por tanto tendrá que decir algo, por ejemplo, que tiene intención de unirse a la Iglesia noruega.

O sea que te llamas Vidme, dice Maria.

Vidme, sí, dice Vidme.

Y es que por fuerza tiene que tener un asunto, tiene que tener algo que decir cuando ella le pregunte, piensa Vidme y alza la vista, mira a Maria y la ve tan guapa, allí sentada, mirando al suelo.

Y tú te llamas Maria, dice Vidme.

Sí, dice Maria.

Y ahora Vidme pronto tendrá que exponer su caso, piensa Vidme, pero no quiere unirse a la Iglesia noruega, ni quiere escuchar a Maria predicar cada domingo por la mañana, o eso cree, piensa Vidme, baja la mirada, levanta la taza, bebe un poco de té, todavía está demasiado caliente, el té, pero a pesar de ello le da un buen sorbo, vuelve a dejar la taza sobre la mesa.

¿Puedo fumar?, pregunta Vidme.

Y Maria asiente con la cabeza.

¿Querías algo en especial?, pregunta Maria.

Vidme mira a Maria y entonces dice que le parece que sus cigarrillos están en el bolsillo de su abrigo, y entonces Maria dice que ha colgado el abrigo en el secadero, irá a buscarlos, y pone los pies en el suelo, se levanta y Vidme ve a Maria desaparecer en la cocina. Y Vidme piensa Maria, escúchame, Maria, ¿cómo puedo salir de esta? ¿Qué puedo hacer? Porque la razón de mi llamada al pastor era, al fin y al cabo supongo que tendré que reconocértelo, que había decidido volver a incorporarme a la Iglesia noruega, eso era, Maria, lo que había decidido y entonces acudo a tu casa, Maria, y te encuentro a ti, eres tan guapa, tienes un nombre precioso, Maria, y ha sido como entrar en una sala de estar de mi infancia, y ahora tú, Maria, quieres secar mi abrigo y quieres ofrecerme té y galletas y naturalmente tendrás que preguntarme por qué quiero hablar con un pastor, porque tú eres la pastora Maria. Y voy a tener que decirte por qué quiero hablar con un pastor. Y Vidme ve a Maria acercarse con su paquete de tabaco y su encendedor, los deja delante de él sobre la mesa y luego Maria trae un cenicero y también lo deja sobre la mesa. Y Vidme saca un cigarrillo. Y Maria vuelve a sentarse en su butaca. Vidme enciende un cigarrillo. Vidme ve a Maria sentada en la butaca al otro lado de la mesa. Vidme ve que ahora Maria está sentada toda derecha en su butaca.

Sí, dice Vidme.

¿Querías algo en especial?, dice Maria.

No, simplemente se me ocurrió que quería hablar con un pastor, dice Vidme.

¿Hay algo a lo que le estés dando vueltas últimamente?, dice Maria.

No lo sé, dice Vidme.

¿Eres escritor?, dice Maria, y Vidme nota que ella lo está mirando.

Sí, dice Vidme y mira hacia Maria y asiente con la cabeza, y Vidme en realidad ya sabía que Maria sabía que él había escrito libros.

¿Has publicado muchos libros?, dice Maria.

Me parece que aproximadamente unos quince, dice Vidme y deja el cigarrillo en el cenicero.

Vaya, vaya, dice Maria.

Pues sí, dice Vidme.

Supongo que tú también habrás descubierto lo divino, dice Maria y suelta una risita.

Supongo, dice Vidme.

Dios es omnipresente, dice Maria.

Sí, pero...

Sí, dice Maria.

No, no, dice Vidme.

Sí, dice Maria. Pero ¿crees en Dios?, dice Maria.

No, dice Vidme vacilando un poco.

¿Ah, no?

No.

¿No eres creyente?, dice Maria.

En cierto modo es un error decir que uno cree o no cree en Dios, puesto que todos, en cierto modo, existimos para que Dios sea Dios, dice entonces Vidme.

Sí, comprendo, dice Maria y asiente con la cabeza.

Sí, dice Vidme.

¿Y Jesús?

No lo sé.

Al fin y al cabo, lo importante en el cristianismo es que Dios fue hombre a través de Jesús y que podemos alcanzar la salvación a través de él, dice Maria.

¿Qué significa eso?

Salvación significa llegar a Dios. Ser Dios, tal vez dirías tú.

Eso no son más que tópicos, lugares comunes de los que no saco nada en claro, dice Vidme.

Pero ¿crees que Jesús vivió?

Sí, sí. Y si lo que cuentan los Evangelios tuvo lugar de esta o aquella manera no significa nada para mí. También la novela es verdad, a su manera.

Pero ¿crees que Jesús fue crucificado?

Sí, seguramente.

¿Y que Jesús era el hijo de Dios?

¿Por qué no?, dice Vidme y coge su taza y bebe un poco de té, y él, Vidme, piensa que es estupendo hablar con Maria, no es, claro está, un hombre culto y erudito prematuramente envejecido, con una esposa ídem, pero está muy bien hablar con ella, con la que lleva el bello nombre de Maria, piensa Vidme, y entonces Vidme descubre que el cigarrillo que se estaba fumando está en el cenicero y se ha consumido casi hasta el filtro, él aplasta el cigarrillo, saca un nuevo cigarrillo, lo enciende, fuma, toma un poco de té, sigue fumando. Y entonces Maria le pregunta si quiere un poco de vino. Vidme oye a Maria preguntarle si en lugar de beber té quiere un poco de vino, y sí, le gustaría, pero ella no tiene por qué beber vino por él, o sea que ¿qué puede contestarle? ¿No, gracias? Pero le gustaría tomar una copita de vino. O mejor cerveza, porque no acostumbra a beber vino, prefiere cerveza y whisky, por haberse convertido en el que es y ser quien es, el escritor Vidme prefiere beber cerveza y whisky antes que vino, pero seguramente la pastora Maria no, piensa Vidme, y entonces piensa que ella le ha preguntado si quiere vino para que no parezca que también Maria es tan estrecha de miras como el resto del pueblo cristiano noruego, porque es así como se denominan a sí mismos, ¡es así como ellos mismos se hacen llamar! ¡Y vaya término tan horrible! Pero ¡si incluso es blasfemo!, piensa Vidme, y él, Vidme, se sorprende pensando que ahora ha vuelto a utilizar la expresión blasfemo, piensa Vidme, y entonces Vidme dice que le gustaría tomar un poco de vino, si a Maria también le apetece tomar un poco de vino, dice, y Maria dice que le apetece un poco de vino, en realidad solo estaba esperando una excusa para tomar un poco de vino, al fin y al cabo acaba de llegar a la ciudad, no conoce a tanta gente y no le gusta beber vino estando sola, dice Maria, y es porque acaba de mudarse a la ciudad por lo que la casa está tan vacía, dice ella, lo arregló alquilando un piso amueblado cuando le dieron esta plaza, dice ella, y es que es increíble que le hayan ofrecido esta suplencia, dice ella, en primer lugar porque es mujer, luego porque es joven y tampoco es que tenga tanta experiencia, pero al menos sacó buenas notas, dice Maria, y ya ha conseguido meterse un poco en el trabajo, ahora, y todo ha ido muy bien en la parroquia, dice Maria, y Vidme piensa que tampoco soporta el término parroquia, es una expresión espantosa, ¡es una expresión blasfema! Y Maria dice que estas parroquias son más abiertas que la mayoría de las demás parroquias y Vidme piensa que se refiere a las parroquias en esta clase de barrio, en barrios como en el que él vive y trabaja, seguramente es eso lo que quiere decir, piensa Vidme, y se pone un poco contento, porque Maria dice que le ha ido bien con el nuevo trabajo que, sin duda, antes de aceptarlo le debió de resultar amenazante, ella dice que le va bien el trabajo y él se alegra de ello. Vidme se da cuenta de que se alegra con Maria de que su trabajo le vaya bien. Y entonces Maria dice que va a buscar una botella de vino. Y Maria vuelve a entrar en la cocina, y Vidme se pone de pie porque los pantalones se le han pegado a los muslos, y tira de las perneras, las sacude ligeramente, y resulta agradable dejar de sentir que los pantalones se pegan a los muslos, y entonces Vidme se pasa los dedos por el pelo y se los seca en los pantalones, y será mejor que se siente de nuevo, piensa Vidme, y se vuelve y se mira en la ventana oscura y la verdad es que no tiene precisamente buen aspecto, ahora que Maria se ha molestado y ha ido a por vino a la cocina, piensa Vidme. Y entonces oye que Maria se acerca y Vidme se vuelve y ve a Maria entrar en el salón, con una botella de vino en una mano y dos copas de vino en la otra, y Maria deja la botella y las copas en la mesa de centro con la que no tiene relación alguna porque la mesa de centro ya estaba allí cuando llegó, la mesa de centro ya estaba allí, al igual que el piso y los demás muebles que también estaban en el piso cuando ella llegó, cuando Maria se mudó al barrio de Åsane, en Bergen. Y Vidme ve a Maria desaparecer de nuevo en la cocina y él sigue de pie en el salón cuando Maria vuelve a entrar con un sacacorchos en la mano. Vidme ve a Maria empezar a abrir la botella de vino. Vidme vuelve a sentarse en el sofá. Vidme ve a Maria abrir la botella de vino. Vidme oye a Maria decir el tipo de vino que es, y es un vino bastante bueno, dice Maria. Y Maria deja una copa de vino delante de Vidme y luego sirve vino en la copa de Vidme, antes de llevarse la botella y llenar la copa que está en la mesa, entonces Maria deja la botella de vino sobre la mesa y coge su copa y se la lleva, y luego vuelve a sentarse en la butaca, en la butaca que ya estaba allí cuando se mudó al piso amueblado, una butaca con la que Maria no tiene relación alguna, una butaca en la que Maria se sienta sin más, como en cualquier otra butaca, una butaca que Maria no ha comprado porque le pareciera bonita, ni porque fuera barata y cómoda. Maria se sienta en la butaca extraña para ella y alza la copa de vino, la alza en dirección a Vidme, pero Vidme no reacciona, tiene la mirada perdida, parece estar absorto en sus propios pensamientos, pero Maria dice ¡salud!, y Maria dice ¡salud, Vidme!, y Vidme levanta la mirada y Vidme mira a Maria y entonces él también alza la copa y Vidme dice ¡Salud! ¡Salud, sí!, dice Vidme y Vidme mira a Maria y Maria mira a Vidme y entonces ambos prueban el vino. Vidme da un sorbo de vino. Vidme deja la copa de vino sobre la mesa. Y Vidme se ha quedado con la mirada perdida y piensa que no era así como se había imaginado que conocería a un pastor de la Iglesia noruega, y a él, al escritor Vidme, se le ocurre que Maria no quiere que él ingrese en la Iglesia noruega, a pesar de que actualmente es pastora, en realidad pastora suplente, de la Iglesia noruega.

Entonces, ¿qué, Vidme?, dice Maria.

Vidme mira a Maria.

¿Hay algo en especial de lo que quieras hablar con un pastor?

Vidme oye a Maria decir si hay algo especial de lo que él, Vidme, quiera hablar con ella, con Maria. Y Vidme sacude la cabeza.

¿No quieres volver a ingresar en la Iglesia noruega o algo parecido?, dice Maria.

Vidme oye a Maria preguntarle si quiere ingresar en la Iglesia noruega o algo así, y era precisamente eso lo que él pretendía, aunque no acaba de atreverse a reconocérselo a sí mismo, es como una derrota, una frontera más que ha desaparecido, seguramente fue sobre todo porque quería ingresar en la Iglesia noruega por lo que hoy Vidme ha llamado a un pastor de la Iglesia noruega, seguramente, a lo mejor sobre todo por eso, piensa Vidme, pero tal vez tampoco fuera precisamente por eso. Lo único seguro es que había decidido que quería conocer y hablar con un pastor culto y erudito prematuramente envejecido de la Iglesia noruega, eso fue todo, pero tal vez lo que Vidme realmente quería era que ese pastor culto y erudito le dijera que tenía que volver a ingresar en la Iglesia noruega, que pertenecía a ella, él, Vidme, tanto como el propio pastor pertenece a ella, él, Vidme, forma parte de la Iglesia noruega, sin duda era algo así con lo que Vidme había soñado que le diría un pastor, en ese momento en que los sueños aún son difusos, piensa Vidme, y, piensa, que seguramente también sea porque ha conseguido hasta tal punto retirarse de la sociedad por lo que quiere volver a ingresar en la Iglesia noruega, piensa Vidme y mira hacia su Maria, piensa en su Maria, y ve que ella tiene la mirada perdida. Y eso está muy bien, piensa Vidme, porque están allí sentados, cada uno con su copa de vino, y ni siquiera necesitan hablar todo el tiempo, así es como tiene que ser, piensa Vidme. Eso es bueno, piensa Vidme. Y Maria es una chica estupenda, piensa Vidme. Y no quiere decirle a Maria que en realidad intentaba hablar con un pastor porque quería volver a ingresar en la Iglesia noruega, eso desanimaría a Maria, porque ella, aunque pastora de la Iglesia noruega, no quiere que él, el escritor Vidme, vuelva a ingresar en la Iglesia noruega.

En realidad, tal vez era eso lo que quería, dice Vidme.

¿Dejaste la Iglesia?, dice Maria y Vidme detecta que en la voz de Maria hay cierto tono que denota miedo, pero a la vez resulta tan afectado, tan afectado, casi parece como si ella, como si Maria se estuviera mofando de él.

Sí, dice Vidme. Hace ya muchos años.

¿Y ahora pretendes volver a unirte a ella?, pregunta Maria.

Tal vez, dice Vidme.

Eso sería fantástico, dice Maria.

Pero no sé si quiero, dice Vidme.

Comprendo, dice Maria.

¿Has pensado en abandonarla tú misma?, dice Vidme.

Maria asiente con la cabeza.

Pero ¿has decidido, a pesar de todo, esperar?

Maria vuelve a asentir y entonces alza la copa de vino, bebe un poco de vino.

Pero estuvo bien estudiar teología, dice Maria.

Sin duda, dice Vidme.

Lo estuvo, dice Maria y vuelve a dar un sorbo de vino. Y luego Maria suspira profundamente y acto seguido dice que él, que Vidme, no encaja en absoluto en la Iglesia noruega, porque él, Vidme, en realidad es un místico religioso, eso es lo que es, por lo que ella ha podido comprobar, y si hay algo que la Iglesia noruega no soporta son precisamente los místicos, casi parece que el pánico se extienda solo con que alguien exprese una idea digna de un místico, dice Maria, toma otro sorbo de vino, mira a Vidme y dice que incluso ha leído una de sus novelas, la tiene, pero no se la ha traído, por supuesto él seguramente no creía que lo hubiera hecho, claro que no, dice ella, pero de hecho ella ha leído una de sus novelas y no sabe si le gustó especialmente, pero tras haber leído la novela puede, sin duda, dictaminar que él, Vidme, no tiene nada que ver con la Iglesia noruega. Eso lo sabe, no le cabe la menor duda, y ella sabe de lo que habla, dice Maria. Y Vidme se sobresalta, sentado como está en el sofá de la que lleva el hermoso nombre de Maria, y se ve a sí mismo atravesando la lluvia y la oscuridad, el viento, ve su paraguas romperse, se ve levantándose de la mesa de trabajo a la que estuvo intentando empezar su nueva novela, se ve a sí mismo dirigirse al teléfono, se ve de camino a la casa del pastor, se ve en medio de la lluvia y el viento, de la oscuridad, se ve subir furtivamente la escalera del edificio en el que vive la pastora y entonces oye a la pastora Maria decir que él no tiene nada que ver con la Iglesia de la que ella es pastora y, por cierto, ella tampoco tiene nada que ver con la Iglesia de la que ella es pastora, porque es eso lo que dice ella, piensa Vidme y sacude su pelo mojado. Y Vidme piensa que es posible que sea místico, seguramente lo sea, y, por supuesto, escribe novelas. Pero Maria piensa que no tiene nada en absoluto que ver con la Iglesia noruega, que no pinta nada en ella. Y, en el fondo, él también lo sabe perfectamente, es consciente de ello, porque él conoce bien, como la mayoría de la gente, la Iglesia noruega y las veces que la ha visitado le ha llenado de una especie de vacío, tan terrible, tan, en cierto modo, tan repugnante, tan destructivo, y este tipo de retahílas de expresiones patéticas no le gustan a Vidme, y tampoco nunca ha escrito, en sus novelas, tales retahílas de expresiones patéticas y está claro que no tiene nada que ver con la Iglesia noruega, si hay algo que sabe es precisamente eso, que no tiene nada que ver con la Iglesia noruega, y sin duda será precisamente por esa razón, porque no pertenece a la Iglesia noruega, por lo que se ha puesto en contacto con una pastora de la Iglesia noruega y entonces, ¿por qué le dice ella, la que se llama Maria, que no pinta nada en la Iglesia noruega? Está equivocada. Él nunca ha tenido nada que ver con la Iglesia noruega y seguramente no es esa la razón por la que deseaba volver a ingresar en la Iglesia noruega, en absoluto. Seguramente sea inadmisible creerlo.

¿En qué estás pensando?, dice Maria.

Y él, Vidme, se lleva la copa de vino a la boca y bebe. Y Vidme deja la copa de vino sobre la mesa y luego sacude su pelo mojado y canoso.

No tengo nada que ver con la Iglesia noruega y no es esa la razón por la que quiero ingresar en ella, dice él.

Entonces Maria se ríe.

¿Lo entiendes?, dice Vidme.

Y Maria sacude la cabeza y asiente. Y Maria se inclina sobre la mesa de centro, que no es su mesa de centro, sino una mesa de centro cualquiera que estaba en el piso junto con todos los demás muebles cuando ella se mudó a él, porque Maria vive en un piso alquilado y amueblado y ahora está sentada en la butaca alquilada y se ha inclinado sobre la mesa de centro, ha posado los codos sobre la mesa, ha colocado las palmas de las manos debajo del mentón y sus manos cubren sus mejillas, y así está sentada Maria, con una copa medio llena de vino tinto sobre la mesa, delante de su rostro, así está sentada Maria, riéndose. Y Maria mira a Vidme. Y Vidme ha clavado los ojos en el suelo y piensa que lo mejor sería irse, porque no puede quedarse allí sentado con Maria, ella no entiende lo que él intenta explicarle y, además, ella no quiere ser pastora, ni siquiera quiere pertenecer a la Iglesia de la que es pastora, tanto es así que él, Vidme, va a tener que irse, cuanto antes mejor, porque aquello es una locura, en realidad él no quiere ingresar en la Iglesia noruega y quiere ingresar en la Iglesia noruega y llamó a un pastor y no sabía por qué había llamado a un pastor, por eso no puede quedarse allí más tiempo, tomando vino con Maria, que está allí sentada, con sus grandes y redondos pechos, bajo la camisa blanca, allí sentada, con sus tejanos azules, con sus pies desnudos metidos en sus pantuflas marrones, no puede quedarse sentado así, sin más, no puede ser, piensa Vidme, pero tampoco se puede ir, porque Maria acaba de abrir una botella de vino tinto, segura- mente un buen vino, él no tiene ni idea de vinos, pero sin duda es un buen vino, piensa Vidme, y no quiere quedarse allí, bebiendo vino con Maria, con una pastora suplente de la Iglesia noruega, con la que lleva el bello nombre de Maria y que, en realidad, ni quiere ser pastora ni pertenecer a la Iglesia de la que es pastora, piensa el escritor Vidme. Él, Vidme, no quiere. Porque de hecho son muchos los que quisieran tomar una copa de vino con el escritor Vidme, y no resulta difícil encontrar a una persona que ni sea ni quiera ser pastor de la Iglesia noruega, tampoco sería difícil encontrar a alguien que perteneciera, pero no quisiera pertenecer a la Iglesia noruega, de hecho, eso suele ser lo habitual. Y Vidme ni es ni quiere ser pastor, pero, aun así, admira a los pastores. Porque un pas- tor debe de conocerse muy bien a sí mismo, piensa Vidme, personalmente, él ni siquiera quiere pertenecer a la Iglesia noruega, porque esta es, por lo que sabe Vidme, demasiado autocomplaciente. Vidme no es un hombre valiente. Y a Vid- me le cuesta comprender cómo alguien puede estar tan segu- ro de sí mismo como lo está la Iglesia noruega, porque se supone que creer no es lo mismo que estar seguro, sino más bien vacilar, extrañarse cuando uno vislumbra las aberturas hacia una luz, cuando uno ve algo que desconoce. Es una ex- trañeza y una luz que uno desconoce. Allí está Vidme. Y Vid- me no quiere estar allí. Y Vidme no quiere estar sentado así, mojado y entumecido, en el piso de alquiler, amueblado, de una pastora suplente de la Iglesia noruega, Vidme no quiere. Y Vidme alza la copa, se acaba el vino. Vidme mira a Maria, ha vuelto a incorporarse en la butaca, sostiene la copa en la mano, delante de sus pechos redondos.

Piensas mucho, dice ella.

Sí, dice él.

Y hablas poco, dice ella.

Vidme asiente con la cabeza.

¿Qué tal te va la escritura? ¿Bien?, dice ella.

Sí, sí, dice él.

Y él, Vidme, se pone en pie.

¿Tienes que irte?, dice Maria.

Sí, sí, dice Vidme.

¿Ahora mismo?

Sí.

Pero..., dice Maria.

Tengo que irme, dice Vidme.

Te acompaño a la puerta, dice Maria.

Y entonces Vidme salió al pasillo. Maria lo siguió y sacó sus zapatos y su abrigo del secadero y él se preparó para salir y entonces Vidme dijo que había sido un placer hablar con Maria y luego Maria dijo que había sido un placer hablar con él, y Vidme dio las gracias por el vino y después salió a la escalera y luego empezó a caminar a través de la lluvia y el viento y la oscuridad en dirección a su propia casa. Y mientras andaba, Vidme pensó en que ella, Maria, cuando él se fue, había dicho que podía llamarla cuando quisiera, si necesitaba algo podía llamarla, también podía visitarla cuando quisiera y no parecía que él estuviera bien, eso le había dicho ella, o sea que si necesitaba hablar con alguien podía ponerse en contacto con ella, solo tenía que llamar y podría ir a su casa y hacerle una visita, ella no conoce a nadie en la ciudad y le alegraría su visita, eso le había dicho ella, y luego ella, Maria, la pastora suplente de la Iglesia noruega, del barrio de Åsane, de Bergen, donde vive Vidme, le había dicho que de ninguna manera debía acudir a la iglesia para oírla, lo estropearía todo entre ellos, entre él y ella, eso le había dicho. Pero lo que podía hacer era llamarla y hacerle una visita cuando quisiera. En cambio, no debía acudir a la iglesia a escucharla. Vidme se dirigió a su casa, a través de la lluvia y la oscuridad y el viento. Y él, Vidme, piensa que nunca llamará a Maria. Él, Vidme, nunca volverá a visitar a Maria. Si algo sabe es eso. Vidme camina a través de la lluvia y llega a casa, se quita la ropa mojada y Vidme piensa que primero leerá un poco, luego dormirá, más tarde se despertará y entonces se pondrá a escribir a la mesa del escritorio, mientras sigue lloviendo sin parar, su mirada se perderá por la habitación. Y escribirá, ahora ha decidido que escribirá, y hoy se ha sentado al escritorio, dispuesto a empezar a escribir, pero en lugar de hacerlo, ha llamado a un pastor del barrio de Åsane, en el que vive él. También le ha hecho una visita al pastor, a una mujer joven, ella le ha ofrecido té y vino, ella le ha dicho que si necesitaba hablar con alguien solo tenía que llamarla, y a Vidme no le gusta que le digan eso y por eso ha decidido que nunca volverá a llamar a Maria y que nunca volverá a hacerle una visita, y tampoco nunca volverá a llamar a un pastor de la Iglesia, lo único que hará será sentarse allí, en su estudio, se quedará sentado aquí, un año tras otro, escribiendo, y ahora Dios se mostrará clemente, tendrá que mostrarse indulgente para que él pueda escribir. Ahora va a tener que escribir. Eso es lo que está pensando el escritor Vidme. Ahora Dios tendrá que mostrarse clemente para que él pueda escribir.

MELANCOLÍA II

Stavanger, principios de otoño de 1902: Oline sube por la cuesta desde el mar, se apoya en el bastón, avanza paso a paso, y los pies le duelen tanto que apenas es capaz de seguir adelante, pero lo consigue, paso a paso Oline se desplaza cuesta arriba, en una mano sostiene el bastón, en la otra lleva el pescado, y qué terrible dolor, piensa Oline, y qué empinada es esta cuesta que sube desde el mar hasta su casa, y cada día tiene que coronar la cuesta donde las casas se distribuyen a uno y a otro lado del sendero, una al lado de la otra, por una cuesta empinada, a ambos lados, y en lo más alto, en la cima, está la casa en la que vive Oline, su pequeña casa blanca. Y Oline se afana en subir la cuesta, paso a paso. En una mano sostiene el bastón, en la otra lleva los dos pescados que le ha regalado Svein, el pescador, hoy le ha regalado el pescado, ni un céntimo quiso el pescador Svein que le diera por ellos, tal vez piense que no tiene dinero, pero ¿acaso ella le dijo nada que pudiera llevarle a creerlo?, no, ni una sola palabra le había dicho Oline, no dijo ni una sola palabra, piensa Oline. Y solo un trecho más, luego podrá descansar, piensa Oline. Pero tendrá que aguantar un poco más. Y en cuanto se detenga, los pies dejarán de dolerle. Y cuanto más tiempo se quede parada, mayor será el alivio. Un poco más, luego ya descansará, porque tiene que superar el último trecho, piensa Oline. Ese Svein, el pescador, sí. Cuánto pescado ha llegado a comprarle a lo largo del tiempo, piensa Oline y entonces oye que alguien la llama.

Oline, se oye.

¡Oline!, vuelve a oírse.

Y Oline se detiene. Y es que alguien la ha llamado.

¡Oline!, vuelve a oírse una vez más.

Y Oline mira hacia la casa de al lado y allí, asomada a la ventana de la segunda planta, aparece Signe.

¡Oline!, llama Signe.

Eh, Oline, dice ella.

Espera un poco, Oline, dice Signe.

Ahora mismo bajo, dice Signe.

Y Oline ve a Signe desaparecer de la ventana, y era Signe, sí, piensa Oline, ha sido Signe quien la ha llamado y es increíble que no se haya dado cuenta de inmediato de que era Signe quien la llamaba, no, las cosas no van bien, ya no recuerda nada, así están las cosas, no consigue recordar nada, no recuerda nada entre las doce y el mediodía, como suele decirse, o sea nada, lo único que logra recordar se remonta a su infancia y a su juventud, y eso lo recuerda como si acabara de ocurrir, piensa Oline, pero ahora Signe la ha llamado y hasta ahí le alcanza la memoria, Signe no la ha llamado muy a menudo, porque, en realidad, ella y Signe nunca han sido las mejores amigas, no, piensa Oline, no es que hayan sido enemigas, eso tampoco, pero por alguna u otra razón nunca han congeniado demasiado, tal vez porque Signe, en cierto modo, siempre se las ha dado de fina, Signe siempre ha pensado que Oline no valía nada, que su casa no estaba suficientemente limpia, que sus hijos no iban suficientemente aseados, Signe nunca le ha dicho algo así, pero que lo ha pensado, de eso a Oline no le cabe la menor duda, piensa Oline, no, a Signe nunca le ha parecido que Oline tuviera nada que ofrecer, piensa Oline, y personalmente a Oline nunca le gustó Signe especialmente y, siendo fiel a la verdad, habría que considerarlas ante todo como enemigas, piensa Oline, no, no precisamente enemigas, eso tampoco, pero en todo caso nunca han sido amigas, y nunca antes Signe la había llamado cuando, casi a diario, ha pasado por allí con el pescado comprado en la playa, Oline habrá pasado por delante de la casa de Signe una infinidad de veces y nunca antes, hasta ese día, la había llamado Signe, como tampoco nunca, o casi nunca, ha tropezado con Signe por casualidad en sus idas y venidas a la playa en busca de pescado, por tanto,

Signe debía de hacer todo lo posible por evitarla, piensa Oline, pero ahora Signe acaba de llamarla, ¿qué querrá?, piensa Oline que se ha detenido con el pescado en una mano y el bastón en la otra, y Oline piensa ¿qué habrá llevado a Signe a llamarla? ¿Qué querrá? ¿Por qué de pronto la tiene que llamar?, piensa Oline, y ve a Signe salir de la casa y Oline se da cuenta de que Signe ha envejecido, ella, que cuando era joven era tan bella, ahora está vieja y encorvada, piensa Oline y ve que Signe se acerca a ella con un delantal puesto. ¿Qué querrá Signe de ella?, piensa Oline.

Sivert, dice Signe.

Y Oline piensa que se trata, pues, de su hermano, pero que el hermano del que era tan amiga cuando era pequeña pudiera casarse con una mujer como Signe no lo acabó nunca de entender, piensa Oline.

Sivert está enfermo, dice Signe.

No creo que le quede mucho tiempo.

Oline mira a Signe. No es nada nuevo que Sivert se encuentre mal, pero que haya llegado hasta tal punto no es, desde luego, una buena noticia.

¡No me digas!, dice Oline.

Signe asiente con la cabeza.

Y cada vez está peor, hoy ha empeorado mucho, dice Signe.

Uf, eso es terrible, dice Oline.

Y nota un temblor atravesar su cuerpo, oh, no, ahora también Sivert se irá, primero fue Lars, y ahora de pronto Sivert, tenían más o menos la misma edad, primero se fue Lars, pero Sivert, Sivert llevaba tanto tiempo sano y fuerte, nunca había sufrido enfermedad alguna, solo trabajo y desgaste un día sí y otro también, ¿iba a tener que irse también él?

Sí, creo que está en las últimas, dice Signe.

Sivert, dice Signe.

Y se interrumpe y Oline piensa que seguramente él quiera hablar con ella, con su hermana, si tiene que dejar este mundo, no hay nada raro en ello, si tiene que dejar este mundo querrá despedirse de su hermana, por tanto tendrá que entrar en la casa de Signe, aunque Oline no ha puesto los pies en esa casa desde tiempos inmemoriales que ella recuerde, a menos que ella hubiera estado ayer, y si fuera así tampoco lo recordaría. Todo lo que acaba de ocurrir, ella lo olvida, piensa Oline. Pero que Sivert tenga que irse. No, su partida no puede ser tan inminente. Seguramente Signe exagere un poco, siempre se ha preocupado y ha exagerado, y siempre se las ha dado de gran señora y ahora se le habrá metido en la cabeza que Sivert está a punto de dejarnos.

Me ha pedido que te pregunte si podrías pasar a verlo, dice Signe.

Está acostado en la buhardilla, dice.

Y Oline asiente con la cabeza.

Supongo que querrás, dice Signe.

Por supuesto que iré a verlo, dice Oline.

Sivert me pidió que te pidiera que vinieras a verlo, dice Signe.

Salúdalo de mi parte y dile que vendré a verlo, dice Oline.

Signe mira a Oline.

Puedes venir ahora, ahora mismo, dice.

Pero antes tendría que pasar por casa y asearme un poco, al menos tendría que llevar el pescado a casa, dice Oline.

De acuerdo, pero ven cuanto antes, dice Signe.

Ahora mismo vuelvo, dice Oline.

Sí, hazlo, le gustaría mucho verte, dice Signe.

Salúdalo de mi parte, dile que ahora vuelvo, dice Oline.

Sí, tienes que venir, dice Signe.

Y Oline ve a Signe volverse y apresurarse a entrar en la casa de nuevo y Oline piensa que no, no puede ser, ¿realmente también tiene que irse Sivert?, nunca lo hubiera creído, no puede estar tan mal, seguramente Signe exagere un poco, Signe, de todos modos va a tener que pasar por casa antes, a dejar el pescado. Y nota ciertos retortijones allí abajo, por tanto también debería pasar por el retrete primero, y de ninguna de las maneras piensa Oline utilizar el retrete de Signe, ni hablar, piensa Oline, no, no piensa hacerlo, no quiere, piensa Oline. Tiene que pasar por casa a dejar el pescado. Luego hará una visita al retrete. Y después tal vez tenga que cambiarse de vestido, porque, por lo que sabe, es posible que haya algo de cierto en lo que le ha dicho Signe de que Sivert está en las últimas, lo que sí está claro es que el hermano debió de pedirle a su mujer que la fuera a buscar, de no ser así, Signe jamás se hubiera dirigido a ella, piensa Oline, por tanto tendrá que tomarse la molestia, tendrá que volver a la casa, tendrá que entrar en la casa de Signe, en la que hace tantos años que no pone los pies, piensa Oline, si su hermano, su maravilloso hermano, le ha pedido que vaya, tendrá que hacerle una visita, ¡con lo que ella había llegado a admirar a su hermano en la infancia, a su hermano Sivert!, a pesar de que era más joven que ella, lo había admirado enormemente, debió de ser porque era tan grande y tan fuerte, era un muchacho de muy buen ver, por no hablar de cuando creció, cuando se hizo hombre, con sus fuertes brazos de cuya fuerza corrían leyendas, así era, piensa Oline, era realmente un pedazo de hombre, Sivert, piensa Oline, pero ¿debería haber ido a verlo enseguida? Si realmente Sivert está en las últimas, también podría ser que no llegara a tiempo si antes pasaba por casa a dejar el pescado, piensa Oline, y además es doloroso caminar, le duelen mucho los pies, en cuanto camina un poco, los pies empiezan a dolerle, piensa Oline, no, tendría que haber ido a ver a Sivert enseguida, ¿por qué no lo ha hecho? ¿Porque ha sido Signe quien se lo ha pedido? ¿Porque solo se dejaba ver en la casa de Signe de mala gana? ¿Era por eso?, piensa Oline, y ahora no puede hacer más que volver a casa renqueando con el pescado y, además, le parece que tiene algo pendiente, siente apretones allí abajo, parece que tanto atrás como delante, si no se equivoca, piensa Oline, y ahora hay que procurar no manchar las bragas, ahora hay que controlar, llegar a casa cuanto antes, dejar el pescado en la cocina, salir y meterse en el retrete cuanto antes, sí, piensa Oline, y qué alivio ha sentido al detenerse un instante, en cuanto deja de andar, los pies dejan de dolerle, piensa Oline. Pero ahora va a tener que superar el último trecho que le falta. Y aunque se haya detenido en un lugar en el que nunca antes había descansado, se volverá a conceder un descanso donde acostumbra a tomárselo, piensa Oline, y ahora tiene que poner el cuerpo en movimiento, piensa, no puede quedarse quieta más tiempo, qué pena le da lo de Sivert, ¿realmente también él tiene que irse? Hace poco tiempo se fue Lars, ¿también tiene que irse Sivert? Eso quiere decir que pronto le llegará la hora a ella también, piensa Oline. Si al menos le hubiera tocado a ella, piensa Oline. Si al menos ella hubiera podido irse, piensa Oline a la vez que adelanta el bastón y luego el pie, y qué duro es, es como si tuviera que soltarse el pie, empujarlo hacia delante, así es como lo siente, y esta vez casi es peor, peor que nunca, y debe de ser porque se ha detenido donde la pendiente es más empinada, si al menos hubiera sido un dolor constante, pero ese desgarro, esos tirones, es demasiado, piensa Oline al adelantar el otro pie y Oline empieza a avanzar pendiente arriba, lentamente, vuelven a dolerle los pies, ambos, al avanzar pendiente arriba, con el bastón en una mano y el pescado en la otra Oline sube la cuesta, ¿y realmente es necesario que también Sivert se vaya? ¿Ahora? No, no puede soportarlo, es demasiado horrible, piensa Oline, que Sivert tenga que irse ahora, no puede ser, piensa, ¿no podría Nuestro Señor permitir que se fuera ella en su lugar, ella que se encuentra tan mal?, piensa Oline, y todavía tendrá que andar un rato más, volverá a detenerse en cuanto aviste su casa, se detendrá y descansará, como tiene por costumbre, piensa Oline, solo un trecho más y al fin el dolor la abandonará, piensa Oline, y le duelen los pies y Oline piensa que es como si le doliera todo lo que le puede doler, piensa Oline, y ahora pronto podrá volver a detenerse, piensa, pronto habrá llegado, pero que tenga que recorrer el mismo trecho dos veces en un solo día es demasiado para ella, pero si Sivert realmente está en las últimas tendrá que ir a verlo, él ha pedido hablar con ella, por tanto, ella tendrá que ir a verlo, piensa Oline. Y ahora ya puede detenerse de nuevo, a pesar de que ha disfrutado de una parada imprevista, donde la pendiente era más empinada, se concede un segundo descanso donde acostumbra a detenerse, piensa Oline. Y Oline se detiene. Y Oline se queda quieta. Y Oline nota cómo el dolor en los pies remite. Y Oline mira hacia la casa y su casa es bonita, pero pequeña, Oline vive en una casa diminuta pero bonita, piensa Oline, es bonita, sobre todo desde que la pintaron toda de blanco, piensa Oline, mientras descansa apoyada en el bastón y recobra el aliento. Y Oline siente cómo el dolor remite, mengua, su estado mejora, pero de pronto recuerda que tendrá que volver a subir y bajar esta misma cuesta en un mismo día, y tendrá que soportarlo, piensa Oline, antes tendrá que descansar un poco, ahora una tiene que descansar, porque le duelen los pies terriblemente, porque en cuanto se pone a andar, aunque solo sea un poco, empiezan a dolerle los pies, y le falta el aliento, y la subida desde el mar a su casa es empinada, antes solía recorrer el camino del mar a la casa sin siquiera darse cuenta, pero ¡ahora! Y la cosa va de mal en peor, día a día. ¿Quién hubiera dicho que algún día estaría así?, piensa Oline. Y parece que Sivert también se irá. Apenas acaban de enterrar a Lars, cuando Sivert también está a las puertas.

Sí, sí, dice Oline.

Y ahora va a tener que descansar un poco, ahora, donde suele descansar, antes de superar el último trecho empinado que le queda para llegar a casa, suele detenerse justo antes del último repecho, el más abrupto, delante de la casa del pescador Bård. Es ahí donde suele detenerse, no antes, no más abajo, donde se ha detenido hoy, pero la razón por la que se ha detenido allí hoy ha sido precisamente porque Signe la llamó, no porque ella quisiera detenerse, piensa Oline. ¿Y ha dicho Signe que Sivert quería hablar con ella? ¿Que Sivert estaba en las últimas? ¿Realmente le ha dicho que iría? ¿Pero que antes tenía que pasar por casa a dejar el pescado? Pero ahora se ha detenido. Y sienta bien quedarse quieta, tranquilamente, notar cómo el dolor en los pies remite. Cuando recorre el camino desde el mar hasta su casa, acostumbra a aguardar este momento con gran ilusión, un trecho más y podrás descansar, suele decirse a sí misma, un poco más, ya, piensa cuando más le duelen los pies y cuando más le falta el aliento, y entonces Oline se obliga a seguir adelante, porque en un instante podrá descansar, y delante de la casa del pescador Bård es donde Oline suele finalmente detenerse. Y Oline se detiene, hoy como en los días anteriores, descansa apoyada en el bastón. Oline se apoya en el bastón, y nota cómo el dolor en los pies remite, su respiración se torna más pausada. Oline apoya una mano en el bastón, en la otra mano sostiene el pescado. Y Oline alza la vista, hacia su casa, Oline tiene una casa bastante pequeña, piensa, pero así le fueron las cosas, se quedó viviendo en una de las casas más pequeñas de la ciudad de Stavanger, lo sabe, pero ¿tal vez también haya casas más pequeñas que la suya en la ciudad de Stavanger? Seguramente las haya, porque ella no se ha paseado mucho, en los últimos años no, desde que empezaron a dolerle horriblemente los pies, desde entonces solo ha caminado lo indispensable, tampoco es que haya llegado lejos antes, no ha tenido ocasión de hacerlo, con la cantidad de hijos que ha tenido Oline, Oline ha traído demasiados niños al mundo en esa casa, es así, y han estado estrechos, desde luego, de vez en cuando tan estrechos como estrecho pueda llegarse a estar, pero ¡también han estado anchos!, ¡que no me vengan con esas ahora!, ¡si han estado a sus anchas!, piensa Oline, y luego ese hermano suyo tan sorprendente que, por lo visto, hubiera podido llegar a ser un gran pintor, y es cierto que pintó los cuadros más bellos, pero al final se le fue la cabeza, por cierto, en el retrete, en medio de la puerta, tiene colgados unos garabatos, unas figuras, un caballo con jinete, parece que eso es lo que representa, pintadas en el dorso de la etiqueta de una lata de tabaco, ya, ya, desde luego no es que sean gran cosa esos garabatos, no vale la pena siquiera mirarlos, pero allí siguen, colgados en la puerta, y llevan tanto tiempo allí que lo mejor será que se queden tal como están, aunque ¡cuántas veces ha pensado en descolgarlos! ¡Cómo son las cosas! ¡Y pensar que él, que había pintado unos cuadros bellísimos, fuera a acabar pintando tales mamarrachos! ¡Qué tristeza! Pero así fueron las cosas, y no vale la pena negar un caso como aquel, no, las cosas son así, no hay más, son así, son así, así es, piensa Oline, y ahora respira calmadamente, y ahora va a tener que empezar a caminar, tendrá que dejar en casa el pescado que fue a buscar a la playa, y es que hoy ha conseguido el pescado muy barato, el más barato, de hecho hoy se ha librado de pagar por el pescado, es un buen hombre, el pescador Svein, en realidad siempre le ha podido comprar el pescado a buen precio al pescador Svein, desde luego. Ese hermano suyo, vaya pieza. Lo único que tiene de él son esos mamarrachos que cuelgan en la puerta del retrete. Un día que andaba falto de tabaco acudió a su casa y le preguntó si necesitaba que hiciera algo, como por ejemplo cortar leña o algo parecido, pero entonces no necesitaba que hicieran nada por ella, ¡tendría que habérselo preguntado ahora! ¡De habérselo pedido ahora, Lars hubiera tenido su sierra y su hacha y hubiera podido cortar tanta leña como quisiera! Pero aquel día no tenía ninguna tarea que encargarle y le dio un poco de dinero para tabaco y él le dio el dibujo que ahora cuelga en el retrete, y no era un buen dibujo, pero Oline pensó que en algún sitio tendría que colgarlo y entonces decidió colgarlo en el retrete, piensa Oline. Lars era un hombre extraño. Un loco, decían. Loco, sí. Lars el Loco, lo llamaban. Y luego lo innombrable. Lars el Rata. El Rata. La rata en el bolsillo. El Rata. Y pensar que ella llegaría a una edad tan avanzada, su madre no era tan mayor cuando murió, pero es que también el loco de Lars alcanzó una edad considerable. Y el padre. Debe de ser cosa de la familia paterna, sí, sin duda. Tiene que ser eso, piensa Oline, y se endereza, mira hacia su pequeña casa, una casa pequeña y bonita, piensa, desde que la pintaron de blanco es preciosa, piensa Oline, y empieza a caminar con pasos cortos cuesta arriba. No, ahora realmente se ha hecho vieja, los pies le duelen una barbaridad, pero tendrá que seguir caminando, tendrá que seguir comprando comida y manteniéndose con vida, conseguir leña y encender la cocina, tiene que vivir su vida, sí, ¿qué otra cosa puede hacer? No, no puede soportar pensar en ello. Si ya no pudiera cuidar de sí misma, solo le quedaría la más patente de las miserias, tendrá que seguir luchando el tiempo que pueda, no le queda otra, no, piensa Oline, y sigue empujando su viejo cuerpo por la cuesta, y mira hacia su casa y es una casa bonita, piensa, aunque la casa es pequeña es una casa bonita, desde que pintaron la casa de blanco se convirtió en una casa bonita, pequeña, con ventanas pequeñas y en las ventanas hay cortinas de tul, ¡sí, cortinas de tul! ¡En las ventanas! ¡Y hay flores en el alféizar! De haber sido antes, también habría podido decir el nombre de las flores. ¿Pensamientos? ¿Será ese el nombre de las flores del alféizar? ¿Begonias? ¿Margaritas? No, no, piensa Oline, pero de lo que no cabe duda es de que vive en una casa bonita, piensa Oline mientras sube la cuesta apoyada en el bastón en dirección a la casa en la que vive, con dos pescados colgando de una cuerda Oline sigue subiendo la cuesta, lentamente, paso a paso sube la cuesta, y los dos pescados se balancean de un lado a otro. Y si al menos no le dolieran las piernas de aquella manera. Cuando está sentada no le duelen tanto los pies, pero al andar el dolor es insufrible. Y su respiración se ha vuelto tan fatigosa, y su memoria, recuerda tan poco pasado un tiempo, no solo ha olvidado el nombre de las flores del alféizar, no, todo desaparece en algo que no sabe qué es, pero entonces vuelve a aparecer, sin razón, también los recuerdos de tiempos lejanos, de la infancia, de la juventud, vuelven a surgir, una y otra vez, y a menudo recuerda mejor lo que ocurrió en un pasado lejano que lo que ocurrió ayer, por cierto, ¿qué ocurrió ayer? ¿Podría decirlo? ¿Acaso ocurrió algo ayer? Sin duda fue a comprar pescado. ¿Leche? ¿Acaso coció pescado? Sí, seguramente fue lo que hizo, y luego sin duda estuvo entretenida con sus labores de costura, su labor de punto, su labor de ganchillo, sin duda estuvo sentada haciendo punto y a lo mejor alguien pasó por su casa. ¿Uno de sus hijos? ¿Sus hijas? ¿Un nieto? ¿Una hermana? ¿Un hermano? Pero ¡si lo más probable es que no le queden hermanos! ¡Es increíble que haya podido pensar así! ¿Estarán todos sus hermanos muertos? Por supuesto que sí, todos sin excepción, seguramente no haga más de dos años que el último hermano se murió, el que vivía en algún lugar de Haugesund, sí, le parece que fue él, no, es increíble que no se acuerde, que no recuerde nada, seguramente pronto no recordará siquiera dónde vive, piensa Oline, pero sí, eso sí lo recuerda, porque ella vive en su pequeña casa, vive en una de las casas más pequeñas de Stavanger, y ahora vive sola, pero antes vivía en la casa con su marido y sus hijos, y apenas quedaba sitio cuando todos estaban en casa, pero había vida, sí, vida, piensa Oline. En su pequeña casa hubo vida, sí. No, no debe pensar en ello. La vida en su casa, sí. No, no debe pensar en ello. La vida en su casa, sí, piensa Oline, y se detiene, y está delante de su casa y mira hacia la puerta pintada de rojo, una puerta roja conduce al interior de su pequeña casa, sí, así es, piensa Oline, porque cuando pintaron la casa de blanco también pintaron la puerta de rojo. Y ahora abrirá la puerta, luego entrará en la casa. Pero ¿tal vez debería visitar el retrete antes? Han instalado un váter, así lo llaman, muchos han instalado váteres en sus casas, la primera vez que oyó hablar de un váter instalado en una casa, un inodoro, lo llaman, fue cuando Lars volvió del sanatorio, allá en el este, era un retrete con agua, eso le contó Lars, uno se sentaba sobre vidrio blanco y hacía lo suyo, luego corría el agua llevándose lo que había salido, eso fue lo que le contó, pero parece que ahora son varios los que también han instalado un artilugio así, un inodoro, a lo mejor no sean tantos, pero, sea como sea, algunos se han agenciado uno de esos inodoros, pero nada de inodoros con agua corriente para ella, no, ni hablar, no quiere saber nada de inodoros, nada de inodoros con agua corriente para Oline, no, ni hablar, hasta ahí podríamos llegar, ella no, si hasta ahora se las ha apañado sin, se las arreglará hasta el fin de su vida, su tiempo, y un orinal, no, uf, qué asco, menos mal que nadie puede oír lo que piensa, pero el orinal también tiene su utilidad, al menos durante la noche, si no fuera tan complicado acomodarse sobre el orinal, ¡tendrían que haberla visto dejar el orinal sobre la mesa del salón y sentarse sobre él con mucho cuidado! Con una mano apoyada en el bastón, la otra en el borde de la mesa, ¡tendrían que haberla visto! Pero también ocurre que durante el día recurre al orinal, y no vacía el orinal inmediatamente, no, qué va, ni por asomo, y la cosa disminuye y sí, sí, huele mal, sí, sí. No, antes tendrá que dejar el pescado en la cocina, luego se sentará y descansará un ratito. Y una vez haya descansado, hará una visita al retrete. Pero nota cierta presión allí abajo. Y debería pasar por el retrete, además, no sería la primera vez que se lleva el pescado al retrete, desde luego que no, pero no le gusta llevarse el pescado al retrete, ¡sería terrible si alguien la viera llevarse el pescado al retrete! Sí, ¡porque eso también le ha ocurrido! ¡El bribón ese! ¡Ya vuelves a llevarte el pescado al retrete! ¡Eso le dijo! ¡A una pobre vieja, a una mujer que ha dado a luz a muchos niños! ¡El briboncete! ¡El hijo de la vecina! ¡Mira que llevarte el pescado al retrete!, le dijo, pero es que estaba en un aprieto, bueno, tendrá que llevarse el pescado al retrete, colgarlo del gancho de la puerta, como ha hecho tantas veces antes, pues a menudo ha dejado la puerta del retrete abierta y ha colgado el pescado del gancho de la puerta, pensándolo bien, la verdad es que tiene por costumbre ir a la playa a por pescado y luego suele pasar por el retrete a la vuelta y entonces suele colgar el pescado del gancho de la puerta del retrete, pero gustarle, no, no le gusta, piensa Oline, que se ha quedado apoyada en el bastón delante de su casa, mirando la puerta pintada de rojo. Y Oline mira hacia la esquina de la casa, ahora lo único que tiene que hacer es doblar la esquina y entonces, justo después de doblar la esquina, debajo de un peñasco, está su retrete. El retrete fue construido en su día con maderos flotantes. Oline no recuerda cuándo lo construyeron exactamente, pero sin duda utilizaron maderos flotantes para su construcción. Pero el retrete sigue allí. Tampoco parece que vaya a derrumbarse de buenas a primeras. De buenas a primeras no. Imagina sentarse encima de agua cuando tienes que hacer tus necesidades, ni hablar, jamás había querido hacerlo, podían obligarla a hacer muchas cosas, pero ¿sentarse sobre agua? En un váter, que es como lo llaman, no, jamás. Ella, Oline, no lo haría jamás. Recuerda lo mucho que se horrorizó cuando Lars le contó que en el sanatorio del este había hecho sus necesidades en un váter. No, nada de váteres para ella, no. No para Oline, no, piensa Oline cuando, de pronto, oye pasos rápidos que se acercan y piensa que tal vez sea uno de sus nietos que viene corriendo. Tiene tantos nietos y todos viven cerca de su casa, muchos de ellos, tiene tantos nietos que ha perdido la cuenta, y los nombres de los nietos, aunque la avergüence tener que reconocerlo, a veces los confunde, a veces se hace un lío con los nombres, sí, tiene que admitirlo, pero está convencida de que no olvidará nunca sus caras, cada uno tiene su cara, cada nieto su cara, ¡y ella recuerda una cara, siempre! ¡Cada rasgo! Recuerda perfectamente cada rasgo de los rostros de sus nietos, y a veces algún nieto le trae carne, de cerdo, cordero, ¡eso ha pasado más de una vez! ¡Y seguramente volverá a pasar! Eso cree, sí, piensa Oline, y ve a un niño que viene corriendo por la esquina de la casa que da al camino, por donde este hace un quiebro, porque su casa está situada donde el camino describe un quiebro, pues sí, así es, y Oline ve al niño que llega corriendo por el camino y pasa por delante de su casa a toda pastilla, y no lo ha reconocido, piensa Oline, y se vuelve y ve la espalda del chaval que corre por el camino y piensa que hay tantos niños en Stavanger, tantos niños, todos tienen hijos, da igual el aspecto que tengan, hijos tienen, a mansalva, hijos a mansalva, sí· de esta manera es generoso Nuestro Señor. Ella, Oline, se ha quedado mirando al chaval correr sendero abajo. Y Oline ve al chaval detenerse y ve que vuelve la cabeza y la mira.

Vaya cómo corres, ¿eh?, grita Oline.

Y el chaval asiente con la cabeza.

Es tremendo lo que corres, grita.

El chaval asiente con la cabeza una vez más.

Tremendo, grita él.

Y el chaval se vuelve otra vez, da un brinco y se dispone a

seguir corriendo por el camino, vuelve la cabeza hacia ella mientras sigue corriendo por el camino y entonces grita ¡Oline, la del pescado!, grita el chaval y empieza a cantar Oline se lleva el pescado a la letrina, eso canta, Oline se lleva el pescado a la letrina, canta, ¿y no lo decía? Si era el briboncete, piensa Oline, y oye al chaval cantar Oline se lleva el pescado a la letrina, eso canta, pero ¿tenía ese aspecto el bribón que ya una vez antes le había gritado? Porque ¿no era el bribón mucho mayor y no un pequeñuelo como este? El que le había hablado de aquella manera tan grosera era sin duda mucho mayor, no un pequeñajo como este, no, piensa Oline, y Oline oye al chavalín cantar Oline se lleva el pescado a la letrina, eso canta, y de no haber sido porque siente mucha presión allí abajo, y de haber estado segura de que no se le iba a escapar nada, habría entrado en la cocina a dejar el pescado primero, pero tiene una urgencia, y si llega a entrar en la casa primero le supondría un enorme esfuerzo volver a salir, porque hace frío, pero qué insolentes maleducados son los niños hoy en día, piensa Oline, y oye al chavalín cantar Oline se lleva el pescado a la letrina, y ve que el chaval se detiene y se vuelve hacia ella.

¿Vas a llevarte el pescado al retrete?, le grita.

Ándate con cuidado, o te llevaré conmigo, grita Oline.

Pues anda, hazlo si puedes, grita el chaval.

Y Oline lo ve saltar hacia ella, antes de volverse y Oline ve al niño desaparecer camino abajo y lo ve doblar la esquina de la Casa de Piedra, y el chaval ha desaparecido, y es tremendo lo insolentes que se han vuelto los niños, ya no tienen respeto por los ancianos, piensa Oline mientras se dirige hacia la esquina de la casa y dobla la esquina y entonces se va directamente hacia el retrete y vaya si le duelen los pies, como de costumbre, piensa Oline y levanta el gancho de la puerta y entra en el retrete y deja el bastón en el rincón al lado de la puerta y cierra la puerta con el gancho, ¡por fin está sola! ¡Por fin no hay nadie que pueda ver lo que hace! ¡Por fin!, piensa Oline, y cuelga los pescados del gancho de la puerta por la cuerda que los sujeta y siente unos terribles retortijones y se levanta ambas faldas y se baja las bragas y no, oh, no, pues Oline descubre que está algo mojado allí abajo.

No, oh, no, no, dice Oline.

No, oh, no, qué asco, dice.

Sí, sí, dice Oline.

Y se sienta sobre el agujero. Y Oline percibe con todo el cuerpo lo agradable que resulta sentarse, en cuanto se sienta es como si el dolor cediera un poco.

Sí, sí, dice Oline.

La vida aún puede valer la pena, dice.

Y ahora tendrá que quedarse sentada y esperar, seguramente pronto ocurrirá algo, piensa Oline, y mira hacia los dos pescaditos que cuelgan del gancho de la puerta. Los grandes ojos de pez. La sangre que corre por los pescados.

De no haber sido por el pescado, dice Oline.

La verdad es que las cosas no habrían ido demasiado bien, dice.

De no haber sido por el pescado.

Habríamos vivido en la estrechez extrema, de no haber sido por el pescado, dice Oline.

Y piensa en cómo habrían podido dar de comer a los niños de no haber sido porque Dios los había bendecido con el pescado, y es que está pendiente de hacer algo, pero no sale nada, aunque lo intenta, ni líquido ni sólido, no quiere salir nada, piensa Oline, a lo mejor habría salido con mayor facilidad si no se hubiera llevado el pescado al retrete, porque una no debe hacer cosas así, ¡mira que llevarse el pescado, la comida de una, al retrete! Pero ¡algo, por pequeño que fuera, había soltado en las bragas! Será, pues, que no tiene nada más que tenga que salir, qué raro, ¿no?, que no haya notado que salía algo. Es cierto que no es la primera vez que ha manchado las bragas, la verdad sea dicha, pero antes siempre había notado que le iba a pasar, había notado el calor, ¡uy, no, qué asco! Le bajaba, sí, así es, pero ¿ahora? ¡Si ni siquiera había notado que algo estaba a punto de ocurrir!, piensa Oline.

Nada de uy, no, dice.

Y debe de ser el dolor en las piernas lo que ha hecho que no haya notado que algo estaba a punto de pasar, piensa Oline. Y tiene la sensación de que todavía tiene que salir algo más. Pero no sale nada. Y ese pescado. No tiene ningunas ganas de comer ese pescado. Y no puede aguantarse, pero ¡mira que llevarse la comida al retrete! Pero algo tendrá que comer. Cada día tiene que bajar a la playa para conseguir un poco de pescado que la mantenga con vida. No puede dejar de comer. No, no puede ser. Pero que las cosas fueran a llegar tan lejos, hasta el punto de tener que dejar de entrar primero en la cocina con el pescado cuando vuelve de la playa y tener que visitar el retrete nada más llegar a casa, y dejar de salir al retrete después de haber entrado en casa y descubrir que necesitaba hacerlo y tener que sentarse en el orinal, encima de la mesa del salón, no, eso jamás se lo había podido imaginar, que las cosas fueran a irle así, que fuera a costarle tanto recorrer el pequeño trecho hasta el retrete no se lo había imaginado nunca, piensa Oline, pero ¿quién piensa acaso en su juventud en cómo será hacerse viejo? Ella, desde luego, no lo hizo, piensa ahora Oline, pero si al menos saliera algo, ahora, para que no se hubiera llevado el pescado al retrete en vano. No, no puede ser, ahora va a tener que salir algo, piensa Oline. Vale que le duelan los pies, porque a pesar de que le duelan los pies puede seguir alimentándose, pero que esto otro tenga que llegar cuando quiera y no cuando ella lo quiere, eso ya es casi demasiado, no, que las cosas fueran a llegar tan lejos no se lo había imaginado nadie, no. Y ahora pronto va a tener que salir algo. Y luego están los ojos de pescado. Esos enormes ojos de pescado. Y luego la sangre.

No, no puede ser, dice Oline.

No y no, dice.

Pero tendrá que quedarse un rato más sentada, podría salir algo, piensa Oline. Lo único que tiene que hacer es quedarse sentada. Y así le pasó a Lars también al final, según los rumores que entonces corrían, no era capaz de contenerse, ni la orina ni lo otro, y pensar que tuvo que acabar con los demás en el asilo, con esa, sí, con esa, sí, con esa, con Miriam. Eline, ¿se llamaba así? Una mujerzuela horrible, eso era, da igual cómo se llamaba, y Lars se acostaba con ella, y sin duda mojaba los calzoncillos, no podía esperarse otra cosa, claro, pero que los niños no la dejaran en paz y parece que tampoco dejaban en paz a Lars, al menos eso es lo que decía la gente, los niños lo perseguían, la Rata en el bolsillo, eso era lo que le decían. Lars el Rata. La Rata en el bolsillo. Y esos ojos de pescado. Y parece que no quiere salir nada. Sí, tú, Lars, tú, Lars. Desde luego eras especial, Lars. Sí, Lars; tú siempre elegiste tu camino, tomaste tu propio camino, la sierra sabe toda la buena leña que le has conseguido a tu hermana, sí, los maderos flotantes que recogías en verano, secados en el fiordo, los llevabas a casa, los serrabas y los apilabas en montones regulares. Y si te daba algo de comida por el trabajo te ponías contento. Por no decir cómo te ponías si te daba un poco de tabaco. Así eras. Y cuando eras un niño pequeño, cuando eras un niño pequeño allá en la isla, en nuestra isla, cuando yo era tu hermana mayor y tú mi hermano pequeño y tenías por costumbre desaparecer durante horas, hasta que oscurecía, ¿qué hacías entonces?, recuerdo que me lo preguntaba a menudo y entonces un día, lo recuerdo tan claramente, tan nítidamente, como si hubiera ocurrido hoy, recuerdo que decidí seguirte, eso recuerdo, con tanta claridad, con tanta nitidez, pero lo que pasó ayer nunca lo recuerdo, lo que acaba de ocurrir también me cuesta recordarlo, si un niño me ha gritado Oline se lleva el pescado a la letrina a menudo dudo de que haya ocurrido realmente, incluso cuando acaba de ocurrir puedo preguntarme si ha ocurrido o no, mientras que recuerdo con toda nitidez cómo un buen día seguí a mi hermano en la isla en la que vivíamos, sí, así era, se llamaba Borgøya, eso recuerdo, Borgøya, o era Hattøya, la isla de los Sombreros? Lo que sí está claro es que era en Tysvær, recuerdo cómo fue, recuerdo cada detalle de lo que ocurrió, recuerdo lo que dijo Lars, en cambio no estoy segura del nombre de la isla, estoy casi convencida de que era Borgøya, pero no estoy segura y ¿por qué empiezo ahora, sentada en mi retrete, sin que haya ocurrido nada, a pensar en Lars, en el día en que me pregunté qué haría cuando se iba a dar sus vueltas por la isla y lo seguí? Y eso fue lo que hice, ¿por qué lo recuerdo ahora? ¿Son los grandes ojos de pescado lo que me lleva a recordarlo? ¿Los grandes ojos de pescado? Seguramente sean los grandes ojos de pescado lo que me lleva a recordarlo. ¿Y por qué se humedecen ahora mis ojos? ¿Por qué brotan las lágrimas en mis ojos, en mis ojos de vieja, como si fuera la más delicada y frágil jovencita, sentada aquí sin conseguir que salga nada de este cuerpo atormentado, ni líquido ni sólido? Sin embargo, el dolor en los pies ha remitido. Y es bueno para un cuerpo viejo estar sentado. Y Lars aquel día, el día que lo seguí por Borgøya, creo que así se llamaba la isla, seguí a Lars, y ahora sale un poco, sin que yo haya hecho nada, sale por sí solo, sin que yo lo quiera sale, de pronto ya no sale nada, y luego, oh, sí, ¡uno pequeñito! Pero ¡si ha salido algo redondito, ha salido rodando! ¿Quién lo habría dicho? ¡Uno pequeñito, redondo como un ojo de pescado! ¡Ja! Y los ojos de Lars, sí, sus ojos, sus ojos castaños que no dejaban de mirar fijamente y de pronto empezó a llorar, tenía cierta tendencia a hacerlo, de repente, sin avisar, en mitad de una cena, en cualquier momento podía ponerse a llorar y nadie entendía el porqué, de pronto las lágrimas brotaban de los ojos de Lars. No, la verdad es que era un hermano raro. Y el día en que le seguí. Me mantuve escondida. No se dio cuenta de mi presencia. Y si se hubiera dado cuenta me habría dado una tunda de palos, porque llegado el caso, Lars podía ser muy terco y colérico. No era una persona fácil, Lars, no lo era en absoluto. A veces se enfurecía hasta tal punto que era capaz de cualquier cosa. Y entonces había que ir con cuidado. Y si se hubiera convertido en asesino, tampoco me habría extrañado. Y era terco, era la persona más terca del mundo. Era un hombre raro, Lars. Hay que decirlo. Siempre fue un hombre raro. Pero el día en que seguí a Lars, sus ojos castaños se tornaron negros, cuando lo vi por la mañana, la oscuridad se había apoderado de sus ojos, tan oscuros como una piedra negra, tan oscuros como el cielo más oscuro, así eran sus ojos, y en sus ojos había un brillo húmedo, y alrededor de sus ojos había un movimiento como si alguien estuviera empujando desde atrás, como si estuviera a punto de ponerse a llorar, así eran sus ojos cuando lo vi aquella mañana.

¿No estás contento?, le pregunté.

Y vi a Lars bajar la mirada repentinamente y le vi quedarse quieto sin contestar.

¿Por qué estás así?, le pregunté.

Y vi a Lars encogerse de hombros mientras seguía con la mirada baja.

Pareces muy triste, le dije.

Sí, sí, dijo él entonces.

¿Por algo en concreto?, pregunté.

No, dijo él.

Supongo que por nada en especial, dijo él.

Pero…, dije yo.

Y vi a Lars alzar la mirada y clavarla en mí con una gran oscuridad en sus ojos, con la pesadez de la montaña negra y del cielo negro en sus ojos, sí, eso fue lo que pensé entonces, sí, así fue como vi a Lars aquella mañana cuando me miró, y entonces vi que sus ojos se humedecían, vi que Lars bajaba la mirada y entonces oigo que padre le dice a madre en el salón que ahora pronto vendrán a buscar las vacas, así hacen con la gente que piensa por su cuenta, que no permite que bauticen a sus hijos, así son, hay que bautizar a los niños, pero en la iglesia solo nos conceden dos pequeñas sillas en el fondo, eso es lo que piensan que quiere Él que da su luz a la vida, no entienden nada más, oigo que dice padre y veo que la boca de Lars se ensancha ligeramente, en una pequeña sonrisa, ahora Lars está allí, riéndose entre lágrimas y de pronto me mira. Hago un gesto con la cabeza hacia Lars.

¿Qué te pasa, Lars?, digo yo.

Nada, dice él.

Sí, te pasa algo, digo yo.

No, dice Lars.

No me pasa nada, dice.

¿Por qué siempre tiene que pasarme algo?, dice.

¿No puede pasarte nada?, digo yo.

Y veo que Lars sacude la cabeza.

No me pasa nada, dice.

Pero ¿por qué te parece tan malo?, digo yo.

No porque me pase nada, desde luego, dice él.

Entonces, ¿hay algo más?, digo yo.

Tal vez porque no me pasa nada, dice Lars.

¿Es eso tan terrible?, digo yo.

Y veo que Lars asiente con la cabeza.

Y la montaña negra, digo yo.

Sí, sí, dice él.

Y el mar cuando está negro, digo yo.

Sí, dice él.

¿Es por eso?, digo yo.

Tal vez, dice él.

¿Hay alguien que se haya portado mal contigo?, digo yo.

No me importa si alguien se porta mal conmigo, dice Lars.

Y oigo a Lars decir que no le importa que lo traten mal y supongo que entiendo a qué se refiere y entonces Lars me mira con esos ojos de pescado y veo que su rostro se tensa y él no quiere, está allí y su rostro se tensa y entonces veo lágrimas en sus ojos y veo a Lars volverse y darme la espalda y lo veo correr hacia la puerta y abre la puerta y veo a Lars salir corriendo y salgo y veo a Lars correr por el pantano, hacia el fiordo, y no toma el sendero, corre por el pantano y lo veo adentrarse en el pantano y vuelve a aparecer y corre por el pantano y vuelve a desaparecer y saca un pie y el otro se le hunde en el pantano y veo a Lars correr hacia el fiordo y lo veo sentarse repentinamente en un peñasco en medio del pantano y veo su espalda y veo que Lars se lleva las manos a los ojos y lo veo secarse los ojos, ahora Lars se seca las lágrimas, pienso, pero ¿por qué está Lars llorando? Sin más, sin razón alguna, Lars se pone a llorar a menudo, pienso y veo a

Lars sentado con la espalda encorvada y con la cabeza apoyada en las manos, cubre sus ojos con las manos y veo a Lars volverse y mirarme y oigo a Lars gritarme ¡déjame en paz!, grita Lars, nunca puede estar en paz, y no le pasa nada, no le pasa nada, ¡no hay nada de que hablar!, grita Lars y veo que se pone de pie y salta del peñasco y sus pies se hunden en el pantano y logra sacarlos y veo a Lars caminar hacia el fiordo y una vez más sus pies se hunden en el terreno pantanoso y los vuelve a sacar y lo veo reemprender el camino renqueante por el pantano y veo que el mar está tranquilo y veo a Lars trepar por el cerro y se sienta sobre una piedra y lo veo mirar al cielo y al mar y lo veo entrecerrar los ojos y mirar al mar y pienso que a este hermano mío no lo entiendo, pienso, es un hombre raro, este hermano mío, pienso, y me vuelvo y veo nuestra pequeña casa debajo de un peñasco, nuestra casa se yergue entre todos los cenagales. Noto un repentino viento atravesar mi vestido. Miro hacia nuestra casa y a través de la puerta abierta oigo voces y entonces oigo a padre decir que no nos podemos quedar a vivir aquí por más tiempo, somos los más pobres entre los pobres, tenemos que intentarlo en otro lugar, aquí no hay más que viento y peñascos y de no haber sido por el pescado hace tiempo que nos hubiéramos muerto de hambre, oigo que dice padre y oigo a madre decir que si no queda más remedio será mejor que nos mudemos, dice ella, y oigo a padre decir que podemos desmontar la casa, llevárnosla, en Stavanger tiene que ser posible ganar algo de dinero, dice padre, y oigo a madre decir que si él así lo cree tendremos que hacerlo, dice madre y veo a Lars sentado sobre una piedra de la colina mirando hacia el mar y el mar es azul y desgreñado y hay algo de blanco en todo el azul y el cielo también es azul, pero las nubes livianas están en el cielo, hace un día bueno, todo está en calma y a la vez en movimiento y oigo a padre decir que tenemos que irnos de aquí, mudarnos, no tenemos elección, tendremos que mudarnos, oigo decir a padre, no podemos quedarnos aquí, dice padre, aquí nos moriremos de hambre, hay tantas bocas que alimentar, dice padre, por tanto hay que hacer algo, tendremos que desmontar la casa, llevárnosla, y entonces tendremos que mudarnos, irnos, oigo que dice padre, y madre dice que él es quien mejor lo puede saber, ella no lo sabe, dice, y padre dice que no es que él lo sepa tampoco, pero hay que hacer algo, eso sí lo sabe, dice padre, y en la ciudad de Stavanger hay muchos librepensadores, allí los cuáqueros son fuertes, allá habrá en quien apoyarse, oigo que dice padre, y veo a Lars sentado sobre una piedra de la colina contemplando el mar y me habría gustado acercarme a él, sentarme con él, pero a Lars no le habría gustado que lo hiciera, cuando está así, lo único que quiere es que lo dejen tranquilo, he intentado hablar con Lars tantas veces antes, cuando ha estado así, pero entonces me suele contestar con algún comentario arisco, que quiere estar solo, que lo deje en paz, si no entiendo nada, si no soy más que una mujer estúpida, algo así suele contestarme Lars, lo sé perfectamente, pero ¿qué hace consigo mismo esos días, cuando está así? ¿Por qué se pone así? ¿Qué es lo que le pasa cuando está así? ¿Por qué se va y desaparece sin más? ¿Adónde va? ¿Qué hace? ¿Por qué se queda fuera tanto tiempo? Porque cuando Lars está así, es capaz de desaparecer durante horas, sí, a menudo, si está así por la mañana, se va y no vuelve hasta después de que haya anochecido, haya o no trabajo, Lars desaparece, es cierto que padre le ha dicho muchas veces que no puede desaparecer de esta manera, no sirve de nada, ha dicho padre más de una vez, y a veces ha ocurrido que también padre se ha enojado, pero padre no es de los que se enfadan a menudo, casi siempre está tranquilo, tampoco habla mucho, solo un poco, pero más de una vez, mientras yo escuchaba, le ha dicho a Lars que no puede desaparecer de esta manera, si han quedado en hacer algún trabajo juntos tienen que hacerlo, ha dicho padre, si tienen que cebar sedales o recoger redes, si han quedado en hacer algo así también tienen que hacerlo, le ha dicho padre a Lars y Lars le ha contestado que sí, que no se escapará más, que no volverá a hacerlo, ha dicho Lars, y luego Lars ha seguido escapándose, como si lo que había dicho padre ya no tuviera validez, o como si ya no recordara lo que él y padre habían acordado, así es Lars, y cuando yo le he preguntado por qué se escapa y desaparece de esta manera, a pesar de haberle prometido a padre que no lo volvería a hacer, él me ha contestado que no puede hacer otra cosa, que tiene que escaparse, ha dicho Lars, tiene que desaparecer, ha dicho, también a padre se lo ha dicho, porque yo misma se lo he oído decir, y recuerdo que padre le contestó que si tan mal lo pasaba que se fuera, pero si él y Lars habían quedado en hacer algún trabajo juntos lo ponía en una situación un poco tonta, dijo padre, si Lars desaparecía sin decir nada, porque para muchas tareas le iba muy bien que Lars le echara una mano, es mucho más fácil manejar una red o cebar un sedal si se es dos que si solo se es uno, dijo padre, y Lars dijo que le gustaría ayudarlo pero que hay algo que presiona mucho detrás de sus ojos, dijo Lars, iba a estallar, eso dijo, o sea que si padre quería que estallara lo único que tenía que hacer era impedir que anduviera por la isla, porque eso era lo que hacía, dijo Lars, daba vueltas por la isla, eso era lo que hacía, dijo Lars, y padre dijo que hiciera lo que mejor le pareciera, si las cosas estaban así, y entonces padre le preguntó a Lars si podía acompañarlo y ayudarlo a remar mientras él izaba las redes que esta vez había largado mar adentro, dijo padre, y Lars dijo que así lo haría, y entonces padre tomó el sendero y empezó a andar en dirección al fiordo y yo recuerdo que Lars no se movió, se quedó allí mirando al suelo, como si se avergonzara, como si lo estuviera pasando mal, se quedó allí y pude ver en su rostro que Lars lo estaba pasando mal.

Tengo que ayudar a padre, dijo Lars.

Yo hice un gesto de aprobación con la cabeza.

Pero entonces no puedes desaparecer, dije.

No, dijo Lars.

No, no puedo escaparme sin más, dijo él.

No debo hacerlo, dijo.

No, tienes que ayudar a padre, dije yo.

Sí, dijo Lars.

Y entonces vi a Lars volverse y lo vi empezar a trepar por el peñasco que había detrás de nuestra casa y pensé que ahora Lars había dicho que tenía que ayudar a padre y que contenía las lágrimas mientras lo decía y, sin embargo, había salido huyendo, y ahora estará fuera mucho tiempo, Lars no volverá a casa hasta que haya anochecido, y por tanto padre tendrá que izar las redes él solo mar adentro, y también ha ocurrido muchas veces que Lars no volviera a casa en toda la noche y haya vuelto entumecido y en condiciones penosas a la mañana siguiente, y ha vuelto tanto helado como ensangrentado, pues también ha ocurrido que volviera a casa ensangrentado, y sus ojos se habían tornado oscuros y extraviados, y cuando le he preguntado dónde ha estado no me ha contestado, no ha pronunciado palabra, se ha limitado a mirarme con sus ojos oscuros sin decir nada, da igual lo que le dijera, no me ha contestado, tampoco cuando madre le preguntaba dónde había estado contestaba Lars, ni siquiera cuando padre le preguntaba contestaba Lars, y también podía ocurrir que padre no se rindiera y siguiera preguntándole, le preguntaba una y otra vez ¿dónde has estado? ¿Qué has estado haciendo, Lars?, preguntaba padre, y entonces Lars se ponía a llorar y volvía a escaparse y no sé cuándo volvió esa vez, y ahora veo a Lars sentado en una piedra de la colina y si me ve mirándolo sin duda saldrá corriendo, por tanto no debe darse cuenta de que estoy aquí observándolo, pero tengo tantas ganas de descubrir qué hace Lars cuando se escapa y vaga por ahí todo el día, por eso voy a tener que seguirlo, y estoy observando a Lars y lo mejor sería que lo dejara, que abandonara, supongo que no debería seguirle, pienso, y veo a Lars sentado en una piedra, está mirando el mar y pienso que ahora Lars se levantará bruscamente y bajará del peñasco y saldrá corriendo en dirección al fiordo y ahora pronto tendrá que salir algo, piensa Oline, sentada en el retrete, esperando que salga algo más, pero parece que no quiere salir nada más, piensa Oline, parece que solo quiere manchar las bragas, piensa Oline, y pensar que fuera a acabar de esta manera, piensa, hubo un tiempo en el que fue tan joven que podía correr cuanto quisiera, saltando por los peñascos, entre los matorrales de Borgøya, era capaz de abrirse camino a través de la maleza más espesa, por todo Borgøya se movía, por accidentado que fuera el terreno, y se aguantaba, desde luego, durante el tiempo que hiciera falta, se aguantaba como si tal cosa, piensa Oline, y ahora está aquí sentada, en el retrete, con la mirada fija en los ojos del pescado, en la sangre de los pescados, casi ha coagulado la sangre, ve Oline que alarga una mano y palpa uno de los pescados y nota que se ha quedado un poco seco y viscoso, y entonces descubre que los ojos de pescado ya no la miran con la misma fijeza de antes, se han tornado algo apáticos, los ojos de pescado, es como si se hubieran contraído, descubre Oline, y no puede seguir allí sentada, no, porque ¿acaso no acaba de sentarse? Temprano, ese mismo día, Oline ha bajado como de costumbre a la playa a por el pescado, luego ha vuelto a su casa y cuando finalmente ha llegado, sin dudarlo se ha metido en el retrete, porque ha notado que lo necesitaba, que algo le apretaba, y se ha llevado los dos pescados al retrete porque no quería andar más de la cuenta, por eso Oline no ha entrado primero en la cocina para dejar el pescado, porque andar le duele terriblemente, pero ahora ya no le duele nada, ahora ha podido descansar y se le ha pasado el dolor en los pies, piensa Oline y aparta la mano del pescado y la posa sobre su muslo, y qué arrugado está su muslo, la piel ya no es tersa, tiene bultos, está cubierta de estrías, y totalmente blanca, y entonces Oline se da cuenta de que no siente nada cuando se palpa el muslo y se lo pellizca con fuerza y, sin embargo, no siente nada, no, no, piensa Oline, parece que también ha perdido la sensibilidad en el muslo, piensa, y retira la mano y la posa sobre el otro muslo y se lo pellizca con fuerza, y no siente nada y Oline piensa que debe de ser por el frío que hace que no sienta nada, pronto va a tener que levantarse, a coger el pescado y entrar en su casa, luego entrará en la cocina y limpiará el pescado, lo abrirá, lo preparará para cocinarlo, y hecho esto se sentará y hará punto un rato, ¿o quizá debería sacar la labor de ganchillo y dedicarle un tiempo? A lo mejor ya ha empezado a hacer tanto frío que tiene que encender la estufa. En realidad hace ya tiempo que el frío arreció y que hubiera podido encender la estufa, pero no dispone de toda la leña del mundo, por eso ha estado postergando prender el fuego y ha preferido ponerse más ropa, al fin y al cabo tiene una buena rebeca de lana, ella misma la hizo el año pasado, por entonces la vieja estaba tan ajada que ya no podía remendarla, por eso, pensó Oline, se concedería una nueva rebeca de punto, la rebeca que entonces estaba haciendo sería para ella y no la vendería, y así fue, pero ahora el otoño está tan avanzado que puede empezar a encender la estufa, piensa Oline y mira los pescados que cuelgan del gancho de la puerta del retrete y parece que los pescados están perdiendo la frescura, piensa Oline, los ojos de pescado se han desvaído, por lo que ve, y entonces Oline ve a Lars sentado sobre un peñasco de la colina y Lars se vuelve hacia ella con sus ojos oscuros y brillantes y entonces Lars grita ¿por qué estás ahí sentada mirándome?, grita.

No lo hago, digo yo.

Sí lo haces, dice él.

No.

Claro que sí, si te estoy viendo, me estás mirando, dice Lars.

¿Acaso no puedo hacerlo?, digo yo.

No, dice Lars.

Y veo a Lars agacharse y recoger una piedrecita y me está mirando con la piedra en la mano y entonces se pone de pie y veo que alza la mano por detrás de la cabeza y me mira fijamente y Lars me grita que no puedo quedarme allí sentada, mirándolo fijamente, eso grita, y veo que Lars me arroja la piedra y yo me agacho y veo la piedra que pasa volando en dirección a nuestra casa y oigo que la piedra golpea contra el muro y veo que Lars se baja del peñasco y oigo a padre gritar ¿qué ha sido eso? Y miro hacia la casa y veo a padre salir de la casa.

¿Qué ha sido eso?, dice padre.

Y mira hacia mí.

He oído un golpe, dice.

Y veo en los ojos de padre que tiene miedo. Asiento con la cabeza.

¿Sabes lo que ha sido?, dice.

Y yo sé perfectamente qué ha sido, pero supongo que no puedo decirle que Lars me ha arrojado una piedra y que en vez de darme a mí le ha dado a la casa.

¿No lo sabes?, dice padre.

He oído un golpe, digo.

Sí, eso.

Pero ¿no sabes lo que ha sido?

Sacudo la cabeza.

Ha sonado como si una piedra o algo parecido hubiera impactado contra nuestra casa, dice padre.

Asiento con la cabeza.

Sí, digo.

Pero ¿no has visto nada?, dice.

Sacudo la cabeza.

No, ya está bien. Esta vez ha ido demasiado lejos, dice padre.

Asiento con la cabeza.

Esta vez los vecinos han ido demasiado lejos, dice.

¿Los vecinos?, digo yo.

Si no, ¿quién ha podido hacerlo?, dice padre.

Bajo la mirada.

¿Quién, si no, puede haber lanzado una piedra contra nuestra casa?, dice padre.

Y sacude la cabeza y vuelve a entrar en la casa y ya no veo a Lars por ninguna parte, seguramente haya salido corriendo hacia el fiordo, y yo que pensaba seguirlo, ahora lo más probable es que no lo vuelva a encontrar, pienso, si no quiero perder la oportunidad de encontrarlo tendré que irme ya, intentar verlo por algún lado, eso es lo que tendré que hacer, pienso y oigo a padre decir desde el interior de la casa que ahora los vecinos han empezado a arrojar piedras contra nuestra casa, hasta aquí han llegado, dice padre, y madre dice que sí, realmente ha sonado como si alguien hubiera arrojado una piedra o algo contra el muro de la casa, el golpe parecía confirmarlo, dice madre y padre dice que Oline estaba allí fuera, pero no vio nada, por tanto, debieron de arrojar la piedra desde la colina, detrás de la casa, dice padre y oigo a madre decir que a ella le había parecido que habían arrojado la piedra contra el muro desde la parte de delante de la casa y padre dice que a él también le había parecido, sí, pero como Oline no había visto nada era imposible que hubiera ocurrido dice padre y madre dice no, supongo que no, y yo me pongo en pie y miro el cielo y veo las nubes avanzando por el cielo con su blanco azulado y miro hacia el mar con su azul más profundo y el mar está lleno de movimientos blancos y pienso que Lars es como el mar y el cielo, siempre cambiante, de la luz a la oscuridad, del blanco al negro más negro, así es también Lars, como el mar, pienso, mientras que yo soy más como la piedra y el pantano, no tan accidentada, no tan plana, sino marrón y ocre, y también yo tendré mis flores, pienso, y empiezo a andar siguiendo el sendero y no veo a Lars por ninguna parte, tendré que bajar a la playa, pienso, tal vez Lars esté sentado allí en algún lugar, pienso, al otro lado de la colina, seguramente esté allí, pienso y sigo bajando por el sendero y no encontraré a Lars, pienso, y bajo por el sendero y rodeo la colina, allí está la playa, puedo rodear la colina por fuera, y miro hacia la playa y no veo a Lars por ninguna parte, pero veo pisadas en la arena húmeda, eso quiere decir que Lars debe de haber corrido por la playa, pienso, hay pisadas recientes en la arena, por tanto Lars debe de haber corrido por la playa, pienso y empiezo a caminar por la playa y pienso ¿qué es lo que le pasa a Lars?, pienso, ¿por qué se enoja tanto como para arrojarme piedras?, y encima también he mentido, incluso a padre, pero ¿acaso podía hacer otra cosa? ¿Qué no hubiera pensado padre de haber sabido que había sido Lars quien había lanzado la piedra?, pienso y oigo las olas romper delicadamente contra la playa, ahora el mar está tranquilo, el mar no está tan bravo, ahora el mar está tranquilo y yo camino tranquilamente por la playa y ahora Lars no debe verme, porque si lo hace se enojará, entonces me arrojará más piedras, entonces me dirá que lo estoy siguiendo, que tengo que dejarlo en paz, eso me dirá y me parece que no puedo seguir caminando por la playa sin ton ni son, así no encontraré a Lars, pienso y me alejo de la playa, me adentro entre unos árboles y matorrales y miro hacia la orilla del mar y el monte pelado, pues supongo que Lars camina por la orilla, estoy completamente convencida de que eso hace, aunque no entiendo lo que hace cuando desaparece durante horas, creo que se mantiene en la orilla del mar y que se sienta en algún lugar del monte pelado, se adentra entre los árboles y los matorrales, seguramente no haga más que pasearse por la isla, pienso, y subo por un acantilado y de pronto me encuentro en lo alto y veo un monte pelado muy abrupto que baja hasta la playa y veo gaviotas echar a volar desde el monte y graznar y las gaviotas vuelan sobre el mar y debajo del monte hay una especie de ensenada pequeña, con una pequeña playa de arena y allí, allí está mi hermano Lars, sentado sobre una piedra redonda.

Lars, lo llamo.

Y Lars se vuelve y me mira.

¡Ah, eres tú!, dice y sonríe.

Sí, digo yo.

Y no entiendo por qué Lars ya no está enfadado.

Ven, quiero enseñarte una cosa, dice Lars.

Y me hace un gesto con la mano para que me acerque y yo me siento y empiezo con mucho cuidado a deslizarme monte abajo, es abrupto, pero el monte está seco y aprieto las manos contra el suelo y los pies los apoyo en unas pequeñas irregularidades en el monte y me dejo caer deslizándome por la ladera y de pronto hay arena blanda bajo uno de mis pies y luego bajo el otro y miro a Lars y él se ha puesto de pie y me está sonriendo.

Espera y verás una cosa, dice Lars.

Y me mira. Me acerco a él.

Ven, dice Lars.

Y Lars entra en lo más profundo de la ensenada, donde hay un saliente. Lars se coloca debajo del saliente. Lars se vuelve y me mira.

Ven, dice Lars.

Y Lars me hace un gesto con la mano para que me acerque. Camino hacia él y me coloco a su lado, debajo del saliente.

Aquí, dice Lars.

Mira, dice.

Y Lars señala hacia una cavidad en el monte donde hay algo negro. No entiendo nada.

¿Qué es?, digo.

Es carbón, mezclado con un poco de agua, dice.

¿Y qué?, digo yo.

Lo uso, dice Lars.

¿Para qué?, digo yo.

Te lo enseñaré, dice Lars.

Y Lars se pone a cuatro patas y se adentra aún más debajo del saliente y allí dentro está tan oscuro que apenas distingo su contorno y entonces veo más de Lars y veo que sale gateando de debajo del saliente y me doy cuenta de que trae algo consigo y veo que son unos pedazos de madera que Lars saca de debajo del saliente y vuelve la cabeza y me sonríe y dice que ahora me enseñará algo, dice.

Ahora verás, dice Lars.

Y entonces Lars se pone de pie y allí está, sosteniendo los pedazos de madera cuidadosamente en el aire y mirándolos.

Ven, dice.

Y me mira. Me acerco a Lars y veo a Lars que sonríe mientras contempla el madero. Miro el madero. Veo que hay imágenes sobre el madero que Lars sostiene en el aire y que contempla con una sonrisa en los labios.

¿Bonito?, dice Lars.

Y me mira sonriéndome. Asiento con la cabeza. Supongo que son unos dibujos bonitos, un poco, que Lars ha hecho en el madero.

Muy bonito, digo.

Sí, dice Lars.

¿Qué representa?, digo.

Nubes, dice Lars.

¿Un dibujo de nubes?

Sí.

Pero ¿son negras?

Ya te he enseñado la mezcla de carbón y agua, dice Lars.

Asiento con la cabeza.

Utilizo carbón y agua que aplico con palitos cuyas puntas he afilado, y luego con las puntas de los dedos aplico más negro por encima, dice Lars.

No creo que hubiera podido adivinar que eran nubes, digo yo.

No es tan complicado, dice Lars.

No, digo yo.

Si miras bien, dice Lars.

Y me ofrece un pedazo de madera y yo lo miro y al mirarlo bien descubro que son nubes lo que ha pintado Lars, por lo que veo, son nubes con gran movimiento las que ha pintado Lars, y son unas nubes muy bonitas las que ha hecho Lars, y Lars dice que ha hecho muchas pinturas así, sobre todo de nubes, pero también de montes y barcos, debajo del saliente guarda algunos, tenía más, pero una vez el mar subió tanto que se llevó la mayoría, por lo que ahora no le quedan muchos, dice Lars, tan solo le quedan unos pocos, todavía le queda uno de su bote, dice Lars, y me pregunta si me apetece ver un cuadro que ha hecho de su bote y yo asiento con la cabeza y Lars vuelve a ponerse a cuatro patas y se mete debajo del saliente, donde está tan oscuro, y apenas puedo vislumbrarlo y entonces veo que Lars vuelve a salir gateando y se pone de pie y me ofrece otro pedazo de madera flotante y veo que ha pintado el monte de casa y nuestro bote y no resulta nada difícil descubrir lo que representa y encuentro que Lars es un hermano muy habilidoso.

Magnífico, digo yo.

Sí, dice Lars.

¿Haces estos cuadros cuando desapareces?, pregunto.

A veces, contesta Lars.

Y oigo que su voz es algo arisca.

De vez en cuando, dice.

Y, si no, te paseas por la isla, digo yo.

Al principio solo me paseaba por la isla, dice él.

Y entonces, ¿empezaste a pintar cuadros de vez en cuando?, digo yo.

Y Lars asiente con la cabeza.

Pero ¿solo pintas cuadros cuando estás así?, digo yo.

Y Lars vuelve a asentir con la cabeza. Y miro el cuadro del monte y de nuestro bote y veo que el cuadro se asemeja mucho a Lars cuando está así, es cierto que se parece al monte y a nuestro bote también, pero sobre todo se parece a Lars cuando está como está de vez en cuando. Me parece extraño ver hasta qué punto el cuadro me recuerda a Lars cuando está así. Es negro del mismo modo que Lars tiene de ser negro. La oscuridad es la misma. Es una oscuridad que no es apagada, sino que brilla, una especie de oscuridad luminosa.

El cuadro se parece a ti, digo yo.

De pronto Lars me mira.

¿Cómo?, dice él.

No lo sé.

Pero se parece, digo yo.

¿Quieres que te haga un retrato?, pregunta Lars.

Y supongo que no me apetece que nadie me haga un retrato, no, no quiero. Sacudo la cabeza.

Ya he hecho un retrato de ti, dice Lars.

Y si Lars ya ha hecho un retrato mío, entonces ya no puedo negarme a que lo haga, porque ya lo ha hecho. No hay nada que hacer.

Puedo ir a buscarlo, dice Lars.

Y me doy cuenta de lo contento que está Lars por el tono de su voz y le veo volver a ponerse a cuatro patas y meterse debajo del saliente, poco a poco, trecho a trecho se mete debajo del saliente y entonces solo vislumbro a Lars y de pronto veo sus pies nítidamente y Lars se va haciendo más visible y entonces se pone de pie y de pronto Lars está allí y me ofrece un pedazo de madera flotante y yo veo una cara que mira de lado hacia arriba, con una nariz un poco grande, con una boca un poco torcida y unos ojos grandes. Y Lars ha dicho que soy yo a quien ha retratado. Pero, francamente, el retrato no se parece a mí. Supongo que no tengo ese aspecto. Supongo que no puedo decirle a Lars que esa no soy yo.

No te gusta, dice Lars.

Y empieza a reírse y entonces recoge los pedazos de madera y los junta y luego se acerca a la orilla del mar. Veo a Lars escudriñando el mar y de pronto levanta un pedazo de madera en el aire y lo arroja al mar.

No tires los cuadros, digo yo.

Y Lars arroja en un solo lanzamiento el resto de los pedazos de madera flotante al mar y se vuelve y viene hacia mí corriendo y Lars me sobrepasa y entonces veo a Lars trepar por el monte pelado y no entiendo nada y supongo que no sé qué hacer y al fin y al cabo no he dicho nada, pero aun así Lars ha arrojado sus cuadros al agua por mi culpa, por tanto tengo que haber hecho algo mal, pienso, y que todo tenga que torcerse así, que no haya nada que sea sencillo, pienso, y empiezo a trepar por el monte pelado y llego a la cima y bajo por la ladera hasta la playa y corro todo lo que puedo por la playa y salto al sendero que lleva a nuestra casa y veo que hay un par de tejas apiladas delante del muro de la casa y alzo la mirada y veo a padre de pie sobre el tejado y oigo a padre maldecir, satanás en el infierno, dice, satanás en el infierno, vete al infierno, dice padre, y suelta una teja y esta cae sobre la cuesta y rebota y padre me mira.

¡No te acerques!, grita padre.

¡Cuidado! ¡Mira por donde andas!, grita padre.

Y veo a madre aparecer en la puerta y sostiene a un niño en cada brazo y Elizabeth está entre sus pies y madre me mira y sacude la cabeza descorazonadamente. Me detengo. Veo a padre de pie sobre el tejado con otra teja en la mano y grita alto, venga, aléjate, y entonces suelta la teja y la teja se desliza tejado abajo y salta por el borde dando contra la cuesta blanda y veo que la teja rebota y veo a madre en la puerta de nuestra pequeña casa y oigo que empieza a llorar. Padre sigue sobre el tejado y me mira.

Ahora nos iremos de aquí, grita padre.

Ya basta, me grita padre.

Cuando empiezan a arrojar piedras contra los muros de la gente es que ya basta, grita.

Como podrás entender, dice.

Asiento con la cabeza.

Desmontaré la casa y volveré a construirla con mis propias manos, dice.

Yo he construido esta casa, yo la demoleré y la volveré a construir, dice.

¿Qué haremos con el huerto?, pregunto.

Pueden quedárselo, en agradecimiento por la pedrada, dice padre.

Se lo pueden quedar, dice.

Pueden hacer lo que les dé la gana con la tierra, dice.

¡Pueden quedarse con la tierra!, grita padre.

Y veo que está a punto de perder el equilibrio en lo alto del tejado y que se tambalea hacia un lado y que se agarra al caballete y veo a madre que se me acerca caminando con un niño debajo de cada brazo y veo que llora quedamente y dice que ojalá esta sea la voluntad de Dios, ojalá no desafíen el plan que Dios había trazado para nosotros, me dice, y veo a padre de pie otra vez en el tejado y oigo a mi hermana pequeña Elizabeth chillar ¡padre!, ¡padre! ¡Anda con cuidado, padre! Y veo que padre ha conseguido soltar otra teja y la suelta y la teja se desliza tejado abajo y cae por el borde y cae sobre otra teja y las dos se parten por la mitad y oigo a padre exclamar ¡mierda!, ¡mierda!, exclama padre, y madre le grita que no debe maldecir y ¿dónde se habrá metido Lars?, pregunta madre, y entonces los dos pequeños que madre lleva debajo del brazo empiezan a llorar.

Tranquilízate, dice madre.

Y alza la vista hacia padre.

Baja, no tienes por qué desmontar la casa ahora mismo, dice madre.

Bueno, dice padre.

Y veo que se sienta en el tejado y que luego se deja caer lentamente tejado abajo, hacia la escalera, llega hasta ella, baja. Padre camina hacia nosotros.

Creo que deberíais viajar a Stavanger primero, supongo que podréis quedaros en casa de mi hermano, dice.

Y luego dice que él llegará más tarde con la casa, hay que cargarla en una chalana, dice padre.

Sí, dice madre.

Y veo que madre tiene los ojos húmedos.

Pero ¿tan de repente?, dice.

Sí, tan de repente, dice padre.

Y padre recoge las tejas que ha arrojado y las amontona junto con las demás pilas que ha hecho a lo largo del muro de la casa.

Va a llover, dice madre.

Entrará el agua en la casa, dice.

¿Te das cuenta?, dice.

Y madre mira a padre y él dice que llueva, demonios, que entre el agua, mañana tendrá que llevarse a los niños a Stavanger, él se ocupará de buscarles sitio en un barco, ya ha pensado en ello, dice, y madre dice sí, sí, y yo vuelvo la mirada hacia la playa y veo que el mar se ha vuelto a oscurecer y veo que ahora el cielo se ha ennegrecido y entonces noto las primeras gotas de lluvia.

Empieza a llover, dice madre.

Llévate a los niños adentro, dice padre.

¿Dónde está Lars?, pregunta padre.

Y me mira a mí. Sacudo la cabeza.

No entiendo por qué ese chaval tiene que estar dando vueltas por la isla, dice.

Nos iría bien que el hijo mayor nos echara una mano, con todos estos niños a los que hay que alimentar, dice.

Veo a madre entrar por la puerta, con una criatura debajo de cada brazo y veo a mi hermana pequeña Elizabeth trotar detrás de ella. Y de pronto empieza a llover con fuerza, noto la lluvia golpear con fuerza, y luego llega el viento, el viento llega casi con la misma brusquedad, el viento llega del mar con una gran fuerza y padre dice que de haber sabido que haría un tiempo así no habría empezado a desmontar las tejas del tejado, pero ¿cómo iba a saberlo? Antes brillaba el sol, dice padre, y ahora tendrá que seguir, no puede limitarse a retirar unas cuantas tejas del tejado, eso sería ridículo, dice, no, tiene que seguir con su cometido, dice, y vuelve a subir por la escalera de mano, en medio de la fuerte lluvia padre sube por la escalera de mano, y el viento hace que se bambolee la escalera, y veo que la escalera se tambalea, y doy un salto y agarro la escalera y padre me mira desde lo alto y me da las gracias, muchas gracias, Oline, dice, y veo que el viento hace bambolearse la escalera y ahora está lloviendo a mares y vuelvo la mirada hacia la playa y veo a Lars en la playa, está sacando el bote, ¿por qué quiere salir a la mar con el tiempo que está haciendo, ¿qué se ha creído ese loco, por qué lo hace?, ¿por qué quiere salir a la mar con este tiempo?, pienso y veo a Lars subirse a bordo del bote que se balancea entre las ahora enormes olas, ¡y no debe salir a la mar cuando el viento sopla tanto! No debe salir a la mar con este tiempo, pienso y alzo la mirada. Y veo a padre poner un pie en el tejado, el otro pie reposa en el peldaño superior de la escalera de mano, y padre empuja la escalera hacia un lado y yo la sostengo con todo mi peso y veo a Lars sentarse en la bancada y meter los remos en el agua y entonces intenta remar contra las olas, y el mar y el bote apenas avanzan, el bote avanza a duras penas, y veo que Lars rema con todas sus fuerzas y alzo la mirada y ya no veo a padre, ha subido al tejado, pienso, y Lars no debería salir a la mar con este tiempo, tengo que correr a la playa y convencerlo de que no lo haga, no puede salir a la mar cuando el viento sopla de esta manera, pienso, y suelto la escalera de mano y en medio de la lluvia y el viento me dirijo al sendero y me vuelvo y veo a padre sentado a horcajadas sobre el caballete y está soltando una de las tejas del tejado y veo que el viento tira de la escalera y entonces veo que la escalera se desliza ligeramente hacia un lado y entonces una fuerte ráfaga de viento empuja la escalera violentamente y entonces veo la escalera precipitarse al suelo y padre está sentado sobre el caballete y parece que no se ha dado cuenta de que la escalera se ha caído y veo que Lars ha logrado alejarse un poco de la costa y no debería salir a la mar con el tiempo que está haciendo, pienso, y empiezo a correr sendero abajo, hacia la playa, tengo que conseguir que Lars vuelva a tierra, pienso y corro por el sendero, en medio de la lluvia, en medio del viento, corro, y llego a la playa y veo a Lars sentando en el bote, en medio del mar, remando con todas sus fuerzas, y el bote apenas avanza.

Vuelve ahora mismo, Lars, grito.

No puedes salir a la mar con este tiempo, grito.

¡No, Lars!

¡Vuelve, Lars!

¡No lo hagas!, grito.

Y veo que Lars saca los remos del agua y una gran ola levanta el bote y se lo lleva un buen trecho hacia la costa, viene una nueva ola, se lleva el bote aún más hacia tierra.

¡Padre está tirando la casa abajo!, grito.

¡Mira, Lars, está desmontando las tejas del tejado!, grito.

Y Lars mira hacia el tejado de la casa y entonces oigo que empieza a reírse y vuelve a meter los remos en el agua e intenta virar y lo consigue y entonces el bote empieza a avanzar en dirección a la costa y Lars vuelve a subir los remos a bordo y entonces da un salto hacia delante en el bote, se pone de pie en el mamparo delantero y el bote se tambalea, se tambalea de un lado a otro, y Lars ha puesto un pie en la borda, listo para absorber el golpe cuando el bote alcance la costa, y el bote sigue avanzando hacia la costa, y entonces padre grita que deje que el bote se haga mil pedazos, deja que el bote se astille, grita padre, y Lars choca contra la playa y salta a tierra y padre grita qué pena, el bote tenía que haberse hecho astillas, grita padre, y Lars sostiene el bote y lo amarra, y llueve, no para de llover, la lluvia ha llegado de golpe, y ahora llueve a mares, no parece tener fin, y estoy calada hasta los huesos y el viento es frío y veo que ahora el bote está amarrado y que Lars está en la playa mirando hacia el bote.

Venga, Lars, digo.

Lars se vuelve y me mira.

Ven, digo.

Y Lars empieza a caminar hacia mí.

Ahora nos iremos a casa, digo.

Lars asiente con la cabeza.

La tormenta ha llegado de repente, dice él.

Así es en esta isla, digo yo.

Sí, el tiempo cambia rápidamente, dice él.

Empiezo a subir por el sendero y Lars me sigue.

Ni tú ni yo estamos bautizados, digo yo.

Casi todo el mundo está bautizado.

Y como no estamos bautizados tampoco podemos recibir la confirmación, digo yo.

A padre no le gustan los pastores, dice Lars.

No, digo yo.

Pero es que casi todo el mundo está bautizado y confirmado, y he oído que puede ser difícil encontrar un trabajo si no estás bautizado y confirmado, digo yo.

¿Eso crees?

Sí, digo yo.

He estado pensando en bautizarme y confirmarme, digo yo.

Lars asiente con la cabeza.

Me parece que nos iremos a Stavanger.

Seguramente podamos bautizarnos y confirmarnos en Stavanger, digo yo.

Puede ser, dice Lars.

Yo al menos lo haré, digo yo.

A lo mejor me apunto, dice Lars.

Seguimos subiendo por el sendero.

Pero que padre insista en desmontar el tejado con este tiempo, dice Lars.

Dice que lo hace porque uno de los vecinos ha arrojado una piedra contra la casa, digo yo.

Y miro a Lars y veo que asiente con la cabeza.

¿No le has dicho que fui yo?, dice Lars.

Sacudo la cabeza y Lars y yo subimos por el sendero en dirección a nuestra casa.

Me parece que la escalera se ha caído, digo yo.

Voy a levantarla, dice Lars.

Y seguimos caminando hacia la casa, y entonces Lars va y levanta la escalera, la eleva en el aire y el viento agarra la escalera y la mueve de un lado a otro y entonces Lars consigue apoyar la escalera contra el muro de la casa y entonces veo que Lars empieza a trepar escalera arriba, ¡en medio de este viento! ¡Pero si la escalera volverá a caerse, seguro! Y corro hacia la escalera y la sujeto y entonces me quedo allí aguantándola y veo a Lars subirse al tejado y oigo a Lars decirle a padre que qué hace retirando el tejado con este tiempo y oigo a padre decir que nos mudamos, aquí ya no se puede estar, dice, ahora nos trasladaremos a la ciudad de Stavanger, dice, no puede ser peor que quedarse aquí, y nos llevaremos la casa, volveremos a construirla en Stavanger, dice papá, y Lars le pregunta si quiere que lo ayude y padre dice que no estará de más, estaría bien que echara una mano, dice, y veo a Lars subirse al tejado y ya no puedo verlo y esto es casi una locura, por qué tiene padre que empezar a desmontar el tejado cuando llueve y sopla el viento como lo hace ahora, y no parece que a Lars le resulte extraño retirar las tejas del tejado con el tiempo que está haciendo, al fin y al cabo ha preguntado, por una vez, si padre necesitaba ayuda para hacer un trabajo, y me parece que no ha ocurrido nunca hasta ahora, ¿o sí? Por lo que recuerdo, nunca ha ocurrido antes, pienso, y supongo que no puedo quedarme aquí sosteniendo la escalera, porque tengo frío, estoy calada hasta los huesos, y el viento es frío y fuerte, y ahora ya le he contado a Lars que estoy pensando en recibir el bautismo y la confirmación, y parece que también a Lars le gustaría hacerlo, a lo mejor piensa que si quiere pintar cuadros tendrá que recibir el bautismo y la confirmación como los demás, tal vez lo piense, pienso yo, y suelto la escalera y me alejo un poco de la casa y veo tanto a padre como a Lars sentados a horcajadas sobre el caballete. Están sentados sobre el caballete, a horcajadas, cara a cara.

Tengo mucho frío, no puedo seguir sujetando la escalera, grito.

Y ni padre ni Lars parecen haber oído que los he llamado y vuelvo a llamarlos una vez más y veo que Lars se vuelve hacia mí.

Voy a entrar, le grito.

Lars asiente con la cabeza.

La escalera se caerá. Si queréis bajar, tendréis que golpear el techo, les grito.

Sí, sí, grita padre.

Y veo que padre deja caer otra teja, que se desliza tejado abajo, cae por el borde, rebota contra el suelo y sale despedida. Pronto habrán retirado toda la hilera superior de tejas. Tengo frío. Entro en la casa y oigo que las criaturas berrean, siempre se oyen berridos de criaturas, por todos lados, y siempre hay criaturas berreando, pienso, y veo charcos de agua en el suelo y veo que gotea del techo y veo a madre sentada en un rincón y sostiene a un niño debajo de cada brazo y a sus pies están sentadas Elizabeth y Cecilia y veo que madre está llorando quedamente. Miro a madre y no debería quedarse sentada en el retrete, piensa Oline, no puede quedarse sentada en el retrete recordando, volviendo a la infancia, piensa Oline. Pero allí estaba madre sentada, entre lágrimas. Y a la mañana siguiente, el suelo estaba cubierto de agua. Y Oline piensa que ahora tendrá que levantarse e irse, no puede quedarse sentada en el retrete, ya no le duelen las piernas, ahora tiene que levantarse y llevar el pescado a la cocina, porque hace frío, tiene frío, no puede quedarse sentada en el retrete sin más, piensa Oline, pero ¿ha salido algo? No, no lo cree, y ahora lleva un buen rato sentada, pero no ha salido nada, por lo que sabe, bueno, sí, le parece que sí salió un poco que manchó las bragas, no mucho, pero sí algo, piensa Oline, tendrá que conformarse con lo que ha salido, piensa, tendrá que coger el pescado y llevarlo a la cocina, y puesto que hace tanto frío, debería encender la estufa, y le parece que todavía queda un poco de agua, sus nietos son muy amables, le van a buscar agua, no es que tenga que andar mucho para ir a por agua, pero tal como está ahora, cualquier cosa le supone un enorme esfuerzo, incluso ir al retrete le supone un enorme esfuerzo, todo le supone un desgaste, en cuanto se ve obligada a andar, aunque solo sea un poco, los pies empiezan a dolerle, así ha acabado, y lo más pesado es ir a por agua, le supone tal desgaste que apenas se las arregla para llegar, pero sus nietos son muy considerados, suelen traerle agua, sin ellos, sí, sí, piensa Oline, los nietos, los hijos y los nietos. Pero ahora tendrá que levantarse. No puede quedarse allí sentada, piensa Oline, y se da impulso con las manos contra el borde de la letrina, y le cuesta y lo intenta y se levanta a empellones y se agarra las bragas y se las sube y descubre que no están del todo limpias, no, y también están mojadas, y Oline se sube las bragas hasta medio muslo y logra poner un pie en el suelo, luego el otro, y de pronto Oline tiene los pies plantados en el suelo, con el trasero medio apoyado en el borde del retrete, y Oline agarra el bastón y con todo su peso apoyado en el bastón, y con todas sus fuerzas, consigue incorporarse del todo y ahora Oline está de pie, ligeramente echada hacia delante, apoyada en el bastón, con la cabeza gacha, está inclinada, mirando los dos pescados que cuelgan del gancho de la puerta del retrete.

Pescado y más pescado, dice Oline.

Sin el pescado nos hubiera ido muy mal, dice Oline.

Hay que comer pescado, dice.

Apetito no tiene una, pero hay que esforzarse un poco, tiene que comer aunque solo sea un poco, dice Oline.

Y con la mano libre descuelga los pescados del gancho de

la puerta y levanta el gancho y luego empuja la puerta y esta se abre un poco. Oline mira afuera. Y Oline ve que ha empezado a llover un poco, solo unas gotas. Oline hace acopio de fuerzas, nota que sus pies están anquilosados, casi exánimes, piensa, y entonces Oline intenta poner el cuerpo en movimiento, y entonces adelanta un pie, luego el otro. Y Oline sale del retrete. Con el bastón en una mano y el pescado en la otra sale Oline del retrete. Oline mira hacia su casa. Ahora entrará directamente en la cocina, limpiará el pescado, lo preparará para cocinarlo, luego encenderá la estufa, se sentará y se pondrá a hacer punto o ganchillo. Eso hará, sí, piensa Oline, y abre la puerta roja de su bonita y pequeña casa, con la mano en la que sostiene el pescado Oline abre la bonita puerta roja y entra en su casa, y Oline mira hacia las losas del suelo del pasillo y ve a su padre sentado a horcajadas sobre el caballete del tejado de la casa de Borgøya y el padre deja caer una teja detrás de otra y las tejas rebotan contra el suelo, padre, padre, piensa Oline, y piensa que no debe volver a perderse en los recuerdos, ahora Oline tendrá que entrar directamente en la cocina y entonces tendrá que limpiar el pescado y luego se sentará, antes de que el dolor vuelva tendrá que sentarse, piensa Oline, y entra en la cocina y deja el pescado sobre la mesa y se sienta, y apoya el bastón contra el borde de la mesa, y luego se pone la tabla de cortar delante, saca el cuchillo de la funda, coge uno de los pescados y nota que está seco y un poco viscoso, los dedos se pegan al pescado, y Oline corta la cabeza del pescado. Ve que la sangre se ha cuajado. Corta la cabeza del otro pescado. Ve las dos cabezas de pescado una al lado de la otra, prendidas de la cuerda. Limpia uno de los pescados. Limpia el otro pescado. Se levanta, coge los pescados tambaleándose, pues ahora tiene que andar sin apoyarse en el bastón, Oline camina a lo largo de la encimera de la cocina y ojalá no se caiga, piensa Oline, ahora no puede caerse, piensa Oline mientras camina a lo largo de la encimera de la cocina, y Oline consigue meter los dos pescados en un cuenco que hay sobre de la encimera de la cocina, coge la jarra y vierte agua, vacía el agua sobre los pescados y luego vuelve tambaleándose, con cuidado, con mucho cuidado, a la mesa y saca un plato del armario que hay encima de la mesa, y pone las tripas y las cabezas de pescado en el plato. Y Oline agarra el bastón, va a tener que volver a salir, piensa, no hay manera de descansar, tiene que sacar las tripas, ¿y no parece como si tuviera que hacer algo? ¿Un apretón? ¿Tiene que hacer algo? ¿O qué? Sí, parece que sí, piensa Oline mientras se apoya en el bastón y con el plato en la otra mano sale de la casa, y ve a alguien que se acerca por la carretera, pero no consigue ver quién es, hace unos años hubiera visto claramente quién era, pero ¡ahora! Ni siquiera su vista es la que fue antaño, piensa Oline, y ahora tendrá que agacharse, y tendrá que dejar el plato en el suelo, ¡para los gatos!, ¡para las gaviotas!, para quien quiera los despojos tendrá que dejar el plato en el suelo, piensa Oline, pero es tan difícil agacharse, aun así tiene que hacerlo, tiene que hacerlo, sí, piensa Oline, y ve que la persona se acerca, cada vez está más cerca, y entonces Oline oye que la persona dice que sí, también el gato tiene que tener lo suyo, y Oline oye por la voz que es Alida quien se acerca. Pero si es Alida. Será un placer intercambiar unas palabras con Alida, piensa Oline. Alida, sí, Alida.

El gato también tiene que comer, dice Oline.

Y ve que Alida se detiene delante de ella.

¿No quieres entrar a tomar un café?, dice Oline.

Y Alida dice que vale, que sí, que le apetece, dice, tampoco es que tenga prisa, y tal vez sea por eso por lo que ha salido, para tomarse un cafecito, dice Alida, y se ríe.

Sí, Alida, sí, dice Oline.

Entra, haz el favor, dice Oline.

¿No quieres dejar el plato antes?, dice Alida.

Suelo arrojarlo cerca del retrete, dice Oline.

Y piensa ¡no, no!, durante todos los años pasados eso es precisamente lo que ha hecho, ha salido con los despojos, los ha arrojado, para que se los comieran las gaviotas, el gato, al menos siempre desaparecen, y de pronto hoy se le ocurre que tiene que dejarlos en un plato delante de la puerta. Ahora realmente empieza a estar trastocada, piensa Oline.

¿Quieres que los tire por ti?, pregunta Alida.

No, será mejor que lo haga yo misma, dice Oline.

Y al menos tiene que poder hacer eso, piensa Oline, pueden dolerle los pies todo cuanto quieran, pero tendrá que arrojar los despojos ella sola, piensa, y entonces Oline se concentra y con la espalda encorvada y lentamente, pasito a pasito, empieza a caminar en dirección al retrete y Oline piensa que también tendría que hacer una visita al retrete, porque siente presión ahí abajo, le parece que tiene que hacer de vientre, piensa, pero ¡ahora no! No ahora que Alida ha venido a verla, ahora no puede sentarse en el retrete, piensa Oline y extiende la mano con la que sostiene el plato y arroja el contenido con todas sus fuerzas y entonces ve las cabezas de pescado una al lado de la otra en la hierba y ve unas tripas que se han quedado pegadas en el plato y Oline coge las tripas y estas se pegan a sus dedos y Oline intenta quitárselas y una parte se desprende y entonces Oline sacude los dedos y se desprende una pequeña cantidad de tripas y entonces pasa los dedos por el plato y sacude los dedos para luego secárselos en la falda. Oline se vuelve y empieza a caminar hacia Alida.

Hacerse vieja es peor de lo que había imaginado, dice Oline.

Es mucho peor, dice.

Envejecer es una porquería, dice Oline.

Y entonces vuelven a dolerle los pies y Oline se lamenta.

¿Tienes dolores?, dice Alida.

Los pies, dice Oline.

Los pies, sí, dice.

Son los pies los que me duelen.

Es peor cuando camino, cuando estoy sentada no me duelen tanto, dice.

Pero te las arreglas, dice Alida.

Y Oline ve que la puerta de su casa está abierta y ella y Alida entran.

Tu casa está muy bonita desde que la pintaste, dice Alida.

Casa blanca y puerta roja, dice.

Y Alida cierra la puerta detrás de sí. Y Oline se mete en la cocina.

Pongamos el café al fuego, dice Oline.

Y Alida entra en la cocina.

Puedo hacerlo yo, si quieres, dice Alida.

Sí, gracias, tal vez sea lo mejor, dice Oline.

Entonces iré al salón y me sentaré, dice.

Sí, hazlo, dice Alida.

Y Oline entra en el salón y piensa en Alida, hace años que conoce a Alida, pero ahora empieza a olvidarlo todo, por lo que ya ni siquiera está segura de quién es Alida, pero está claro que la conoce de algo. Parece incluso que Alida sabe dónde guarda el café, eso significa que conoce bien la casa. No, eso no puede ser, las cosas han ido demasiado lejos. Tiene que saber por narices quién es Alida. Pero ahora no debe decir nada que pueda llevar a creer que no sabe quién es Alida, porque lo sabe, hace muchos años que conoce a Alida, pero recordar quién es exactamente le resulta difícil. Tiene que recordar quién es Alida, piensa Oline. Al fin y al cabo hay tantas cosas que sí recuerda que por fuerza tiene que acordarse de quién es Alida, piensa Oline, y se sienta en su silla. Y Oline nota lo bien que le va sentarse, es como si una pesada calma recorriese su cuerpo, miembro por miembro, eliminando el dolor y sosegándola cada vez más.

Qué bueno es sentarse, dice Oline.

Que pueda llegar a ser tan bueno sentarse, dice.

Y oye que Alida hace ruido en la cocina y Alida grita que pronto estará listo el café.

Qué bien, dice Oline.

Hace un poquito de frío en tu casa, no nos vendrá mal tomar algo caliente, dice Alida desde la cocina.

Y entonces Oline ve que Alida entra en el salón con dos tazas en las manos, las deja sobre la mesa delante de ella y Alida dice que pronto estará listo el café, eso dice, podrán tomarse una tacita y luego podrán hablar un poco del pasado, dice Alida.

Sí, vale, dice Oline.

De los viejos tiempos, dice Alida.

Y suelta una risita y Oline piensa que le parece que Alida siempre ha tenido la costumbre de decir algo y luego soltar una risita, Alida dice algo y luego suelta una risita.

De acuerdo, dice Oline.

Y ve a Alida volver a la cocina y Oline piensa que parece que ella y Alida tienen mucho de que hablar, según lo que dice Alida, piensa Oline, y entonces ve a Alida de pie delante de una ventana, en una casita a la orilla del mar está Alida delante de una ventana llamándola, le pregunta a Oline si le apetece entrar y charlar un rato y Oline dice que sí, encantada, todavía no tengo que volver a casa para preparar la cena, digo yo, y entonces empiezo a caminar hacia la casa y entonces veo a Lars corriendo hacia el mar, sobre sus piernas cortas, con su larga espalda, Lars nunca camina como el resto de gente, tampoco corre, Lars ni camina ni corre, siempre va al trote, pienso, y veo que su gran barba ondea al aire al correr y sus ojos son marrones y hoy sus ojos parecen bastante serenos, bajo la visera negra los ojos parecen serenos, hoy son marrones, y su larga cabellera negra ondea, como levantada por el viento. Y del hombro cuelga una sierra. Un tronzador, acostumbra Lars a decir. La mejor sierra, acostumbra a decir. Veo a Lars corriendo cuesta abajo, con el tronzador colgado del hombro. Y ahora Lars buscará a alguien para quien serrar leña. Lars se dedica a cortar leña para la gente. Le ofrecen una taza de café y un poco de dinero por el trabajo. Ahora Lars ha salido a cortarle leña a aquel que necesita que le corten un poco de leña. Y Lars me ve, y su rostro se abre en una sonrisa tras la gran barba negra.

¿Vas a cortar leña?, digo.

Pues sí, dice Lars.

Y se detiene delante de mí, está un poco sofocado, tanta prisa se ha dado.

Si es que alguien necesita que le corte leña, dice.

Supongo que siempre es necesario, dice.

Y tú has bajado a por pescado, dice.

Pues sí, digo yo.

A lo mejor necesitas a alguien que te corte un poco de leña, dice Lars.

No, precisamente ahora tengo suficiente leña, digo yo.

Pero a lo mejor Alida necesita que le cortes leña, me ha invitado a entrar para que charlemos un rato, puedo preguntárselo, digo yo.

Y Lars dice que estaría bien, seguramente Alida necesita que le corten leña, porque hace tiempo que Lars le cortó leña la última vez, dice Lars, de hecho había pensado que ella precisamente necesitaría que alguien le cortara un poco de leña, dice.

Entremos en casa de Alida y se lo preguntamos, digo yo.

Lars asiente con la cabeza y me doy cuenta de que vacila un poco.

Solo tienes que acompañarme, digo yo.

Tu hermana mayor cuidará de ti, digo yo.

Bien, pues entonces de acuerdo, dice Lars.

Y se ríe y entonces Lars y yo entramos en la casa de Alida, en la cocina, y al ver Alida a Lars en la puerta con su sierra tronzadora, como la llama él, colgada del hombro dice pero qué bien, Lars, que hayas venido, precisamente necesito que me cortes un poco de leña, dice Alida, y Lars dice que eso era lo que imaginaba, porque ahora hace tiempo que ha cortado leña en casa de Alida, dice.

Sí, ahora hace ya tiempo, dice Alida.

Empezaba casi a creer que no volverías, dice.

He tenido mucho trabajo, dice Lars.

Será eso, dice Alida.

Pero ahora ya apenas me queda leña cortada, dice Alida.

Pues qué bien que haya venido, dice Lars.

Sí, como por encargo, dice Alida.

Ya sabes, dice Lars.

Eres único, Lars, digo yo.

Sí, sí, dice Lars.

Y noto que su voz cambia, y Alida también debe de haberlo notado, porque dice que qué bien que haya venido Lars, y acaba de poner el café al fuego, y si quiere, él también puede tomarse una tacita antes de ponerse a trabajar, y no solo después, como suele hacer, dice Alida, y Lars sacude la cabeza y veo que sus ojos se oscurecen y entonces sus ojos adquieren ese brillo negro tan particular.

Solo si quieres, dice Alida.

Si no quieres, podemos hacerlo como de costumbre, primero sierras y luego te tomas una taza de café, dice Alida.

Sí, será mejor hacerlo como siempre lo habéis hecho, digo yo.

Sí, sí, dice Lars.

Porque la serpiente se retuerce, dice.

Sí, tienes razón, dice Alida.

Sé que la serpiente se retuerce, yo mismo lo he visto, dice Lars.

Y allí está, con sus piernas cortas, con su larga espalda, y veo que Lars ha bajado la mirada.

Sí, lo sabes, Lars, digo yo.

Y no entienden de arte, dice Lars.

Nada en absoluto, dice.

Saben tanto de arte como culos de ternera, dice.

No entienden nada, dice Lars.

Y Lars está en la cocina de Alida mirando al suelo y oigo que su voz tiembla y Alida y yo nos miramos.

Y no hay que matar a todos los pintores, dice Lars.

Pero hay que matarlos a casi todos, no a todos, pero a casi todos, dice.

Veo a Alida que me está mirando y sacude la cabeza desconsolada. Y Lars sigue en la cocina de Alida con la mirada fija en el suelo.

Mataré a casi todos los pintores, dice.

Hay que matarlos, no saben pintar y por eso hay que matarlos, dice.

Sí, sí, digo yo.

Los mataré, eso haré, dice Lars.

Pero ¿no quieres un poco de café?, dice Alida.

Matarlos, eso, dice Lars.

Alida te pregunta si quieres un poco de café, digo yo.

Y veo a Lars que sigue mirando al suelo y miro a Alida y ella me mira a mí.

Podrías tomar un poco de café, dice Alida.

Y Lars levanta la mirada y mira a Alida.

Sí, gracias, me gustaría tomar un poco de café, sí, dice Lars.

Me sentará bien, dice.

Entonces siéntate, dice Alida.

Sí, gracias, gracias, dice Lars.

Y luego te cortaré toda la leña que necesites, dice.

Muy bien, Lars, dice Alida.

Primero un poco de café, digo yo.

Venga, pues, dice Lars.

Y veo que Lars se sienta a la mesa de la cocina de Alida.

Sí, Lars, tú, dice Alida.

No hay nadie que corte la leña tan bien como lo haces tú, dice.

Por no hablar de pintar, nadie pinta tan bien como tú, dice.

Así es, dice Lars.

Y Alida va a por una taza que deja delante de Lars y luego le sirve café en la taza y veo que Lars saca la pipa, la gran pipa curva, y entonces carga la pipa, y lo hace concienzudamente, despacio, y llena la cazoleta de su pipa de tabaco, despacio, concienzudamente, y entonces Lars enciende una cerilla y la llama crece y entonces Lars aspira y la llama se inclina introduciéndose en la pipa, y Lars chupa y chupa y entonces el olor rancio y bueno del humo se extiende por la cocina de Alida y entonces Alida me dice que me siente y yo me siento delante de Lars y entonces Alida viene con dos tazas y una de ellas la deja delante de mí y la otra la deja delante de la silla desocupada a mi lado y luego Alida sirve el café, primero a mí, luego se sirve ella y veo a Lars sentado chupando la pipa y entonces Lars se lleva la taza a la boca y sorbe el café caliente.

Es bueno este café, dice Lars.

Una buena pipa y una buena taza de café, dice Lars.

Y Oline oye que Alida dice que el café está listo, ahora podrán tomar café, dice Alida y Oline alza la mirada y ve a Alida en la puerta de su cocina mirándola.

Estaba pensando en Lars, dice Oline.

Lars, sí, dice Alida.

Me ha venido a la mente una vez que estuvimos en tu casa, él vino para cortar leña, como de costumbre, luego solía tomar café, pero aquella vez le ofreciste el café antes de empezar el trabajo, dice Oline.

Fue la vez que mientras estábamos sentados tomando café, él se levantó de repente y salió corriendo, dice Alida.

Sí, sí, dice Oline.

Sí, salió corriendo, es verdad, dice Oline.

Y aquel día nos habló tan mal de los pintores, dijo que había que matarlos a todos, y no sabíamos qué pensar, dice Alida.

Sí, lo recuerdo, dice Oline.

Pero volvió, dice Alida.

Eso hizo, sí, dice.

Desde luego que volvió, dice Oline.

Desde luego, dice Alida.

Y entonces cortó tanta leña, y tan rápido como jamás se lo había visto hacer, dice.

Sí, era único Lars, dice Oline.

Sí, no hace falta que me lo digas, dice Alida.

Pero ahora el café está listo, dice Alida.

Y Oline ve que Alida vuelve a la cocina y la ve volver a entrar en el salón con dos tazas en las manos que deja sobre la mesa, una delante de Oline, la otra delante de la silla que está libre, y Oline piensa que ahora debería recordar quién es esa Alida, la conoce muy bien, la ha visitado a menudo, en su casa, a orillas del mar, ahora solo tiene que descubrir quién es Alida, piensa Oline, no es posible que haya llegado hasta tal punto que ya no sepa quién es Alida, pronto tampoco sabrá siquiera quién es ella, si continúa así, ¿quién es ella, quién es Oline? ¿Cómo se llaman sus hijos? ¿Sus nietos? ¿Qué ha hecho de su vida? No, esa es una pregunta terrible, piensa Oline, y piensa que aunque no sabe quién es, al menos se le ocurrirá quién es Alida, porque lo sabe, recuerda perfectamente y con todo detalle cómo fue aquel día, hace muchos años, cuando Alida y ella y Lars estuvieron sentados a la mesa de la cocina de Alida tomando café, el día en que Lars se levantó de repente y salió corriendo, dejando su taza de café a medias, salió corriendo sin más, lo recuerda perfectamente, lo está viendo ahora mismo, como si acabara de ocurrir, ve a Lars sentado delante de ella a la mesa de la cocina de Alida y él mira la mesa y entonces parece que su mirada se quede fija en algo y entonces oigo que sus pies empiezan a patalear y sus pies patalean con fuerza y velozmente y su mirada está fija en algo y la taza está delante de él sobre la mesa y entonces veo temblores alrededor de sus ojos y veo que sus ojos se han humedecido y todavía parece tener la mirada fija en algo, es insistente, es como si fuera imposible apartarla de lo que está mirando fijamente, y sus pies patalean, y sus ojos se humedecen cada vez más y un temblor recorre el contorno de sus ojos y veo que Lars parece liberarse, con todas sus fuerzas, Lars reúne todas sus fuerzas, se libera y veo que Lars se levanta y sale corriendo y yo y Alida nos miramos y Oline oye a Alida gritar desde la cocina que ahora llega el café, que el café está listo, grita Alida y Oline ve a Alida entrar con la cafetera y Oline piensa que ahora debe concentrarse, ahora tiene que recordar quién es Alida, ¿quién puede ser esa Alida? ¿Está casada con su hermano, es eso? Y es que Alida también es vieja, pero no tan vieja como ella, piensa Oline, y Oline piensa que en el fondo es para morirse de risa, es ridículo, nada más, debería haber pensado hace unos años que ni siquiera sería capaz de recordar quién es Alida, piensa Oline, y oye que Alida dice que ya está el café, sí, dice Alida, y entonces Alida le sirve café a Oline y ve que Alida también sirve café en la otra taza.

¿No vas a preguntarme por tu hermano?, dice Alida.

Y Oline piensa ¡vaya!, mira que no ser capaz siquiera de recordar, piensa, que ni siquiera sea capaz de recordar que Alida está casada con su hermano. Y no es Alida la que está casada con Sivert. Porque es Signe quien está casada con Sivert. ¿Y no le pidió Signe que fuera a su casa, no le pidió Sivert que lo fuera a ver para que hablaran? ¿No era eso lo que había ocurrido? ¿O tal vez fuera Alida quien se lo pidió y ahora Alida ha subido a buscarla a su casa?

En realidad hay pocas novedades de tu hermano, dice Alida.

No hay nada nuevo, dice Oline.

Y piensa que debe de ser así, Alida está casada con su hermano, también han tenido muchos hijos, pero ahora su hermano está viejo y enfermo, como ella, sí, debe de ser así, sí, piensa Oline.

Sí, dice Alida.

Y suspira y Oline piensa que ahora va a tener que preguntar si no está un poquito mejor, si ha empeorado, tendrá que preguntar algo así, piensa Oline.

Sí, no hay nada nuevo, dice Oline.

Y ve a Alida meterse en la cocina con la cafetera y Oline ve a Alida volver y sentarse delante de ella a la mesa, y ahora le aprieta, ahora tiene que hacer algo, siente un apretón terrible, piensa Oline, y ojalá no salga por sí solo, es cierto que ha estado un buen rato en el retrete, hace un rato, incluso se llevó el pescado al retrete, piensa Oline, eso hizo, sí, piensa Oline, y ahora siente unos terribles apretones, ahora no debe salir nada, al menos nada por detrás, si tiene que salir algo que salga por delante, pase lo que pase, no debe salir por detrás, no habrá salido nada, ¿verdad? ¿Ha pasado algo allí abajo?, piensa Oline, y que fuera a acabar de esta manera, quién lo hubiera creído, piensa Oline, y oye que Alida dice que su hermano está igual, no hay nada nuevo, tiene dificultades para levantarse, y no se puede decir que alguna vez haya tenido la cabeza despejada, dice Alida riéndose.

No, desde luego que no, dice Oline.

Y Alida empieza a reír.

Sí, desde luego, siempre ha sido un tipo raro, dice Oline.

Esos cuáqueros son algo especiales, dice Alida.

Siempre ha habido problemas.

No quiso hacer el servicio militar, y no había que bautizar a los niños, dice.

Tampoco teníamos que casarnos, dice.

Y ahora tampoco quiere que lo entierren como Dios manda, dice Alida.

Sí, supongo que así es, dice Oline.

¿No podrían ser como el resto de gente?, dice Alida.

Sí, ¿no podrían?, dice Oline.

Pero no, dice Alida.

Y Lars se volvió completamente tarumba, dice.

Mal andaban las cosas con los demás, pero Lars es quien acabó peor, dice.

Pero no se debe hablar mal de los muertos, tengo que vigilar esta boca mía, dice Alida.

Sí, Lars, dice Oline.

Y eso que lo enviaron al colegio y todo, dice Alida.

Hubiera podido llegar a ser un gran hombre, dice.

Sí, dice Oline.

Pero entonces enfermó, pobre hombre, dice Alida.

Eso le pasó, sí, dice Oline.

Podía haber llegado muy lejos, pero supongo que acabó como tenía que acabar, dice Alida.

¿Cómo van tus dolores?, dice.

Y Oline dice que si puede quedarse sentada tranquilamente no le duele, solo le duele al andar, dice, pero claro, no le queda más remedio que andar, no puede abandonarse, no puede rendirse, no, no puede ser, no puede rendirse, no puede ser, cada día tiene que ir a por pescado, dice Oline, y Alida dice que no, una no puede rendirse, dice, no puede ser, no hay más remedio que seguir adelante mientras los pies aguanten tendrán que seguir andando, dice Alida, Oline oye a Alida decir que el café está bueno, supongo que el café siempre está bueno, dice Alida.

Café, sí, dice Oline.

Sienta bien una taza de café, dice.

Fuerte y bueno, así fue, dice Oline.

El café ha salido bueno, dice Alida.

Es triste que tu marido se haya puesto enfermo, dice Oline.

Sí, sí, dice Alida.

Que esté en las últimas, es terrible, dice Oline.

Y Alida mira de pronto fijamente a Oline.

No, no puede decirse que esté en las últimas, dice Alida.

Y Oline piensa que no es eso lo que le ha dicho Alida hace un momento, que estaba en las últimas, que Oline tenía que ir a casa de Alida, porque su hermano le había dicho a Alida que quería hablar con ella antes de irse, ¿no era lo que le acababa de decir Alida?

No, no está a las puertas de la muerte, dice Alida.

¿Y no le pidió Alida, piensa Oline, que pasara a su casa para hablar con su hermano cuando bajó a la playa a por el pescado? ¿No fue esa la razón por la que Alida asomó la cabeza por la ventana y le preguntó si podía entrar a ver a su hermano? A Sivert, sí, sin duda fue así, y eso quiere decir que pronto tendrán que ir a hablar con Sivert, para que no se haya ido antes de que lleguen ellas, no pueden quedarse ahí sentadas tomando café, no, no puede ser.

Sivert, sí, dice Oline.

Sí, Sivert, parece que anda mal, dice Alida.

Parece ser que está a punto de dejar este mundo, dice Oline.

¿De veras?, dice Alida.

Bueno, bueno, dice Alida.

No lo sabía, dice Alida.

Es terrible, dice.

¿Te lo ha contado Signe?, dice Alida.

Y claro que fue Signe quien se lo dijo, piensa Oline, y ahora tendrán que levantarse e irse antes de que Sivert se muera, la está esperando para hablar con ella, por tanto, tendrán que irse, no pueden, de ninguna de las maneras, quedarse aquí tomando café cuando Sivert está muriéndose y quiere hablar con su hermana mayor antes de abandonar este mundo, no, no puede ser.

Pronto tendremos que irnos, dice Oline.

¿Irnos?, dice Alida.

Eso creo, dice Oline.

¿Ir adónde?, dice Alida.

A hablar con Sivert, dice Oline.

¿No deberíamos dejarlo en paz?, dice Alida.

Y Oline piensa que ahora lo ve claro, mira que acabar así, porque no es Alida quien está casada con Sivert, Alida ni siquiera sabe que Sivert está a punto de abandonar este mundo, ¡mira que confundirse de esa manera! ¿Cómo ha podido llegar hasta aquí? No tiene memoria, apenas ve, le duelen los pies, no, hasta aquí podía llegar, piensa Oline, y que no sea capaz de retener la orina y apenas lo otro, no, no, piensa Oline.

Sí, sí, dice Oline.

Veo que el suelo de la cocina no está del todo limpio, dice Alida.

Y Alida seguramente siempre ha sido así, piensa Oline, seguramente siempre le ha parecido que Oline ha sido una puerca roñosa, como suele llamarla siempre.

Si quieres puedo fregarlo por ti, dice Alida.

Eso puedo hacerlo, dice.

No es nada, lo hago en un pispás, dice Alida.

Puedo hacerlo yo sola, dice Oline.

No, tienes las piernas mal, dice Alida.

Te irá bien un poco de ayuda, dice.

Yo todavía gozo de buena salud, puedo fregarte el suelo, dice Alida.

Sí, sí, si así lo crees, dice Oline.

Y ve que Alida se acaba la taza de café y que Alida se pone en pie, y Oline oye a Alida decir que ahora irá a por agua y una bayeta y que fregará el suelo en un abrir y cerrar de ojos.

Oline asiente con la cabeza.

Sí, eso harás, dice Oline.

Y Oline ve a Alida volver a la cocina y seguramente Alida

siempre haya sido así, piensa Oline, nunca ha estado satisfecha con nada de lo que hacía Oline, piensa Oline, nunca le ha parecido que fuera suficientemente buena, nunca, piensa Oline, y ahora Alida empieza a estar tan disgustada con Oline que encima va tan lejos como para ofrecerse a limpiar su suciedad, piensa Oline, y en cierto modo es una pequeña ofensa, piensa, pero ¿todavía le queda honor? No, en realidad no, mira que dejarse humillar de esta forma, piensa Oline, ha llegado hasta este punto, piensa Oline, y oye a Alida hacer y deshacer en su cocina, y Oline piensa si Alida sabrá dónde guarda las cosas, ¿lo sabrá?, piensa Oline, y Alida nunca ha estado contenta con ella, nunca, jamás, tampoco nunca ha estado contenta con su marido, por no hablar de Lars, cómo se reía de Lars cuando no estaba, siempre se mostraba agradable cuando estaba cara a cara con él, pero cuando Lars no estaba, no era en absoluto agradable, no. Y Oline oye cómo la bayeta se desliza por el suelo de la cocina. Alida no fue nunca amable con Lars, no, no lo fue, por mucho que Lars le hubiera cortado leña, por cuatro perras o por nada Lars le había cortado leña, pero no recibió nunca nada más que burlas a cambio, nada. No recibió nada más que burlas, piensa Oline y Alida vino y me tiró del brazo.

Ven, ven a ver a Lars cortar leña, dijo Alida.

Y allí estaba, riéndose en mi cara, todo su rostro reía.

Ahora Lars ha puesto manos a la obra, ven, ven conmigo y verás cómo trabaja, dijo Alida.

Ven, dijo Alida.

¿No te apetece?, dijo.

Ven conmigo, hay que verlo.

Venga, ven, dijo Alida.

Y tiró de la manga de mi chaqueta y supongo que no pude hacer más que seguirla, puesto que tanto lo deseaba, no tuve más remedio que seguirla, por lo que dejé que Alida me arrastrara a su habitación, hasta la ventana, y desde el otro lado de la ventana oí a Lars gritar te voy a dar, maldito alemán, gritaba y entonces oí cómo el hacha golpeaba contra un tronco de madera y luego oí que Lars gritaba, o sea que no quieres, grandullón, no quieres, ¡te obligaré!, gritaba Lars y de nuevo oí cómo el hacha golpeaba contra un leño y escondida detrás de la cortina vi a Alida reírse y me susurró tienes que acercarte, realmente tienes que ver cómo se enfada, me susurró Alida desde donde estaba, con una sonrisa atravesando su rostro.

Ven, ven, dijo Alida en voz baja.

Y me acerqué y me coloqué detrás de Alida. Vi a Lars delante del tajo, había dejado la sierra apoyada contra el muro del retrete, tenía una hacha en la mano y un aspecto tan feroz como desquiciado.

Allá se fue ese alemán, dijo Lars. Ahora un pintor noruego tendrá que hacer algo que no le apetece, dijo.

Ahora buscaremos a un pintor noruego, dijo.

Y Lars agarró un leño y lo colocó sobre el tajo.

Ahora recibirás, maldito diablo, dijo.

Por Satanás que recibirás, dijo.

Hasta aquí podíamos llegar, dijo.

Y Lars alzó el hacha por encima de su cabeza y la dejó caer con todas sus fuerzas sobre el leño que se partió en dos y cayó al lado del tajo.

Estás acabado, dijo.

Eras un diablo, un maldito pintor noruego, pero ahora estás acabado, dijo.

Te he pillado, dijo.

No hay duda, te cogí, dijo Lars.

Había que hacerlo, dijo.

Sabía que alguna vez acabaría contigo, dijo Lars.

¡Satanás!

Nunca supiste pintar, nunca, pero tú, erre que erre, querías pintar y encima tenías que fastidiar a los demás pintores, dice Lars.

¡Satanás!

¡Aquí en Sandvigen, en la ciudad de Stavanger, no pueden vivir diablos como tú!

No entre tanto zafio, ¡no!, dice Lars.

Y veo a Lars recoger otro leño del montón de leña, lo deja sobre el tajo, alza el hacha.

¡Se acabó!

Y Alida empieza a reírse entre dientes y se tapa la boca y me empuja con el hombro.

Aquí tienes, pintor de pacotilla, eres malísimo, dice Lars.

Has recibido lo que te merecías, dice.

Lo que te merecías.

Has tenido tu merecido, dice Lars.

Y entonces Alida me susurra que Lars no está todo lo limpio que debería estar, tendría que haberse lavado, a lo mejor yo, que soy su hermana, consiga que se lave, me susurra Alida, y oigo que Lars se dice a sí mismo que no, lo mejor será que sierre un poco, dice Lars, y coloca unos cuantos maderos en la banqueta de serrar, agarra la sierra, empieza a serrar y yo me acerco a la ventana.

Lars, ¿cómo va eso?, grito.

Lars deja de serrar, alza la vista hacia mí.

Va viento en popa, dice.

¿Y a ti cómo te va?, dice.

Me va bien, digo yo.

Estás serrando y cortando leña, las dos cosas, digo.

Cuando quiero cortar leña, corto leña, cuando quiero serrar, sierro, dice Lars.

Hago lo que quiero, dice.

Sí, es verdad, digo yo.

Y Lars se endereza, se vuelve, mira a su alrededor.

Sí, sí, dice.

En la Stranden, dice Lars.

Y levanta la cabeza, me mira y entonces me pregunta si Alida quiere leña por dos o por cuatro chelines, dice, y yo me retiro de la ventana, es como si me volviera a meter en la habitación y veo que Alida está escondida detrás de la cortina, tapándose la boca con la mano y le digo que Lars pregunta si quiere leña por dos o por cuatro chelines, y Alida asiente con la cabeza, para pagarle dos chelines, dice, apenas le da tiempo a destaparse la boca cuando vuelve a llevarse la mano a ella, muerta de risa, y yo vuelvo a acercarme a la ventana y le grito a Lars que tiene para pagarle unos cuatro chelines, eso le grito, y Lars responde que así será, leña por cuatro chelines, hecho, grita Lars, y veo que vuelve a inclinarse sobre la banqueta y entonces la sierra vuelve a moverse hacia delante y hacia atrás, hacia delante y hacia atrás, hacia delante y hacia atrás se mueve la sierra y Oline ve a Alida en la puerta de la cocina.

Bueno, el suelo de la cocina ya está limpio y lustroso, dice.

Y supongo que Alida siempre ha sido así, piensa Oline, siempre ha pensado, sin duda, que no mantenía su casa suficientemente limpia, que era una puerca roñosa, y no suficientemente aplicada, piensa Oline, y por qué se dedicará Alida a fregar el suelo de su cocina cuando su marido está en las últimas, piensa Oline, una no se puede comportar así, como si su suelo fuera más importante que su marido, piensa Oline. Pero decirle algo, no, eso no puede hacerlo, piensa Oline. Tendrá que mantener la boca cerrada. De todos modos, no serviría de nada.

¿Quieres que te cocine el pescado?, dice Alida.

No, puedo hacerlo yo sola perfectamente, dice Oline.

Por supuesto que puedes, dice Alida.

Pero yo puedo ayudarte, no caminas bien, y ahora estoy aquí, dice Alida.

Sí, ya sé que estás aquí, pero ya me las arreglaré para cocinarme el pescado, dice Oline.

¿Quieres más café?, dice Alida.

No, ya está bien, dice Oline.

Bueno, pues si es así, creo que me voy a casa, dice Alida.

Sí, está bien, hazlo, dice Oline.

Vete a casa con tu marido enfermo, dice.

Seguramente necesita tu ayuda, dice.

Seguro que se las apaña perfectamente sin mí, dice Alida.

No está tan desvalido, dice Alida.

Pero vete de todos modos, dice Oline.

Estoy algo cansada, creo que descansaré un poco, dice Oline.

Hazlo, Oline, dice Alida.

Entonces me voy, dice Alida.

Y entonces Oline dice que ya se verán, sí, y Alida asiente con la cabeza y luego Alida sale del salón y se mete en la cocina y Oline oye que Alida cierra una puerta y Oline piensa que ahora Alida ha estado aquí y por fin se ha ido, ¿por qué ha tenido que venir Alida a molestarla?, si ya había pensado todo lo que tenía que hacer, encender la estufa, calentar la casa para poder estar a gusto, eso había pensado, y luego se haría un café, y luego se sentaría y tejería o haría ganchillo un rato, eso era lo que había pensado que haría, pero entonces apareció Alida y se puso a fregar el suelo, y ahora tendrá que hacer un viaje al retrete, o tal vez podría sacar el orinal, porque parece que tiene que volver a ir, sí, parece que tiene que hacer un poco, ¿y Alida?, Oline tampoco consigue recordar quién es Alida, tan solo recuerda que Lars estuvo una vez en su casa cortando leña, piensa Oline, ¿y ahora parece que algo está apretando allí abajo? ¿Tiene que hacer de vientre? Eso quiere decir que tendrá que volver a arrastrarse hasta el retrete, no, no piensa hacerlo, tendrá que bastar con el orinal, tendrá que volver a sacar el orinal, al menos eso, sí, sí, tiene que ser capaz de hacer al menos eso, piensa Oline y sujeta el bastón y consigue hacer acopio de fuerzas para ponerse de pie y ya está Oline encorvada sobre el bastón, ahora tendrá que arrastrarse hasta la alcoba, sacar el orinal de debajo de la cama, llevárselo al salón y sentarse sobre él en la mesa, así suele hacerlo, piensa Oline a la vez que se pone en marcha, pasito a pasito, y vuelve a sentir dolor, en cuanto anda un poco empiezan a dolerle los pies, piensa Oline, pero tiene que seguir adelante, tiene que entrar en la alcoba, porque ahora siente un terrible apretón.

Sí, sí, dice Oline.

Es una porquería hacerse vieja, dice.

Sí, sí, dice Oline.

Y descorre la cortina de la alcoba y se introduce en la alcoba y allí está el orinal, encima de la banqueta, mira que ni siquiera preocuparse de esconderlo debajo de la cama, eso ya pasa de castaño oscuro, piensa Oline, y coge el orinal con una mano y lo levanta y oh, no, no, no lo ha vaciado desde la última vez, descubre, que haya tenido que llegar hasta tal punto, piensa Oline, no, no puede ser, llegar hasta tal punto, no, esto es repugnante, piensa Oline, y luego esta fetidez, no, no debe pensar en ella, y además, tampoco puede decirse que le quede demasiado olfato, y menos mal, piensa Oline, y agarra el bastón y lo apoya en el suelo y reúne todas sus fuerzas para incorporarse y allí está, encorvada sobre el bastón que presiona contra el suelo, y en la otra mano sostiene el orinal. Oline empieza a andar lentamente, pasito a pasito avanza Oline, y el dolor crece, y allí abajo, por delante, siente que algo aprieta por salir y, oh, no, oh, no, parece que ha salido algo, sí, ha salido un poco, pero no mucho, solo un poco, y siente algo caliente que se desliza por sus muslos, eso siente Oline, no, que haya tenido que llegar hasta aquí, piensa Oline, que haya empezado a mearse encima, que se le escapen las aguas menores sin que pueda evitarlo, sin que haya sentido nada que pudiera ponerla sobre aviso, piensa Oline, y se acerca a la mesa, deja el orinal sobre la mesa y Oline ve que el orinal está sobre la mesa, en uno de los extremos de la mesa, en el otro extremo hay dos tazas y en el opuesto el orinal, descubre Oline, y Oline se levanta las faldas y se baja las bragas y Oline ve que las bragas están irremediablemente mojadas, eso ve Oline, tampoco están demasiado limpias, no, eso ve Oline, tendrá que cambiarse las bragas, también están mojadas, piensa Oline, y se baja las bragas y entonces se agarra al borde de la mesa con una mano y se sienta sobre el orinal y Oline se agarra al borde de la mesa con la otra mano también y allí está Oline, sentada sobre la mesa, sobre su orinal, en su salón, está allí sentada, agarrada al borde de la mesa, y Oline piensa que ahora tendrá que salir algo, ahora lo que tiene que hacer es quedarse sentada un buen rato, ahora tendrá que esperar hasta que salga algo, piensa Oline, ¿y no siente un apretoncito allí detrás? Un poco sí, ¿verdad? ¿Y saldrá algo? Pronto tendrá que salir algo, piensa Oline, y mira que estar aquí sentada, en el orinal encima de la mesa, y si al menos hubiera salido algo rápidamente para que no tuviera que quedarse sentada aquí tanto rato, pero tener que quedarse sentada así, en el orinal encima de la mesa esperando que salga algo, no, no puede ser, las cosas no deberían ser así, piensa Oline, no debería ser así, piensa Oline, y que Alida tuviera que venir a verla, y pensar que hace tantos años que la conoce, pero ¿quién es? ¿Quién es Alida? No, no logra recordarlo, piensa Oline, y tampoco parece que haya salido nada, y pensar que acabaría sentada así, tendrían que verla ahora, sí, ahora tendría que verla Alida, piensa Oline, ahora Alida tendría que haber entrado y descubrirla sentada sobre el orinal, no, no puede quedarse sentada así, debería ir al retrete, no debería estar sentada allí, no puede quedarse sentada así, en el orinal encima de la mesa de su salón, piensa Oline, porque qué pasaría si alguien de pronto entrara sin avisar, no ha cerrado la puerta con llave, no ha pensado tanto, y todavía no ha encendido la estufa, tal como había pensado hacer, por fin encendería la estufa, había pensado, pero todavía no lo ha hecho, piensa Oline, y luego había pensado que se sentaría y haría un poco de punto o ganchillo, pero acaso lo ha hecho, pues no, y parece ser que Signe le dijo que Sivert quería hablar con ella, parece que está en las últimas, eso le dijo Signe, porque él le había pedido a Signe que le preguntara si podía ir a su casa y hablar un rato con él, eso había dicho Sivert, por tanto tendrá que volver a bajar a la playa, aunque le duelan los pies, porque si Sivert ha pedido hablar con ella tendrá que hacerlo, pero teniendo en cuenta lo perturbada que está es posible que no sea más que una invención suya, que Sivert haya pedido hablar con ella, sí, sí, piensa Oline, sí, sí. ¿Y ahora tendrá que salir algo? Porque no puede quedarse aquí sentada, en el orinal encima de la mesa del salón, no, no puede ser. Pero si ya se ha sentado en el orinal tendrá que seguir allí, piensa Oline, al menos tendrá que quedarse un rato más, piensa, y luego tendrá que bajar a la casa de Sivert, porque no cabe duda, Signe le ha dicho que Sivert está a las puertas de la muerte, y él ha preguntado por ella, le ha dicho Signe, le ha pedido que vaya a su casa para hablar un rato con él, eso es lo que le ha dicho Signe, piensa Oline, por tanto tendrá que reunir todas sus fuerzas y bajar a ver a Sivert, piensa, no puede ser de otra manera, piensa Oline, no, no puede, piensa, pero ahora pronto tendrá que salir algo, piensa Oline sentada en el orinal, agarrada al borde de la mesa con las dos manos. No, no puede quedarse allí sentada. Y su padre. Y Lars, que vivía con el padre, que se encerraba en la buhardilla cuando tenía que hacer sus garabatos, solía colgar un papel en la puerta en el que ponía No molestar. Cuando Lars colgaba su cartel en la puerta era porque quería pintar. Y entonces se sentaba en el alféizar de la ventana bajo el caballete del tejado y contemplaba el paisaje. Y luego hacía esos garabatos suyos. No molestar, eso era lo que ponía en el papel. La buhardilla en la que se encerraba Lars cuando pintaba. Una cama estrecha y corta. Una silla. Un baúl en el que guardaba los bártulos para pintar y los cuadros acabados. En el baúl había un gran candado. Y Lars sentado delante de la ventana, contemplando el paisaje, su cabellera larga y negra, la barba, los ojos castaños, tan dulces, tan salvajes. Y padre, sentado en la silla, retorciéndose, antes de ponerse a hablar de cómo los pastores habían pronunciado las palabras y el nombre de Dios en vano a lo largo de los tiempos, cómo los pastores habían hecho la vida insoportable a todos los hombres buenos, cómo los pastores habían vendido las vacas de las gentes honradas solo porque no querían hacer lo que les exigían los sacerdotes y bautizar a sus hijos.

Esos pastores, decía padre.

Esos pastores no sirven a Dios, decía.

Esos pastores son unos cerdos, decía padre.

Y miraba a su alrededor con una mirada feroz y sacudía la cabeza.

No entiendo cómo no todo el mundo se hace cuáquero, dice padre.

No, la verdad, esos pastores, dice.

Y yo y Lars nos miramos con cautela, juntos hemos decidido recibir el bautismo y la confirmación y acabamos de empezar la catequesis, pero ninguno de nosotros se ha atrevido todavía a decírselo a padre.

Esto exige una satisfacción, dice padre.

Hay que acabar con esto, dice.

Y veo que Lars se levanta y sale y oigo a padre decirme que por suerte él nunca se ha rendido, le ha costado mucho resistirse, le ha costado todo el bienestar del mundo, dice padre, pero él no se ha rendido.

No he permitido que bautizaran a un solo hijo, dice padre.

Ni uno solo.

Ni a uno de los doce hijos que he tenido he permitido que lo bautizasen, dice.

No me he achantado, dice padre.

No, desde luego que no, dice.

Y yo pienso que no me atrevo a decirle que he pensado recibir el bautismo y la confirmación, se lo tomará mal, pienso, padre se opondrá a ello con todas sus fuerzas, se pondrá furioso, pienso, y entonces oigo que Lars vuelve a entrar y veo a Lars de pie en la puerta, me está mirando.

Voy a dejar que me bauticen y me confirmen, dice Lars

Y Oline también, dice.

Miro a padre, se queda sentado, mirándose las manos que ha dejado caer en el regazo. Y padre no dice nada. Cierra los ojos. Padre está sentado con las manos en el regazo sin decir una palabra. Padre está sentado con los ojos cerrados. Padre no dice nada. En la puerta está Lars y él tampoco dice nada. Yo no digo nada. Y cierro los ojos y dejo caer las manos en el regazo. Y entonces Lars se acerca y se sienta a mi lado y él tampoco dice nada, y allí estamos, padre, Lars y yo. Nos hemos quedado en silencio. Nos quedamos sentados un buen rato. Finalmente padre se levanta.

Podéis decidir por vosotros, dice.

Y entonces padre sale por la puerta y Oline piensa, no, oh, no, no puede seguir viviendo en lo que antaño fue, tiene que concentrarse, hacer un esfuerzo, y no puede seguir sentada en el orinal, sobre la mesa que le regalaron hace ya tanto tiempo y que siempre le ha gustado tanto, no puede quedarse sentada así, en el orinal, en su salón, no puede, piensa Oline, y ¡no ha salido nada! ¡Sí, mira, allí! Ha salido un pequeño mojón, sí, sí, ha salido un pequeño mojón, sí, sí, sí, entonces debería estar contenta, al fin y al cabo no debe de tener gran cosa que expulsar, siempre ha sido una persona de comer poco, y con el paso de los años tampoco es que haya comido más, piensa Oline, es de comer poco, piensa, pero ahora no puede quedarse sentada aquí, en el orinal, encima de la mesa del salón, piensa Oline. No, no puede seguir así. Tiene, piensa, que ir a ver a Sivert.

Tengo que ir a ver a Sivert, dice Oline.

No me he equivocado, Signe me pidió que fuera a hablar con Sivert, dice Oline.

No puedo quedarme aquí sentada, dice Oline.

Y si alguien llegara ahora y la viera sentada en el orinal, encima de la mesa, en el salón, no, sería terrible, piensa Oline, y en ese mismo instante llaman a la puerta. Y Oline se levanta del orinal y salta de la mesa y aterriza en el suelo y las faldas caen por sí solas, pero tiene las bragas en los tobillos, y Oline ve que el orinal sigue sobre la mesa, hay dos tazas y su orinal sobre la mesa, y su bastón está apoyado contra el borde de la mesa, y Oline vuelve a oír que llaman a la puerta y agarra el bastón y luego el orinal, y entonces alguien llama, ¿hay alguien?, llaman, y ¿es la voz de Signe? ¿Puede ser? Y ahora tendrá que contestar, piensa Oline, y mira hacia la puerta del salón y ve que la puerta se abre y ve a Signe aparecer en la puerta.

No, uf, dice Signe.

Pero qué asco, dice.

Bueno, no tenía que haber entrado de esta manera, sin avisar, dice Signe.

Y Oline se ha quedado parada, apoyada en el bastón, y con el orinal en la otra mano, mirando al suelo.

Pero la puerta estaba abierta, dice Signe.

He empezado a pensar que te había pasado algo, dice Signe.

Y Oline se ha quedado parada, con una mano se apoya en el bastón y con la otra sostiene el orinal, y entonces Oline se vuelve dándole la espalda a Signe y atraviesa el salón, en dirección a la alcoba, y le duelen los pies y es terrible que Signe haya visto lo que estaba haciendo, piensa Oline, porque ¿qué pensará ahora Signe de ella? ¿Todo eso? Creerá que todo eso ha salido de ella precisamente ahora, pero en realidad solo ha salido un pequeño mojón, piensa Oline, y los pies le duelen terriblemente, pero no lo dejará notar, no, pueden dolerle todo lo que quieran, piensa Oline, y descorre la cortina de la alcoba y se dirige a la banqueta y deja el orinal sobre la banqueta y entonces vuelve a salir de la alcoba.

Pensé que debía decirte que Sivert está cada vez peor, dice Signe.

Tienes que venir conmigo ahora, Sivert me ha pedido que viniera a buscarte, dice Signe.

Oline asiente con la cabeza.

Estaría bien que me acompañaras ahora mismo, dice Signe.

Ven conmigo ahora, dice.

Y Oline asiente con la cabeza y entonces descubre que las bragas le cuelgan por los tobillos y va y se sienta en la silla y agarra las bragas y se las sube hasta las rodillas, y luego, con las bragas agarradas con una mano y apoyada la otra en el bastón, consigue ponerse en pie y subirse las bragas.

Sí, ya ves cómo están las cosas, dice Oline.

Pero ahora tienes que venir inmediatamente, dice Signe.

Hazlo, te lo pido por favor, dice.

Y Oline asiente con la cabeza.

Por cierto, había dos pescados medio comidos delante de la puerta, dice Signe.

¿Pescados?, dice Oline.

Sí, casi comidos, dice Signe.

Estaban tirados delante de la puerta, dice.

Si tú lo dices, dice Oline.

Bueno, tengo que volver a casa, Sivert está muy mal, dice Signe.

Yo iré contigo, dice Oline.

Y Signe ha dicho que había dos pescados tirados delante de la puerta, piensa Oline, ¿qué quiere decir eso? ¿No habrá entrado alguien en su cocina y le habrá robado la comida? Qué horror, y que Sivert tenga que estar muriéndose en la cama, queriendo hablar con ella antes de morir, y que ella, mientras Sivert tal vez esté a las puertas de la muerte, tenga que estar sentada encima de la mesa del salón, en el orinal, no, no puede ser, pero así han ido las cosas, piensa Oline, ¿y no le ha dicho Signe que la puerta estaba abierta? La puerta no debería estar abierta, ¿y no había dos pescados medio comidos, tirados delante de la puerta? ¿Habrá entrado un gato a robarle la comida? Y Signe ha dicho que Sivert la está esperando, o sea que tendrá que reunir todas sus fuerzas y bajar a ver a Sivert, hablar un rato con él, piensa Oline, tendrá que irse ahora mismo, piensa Oline, y encorvada sobre el bastón Oline se dirige a la cocina, y ¿dónde dejó el pescado?, piensa, tendrá que haber dejado el pescado en algún lugar, piensa, y Oline se dirige al banco de la cocina y allí está el recipiente con agua, allí es donde debe de haber dejado el pescado, pero el pescado no está en el recipiente con agua, pero sí cabezas y tripas y un poco de sangre, eso es lo que ve, pero ¿dónde está el pescado?, piensa Oline, ¿qué ha hecho con el pescado?, y Oline mira a su alrededor, por toda la cocina, pero no ve el pescado por ningún lado, entonces será su pescado el que está tirado delante de la puerta, a medio comer, piensa Oline, tendrá que salir a mirar, y si es su pescado no le quedará más remedio que volver a la playa y conseguir más pescado, porque algo tendrá que comer, piensa Oline, si el gato le ha robado la comida tendrá que fastidiarse e ir a por más comida, piensa Oline, tendrá que hacerlo, y si de todos modos tiene que ir ahora a ver a Sivert podría decirse que ha sido un mal menor, como suele decirse, piensa Oline, y sale de la cocina y claro que le duele, como de costumbre, pero no permitirá que se le note, piensa Oline, y ahora, cuando se vaya, tendrá que dejar la puerta cerrada, piensa Oline, y Oline avanza a trancas y barrancas por el suelo de losa del pasillo y sale por la puerta y allí, justo delante de la puerta, ve dos pescados medio comidos tirados en el suelo.

Pues sí, habrá venido el gato, dice.

Los gatos también tienen que comer, dice.

Incluso los gatos tienen que comer, dice Oline.

Es así, también los gatos tienen que comer, dice Oline.

Y piensa que está bien, también los gatos tienen que comer, pero ¿por qué no se han comido todo el pescado? ¿Por qué solo la mitad? ¿Y por qué se han comido la mitad de los dos pescados en lugar de uno entero?, piensa Oline, y empuja con el bastón primero un pescado, luego el otro, contra el muro de la casa.

Así, bien, dice Oline.

Y Oline piensa que ahora tendrá que volver a bajar a la playa, tendrá que comprar más pescado, sin duda al pescador Svein le extrañará que baje dos veces en un mismo día a comprar pescado, pero seguramente ya le haya ocurrido alguna vez antes, seguramente ya haya tenido que bajar varias veces en un solo día a comprar pescado, piensa Oline, claro que sí, claro que le ha pasado antes, ahora tendrá que volver a bajar a por pescado, piensa, pero ¿debería, por si acaso, hacer una visita al retrete antes? ¿No debería pasar antes por el retrete? Realmente lo mejor sería pasar por el retrete: piensa, sí, debería hacerlo, piensa Oline, pero también tiene que ir a por pescado, piensa, pero por si acaso, tal como están las cosas debería pasar antes por el retrete, piensa Oline y empieza a renquear hacia el retrete, y claro que le duele, cómo le duele, pero hoy va a tener que andar tanto que no puede dejar ver que le duele, no puede permitirlo, tampoco puede echarse sin más, no puede hacerlo ahora que el gato le ha robado el pescado, piensa Oline, y que ya no sea capaz de controlarse, que evacue sin darse cuenta, que haya llegado a este punto, no, imaginarse que alguna vez llegaría a esto, no pronto Dios tendrá que dejarla ir, al fin y al cabo permitió que Lars se fuera y parece que también Sivert está a punto de dejar este mundo, y por tanto pronto le llegará la hora a ella también, piensa Oline, y levanta el gancho de la puerta y Oline abre la puerta de un empujón y se mete en el retrete y se sienta en el borde del excusado, y allí está, sentada en el borde del excusado, Oline está sentada en el excusado y vuelve a empujar la puerta y a cerrarla con el gancho, y allí, al lado del gancho, cuelga el dibujo que Lars pintó, un caballo, no es mejor que cualquier caballo que hubiera podido pintar ella, piensa, y luego esas colinas pardas, también esas las habría podido pintar ella de haberlo intentado, pero aun así ese dibujo tiene algo, porque lo ha pintado Lars, por eso hay algo en ese dibujo, pero hay algo más, piensa Oline, no cabe duda, hay algo en ese dibujo, y tendrá que prepararse una vez más, disponerse a esperar, luego tendrá que volver a la playa para conseguir pescado: porque algo tendrá que comer, piensa Oline y se levanta las faldas consigue levantarse un poco y bajarse las bragas y entonces Olim vuelve a sentarse sobre el agujero y mira hacia el caballo que pintó Lars, y es que el caballo es Lars, es un retrato de Lars, piensa Oline, pero el caballo también es ella, está claro, piensa Oline, porque ambos son como caballos, piensa Oline, y es que Lars también era un caballo bastante asustadizo, Lars que salía corriendo en cuanto alguien llamaba a la puerta de la casa de padre y yo he llamado a la puerta y padre la ha abierto y yo entro en el pasillo y entonces veo a Lars salir del salón y no me mira, simplemente sale corriendo, con la cara vuelta sale corriendo, sin mirarme, y sube la escalera corriendo y padre me mira y sacude la cabeza.

Él es así, dice.

Es retraído, dice.

Pero que ni siquiera sea capaz de hablar con su propia hermana ya pasa de castaño oscuro, dice.

Asiento con la cabeza y pienso que parece que Lars ni siquiera quiere hablar conmigo, y es que yo sabía que no le gustaba estar con la gente, pero si ni siquiera quiere verme a mí, a su propia hermana, a la que tan bien conoce, ¿cómo iba a querer ver a nadie? Si ni siquiera se atreve a mirarme, ¿cómo iba entonces a querer ver a nadie?

Sí, es algo penoso, dice padre.

Pero no siempre es así, solo de vez en cuando, dice.

A veces incluso quiere hablar con la gente, tiene sus altibajos.

Pero hay días en que no quiere ver a nadie.

Y a mí no me habla, no me dice ni una sola palabra.

Ni una sola palabra, hay muchos días en que Lars no me dice ni una palabra.

Simplemente se queda allí sentado, dice.

A veces está tranquilo, con los ojos ligeramente húmedos, y otros, su mirada se torna furtiva y feroz, dice padre.

No le entiendo, dice padre.

No, realmente no le entiendo, dice.

No le comprendo, dice.

No, supongo que simplemente es así, digo yo.

Y entonces padre dice que entre, y entonces entramos en el salón y padre y yo nos sentamos.

Lars es algo especial, dice padre.

Desde luego, dice.

Sería difícil encontrar a alguien como él, dice.

Sí, ese Lars siempre ha sido especial, digo yo y padre asiente con la cabeza.

Y nunca quiere salir de aquí, dice.

Ni aunque le fuera la vida en ello iría a la ciudad.

¿No quiere?, digo yo.

Padre sacude la cabeza.

No, nunca ha querido, dice padre.

No, Lars no se deja mover de aquí, cuando decide algo, no hay quien lo haga cambiar de opinión, dice padre.

Pero soy su hermana, debería ser capaz de hablar con su hermana, digo yo.

Sí, eso me parece, dice padre.

Y oigo que Lars empieza a andar arriba y abajo por la buhardilla, sobre mi cabeza.

¿Lo hace a menudo?, digo en voz baja.

A menudo, dice padre.

Arriba y abajo, digo.

Arriba y abajo, arriba y abajo, dice padre.

Ya sabes, tampoco es que la buhardilla sea muy grande, dice.

Y supongo que apenas puede andar erguido, digo yo.

Solo a duras penas, dice padre.

Así es, dice.

Pero es que él es así, dice.

Es así, no hay nada que hacer.

La gente es como es, dice

¿Pero puedo subir a verlo?, pregunto.

Y padre dice que él nunca ha intentado subir a verlo cuando Lars está así, no lo ha hecho, dice padre, en realidad ha preferido no hacerlo, pues nunca se sabe cómo se lo tomaría Lars, es tan imprevisible, dice padre, a lo mejor se enfada y se vuelve loco, a lo mejor quizá le gustaría que lo hiciera, dice, no, no lo sabe, pero puedo intentarlo si quiero, dice.

Sí, a lo mejor debería hacerlo, digo yo.

Puedes intentarlo, dice padre.

Pero me imagino que no querrá hablar contigo, dice padre.

Pero puedes intentarlo, claro, dice.

Sí, digo yo.

Y me levanto y padre dice que desde luego no soy cobarde, no, no lo soy, dice, y subo la escalera con los pasos más pesados que logro dar, subo dando pasos lo más pesados posibles, para que Lars pueda oír que se acerca alguien, y oigo que sus pasos por la buhardilla se detienen, y veo que hay un papel colgado en la puerta de Lars en el que pone No molestar y me detengo, tendré que preguntarle a Lars si puedo entrar, pienso, si quiere charlar un rato con su hermana, tendré que preguntárselo.

Lars, digo.

Y estoy delante de la puerta de Lars y no oigo nada.

Lars, ¿no quieres charlar un rato con tu hermana, con Oline?, pregunto.

Oye, Lars.

Soy yo.

Oline, digo.

Hace tiempo que no te veo, ¿no podríamos charlar un rato?

Soy Oline, digo.

Lars, digo. Y no se oye nada en la buhardilla, y Lars debería charlar un ratito con su hermana, pienso, que no quiera hablar con todos los demás, con cualquiera, eso me parece bien, pero debería ser capaz de hablar con su hermana, Lars debería poder decirle unas palabras a su hermana, pienso, y me acerco y cojo el picaporte y no consigo moverlo e intento bajarlo y veo que se mueve un poco, cede un poco, y allí estoy, con el picaporte en la mano, lo bajo un poco, y cede un poco, eso quiere decir que Lars probablemente esté al otro lado sujetando el picaporte hacia arriba, pienso, debe de ser eso, sí, así es, Lars está al otro lado de la puerta sujetando el picaporte hacia arriba, pienso, y que Lars haga algo así cuando su hermana ha venido para hablar con él, que no quiera hablar con su hermana, no, no consigo comprenderlo, pienso.

Lars, tienes que abrir la puerta, digo.

Si soy tu hermana.

Soy Oline, tu hermana, digo.

Abre ya, Lars, digo.

¿Podrías hacer el favor de abrir, Lars?, digo.

Y vuelvo a intentar bajar el picaporte de la puerta, pero Lars sigue haciendo fuerza y no consigo moverlo, aunque lo intente con todas mis fuerzas.

No quieres hablar conmigo, digo.

¿No podrías hablar un ratito con tu hermana?, digo yo.

Podrías hacerlo, digo.

Y vuelvo a intentar bajar el picaporte, y Lars sigue haciendo fuerza y suelto el picaporte y entonces veo que este baja precipitadamente y veo la puerta abrirse de par en par y veo a Lars delante de la puerta y veo que su pelo y su barba negros se alzan salvajemente envolviendo su cabeza alrededor de todo él y sus ojos brillan negros y entonces Lars cierra la puerta de golpe y es tal el portazo que las manos me empiezan a temblar y Lars vuelve a abrir la puerta y de nuevo la cierra de golpe y a mi alrededor se oyen estrépitos y luego la luz negra de sus ojos y me he quedado paralizada delante de la puerta. Y Lars vuelve a abrir, una vez más, la puerta y la vuelve a cerrar de golpe.

No te preocupes, ya me voy, digo yo.

¿No ves lo que pone en la puerta?, me grita Lars.

Que no quiero que me molesten, grita.

Y yo me vuelvo y empiezo a bajar la escalera y Lars me grita que cuando ha colgado el cartel de que no quiere que lo molesten es porque no quiere que lo molesten, oigo que grita Lars y yo bajo la escalera y oigo a Lars gritar que la gente es idiota, no entienden nada, incluso su hermana es idiota, y es que no tiene ni el más mínimo respeto por su trabajo, no entiende que tiene que hacer su trabajo, que necesita tranquilidad para poder hacerlo, oigo que grita Lars, y entonces abre y vuelve a cerrar la puerta con todas sus fuerzas y yo bajo la escalera y Lars grita: ¡Maldita sea!, ¡mujeres! Y ¡esos malditos pintores!, grita Lars y cierra la puerta de golpe y abre la puerta y cierra la puerta de golpe y entro en el salón, donde espera padre, que levanta la mirada y me mira cuando entro, y me sonríe y sacude la cabeza.

No está bien, dice padre en voz baja.

No, desde luego, no está bien, dice.

Esa cólera que se apodera de él.

Y luego esos llantos, de pronto empieza a llorar, dice.

Y de repente puede encolerizarse, amenazar a la gente con matarla.

Lars no está bien, no, dice padre.

Y oigo que se ha hecho la calma en la buhardilla.

A veces le sobreviene algo, y no sé a qué se puede deber, dice padre.

Se enfurece, dice.

O empieza a llorar desconsoladamente.

No sé qué es peor, dice padre.

Y oigo que ahora la buhardilla está totalmente en silencio, Lars ha dejado de abrir y cerrar la puerta de golpe, ha dejado de berrear, ha dejado de andar arriba y abajo, ahora todo está en calma en la habitación de Lars. Yo lo único que quería era charlar un rato con él, pienso. Y pensar que se ha enfadado de esa manera, pienso, y oigo que padre dice que no me preocupe por Lars, él es así, no tiene malas intenciones oigo que dice padre.

Sí, digo yo.

Él sencillamente es así, dice padre.

Sí, supongo que es así, digo yo.

Sí, sí, dice padre.

Creo que son esos cuadros que pinta los que hacen que esté así, dice padre.

Él no es como una persona normal, dice.

Esa cólera suya.

Y luego esos llantos, dice.

No, Lars no es del todo como debería ser, no, no lo es, dice.

No, no lo es, dice.

Pero tenemos que vivir con ello, dice.

Sí, digo yo.

Pero creo que me iré, digo.

Será una visita muy corta, dice padre.

Sí, solo he pasado un rato, digo yo.

Y veo que padre asiente con la cabeza.

Tienes que volver pronto, dice.

Eso haré, digo yo.

Y me levanto, le digo cuídate, padre, y le pido que salude a Lars de mi parte y él dice que eso hará, sí, dice, tendremos que aprender a vivir con Lars tal como es, dice padre, las cosas son así, no hay nada que podamos hacer al respecto, dice, y yo asiento con la cabeza, y salgo, y padre me acompaña a la puerta y me dice volveremos a vernos pronto, y yo digo que eso haremos, sí, digo yo y oigo a padre cerrar la puerta detrás de mí y yo me voy y no entiendo por qué Lars no ha querido hablar conmigo, pienso, y podría haber hablado un poco conmigo, pienso, y entonces oigo pasos ligeros que se acercan y me vuelvo y veo a Lars que se acerca corriendo detrás de mí y baja la mirada y yo me detengo y miro a Lars y viene corriendo hacia mí y Lars se detiene delante de mí y baja la vista y Lars dice aquí tienes y me da un trozo de papel con un dibujo y yo miro a Lars y percibo sus ojos y veo que sus ojos están húmedos y veo que Lars se vuelve y empieza a correr de vuelta a la casa y miro el dibujo que me ha dado, veo que está pintado en el dorso de la etiqueta de una lata de tabaco, y el dibujo representa un caballo amarillo, y detrás del caballo hay unas colinas desnudas, y luego hay unas figuras que supongo que representan a dos personas, parecen flotar en el aire, eso veo, y busco a Lars con la mirada y lo veo trotar hacia la casa en la que viven él y padre y veo a Lars abrir la puerta y entrar. Me he quedado parada, con el dibujo que me ha dado Lars en la mano. Empiezo a andar y ahora, piensa Oline, no puede quedarse más tiempo sentada en el retrete pensando en Lars, no puede ser, cuando el gato se ha llevado su pescado no puede quedarse allí sentada, tendrá que levantarse y bajar a la playa a comprar más pescado, piensa, sea como sea, no puede quedarse allí más tiempo, piensa, no, no puede ser, piensa, y mientras ha estado sentada en el retrete no ha salido nada, piensa Oline, por tanto tendrá que dejarse de lamentaciones por el dolor en los pies y en todo el cuerpo y volver a la playa, al menos es bajada y resulta más fácil andar, piensa, es cuando tiene que volver a subir cuando le resulta más duro, porque la pendiente es tan abrupta que apenas es capaz de superarla, piensa Oline, y se pone de pie, consigue subirse las bragas, y esta noche será mejor que se las cambie, hace tiempo que tendría que haberlo hecho, también eso, pero esta noche tendrá que hacerlo, sí, piensa Oline, y retira el gancho de la puerta y agarra el bastón y cómo duele, cómo punza, qué terrible dolor, piensa Oline, y traslada el peso al bastón, hace acopio de fuerzas, se lanza hacia delante y logra salir por la puerta, cierra la puerta y vuelve a poner el gancho, se concentra, consigue poner el cuerpo en movimiento y entonces Oline empieza a andar en dirección al mar, y ahora no debe dejar que se note el dolor que siente, ahora no debe pensar, ahora tiene que limitarse a andar, seguir adelante y no debe pararse hasta que haya llegado a la playa, allí seguramente encontrará al pescador Svein o a cualquier otro que tenga pescado para vender, piensa Oline, y ahora va a tener que bajar hasta la playa, sin pararse, piensa, sin paradas caminará, piensa Oline, porque si no es capaz de guardar el pescado sin que el gato se lo lleve se merece tener que volver a bajar a la playa una vez más en un solo día, piensa Oline, si ha sido tan estúpida, no se merece otra cosa, piensa Oline, y ahora, cuando pase por delante de la casa del pescador Svein no deberá detenerse, solo es cuando sube la cuesta, desde la playa, cuando suele tomarse un descanso al llegar a la casa del pescador Svein, piensa Oline, por tanto, aunque le duelan los pies terriblemente, caminará sin detenerse hasta la playa, piensa Oline, y encorvada sobre el bastón sigue avanzando, con todas sus fuerzas, y entonces Oline oye que alguien la llama, no, no puede ser, ya has salido y has empezado a caminar, le gritan, y Oline oye que es Svein, el pescador, quien la llama.

No debes pararte a hablar, dice Oline.

Y Oline se detiene y ve al pescador Svein, delante de su casa.

No, desde luego tú no te rindes, Oline, dice el pescador Svein.

No, no, dice Oline.

¿Vas al pueblo?

No, no, dice Oline.

Simplemente has salido a dar un paseíto, dice.

Sí, sí, dice Oline.

Y piensa que ahora podría preguntarle al pescador Svein si tiene un poco de pescado para ella.

Supongo que vas a ver a tus nietos, dice el pescador Svein.

¿No tendrás por casualidad un poco de pescado para mí?, dice Oline.

O sea que necesitas pescado, dice el pescador Svein.

Ya he vendido el pescado que he pescado hoy, dice.

Y tú ya te has llevado tu parte de la pesca, dice.

Pero el gato se llevó el pescado, dice Oline.

O sea que el gato ha hecho de las suyas, dice el pescador Svein.

Vaya, vaya, dice.

Es una pena, dice.

Pero el gato también tiene que comer, dice.

El gato también tiene que vivir, dice.

Y ahora necesitas más pescado, dice.

Sí, supongo que sí, dice Oline.

Ha sido una estupidez, dice Svein, el pescador.

He vendido toda la pesca, dice.

Pero como se trata de ti, Oline, veremos si podemos arreglarlo, dice.

Puedo salir con el bote y ver si consigo un poco, dice.

Saldré con el bote, Oline, y veremos si consigo algo para ti, dice el pescador Svein.

No, eso es demasiado, dice Oline.

No, qué va, hay que ayudar cuando se puede, dice el pescador Svein.

Podemos bajar a la playa juntos, ya veremos lo que podemos hacer, dice.

Y Oline dice no, no, es demasiado, dice, es terrible tener que importunarle así, él que la ha ayudado tantas veces con la comida, dice Oline, y el pescador Svein dice que esa es la razón por la que estamos en el mundo, para ayudarnos los unos a los otros, dice, y entonces Oline empieza a caminar junto al pescador Svein, en dirección a la playa, no se dicen nada mientras caminan uno al lado de otro, y Oline piensa que ahora no debe dejar que se note que le duelen los pies, ahora tiene que seguir caminando, como si no pasara nada, tiene que seguir avanzando, como solía hacerlo cuando era joven, piensa Oline, y oye que el pescador Svein dice que hay que comer, tanto los gatos como las personas, dice y Oline dice que le comida es necesaria, sin ella no se puede vivir, y el pescador Svein y Oline pasan por delante de la casa en la que viven Signe y Sivert y Oline piensa que nunca se ha llevado bien con Signe, siempre se han odiado, y a lo largo de su vida son pocas las veces que ha puesto los pies en la casa de Signe y Sivert, lo ha hecho muy pocas veces piensa Oline, pero, en cambio, ha pasado por delante de la casa una infinidad de veces, piensa Oline, cada día, durante todos estos años ha pasado por delante de la casa de Signe y de Sivert y casi nunca se ha encontrado con Signe, es curioso que haya sido así, que nunca se encuentre con Signe, será que han hecho todo lo posible por evitarse mutuamente, piensa Oline y entonces oye al pescador Svein preguntar cómo le va a Sivert, y ella supone que no le va demasiado bien, porque ¿acaso Signe no le ha pedido hoy dos veces que fuera a ver a Sivert, porque está en las últimas?, porque Sivert está a la puertas de la muerte y le gustaría hablar con Oline, le ha dicho Signe, si podía Oline bajar a su casa y hablar un rato con Sivert, eso es lo que le ha dicho Signe, ¿o no es así? No es algo que se haya imaginado, piensa Oline, y por tanto tendrá que ir a ver a Sivert, hablar un rato con él, porque si Sivert tiene que dejar este mundo y quiere hablar un rato con ella antes de partir tendrá que ir a verlo y hablar un rato, faltaría más, fueron los mejores amigos durante la infancia y la juventud, ella y Sivert, pero entonces Sivert se juntó con Signe y ella y Signe nunca se han llevado bien, piensa Oline, y ahora solo tiene que conseguir el pescado y luego irá a ver a Sivert, y si se equivoca, y si Signe no le ha pedido que vaya, si no es más que algo que se ha inventado tendrá que tragarse la vergüenza por haber acudido a la casa de Signe, por primera vez, por lo que recuerda, si va a la casa de Signe, no, no puede decirse que haya importunado mucho a

Signe con sus visitas, piensa Oline, y tampoco lo hubiera hecho hoy de no haber sido porque Signe se lo había pedido, y tiene muy mala memoria, no es capaz de recordar desde las doce hasta el mediodía, como suele decir la gente, piensa Oline, pero ¿le habrá dicho Signe que Sivert quiere hablar con ella? Por eso tendrá que ir a la casa de Signe, porque si Sivert está a punto de dejar este mundo y ha pedido poder hablar con ella y luego ella no va, no, no puede ser, piensa Oline y oye que el pescador Svein dice que saldrá con el bote, y verán si se las pueden arreglar para que ella tenga algo de cena esta noche, dice el pescador Svein y Oline dice que no, es demasiado pedir, no quiere molestarlo, no le habría pedido pescado de haber sabido que no le quedaba más, pero ahora ya se lo ha pedido, el mal ya está hecho, dice Oline y el pescador Svein dice que ojalá que haya pescado, que piquen, entonces todo se arreglará, dice el pescador Svein, y ahora a Oline los pies le duelen terriblemente, ¿y habrá manchado las bragas también?, piensa Oline, y ojalá pudiera parar un rato, descansar un poco, porque intenta lo mejor que puede seguirle el ritmo al pescador Svein, y él sigue siendo ágil y ligero de pies, a pesar de que debe de ser casi tan mayor como ella, pero anda bien todavía el pescador Svein, piensa Oline, y ahora pronto llegarán a la playa y entonces ella podrá descansar un poco y solo con que descanse un poco seguramente los pies dejarán de dolerle tanto, no necesita nada más, solo descansar un poco, gracias a Dios, piensa Oline y oye que el pescador Svein dice que Oline puede sentarse a esperar en el banco del muro del cobertizo y él saldrá con el bote y si conoce bien a los peces, no tendrá que esperar mucho hasta que pique el primero, dice.

Muchísimas gracias, no sé cómo agradecértelo, dice Oline.

Bueno, veremos lo que podemos hacer, dice.

Sí, pero de todas formas me estás ayudando, dice Oline.

Faltaría más, dice el pescador Svein.

Estaría bueno que tuvieras que quedarte sin comida porque a mí no me da la gana salir con el bote, dice.

No, ya sería el colmo.

No puede ser, dice el pescador Svein.

Y Oline ve al pescador Svein caminar hacia el atracadero y ella se dirige hacia el cobertizo y en uno de los muros hay un banco y Oline se sienta en el banco y en cuanto se sienta, nota cómo el dolor abandona sus pies y se da cuenta de lo cansada que está, y allí está Oline, sentada en el banco del cobertizo, viendo cómo el pescador Svein suelta las amarras del bote y se aleja del atracadero, y el bote se desliza por el agua y Oline ve que Svein se pone a los remos y luego ve que Svein empieza a remar mar adentro y entonces Svein le grita que pronto, que ahora pronto sacará unos cuantos peces para ella, eso le grita el pescador Svein, y Oline ve que el pescador Svein retira los remos del agua y que saca un sedal y entonces Svein larga el sedal y apenas lo ha largado, cuando Oline ve que el pescador Svein se levanta en el bote y empieza a izar el sedal, y el pescador Svein se vuelve y le grita a Oline que ya está, es enorme, le grita el pescador Svein y Oline ve que Svein se inclina sobre la borda y le grita a Oline que ya va, una hermosa merluza, le grita el pescador Svein y Oline ve que Svein sube la merluza a bordo del bote.

Una hermosa merluza, grita el pescador Svein.

En cuanto largué el sedal, la merluza picó.

Un buen pescado.

Vivito y coleando, comida estupenda, grita el pescador Svein.

Y Oline ve que el pescador Svein se sienta en la banqueta y que saca los remos y entonces el pescador Svein empieza a remar y Oline piensa que ahora tendrá que volver a casa con el pescado, no puede quedarse sentada en el cobertizo del pescador Svein tendrá que superar la cuesta, mal que le pese, y volver a casa, piensa Oline, y será terrible tener que volver a salvar la cuesta desde la playa hasta su casa, por segunda vez en un día tendrá que hacer el esfuerzo y volver a casa, porque ella ya ha salvado la cuesta hasta su casa una vez hoy sobre sus piernas doloridas, piensa Oline, y encima que no tenga control sobre lo que pasa allí abajo, no, es terrible hacerse vieja y ojalá el Señor, el buen Dios se decidiera, de una vez por todas, a llevársela, que permitiera que abandonara este mundo, ojalá pronto pudiera librarse de todo aquello, piensa Oline, y ve que el pescador Svein amarra el bote y levanta el pescado en el aire y viene hacia ella con el pescado en una mano, ahora ella tendrá que enganchar el pescado a la cuerda de manera que tenga una asa con la que transportarlo, piensa Oline y ve que el pescador Svein se detiene delante de ella.

Bueno, un día más que tendrás para cenar, dice el pescador Svein.

Sí, muchas gracias, ha sido excesivo, dice Oline.

Es terrible que tengas que molestarte tanto por mí, dice.

Está bien, no importa, dice el pescador Svein.

¿Has traído la cuerda?

Sí, sí, dice Oline.

Y le alarga la cuerda al pescador Svein y él la pasa por uno de los ojos del pescado, aprieta con todas sus fuerzas y Olive ve cómo la cuerda sale por el otro ojo y luego Svein junta los dos cabos de la cuerda y los ata y entonces le ofrece la cuerda con el pescado a Oline y ella apoya el bastón contra el suelo del malecón y este se hunde un poco y Oline reúne todas sus fuerzas, ahora, una vez más, va a tener que volver a reunir todas sus fuerzas, piensa Oline, y entonces, allí mismo, presiona con todas sus fuerzas y logra ponerse en pie, y con la mano que tiene libre recibe el pescado que el pescador Svein le ofrece.

Pues muchas gracias, dice Oline.

Gracias, gracias.

Te pagaré, no te preocupes, en cuanto se solucione lo del dinero, dice Oline.

No corre prisa, dice el pescador Svein.

Últimamente ando un poco escasa de dinero, dice Oline.

Pues ya está, dice el pescador Svein.

Bueno, pues muchas gracias, dice Oline.

Y ahora tiene que poner el cuerpo en movimiento, piensa Oline, ahora tendrá que superar la cuesta empinada una vez más, tiene que volver a casa, va a tener que hacerlo, sí, en cuanto llegue a casa le pondrá remedio, piensa Oline y oye que el pescador Svein le dice que tiene cosas que hacer y tiene que darse prisa y volver a casa cuanto antes, dice el pescador Svein, y Oline ve que empieza a subir la cuesta que lo lleva a casa, empieza a subir el pescador Svein entre todas las casas de la cuesta, y ahora también ella tendrá que subir la cuesta hasta llegar a su casa, en cuanto llegue a casa sabrá ponerle remedio, piensa Oline, y logra poner el cuerpo en movimiento y el dolor surge inmediatamente, oh, no, ojalá pronto pudiera librarse, ojalá pronto el buen Señor le permitiera librarse de esta vida, liberarse, pronto tendrá que acabar, también para ella, piensa Oline, y con el pescado en una mano y el bastón en la otra Oline empieza a ascender la cuesta desde la playa, pasito a pasito, por segunda vez hoy Oline se dispone a superar la cuesta, paso a paso se abre camino y los pies le duelen tanto que apenas lo puede soportar, tan mal están las cosas, piensa Oline, y ahora tiene que llegar a casa, y luego se meterá en el retrete y se sentará un rato, verá si puede salir algo porque siente apretones allí abajo, algo quiere salir, es apremiante ¡oh, ojalá consiga aguantarse!, piensa Oline, ahora no puede salir nada por sí solo, no, no puede salir nada, nada, tiene que librarse de eso, piensa Oline, no, ahora no, piensa, porque siente una presión, ¿no?, piensa Oline, que sigue andando encorvada sobre el bastón, con el pescado en la otra mano, y Oline alza la mirada y ve a Signe delante de su casa, pero si es Signe la que está allí mirándola, y no tiene muy buen aspecto, no, y es que Oline y Signe nunca han sido las mejores amigas, más bien todo lo contrario, y Signe no acostumbra a esperarla delante de la casa cuando Oline pasa por delante, al contrario, acostumbra a apresurarse a entrar en cuanto ve que Oline viene, piensa Oline, no, ella y Signe nunca se han llevado bien y si mal no recuerda Oline nunca ha entrado en la casa de Signe, pesar de que Signe está casada con su hermano, con Sivert, y Oline y Sivert fueron los mejores amigos en la infancia, su hermano pequeño Sivert, se convirtió en un hombre muy apuesto Sivert, pero ahora Signe está allí y tampoco parece que tenga intención de meterse en casa, parece que la esté esperando, a ella, como si quisiera hablar con ella, pero tampoco parece que Signe quiera decirle nada bueno, no, para nada, pero que Signe la está esperando está más que claro, piensa Oline, ¿y por qué estará Signe allí, esperándola? ¿No han hablado ya antes, este mismo día? No, es increíble que no pueda recordar nada, ya no es capaz de recordar nada, tan solo recuerda alguna que otra anécdota del pasado, de hace mucho tiempo, pero, en cambio, eso lo recuerda con pelos y señales, hasta aquí ha llegado, piensa Oline, y este dolor, este dolor que se aferra a sus pies en cuanto pone el cuerpo en movimiento, no, este dolor, piensa Oline, y oye a Signe decir tienes que venir ahora mismo, o acaso no quieres hablar con tu hermano moribundo, tú también estás obligada a hacerlo, dice Signe, y Oline piensa que entonces es verdad que su hermano se encuentra a las puertas de la muerte, sí, es cierto, piensa, porque ¿acaso Signe no le ha dicho ya varias veces hoy que su hermano quería hablar con ella?, sí, ahora lo recuerda, y entonces ella va y baja a la playa para comprar pescado mientras su hermano, Sivert, está a punto de dejar este mundo, y es simple y llanamente el colmo que haya tenido que llegar tan lejos.

No te importa, dice Signe.

Nunca te has preocupado de nadie salvo de ti misma, dice.

Pero es tu hermano. Es tu hermano el que está en la cama enfermo y el que tal vez esté a punto de morir, y tú ni siquiera quieres molestarte en hablar con él, dice.

No, es increíble, dice.

Es inaceptable.

Es demasiado feo.

Y ahora no le queda mucho tiempo, pronto se habrá terminado, tal vez ya sea demasiado tarde.

Es increíble.

Es increíble, dice Signe.

Y Oline sigue avanzando con mucho esfuerzo y se detiene

delante de Signe, apoyada en el bastón, con el pescado en la otra mano.

Me he vuelto tan olvidadiza, dice.

Me olvidé.

No puede decirse que haya llamado a tu puerta muchas veces, pero claro que quiero hablar con mi hermano, dice Oline.

Sí, faltaría más, dice Signe.

Tienes que venir ahora, dice Signe.

Y Signe empieza a andar en dirección a la puerta de su casa y Oline la sigue y Oline piensa que ya no falta tanto, y ahora está tan cansada, y si su hermano tiene que partir, ¿qué le dirá ella? A lo mejor podría pedirle a Sivert que le recuerde a Dios Nuestro Señor que pronto le toca a ella, piensa Oline, y entra por la puerta de la casa de Signe y el pasillo huele a limpio y todo parece estar en su sitio, no falta de nada, piensa Oline, no, no ha estado en esta casa muchas veces, no recuerda haber estado en esta casa antes, piensa Oline, y oye a Signe decir que tiene que subir por la escalera, luego doblar a la derecha, a través de la habitación, y encontrará a Sivert en la buhardilla, detrás de la cortina, dice Signe, y las escaleras son lo peor que hay para Oline, piensa Oline, tener que subir escaleras es lo peor, piensa.

Puedo coger el pescado, si quieres, dice Signe.

Y Oline piensa que no, ahora no quiere soltar el pescado, piensa, y sacude la cabeza.

Pero al menos dejarás que te ayude a subir la escalera, dice Signe.

Y Oline piensa que deberá permitir que Signe la ayude a subir la escalera, por mucho que le gustaría rechazar su ayuda tendrá que permitírselo, porque sola no cree que lo consiga, piensa Oline, y Signe coge su bastón y luego Signe la sujeta por el brazo y casi la vuelve hacia la escalera y Oline siente cómo le escuecen y le duelen los pies y Signe camina un paso delante de ella y arrastra a Oline y Oline siente el dolor en los pies y Signe la arrastra escaleras arriba y consigue subirla.

Bueno, Oline, ahora es por la puerta de la izquierda, dice Signe.

Habla un poco con él antes, luego entraré yo.

Vuelvo a bajar, dice Signe.

Solo tienes que llamarme cuando hayas acabado, dice.

O golpea el suelo con el bastón, dice Signe.

Así es como me avisa Sivert cuando necesita ayuda, dice Signe.

Y Signe le pone el bastón en la mano a Oline y allí está Oline, con el bastón en una mano, con el pescado en la otra, y ahora solo queda entrar a ver a su hermano pequeño Sivert, ahora ya es viejo y parece que está a punto de morir, y parece que quiere hablar con ella antes de partir, le ha dicho Signe, por tanto no le queda más remedio que reunir todas sus fuerzas y entrar en la habitación de Sivert, piensa Oline. Será lo mejor, piensa.

Sí, sí, dice Oline.

Sí, sí, dice.

Y Oline abre la puerta del dormitorio y ve una elegante cama de matrimonio elegantemente hecha y una colcha de ganchillo cubre toda la cama, muy buen trabajo, piensa Oline, si Signe ha hecho la colcha ella misma es que realmente es mañosa y trabajadora, piensa Oline, y ve un gran espejo colgado en una de las paredes, oh, qué bonito es el dormitorio, piensa, y Oline ve una cortina colgada en medio de la pared y entonces será detrás de la cortina donde está echado Sivert, en la buhardilla, piensa Oline, y doblada sobre el bastón Oline atraviesa la estancia, con el pescado en la mano que tiene libre, y con el bastón retira la cortina y Oline se cuela por debajo del cortinaje y Oline se mete en la buhardilla y mira hacia la cama y allí está Sivert, y nunca antes lo había visto tan gris y desgreñado, pero sobre la mesita de noche está su pipa, y la lata de tabaco, y eso está bien, pero su barba ha encanecido y aparece desgreñada e hirsuta, seguramente hace ya mucho tiempo que nadie le ha recortado la barba a Sivert, y el pelo de Sivert está aplastado y encanecido y tiene una mano sobre la mandíbula, unos dedos largos y curvos, tan delgados, tan delgados, se extienden por la mandíbula, Sivert se ha puesto la mano sobre la mandíbula, eso es lo que ve Oline, y Sivert yace inmóvil, y al lado de la cama hay una silla, será mejor que se siente en ella, y ya se verá si Sivert tiene algo que decirle, nunca ha sido de los que hablan mucho, y sin duda, hoy tampoco va a decir gran cosa, tiene los ojos muy abiertos, unos ojos vacíos la miran fijamente, o eso le parece a Oline, que va y se sienta en la silla, apoya el bastón contra la cama de Sivert y se acomoda el pescado en el regazo.

Ya está tu hermana Oline a tu lado, dice Oline.

Y mira a su hermano Sivert, y él no contesta.

No, desde luego nunca has sido muy hablador, dice Oline.

Cuando eras pequeño había veces que ni siquiera me contestabas cuando te hablaba, dice.

Debes creerme, todavía lo recuerdo.

Eh, Sivert, Sivert.

Siempre has sido especial, Sivert, dice Oline.

Tanto tú como Lars, siempre habéis sido especiales, raros, desde que erais niños, dice Oline.

Aunque tú nunca fuiste tan iracundo como Lars.

Tú siempre fuiste muy tranquilo, Sivert, dice Oline.

Sivert, Sivert, dice Oline.

Y Oline mira la mano de Sivert, que parece hundirse en su mandíbula, en la piel.

Como verás, traigo un pescado conmigo, dice Oline.

Me lo ha regalado el pescador Bjørn, dice.

No, desde luego hoy ha sido un día terrible, ahora te lo cuento, Sivert, dice Oline.

Hoy han pasado cosas terribles.

Hoy ya he estado en el muelle una vez antes y, como de costumbre, Bjørn me dio un pescado.

Me dio dos piezas.

Y yo dejé los dos pescados sobre la mesa de la cocina, como de costumbre.

Todo como de costumbre.

Pero, ¡te puedes creer que vino un gato y se llevó el pescado!

La verdad es que no sé cómo pudo ocurrir, pero de pronto había dos pescados medio comidos delante de la puerta de la casa.

Mi cena, el gato se llevó mi cena.

Por eso llego un poco tarde, he tenido que volver a la playa para conseguir más pescado, por eso llego un poco tarde, dice Oline.

Pero he conseguido más pescado, muy buen pescado, dice Oline.

Y Oline coge la cuerda y alza el pescado y lo acerca a la cara de Sivert, y parece que él no quiera decir nada al respecto, Sivert, da igual lo que ella diga o haga, él no piensa decir nada, no piensa contestarle, sin duda se ha ofendido porque ella no ha llegado antes, piensa Oline, y Sivert, que ha pedido que ella acudiera a su lado, para poder hablar con ella, porque está viejo y cree que pronto abandonará este mundo, ha pedido poder hablar con ella, y al fin y al cabo ella ha acudido a su llamada, y ahora Sivert no quiere abrir la boca, no quiere decirle nada, ni una sola palabra, piensa Oline, y vuelve a dejar el pescado en el regazo.

No, sin duda siempre has sido algo especial, Sivert, dice Oline.

Y yo me acuerdo de ti, lo sabes, te recuerdo desde que eras una criatura.

Sí, desde que viniste al mundo te recuerdo.

O sea que no le vengas ahora a tu hermana con remilgos.

Y siempre hemos sido amigos, tú y yo, Sivert.

Te he visto crecer, hacerte hombre, hacerte viejo.

Eso ha hecho tu hermana, sí, así que deberías decirle algo a tu hermana.

No puedes pedirle que venga a verte, a hablar contigo y luego no decirle nada, ni una sola palabra, no, eso no puede ser, dice Oline.

No, eso no puede ser, dice.

Y Oline ve que el hermano está tendido como cuando ella llegó, con la mandíbula apretada contra unos dedos delgados y torcidos, así es como yace Sivert, con la barba cana e hirsuta, como un montón de ramas, y con el pelo cano y aplastado, así está echado Sivert sobre la almohada, y sus ojos azules desprenden una mirada gris y vacía, y sobre la mesita de noche está su pipa, y la lata de tabaco, y a lo mejor Sivert quiere fumar en pipa, piensa Oline, podría preguntárselo, piensa Oline y coge la pipa de Sivert y se la acerca, y Oline dice que aunque ahora esté mal puede ser que le apetezca fumar, si quiere, ella puede prepararle la pipa, llenarla, si quiere, también puede encenderla, aunque sea mujer, porque ella sabe hacer estas cosas y, a decir verdad, le hubiera encantado fumarse una pipa, de no haber sido porque las cosas estaban tan mal, dice Oline, y le ofrece la pipa a Sivert, pero él sigue inmóvil, tal como ha estado desde que llegó, no mueve ni un dedo, sigue echado allí, inmóvil, como antes, ni siquiera le dice que no, allí está Sivert, inmóvil, piensa Oline, no, es increíble, que se haya puesto de esta manera, tan arisco, solo porque ella no haya corrido a su lado, no, nunca se hubiera imaginado que él haría algo así, piensa Oline, pero en el fondo siempre ha sido así, terco y obstinado, desde la infancia Sivert siempre ha sido terco y obstinado, y una vez se ha decidido por algo, no hay nada ni nadie que lo pueda convencer de lo contrario, así era Lars también, tanto Sivert como Lars fueron siempre tercos y cabezotas, nunca hubo manera de hacerles cambiar de opinión si ya antes habían tomado una determinación, piensa Oline mientras vuelve a dejar la pipa de Sivert sobre la mesita de noche, y fumar en pipa, Sivert y Lars siempre fumaron en pipa, a ambos siempre les gustó fumar en pipa, y fueran a donde fueran, siempre llevaban la pipa consigo. Y tenían barba los dos, siempre llevaron barba, larga, y el pelo largo. Al principio, el pelo y la barba de ambos eran negros, luego se tornaron canos. Y Lars tenía los ojos castaños, mientras que Sivert los tenía azules. Sin embargo, ambos eran mozos fuertes de corta estatura. Y Lars estaba tan orgulloso de su barba, cuando veía que Lars se pasaba los dedos por la barba, con parsimonia, repetidamente, sabía que Lars se sentía orgulloso de su barba, detectaba el orgullo en la manera que tenía de pasarse los dedos por ella, y cuando luego se llevaba la pipa a la boca, por encima de la barba, veía, de vez en cuando, que Lars estaba satisfecho de sí mismo, no se daba con gran frecuencia, pero a veces Lars estaba satisfecho de sí mismo. Y su larga cabellera que solía retirarse por detrás de las orejas. Y que esa asquerosa se lo cortara. Que le cortara tanto el pelo como la barba. Y que Lars pretendiera ocultar el rostro después de que ella le hubiera cortado el pelo y la barba, no, era terrible pensar que Lars había acabado así. Pero si yo fui a verlo, le hice una visita cuando estaba en las últimas, en el asilo. Y entré por la puerta y Lars me vio llegar y de pronto se volvió, se volvió en la cama, contra la pared, y yo le pregunto cómo le va, le pido que se vuelva hacia mí, pero Lars no se quiere volver, Lars se queda echado contra la pared y se lleva las manos al rostro, intenta ocultar su rostro, intenta ocultar el cráneo, donde solía tener el pelo, cano y largo, ahora no hay más que unos mechones canos e hirsutos. ¿Qué le han hecho a Lars?

Voy a tener que hablar con alguien, digo.

Lars, te has arrancado el pelo y la barba, la verdad es que no te creía capaz de hacer una cosa así, le digo.

Y oigo una voz débil decir que él no quería que le cortaran el pelo y la barba, en absoluto, pero que, a pesar de ello, lo hicieron, dice la voz endeble, y veo que quien habla, yace encogida en la cama contigua a la de Lars, y veo que su rostro apenas existe, y pregunto por qué no le han permitido a Lars conservar la cabellera y la barba y ella dice que dijeron que era por razones de higiene, que el pelo y la barba largos exigen muchos cuidados, por eso se los habían cortado, y, si mal no recuerda, también dijo que era preferible que los hombres no llevaran el pelo y la barba largos, que tenían mejor aspecto sin tanto pelo, eso parece que dijo, dice desde la cama, pero Lars no quería que le cortaran el pelo y la barba, dice, en absoluto, dice, y veo a Lars allí echado, con el rostro vuelto contra la pared, y con las manos intenta ocultar el rostro y el cráneo y oigo que ella dice que cada vez que entra alguien, él se vuelve, no quiere que nadie vuelva a ver su rostro, dice y también dice que el mismísimo Kielland, el poeta, estuvo, y quería, nada más y nada menos, hacerle una fotografía a Lars, traía consigo uno de esos aparatos que sirven para hacer fotografías, sí, ya sabes, dice, el mismísimo Kielland acudió para hacerle una fotografía a Lars, sin embargo, a Lars no se le ocurrió otra cosa que volverse contra la pared y no dijo ni una palabra, a pesar de que el mismísimo Kielland, el poeta, le habló, Lars no contestó, dice, y después de eso, dice, Lars no ha permitido que nadie, salvo los que comparten el dormitorio con él, vea su rostro, y sin duda ellos no lo hubieran visto, tampoco ellos, de haberlo podido evitar, dice mientras contemplo a Lars echado en la cama, intentando taparse la cara y el cráneo.

Mira que cortarte tu preciosa cabellera y tu barba, digo yo.

No, no, ¿cómo han podido acabar así las cosas?, digo.

Hacen lo que les da la gana, dice la mujer que ocupa la cama próxima a la de Lars.

Exactamente lo que les da la gana, dice.

Y lo sostuvieron, dos mozos forzudos, mientras que el tercero le cortaba el pelo, dice.

Pero fue esa mujer la que quiso que se lo cortaran, dice.

Y veo a Lars allí echado, con el rostro vuelto contra la pared, mientras intenta cubrirse el rostro y el cráneo con las manos.

Y ni siquiera contestó cuando Kielland le habló, dice ella.

Kielland le habló varias veces, pero él no le contestó, dice.

Lars, eso estuvo muy mal, digo.

Pero te he traído un poco de tabaco, digo.

Pensé que te vendría bien un poco de tabaco estando aquí, le digo.

Lo dejaré sobre la mesilla de noche, digo.

Y cojo y dejo el tabaco sobre la mesilla de noche de Lars y

Lars me mira de reojo y veo la oscura y triste luz en sus ojos y en ese preciso instante todo parece cambiar, tan solo un brillo fugaz en sus ojos y todo ha cambiado, supongo, que Lars también es así, pienso, tiene tantas cosas Lars, pienso y le digo que volveré a verlo y que tanto el pelo como la barba le volverá a crecer, no debe tomárselo a la tremenda, le digo, y la mujer de la cama contigua dice que vienen a cortarle el pelo cada quince días, dice, y salgo del asilo y pienso, ¿qué le pasa a la gente? Durante muchos años, la gran barba y la cabellera larga fueron tal vez lo único de lo que Lars se sintió orgulloso y ahora van y le cortan el pelo, el pelo y la barba, hay que ver cómo es la gente, pienso, es increíble que haya podido llegar a esto, parece mentira que se sea capaz de hacer algo así, y sin duda habrá sido esa terrible mujer, debe de ser su culpa, seguramente no querrá pelos y barbas en los mozos, no, tienen que estar rasurados, tanto la cara como el cráneo, seguro que ella quiere que sean así, y de qué le habrá servido a Lars decir que no quería que le cortaran el pelo y la barba, sin duda le habrá contestado que es la voluntad de Dios que los hombres no tengan barba y lleven el pelo corto, y, además, puesto que están a su cargo, tienen que hacer lo que ella les mande, si no ya pueden coger la puerta y largarse, veamos si son capaces de mantenerse por su cuenta, cuando es precisamente porque no son capaces de hacerlo por lo que se encuentran en el asilo de la mujer, pienso, y salgo del asilo y ahora pronto va a tener que contestarme Sivert, piensa Oline, no puede seguir allí sentada como si nada, al fin y al cabo es Sivert quien ha pedido que acudiera a su lado, quería hablar con ella, eso dijo, y ahora ella está sentada allí, al lado de su cama, y él no le contesta cuando le habla, justo como solía hacer Lars, él tampoco le respondía, piensa Oline, y es que sus hermanos son así, no contestan, pero al menos Sivert conserva la barba y el pelo, piensa, y ahora va a tener que contestar.

Has pedido que viniera a verte, dice Oline.

¿Querías algo en especial?, dice.

¿O qué?, dice.

Y Oline mira a Sivert que sigue echado en la cama tranquilamente, con esos ojos vacíos y muy abiertos, con los dedos clavados en la mandíbula.

No, supongo que no, dice Oline.

¿Quieres que te ayude con algo?, dice Oline.

¿Te hace falta algo?

¿O es que Signe no te trata bien?, dice.

¿Puedo hacer algo por ti?, dice.

Y Oline oye pasos en la escalera y piensa que seguramente sea Signe quien se acerca.

Ahora viene Signe, dice.

Tu mujer, Sivert, dice.

¿Oyes que se acerca alguien?, dice.

Y Oline oye que se abre una puerta y oye pasos y ve que alguien retira el cortinaje y entonces Oline ve que Signe entra en la buhardilla y Signe se coloca a su lado y mira a Sivert.

Te habrás dado cuenta de que está muerto, supongo, dice Signe.

Y Oline mira a su hermano, que yace en la cama tan apaciblemente que podría estar muerto, piensa.

¿Pudiste hablar con él?, dice Signe.

No, no me contestó, dice Oline.

Pues entonces has llegado tarde, dice Signe.

Y mira que estar aquí sentada con un pescado en el regazo, no, no me lo puedo creer, dice Signe.

Pero ahora está muerto, dice Signe.

Y Oline se da cuenta por su voz de que Signe está conteniendo el llanto y entonces ve que las lágrimas corren por sus mejillas y entonces Signe se acerca y cierra los ojos de Sivert y aparta la mano de su mandíbula y la piel donde antes estaban los dedos está blanca y Signe se vuelve hacia Oline.

Ya puedes irte, dice.

No querías lo suficiente a tu hermano para llegar a tiempo y hablar con él antes de que se muriera, dice.

Ya no hace falta que te quedes más tiempo aquí sentada, dice Signe.

Y Oline coge el bastón y consigue ponerse en pie y Oline oye que Signe dice que la ayudará a bajar la escalera y Oline piensa que ojalá hubiera sido capaz de bajarla por su propio pie, hubiera sido lo mejor, piensa Oline, pero no puede ser, no es capaz de bajar la escalera sola, no, piensa Oline, y nota cómo el dolor vuelve y Oline oye que Signe dice que la silla en la que estaba sentada está mojada y Oline se da la vuelta y ve un charco en el asiento de la silla, y no, oh, no, piensa, ha vuelto a ocurrir, y esta vez ni siquiera se ha dado cuenta, no, no puede ser, que haya llegado a estos extremos, que tenga que acabar así, no, no puede ser, Dios también va a tener que apiadarse de ella pronto, tal como acaba de hacerlo de Sivert llevándoselo, ahora pronto tendrá que llegar su hora, piensa Oline, y oye a Signe decir que si realmente está tan mal que ni siquiera es capaz de aguantarse, ni siquiera en el lecho de muerte de su propio hermano, ni siquiera entonces, pero tendré que recoger tu orina, eso sí, dice Signe y la agarra con fuerza del brazo arrastrándola a través de la estancia, y Oline consigue moverse a la velocidad que Signe ha imprimido, solo a duras penas consigue mantenerse en pie, pues Signe tira de su brazo con fuerza.

No, desde luego no puede decirse que quisieras demasiado a tu hermano, dice Signe.

Pero francamente podías haberte tomado el tiempo para decirle unas palabras a tu hermano antes de morir, al fin y al cabo me pidió que fuera a buscarte.

Lo último que hizo Sivert antes de morir fue pedirme que fuera a buscarte.

Pero ¿acaso viniste?

Sí, viniste, pero demasiado tarde.

Desde luego, vaya pieza estás hecha, dice Signe.

Y Oline y Signe empiezan a bajar la escalera y los pies le duelen espantosamente, piensa Oline, le duelen como nunca antes le habían dolido, lo siente, y ojalá ya hubieran superado la escalera, así podría salir de una vez por todas, piensa Oline, y Signe casi la arrastra escaleras abajo y por fin llegan abajo y Signe le suelta el brazo y le dice que será mejor que se vaya a casa con el pescado, parece que el pescado sea más importante que su hermano, dice Signe y Oline agarra el bastón y, encorvada, con una mano en el bastón y con la otra asiendo la cuerda con el pescado, Oline se dirige a la puerta y sale, y oye a Signe decir que parece mentira lo poco que quería a su hermano, es increíble, dice Signe, y Oline empieza a subir la cuesta, ahora tendrá que volver a subir la cuesta, porque, por segunda vez en un mismo día, ha tenido que bajar a la playa a por pescado, y ahora tiene que volver a casa, luego tendrá que limpiar el pescado, y ahora no debe permitir que se le note el dolor que sufre, ahora tiene que seguir caminando, paso a paso, y cuando llegue a la casa del pescador Bård se detendrá, entonces descansará y notará cómo el dolor abandona sus pies, y se tomará un respiro, notará cómo recupera el aliento, y luego tendrá que irse a casa, irá a su pequeña casa blanca, la casa que, desde que la pintó de blanco, es preciosa, una casa blanca, con una puerta roja, piensa Oline, y se arrastra cuesta arriba y ahora tiene que darse prisa y llegar a casa con el pescado, y luego tendrá que descansar, porque con lo que ha tenido que sufrir hoy por el dolor en los pies, dos veces ha tenido que bajar a la playa, dos veces, y eso solo porque un gato se llevó su pescado y lo encontró delante de la puerta, a medio comer, el pescador Bjørn es un buen hombre, la ayuda, le da pescado, de no haber sido por el pescador Bjørn, hace tiempo que tanto ella como sus hijos habrían muerto de hambre hace tiempo, el pescador Bjørn se merece el cielo, ojalá Dios Nuestro Señor sepa compensarlo debidamente por todo lo bueno que ha hecho por ella y los suyos, y ya es hora de que vuelva a casa, y luego tendrá que ir a ver a Sivert porque Signe le ha pedido que haga una visita a Sivert, él le ha pedido que vaya a verlo, parece que quería hablar con ella, Signe le ha dicho que Sivert le pidió a Signe que le preguntara si podía ir a verle, que quería hablar con ella, piensa Oline, y encorvada sigue su camino cuesta arriba, encorvada y agarrada al bastón, Oline se arrastra cuesta arriba y los pies le duelen terriblemente, nunca antes le habían dolido como le están doliendo ahora, en cuanto anda un poco, el dolor vuelve, y el dolor no cede, no hace más que empeorar, y hoy ha tenido que subir la cuesta dos veces, y encima tendrá que bajarla una vez más, va a tener que hacerlo, porque ¿acaso no le ha pedido Sivert que vaya a verlo? Sí, así es, ¿o acaso no le ha pedido que pase por su casa? Sí, sí lo ha hecho, piensa Oline, y ahora tiene que arrastrarse cuesta arriba un poco más, un poquito más, piensa Oline, y luego, una vez haya llegado a la casa en la que vive el pescador Bjørn, se detendrá y entonces descansará, notará cómo el dolor suelta a su presa, cómo recobra el aliento poco a poco, cómo la vida se hace vivible de nuevo, piensa Oline, y ahora tiene que obligarse a hacerlo, piensa, un poco más, ahora, un poco más, piensa Oline, solo un poco más y podrá descansar, piensa Oline, y sigue avanzando cuesta arriba, en una mano sostiene el bastón, en la otra la cuerda con el pescado, y Oline se encorva y sigue trepando, sigue avanzando paso a paso, y ahora tiene que llegar a casa, la casa tan bonita desde que hizo que la pintaran de blanco, con una puerta roja, su preciosa casita, piensa Oline, y pronto podrá detenerse, descansar un poco, solo un poco más, ahora, piensa Oline, y sigue avanzando con gran esfuerzo y Oline alza la vista y ve su preciosa casita blanca, qué bonita es su casa, pequeña pero bonita, sí, vaya, qué bonita ha quedado desde que hizo que la pintaran, sí, vaya cambio, piensa Oline y llega a la casa del pescador Svein, Oline se detiene con el bastón en una mano, el pescado en la otra, mira hacia su casa, y aunque acaba de detenerse, el dolor cede y abandona sus pies, piensa, y Oline siente cómo el dolor disminuye en sus pies, cómo recupera el aliento poco a poco, cómo todo mejora, eso es lo que siente Oline y piensa que lo que ahora tiene que hacer es llegar a su casa cuanto antes, sentarse a hacer punto, a hacer ganchillo, piensa Oline, y luego, hoy mismo, tal vez pueda incluso encender la estufa, porque con el frío que está haciendo ya va siendo hora de que lo haga, y tiene leña, faltaría más, tiene leña, pero ¿debería pasar por el retrete antes? Sí, será lo mejor, pasará por el retrete, sí, porque siente cierta presión allí abajo, sí, así es, y ojalá le dé tiempo a llegar al retrete antes de que salga algo de improviso, ojalá no salga nada por detrás, porque ya está más que acostumbrada a que salga algo por delante y mejor será que lo acepte, piensa Oline, y no puede quedarse allí por más tiempo, tendrá que recorrer el último tramo, sí, eso va a tener que hacer, ahora tiene que hacer acopio de todas sus fuerzas y ponerse en movimiento de una vez por todas, piensa Oline, ahora tiene que concentrarse y ponerse en marcha, piensa Oline, y Oline hace acopio de fuerzas y adelanta el bastón un poco y, encorvada y con todas sus fuerzas, Oline empieza a avanzar cuesta arriba, con la mirada baja, paso a paso, Oline avanza cuesta arriba, y ahora no le puede salir nada por detrás, tiene que llegar al retrete, sentarse antes de que salga nada, y lo mejor será que se lleve el pescado al retrete, tendrá que colgar el pescado del gancho de la puerta del retrete, tendrá que hacerlo, no le queda otro remedio, porque no puede dejar el pescado en la casa, podría volver a desaparecer, perderse, piensa Oline, y sigue arrastrándose cuesta arriba, y se da toda la prisa que puede, piensa Oline, pero aun así solo avanza lentamente, solo a duras penas se va acercando a la casa, a pesar de que intenta con todas sus fuerzas avanzar cuesta arriba, y a pesar de que acaba de descansar y el dolor ha cedido un poco y más o menos ha recuperado el aliento. Oline sigue avanzando cuesta arriba y ve que se está acercando a su casa, su blanca, su pequeña, su preciosa casa, piensa Oline, y ahora lo que debe hacer es ir directamente al retrete, porque no debe permitir que salga nada por detrás, tiene que llegar al retrete a tiempo, piensa Oline, y sigue avanzando, paso a paso, y mira hacia la puerta roja de su casa, pero ahora no puede entrar en la casa, ahora lo que tiene que hacer es meterse en el retrete, si siente una terrible presión allí abajo lo mejor será que antes pase por el retrete, piensa Oline, y dobla la esquina de la casa y Oline vislumbra el retrete, y sí, siente una terrible presión allí abajo, piensa Oline, y mira hacia el retrete y Oline avanza lo más rápido que puede, encorvada sobre el bastón, hacia el retrete, Oline avanza, y ojalá llegue a tiempo esta vez, piensa Oline mientras avanza con el pescado colgando de una cuerda, encorvada sobre el bastón avanza Oline y se acerca al retrete y ahora lo mejor será que se meta en el retrete y se siente, piensa Oline, y levanta el gancho de la puerta y Oline se mete en el retrete y cierra la puerta y no, oh, no, porque parece que ha salido algo por detrás, no, oh, no, sí, parece que ha salido algo por detrás, justo cuando acababa de entrar por la puerta del retrete, piensa Oline, y se sienta directamente en el borde del váter y sí, sí ha salido algo, piensa Oline, no, oh, no, que a estas alturas no sea capaz de aguantarse, y cada vez es peor, empeora día a día, no, y pensar que ha tenido que acabar así, y ahora Dios bondadoso debería apiadarse de ella, cuanto antes, y liberarla, piensa Oline, sí, pronto va a tener que liberarla, pronto Dios Nuestro Señor tendrá que llevársela, piensa Oline, y cuelga el pescado del gancho de la puerta del retrete y Oline ve el pescado colgado del gancho, ha conseguido un pescado grande y hermoso, se lo comerá para cenar, el pescador Svein lo ha pescado para ella, piensa Oline, sí, Svein siempre ha sido bueno con ella, y al lado del pescado está colgado el dibujo de Lars, un hombre a caballo, y luego unos montes, y todo está pintado en ocre y marrón, y un día llegó Lars corriendo y le regaló el dibujo y si mal no recuerda, ni siquiera le dio las gracias, piensa Oline, y es que no le pareció que el dibujo fuera nada del otro mundo, más bien le pareció que no era más que un simple garabato, pero al menos lo aceptó y luego lo colgó en el retrete y lleva colgado allí años, piensa Oline, y con el tiempo ha aprendido a apreciarlo, le parece incluso bonito, y entiende lo que Lars pretendía con ese dibujo, le parece que sí, pero ¡decirlo! ¡Llegar a decir lo que pretendía con él! No, eso no puede ser, y es imposible que lo haga, porque de hacerlo, no tendría ningún sentido para Lars haberlo pintado, o eso cree, piensa Oline, pero el dibujo es estupendo, lo es, aunque más bien se trate de un garabato, el dibujo es precioso, porque Lars lo pintó es precioso, eso piensa, sí, aunque si lo hubiera pintado otro que no fuera Lars seguramente no le habría parecido bonito, piensa Oline, pero ahora le parece que el dibujo es tan bonito que casi se le saltan las lágrimas al contemplarlo, y no debe hacerlo, vieja que es, sentada con las bragas manchadas de mierda, así es, está sentada en el borde del váter con las bragas manchadas de mierda, piensa Oline, y sacude la cabeza y veo a Lars corretear por la playa, y su cabellera sube y baja, sube y baja, y yo lo sigo por la playa, piensa Oline, y veo a Lars sentarse en una piedra de la playa y está allí sentado, contemplando el mar, y el viento levanta su cabellera, hace ondear su cabellera, y su barba se levanta flotando en el aire, cabellera negra y barba negra al viento, y yo camino hacia Lars y entonces él me mira y se pone en pie y empieza a corretear por la playa, y parece que Lars no quiere hablar conmigo, y sale corriendo por la playa, y entonces se vuelve y veo sus grandes ojos castaños que me miran, y de pronto me parece que sus ojos son grandes como el cielo, sus grandes ojos castaños son grandes como el cielo, y entonces Lars se vuelve y me grita que tengo que dejarlo en paz, no debo seguirlo, grita Lars, y veo a Lars bajar del barco, con su elegante traje de terciopelo lila, y apenas fui capaz de reconocerlo, su cabellera era negra y larga y lisa, así era su cabellera, que se extendía sobre sus hombros, su cabellera negra colgaba por encima de su traje de terciopelo lila y bajo el brazo llevaba una cartera de piel negra y Lars me sonrió al verme en el muelle y me dijo que en la cartera llevaba utensilios de pintura, ahora vería los preciosos cuadros que había pintado en Alemania, dijo Lars, se quedaría en casa ese verano, pintando los cuadros más bonitos jamás vistos, dijo, pero en otoño volvería a Alemania, allí aprendería más de cómo pintar buenos cuadros, y es que se estaba formando como pintor paisajista en Alemania, dijo Lars, y en un par de semanas vería los cuadros bonitos que era capaz de pintar, dijo, ese verano lo pasaría en Noruega pintando los mejores cuadros jamás vistos, dijo Lars, seguro que me gustarían mucho los cuadros que pintara, dijo Lars, y entonces se fue hacia padre y madre y sus demás hermanos y les dio un abrazo a cada uno, incluso abrazó a padre aquella mañana en el muelle de Stavanger, cuando Lars volvió en vacaciones de verano de Alemania, y entonces nos fuimos todos a casa, y Lars estaba guapísimo con su traje de terciopelo lila, con una cartera de piel negra llena de utensilios de pintura bajo el brazo, con su larga cabellera lisa que le llegaba por debajo de los hombros. Y claro que la gente lo miró, claro que habían oído hablar de Lars, el que sabía pintar tan bien que el señor de la ciudad lo había mandado a Alemania para que se convirtiera en un pintor aún mejor. Y Lars atravesó las calles de Stavanger con la cabeza muy alta, orgulloso. Y entonces padre le dijo que también había aparecido en los periódicos, guardaban el recorte en casa, y no era poco lo que habían escrito de él, elogiándolo, dijo padre y Lars se limitó a asentir con la cabeza mientras caminaba por las calles de Stavanger y a su alrededor caminaban padre y madre y yo y todos los hermanos, y veo que los ojos de Lars se oscurecen y se tornan salvajes cuando padre le pide que vaya a la ciudad a hacer un recado.

No quieres, dice padre.

Lars sacude la cabeza.

Pues entonces tendré que hacerlo yo mismo, dice padre.

Al menos podrías hacer eso por mí, dice padre.

Pero si no quieres, no quieres, dice.

Y veo a Lars mirando a padre con una mirada salvaje.

Supongo que no puedo obligarte, dice.

Pero al menos podrías ayudarme, dice.

Sinceramente es lo que pienso.

Eso es lo menos que podías haber hecho, dice.

Y veo a Lars clavar los ojos en el suelo y pienso que Lars nunca fue así antes, antes solía pasearse por las calles de Stavanger de buena gana, pero ahora, ahora se niega a hacerlo, ahora prefiere no salir siquiera, y si tiene que salir, lo único que hace es corretear por ahí, porque si bien es cierto que enviaron a Lars al sanatorio de Gaustad para que se curase, cuando volvió había perdido las ganas de hacer cosas, pienso.

La verdad es que no eres de gran ayuda, dice padre.

Eres un hombre adulto, deberías ser capaz de ayudar un poco, dice padre.

Y veo cómo Lars se tensa y sale corriendo y ya nunca se

ve a Lars pasear por las calles de Stavanger, ya nunca querrá
volver al centro de Stavanger, lo que más desea es no tener
que volver a ver ni tratar con la gente, ni siquiera quiere verme a mí, pienso, y veo a Lars correr hacia la playa y lo veo
sentado contra el muro de la casa mirando al cielo y sus ojos
son tan grandes y dulces, sentado allí, mirando al cielo, y alrededor de su rostro hay una nube de humo, está sentado apoyado contra el muro, chupando su pipa, y una nube de humo
envuelve su cabeza y Lars mira al cielo, y supongo que está
sentado allí riendo para sus adentros, y entonces oigo que
dice tengo que pintar mi retrato, y no puede quedarse sentada en el borde del váter, en el retrete, al menos tendrá que
sentarse bien, piensa Oline, no puede quedarse sentada así, sin
siquiera levantarse las faldas, aunque haya manchado un poco
las bragas no puede quedarse así, piensa Oline, ahora tiene
que incorporarse y sentarse como Dios manda, porque no
puede quedarse así, contemplando el garabato que hizo Lars
en su día y el pescado que cuelga del gancho y que no debería estar allí colgado, sino que debería estar en la cocina, sobre
la mesa, limpio y sumergido en agua fresca, pero ahora el
pescado está colgado en la puerta ¡y luego esos enormes ojos
de pez! Y cómo la miran esos enormes ojos de pez, pétreos y
negros, sin luz, la miran fijamente esos ojos de pez y se clavan
en su interior, es la sensación que tiene, piensa Oline, esos
ojos de pez le miran el alma, directamente, y aunque lo hacen,
su expresión no cambia, no hacen más que mirarla fijamente,
ven algo, pero no quieren desvelar qué es lo que ven, cómo
miran, no hacen más que mirar y mirar, esos ojos de pez,
ven, miran y miran y miran, ¿y qué será lo que ven en lo más
profundo de su alma?, ¿y será Lars quien, irreconocible, está
mirando en su interior a través de esos ojos de pez?, ¿será Lars
quien, desde un lugar lejano, a través de los ojos de pez negros
y pétreos, la está mirando en su interior?, ¿que está mirando
en lo más profundo de su ser?, ¿habrá algo en su interior?,
¿tendrá ella algo en lo más profundo de su ser?, ¿o tan sólo es
exterior?, ¿tendrá algo en su interior?, ¿y son pasos lo que oye,

en el interior de esos ojos de pez?, ¿no habrá alguien allá fuera? Mientras Oline está allí sentada mirando fijamente los ojos del pez, alguien camina allá fuera, se oyen pasos, ¿y acaso no se oye una voz, alguien que dice algo?, ¿no le está preguntando si todo va bien, y no debería entonces Oline decir que todo va bien?, debería decirlo, sí, tendrá que decirlo, piensa Oline, todo va bien, eso es lo que tiene que decir, ¿y esa voz?, ¿es la de un hombre?, ¿será Lars?, ¿la voz de Lars?, ¿será Lars quien ahora está delante del retrete, hablándole?, ¿Bård el pescador?, ¿Sivert? Y vuelve a oírse la voz, ¿estás bien?, dice, y es una voz conocida, pero ¿de quién será la voz?, ¿será la de Alida? Sí, es posible que sea Alida y Oline oye a Alida volver a preguntar si está bien y Oline piensa que tendrá que contestar, no puede quedarse sentada en el retrete sin más, sin responder a Alida cuando le pregunta cómo está, debería responder que bien, piensa Oline, y mira fijamente los ojos de pez, tan negros, tan pétreos, y los ojos de pez miran en su interior, y de pronto siente como si ella fuera esos ojos de pez, ya no es el objeto de la mirada de aquellos ojos de pez, sino que es esos ojos de pez, así se siente Oline y mira fijamente los ojos de pez negros y pétreos, y está tranquila y los ojos de pez están tranquilos y en el interior de los ojos pétreos hay algo más, algo que jamás hubiera podido comer por mucho que hubiera querido, y Oline nota que su respiración es sosegada y Oline debería contestar ahora que Alida le habla y su respiración es tan sosegada, registra Oline, y de pronto se siente extrañamente cansada y floja, y tan extrañamente tranquila, y entonces ve que los ojos de pez se abren y ve una luz que se desprende de los ojos de pez, del dibujo de Lars, y tan tranquila no había estado nunca antes, y clava la mirada en la pared, Oline está sentada con la cabeza apoyada en la pared y siente que ahora sale algo allí abajo y de pronto solo hay esos ojos de pez, y esa luz queda.